国家社科基金
后期资助项目
GUOJIA SHEKE JIJIN HOUQI ZIZHU XIANGMU

清代说唱文学
子弟书研究

The Study on Zidishu:
A Prosimetric Literature in the Qing Dynasty

李 芳 著

社会科学文献出版社
SOCIAL SCIENCES ACADEMIC PRESS (CHINA)

国家社科基金后期资助项目
出版说明

后期资助项目是国家社科基金设立的一类重要项目，旨在鼓励广大社科研究者潜心治学，支持基础研究多出优秀成果。它是经过严格评审，从接近完成的科研成果中遴选立项的。为扩大后期资助项目的影响，更好地推动学术发展，促进成果转化，全国哲学社会科学工作办公室按照"统一设计、统一标识、统一版式、形成系列"的总体要求，组织出版国家社科基金后期资助项目成果。

全国哲学社会科学工作办公室

目 录

序 一

黄仕忠

李芳这部书，是在其博士学位论文基础上修订增补而成的。时光如流，屈指算来，她博士毕业已经14年，而我们合作开展子弟书整理与研究的经历，却仿佛就在眼前。

"子弟书"，是清代八旗子弟群体中产生的一种说唱文学，其文本性质介于传统诗词和鼓词唱本之间，就像元人散曲介于诗词和俗曲之间一样。它主要流行于北京及沈阳一带，随清亡而消逝，其文本仍在民国以后的说唱和地方戏中被演唱或改编，产生着潜在的影响——如越剧《红楼梦》中许多优美的唱词，就来自韩小窗的子弟书《露泪缘》——但今天人们对它的了解十分有限，2012年，我和李芳、关瑾华合作编集的《子弟书全集》《新编子弟书总目》出版，就有不少人在介绍时把它说成"弟子书"。

我涉猎子弟书的研究，最初是因工作的需要。1989年夏天，我博士毕业留校，在中国古文献所工作，当时研究室的主要任务，是标点整理清车王府旧藏曲本，其中有将近300种子弟书，我们整理之后，以《清车王府钞藏曲本·子弟书集》为题，于1993年由江苏古籍出版社出版。全书共4卷，用大十六开本，像两块大砖头，厚厚的、沉沉的。我主要负责其中第2卷。通过校点，我对子弟书产生了浓厚的兴趣。我发现车王府所藏只是子弟书众多版本中的一种，其他版本仍为数不少，而且车王府所收者，不过占已知篇目总数的2/3，所以，我萌生了一个念头：系统地汇集所有版本，编纂一部总集。这500多种子弟书，有400来万字，花个一二十年时间，应该能够完成。

2000年11月，我申请的"子弟书全集"整理项目，由全国高等学校古籍整理研究工作委员会（简称"古委会"）立项，资助经费2.5万元。这是我学术生涯获得的第一份资助！2001年4月到2002年4月，我在日本访学，全面调查了日本公共图书馆有关子弟书的收藏，并全部做了复制。早在1991年，首都图书馆就把所藏车王府曲本全部影印，线装，300余函，售价人民币30万元，主要销往海外。早稻田大学买了一套，就放在普通书库，可以出借，我用数码相机把其中的子弟书全部拍了下来。其后，又借赴北京参加学术会议之便，调查了国家图书馆、北京大学图书馆、中国民族图书馆等处收藏的子弟书，构成了一个初步的资料库。最为幸运的是，2003年，我认识了社会科学文献出版社的谢寿光社长，他听完我的介绍，当场拍板说，交给他出版，出版社愿意承担所有出版费用。既然出版有了着落，我的工作也就必须抓紧展开。

但这只是我计划进行的工作之一。我那时刚过不惑之年，精力旺盛，想法稍多，有几个项目在同步展开。

一是在日本一年，对日藏中国戏曲做了全面调查，准备编一部"综录"，选录孤本、稀见版本影印，再出一本专著，构成一个系列的成果，目录与影印工作由广西师范大学出版社承接。

二是力主启动《全明戏曲》的编纂，并建议先整理明杂剧，获得黄天骥师认可，也得到了中山大学的支持。此事作为团队的集体项目展开，安排在中华书局出版，我是组织者与联络人。

三是将研究领域从戏曲拓展到说唱，时间下延至民国。"子弟书"只是其中的一项，广东的木鱼书、潮州歌册等，是后续的目标；我还希望联合学术界的同道，着手各自感兴趣的对象，分别调查整理，将来以"中国俗文学文献大系"之名，分头出版，逐步改变这个领域较为冷落的局面。

个人的力量毕竟有限，从日本回国后，我开始招博士生，就有意让学生参与我的计划，在师生之间构建一个可持续发展的合作团队。我给他们的题目，大都是我展开多年、有所积累，或是深感兴趣、切实可行的，这样不仅可以有针对性地给予指导，还能在资料、视野与观点上提供帮助。学生多承担一些文献调查、寻访等基础性工作，我就能腾出时间与精力，再拓展新的领域，争取新的立项，之后再招收的学生就又可以有新题目供选择，从而构成一个良性循环，滚动推进。

回顾戏曲与俗文学研究的历史，我发现基本文献的建设，大多是在20世纪50年代完成或打下基础的，如郑振铎先生主编的《古本戏曲丛刊》（一至四集，1954－1957）、中国戏曲研究院编校的《中国古典戏曲论著集成》（1959）、傅惜华先生的"中国古典戏曲总录"系列目录（前三种，1957－1959）及《子弟书总目》（1954）等，皆是如此。正是一批在五四新文化运动背景下投身俗文学研究的学者，如阿英、傅惜华、谭正璧、薛汕等，在长期关注中收集了丰富的资料，编制了相关目录，为后人的研究奠定基础。此外，许多老一辈学者在20世纪80年代之后出版的著作，其实都是1950－1965年这段时间写成的，而我们在20世纪80年代以后所做的工作，很多只是拾遗补阙，或是将有关专题掘得更细一些。到20世纪90年代后期，通俗小说、文言小说和古代戏曲等，都已编有较为完备的目录，主体资料大多已影印出版，而数量极为庞大、体裁各异的说唱，除了《子弟书总目》《中国宝卷总目》以及木鱼书、鼓词等有简目或草目，大多未得到编目、整理。经过"文化大革命"，老一辈学者的收藏大多归于公立图书馆，各馆逐渐将这类新获的书与其他"未编书"加以编目公布，所以我们已经有条件对俗文学文献做全面系统的梳理，编制较为完备的总目，改变以往"家底不清"的局面，并且为今后分类编纂整理"总集"奠定基础。而这每一种具体的体裁，其实也是一个个有待拓展的"领地"。我们与其执着创造新理论、新体系，不如用朴实的态度，选择合适的领域来做一个真正的"专家"。

我希望我的博士生，选一个合适的对象，圈出一块领域，构建自己的"根据地"，通过三五年的开垦，完成基础文献寻访，然后写成博士学位论文；再用三五年时间继续深入，在全面阅读所获文献的基础上，识其全貌，然后编制完成总目或叙录；再以三五年时间深入文本内部有关问题，同时结合整个学术领域，打通其他体裁，那么，用十到十五年时间，就可以让一个领域从基础文献整理到专题内容研究都得到全面推进，让自己成为一名真正的"专家"。在此过程中，我个人与团队则是他们的后盾，给他们指引方向，保障工作有序推进。我一生可带十几二十位博士生，若其中有半数达成预期目标，则能把八到十个专题领域，做出全面的推进，那时再回首观照，它们就该是如星火燎原，遍地开花，或者是星光灿烂了！

2004年春夏之际，在李芳获得硕博连读生资格后，我专门就其研究方向做了沟通。李芳硕士时跟陈永正教授学习，接触了"类书"，她也很有兴趣，一种方式是沿这个题目做下去，但我对类书没有研究，所能给予的指导十分有限；另一种选择是跟我做子弟书研究，虽然她从来没有接触过，不过我积累的资料可作为她的基础，她则可协助我完成这个选题。在认真思考后，她选择了跟我做子弟书研究。

她没有意识到的是，这其实给学弟学妹们带了一个好头。因为接下来广东籍的关瑾华选了"木鱼书"，潮汕籍的肖少宋选了"潮州歌册"，福建籍的潘培忠跟我做博士后，选了闽台"歌仔册"，图书馆学专业的熊静则做了清代内府戏曲文献的著录与研究，周丹杰、李继明则后续完成了粤剧、木鱼书文献的编目与研究。我自己在日本一年，深感走出去看世界的必要性，所以我招收的博士生基本上都有海外访学的经历，加上我结合以往工作，申请承担了一个国家社科基金重大项目，题为"海外藏珍稀戏曲俗曲文献汇萃与研究"。依托这个项目，仝婉澄做了日本的中国戏曲研究史，刘蕊做了法藏中国俗文学文献及汉籍研究，徐巧越做了英藏俗文学有关文献的研究，斯维做了悲剧观念的东传研究，林杰祥做了日本俗文学文献的研究。还有一些同学则在参与"全明戏曲"编纂的过程中，找到自己的方向，如罗旭舟做明杂剧研究，李洁做明传奇研究。也有同学在参与集体项目的过程中找到了自己的题目，例如王宣标在调查"全明传奇"目录时，发现《明史·艺文志》的编纂有许多问题尚待澄清；彭秋溪在追索明清曲目时，选择了乾隆朝饬禁戏曲的研究及宫廷档案中的戏曲史料的辑录整理。他们的毕业论文也都得到了专家的好评，这是后话。

我自己则是花了十年时间积累、消化、融通，才完成了日藏戏曲文献的寻访编目、选录影印和专题研究，所以对如何展开一个新领域的研究，有了一套自己的工作程序。首先是对有关文献做全面系统的调查，这种调查不限于国内，而要求放眼全世界，以求全面掌握资料，再在此基础上完成目录编纂；其次，通过版本比勘，考察其中的珍稀文献，申请复制和出版许可；最后，结合文献版本、庋藏源流及相关内容，完成一部研究著作。在我看来，要真正推进一个专题领域的研究，以十到十五年时间为周期是正常的。我为李芳所做的安排，也是按这个程序来展开的，只是当时我个人的工作尚未完成，这些"设想"结果究竟如何，其实尚未可知，所以我很感谢她的信任。按我的安排，子弟书的编目和整理是我们共同合作的课题，"研究"部分则交给她，作为她的毕业论文和后续成果。

子弟书收藏最集中的城市是北京，所以李芳入学后的第一项工作，就是到北京访曲。当时关瑾华刚刚获得硕博连读生资格，也很有兴趣参与调查，于是她们两人结伴而行，一起赴京。

2005年秋冬，她们在北京待了3个月；2006年夏天，再赴北京1个月。当时我们唯一的经费，就是"古委会"的那些资助，她们则想尽办法掰着指头花。先是搭伙到李芳家乡驻京办事处，安顿住宿，每月只花一千多元。两个人拿着北京地图，寻找各路公交的最佳路线，满北京城东奔西跑。外地人不能买月票，她们攒了一大堆一元钱的车票，回来后贴了十几张贴票纸，去向财务处报销。结果是两次北京之行，她们报完账，我的经费还剩余大半。

她们出门时的标配是手提电脑、相机，一套江苏古籍版《子弟书集》（用于核对校勘），以及笔记本、水杯和其他日常用品，就是背一个双肩包，拉一个行李箱，再斜挎一个小包。

她们去时尚是初秋，转眼就到了寒冬，连冬服也都是在北京买的。我听着她们的汇报，浮现在我眼前的景象，是两个个子娇小的南方女孩，穿着厚厚的羽绒服，戴着绒线手套，背着包，拉着箱，在冰天雪地的北国，呵着热气，每天都赶在图书馆善本部开门前到达，总是赖到最后一刻才离开；中午啃两片面包，下午离开图书馆后才找个小吃店填一下肚子；晚上则整理白天所得资料，分档归类，记录在案，然后寻觅第二天的目标。

她们告诉我很快乐，很充实，因为每一天都有新的发现，每个馆里都有新的收获，并且长进很多。因为看到的都是原始文献，有抄本、刻本、石印本，不同的纸张，异样的装帧，各款的印章，笔迹迥异的题识，与看铅字印刷的书籍，是完全不同的感受。她们还说，终于能体会到，为什么老师总说古籍都是有生命的，亲手抚摸书册，她们仿佛看到了一册书从产生到辗转流传的轨迹，体会到前辈们悉心收藏花费的心血。而她们的收获并不限于此，出门在外，她们不仅要学会安排好自己的饮食起居，要适应北方的气候环境，还要与不同类型的图书馆、不同性格的工作人员打交道，要面对诸多的新问题。而通过了考验，就意味着成长。

所有这些，让她们忘记了每天高强度看书的疲劳。也许正是因为她们年轻，充满着朝气，有着昂扬的斗志，让她们没有觉得这是一件苦差事，只留下一生难忘的记忆。

记得她们最初到一家收藏子弟书十分丰富的图书馆访书，由于该馆原则上不对外单位人员开放，查验过介绍信，核对了研究生证，工作人员便公事公办，按规则收取"提书费"，显得十分冷淡，这让她们颇觉难受，于是来向我"诉苦"。我说不用介意，我们会用行动打动他们，改变他们的态度。果然，几天下来，她们每天最早到、最晚走，翻书、核对、记录，几乎不挪窝，忙碌有序，不知时间流逝。这让管理员产生了好奇，于是主动问询了解。她们则如实地告知工作程序，全面系统的调查，逐册验看的要求，令管理员大受感动，觉得她们作为学生能够这般认真投入，实在太难得，就一路绿灯，甚至主动提供了馆藏卡片柜里没有著录、很可能是子弟书的文献，这给了她们意外的惊喜。

我只能利用到北京出差的机会，与她们会合，去解决一些她们难办的事情。然后拉着她们四处"打秋风"，让北京的朋友请客，来"犒劳"她们。记得"敲"卜键兄那次，伊白女史作陪，我们高谈阔论，评点古今，她们听得兴趣盎然，因为这与课堂上的情况完全不同；卜键和伊白还有针对性地为她们做了指导，点明老师从文献入手展开研讨的意义。这些长辈的指点，有时候比自己老师所说，还让她们印象深刻。我带她们拜见了人民文学出版社的弥松颐先生，见到了满族老人家弥奶奶，八十八岁的老人给她们每人都写了"福"字，这份祝福让她们之后的生活与工作都十分顺当。我们一起去拜访李啸仓先生的夫人刘保绵，刘先生慨然搬出所藏子弟书和俗曲让我们翻拍，我们才知道刘先生毕业于北大，也是一位俗文学研究者，这些文献其实是她和李先生共同收藏的，我们还发现傅惜华先生当年可能没有见过这些原本，所以在著录李氏藏书时出现了一些误差。

其间还有一则故事。2005 年 10 月，正当李芳踌躇满志地要在子弟书领域大展拳脚时，忽然发现北师大的一位同学刚完成了一篇题为《子弟书研究》的博士学位论文，她之前设想要写的内容，全都已经写了。她来电告诉我这个情况，情急之下，语含哭音。我觉得题目相重是可能的，但具体做法不可能一样，让她不要着急，先把论文转给我看一看。看过论文，我觉得那位同学凭借个人的努力，独立完成这篇论文，很是难得。但她主要利用了已标点出版的子弟书文献和学者新发掘引用的资料，以及北师大图书馆的一些藏本，而没有想过利用北京的地缘优势来展开系统调查，其核心仍是古代文学研究模式下对题材、内容的讨论。我们则是从文献普查入手，在全面寻访、汇集、研读文献的基础上再深入研讨，二者其实有着很大区别。所以我告诉李芳：不用担心，在你还没有对这个专题做真正的调查与研读之前，单凭印象中的研究范式设计出来的章节、内容，其实是没有太大意义的；我们必须在研读文献之后，才能提出问题、确立观点，所以要有信心，只要继续按计划实施，最后要担心的不是没内容可写，而是内容太多，写不完。这让李芳平静了下来，更加着力于文献搜寻。而她后来论文写作时的情况，也确如我所预料，不是没东西写，而是材料太多，要吃透不易。甚至在毕业之后，又用了十多年时间来慢慢消化，才修订完成她的这部专著。

人生总是充满着缘分。有一次赴京，我去中国社会科学院文学研究所调查子弟书资料，遇见蒋寅兄，承他问起，我陈述了正在做的事情。对我们的做法，他深为欣赏，并且感叹说：现在还有年轻人愿意这么做，很是难得。说完，他又冒了一句：文学所的俗文学收藏极多，无人编目，要是你的学生愿来文学所，我一定支持。没想到，几年后，李芳真的去了文学所工作，其机缘就始于此。

我们在普查了北京、天津、上海、沈阳等地的收藏后，发现还是缺了很重要的一块：刘复（半农）当年收集的文献。1928 年前后，刘复担任历史语言研究所（简称"史语所"）"民间文艺组"负责人，搜集了 2 万多种 6 万多册俗曲唱本，其中仅子弟书一项就超过 1000 种。这批文献在 1949 年之后被迁往台湾，收藏于傅斯年图书馆。2004 年，史语所编选影印了《俗文学丛刊》，在第四辑里收录子弟书条目 309 个，实收 326 种（内有同名异书），每种收一个版本，极大地方便了学者的利用。不过，当同一种书存有多个版本时，编者考虑到文献的完整性，优先择取那些首尾完整、抄录工整的本子，结果所收多为晚清、民国抄本，而一些早期抄本，则因首尾有阙而未获影印。我们编纂总目，要求目验所有版本，再加著录；校理全集时，必须校勘所有版本，最终厘为定本。所以，傅图的收藏，是不可或缺的，必须逐一验勘。但那时两岸尚未通航，要去台湾，并不是一件容易的事情。

2005年，中山大学获得校友资助，设立"凯思奖学金"，资助博士生到海外访学，虽然数额不大，只够支付最基本的交通与住宿费用，生活费用都需自己补贴，但在当时，这样的机会却是极为难得。我第一时间向学校提出了申请，并写信请"中研院"文哲所副所长华玮研究员担任合作导师，终于帮助李芳争取到去文哲所访问半年的机会。于是，李芳成为大陆第一位自筹经费去台湾访学的学生——在此之前只有通过台湾方面的资助，才能成行。

"中研院"不招研究生，或因如此，学生身份的李芳，得到了文哲所和史语所师长的诸多关照，常常被约请共进午餐。那时两岸交流还不是很通畅，很多学者从未来过大陆。他们饶有兴味地询问大陆学生和学界的情况，李芳则乖巧地回答，更多时候是做一个聆听者，安静聆听师长们讲述他们在海外学习的经历，台湾学界的状况，对不同学术流派的评价，以及许多的提点，这大大拓展了她的学术视野。与此同时，李芳作为一个"局外人"，还获悉了诸多学人的"八卦故事"，并且习得一口纯正的台湾腔，直到去北京工作后，才转换了过来。其间，李芳还去台湾大学旁听曾永义先生的课，周末去剧院看戏，与台湾从事戏曲研究的师友们建立了良好的联系。

李芳的日常工作，是每天在上班时间到傅斯年图书馆看书，结束后回到文哲所的研究室整理所得资料、阅读台湾和海外的文献。因为时间紧迫而资料丰富，她带着强烈的"饥饿感"，每天都幸福地泡在书堆里，不知疲倦。她不知道的是，师长们也在观察她，因为这是第一个大陆学生"标本"啊。一年后，我去史语所参加俗文学研讨会，"中研院"的师友对我说：他们每天早上到所里时，李芳就已经在研究室了；晚上十点多准备回家，发现李芳还在研究室。他们感叹台湾的学生不够用功，这样下去，今后和大陆学生的学术能力差距将会越来越大。因为欣赏我的学生，他们无意中对我这个当老师的也"高看"了一眼，这是最令人感到欣慰的事情。

李芳来信汇报说，傅斯年图书馆收藏的广东俗曲也非常丰富，虽然在网络可检索，并且有一部分得到了影印，但还有许多工作可做。于是我与史语所王汎森所长联系，签订了一个合作协议，请他发邀请函，我派学生自费赴台去编那些待编的文献。子弟书项目剩余的一点经费和我新获的一个教育部项目，让这项协议得以完成。王汎森先生也特地从他的所长经费里拨出一些，作为她们的生活补贴，使这个合作项目得以顺利展开。

这样，李芳在台又多待了半年，在全面比对、校核傅图藏本之后，又利用近史所等处的收藏，编制了 7 万余字的子弟书目录。同时，关瑾华、肖少宋、梁基永等几位也前去做了几个月的调查编目，我们基本摸清了傅图所藏俗曲的情况，掌握了许多其他类别的古籍资料。基永在文献收藏方面有许多心得，所以还应邀做了一次小型讲座。

我们这个小小的团队，借助这样的调查工作，除了马彦祥先生的旧藏不知下落，关德栋先生的收藏因未清理不能借阅，可以说在全世界范围内，凡是曾有著录、有人提及的子弟书文献，我们都复查、验看过了，借此全面系统地掌握了现存文献，为总目编纂和全集整理奠定了基础。

应当说，在我们之前，关于子弟书研究做得最为深入的，是台湾政治大学的陈锦钊教授。他 20 世纪 70 年代读硕士时，参与了傅图所藏俗曲的整理工作，主要负责其中的子弟书文献，后来遂以子弟书为对象，完成了博士论文。傅图藏子弟书文献的一些珍稀印记、题识，就是由他首先发掘利用的。20 世纪 90 年代之后，随着两岸交流的增加，他经常利用假期自费来大陆调查子弟书，又发掘了一些重要的资料。我对他的工作深感钦佩，闻知他也有意整理子弟书，我觉得这类文献，出版一次不易，能出一种就不错了，所以在 21 世纪初与他相识时，我曾表达过合作意向，请他负责台湾所藏，我们来承担大陆所藏，但他未置可否。李芳赴台后，我请李芳拜见时再度诚恳相邀，仍未有结果，那就只好各做各的了。

陈先生的优势是他翻阅过傅图所藏，早年的积累较为丰富。不过，当李芳在台一年，按版本目录学的规范要求做全面系统的调查之后，我们掌握的信息，已经超过陈先生了。也缘于他最初并没有这样的意识，后来要再重做，时间和条件已经不允许了。至于大陆所藏资料，虽然他已经做了多年的访书工作，但他只有假期很短的时间，无法像我们这样做地毯式搜寻，加上某些图书馆还人为设置了借阅门槛，他凭个人之力，其实是很难完成普查的。我阅读陈先生的《快书研究》（1982），其中附有他辑录整理的"快书"，发现当有多个版本时，他往往选择最易获取的民国铅印本作为底本，而没有用傅图收藏的清抄本。事实上民国排印本存在较大的改动，已非清代面貌，看来对于底本的择取，对于文献学基本规则的理解，他似乎与我的想法不太一样，所以也确实是分开各做一书为好。

我们在 2007 年左右完成了总目的初稿和全集的录入工作，出了清样之后，又花了多年时间校对，继续补充新发现的资料。有几种同书名、同题材的子弟书，在最初调查时，我们以为是同一书，所以只录了开头数句和末尾数句，经过仔细校勘之后，发现是同题材的别本，需要一并收录，但也有两种郑振铎旧藏本，因为国图将郑氏藏书集中扫描，不能提供，只好付之阙如。

子弟书的句式以七字句为基础，通常又以十字句为多，最多时可达二十余字，为了保持原貌，这多出的字，要用小字双行排列，但这行距很不好掌握。为了版面美观，我请编辑做了很多的尝试，最后终于调到合适的位置。再如子弟书演唱时分"落"，早期抄本都标有分"落"符号，早期刻本则在句末用圆点表示，我们在整理过程中发现这个问题，重新为所有文本补充了"∟"符号。我们整理子弟书大都用三到五个版本做过校勘，心中才算安定，而版面上看，却可能是一个校记也没有。

而我们的勤勉也获得了最好的奖励，那就是"子弟书全集"项目幸运地获得国家出版基金资助，在 2012 年顺利出版，2013 年获得中国出版政府奖图书奖提名奖，可以说谢社长的出版家眼光在这里得到充分体现。2020 年 10 月，陈锦钊先生的《子弟书集成》也由中华书局出版。近十年来，子弟书研究十分活跃，学位论文和期刊论文的数量都有明显增长，想来我们和陈先生所做的文献资料工作，已经产生了作用。

李芳在 2008 年 6 月顺利通过答辩，赴中国社会科学院文学研究所工作。之后又跟随南京大学张宏生教授做一站博士后，主要承担满族词人的词作整理。她把自己的研究领域从子弟书拓展到旗人作家作品的研究，将诗、词、曲、戏剧，合而为一，耐心地积累，慢慢地消化，如今再用了三年多时间，将毕业论文做了认真的修订补充，呈献给读者。我则借此机会，把我们师生合作展开研究的过程做了一番回顾。

是为序。

序 二

关瑾华

李芳来邀我为她的《清代说唱文学子弟书研究》写序，这本书是在李芳的博士学位论文基础上修订增补而成的。作为她在中山大学攻读博士学位期间，从确定以子弟书为研究对象开始，摸查文献，撰写论文这一路如切如磋、如琢如磨的亲密同伴，我想，就来说说当年同行的那一路上冷暖相知的点滴代序吧。

李芳与我于 2002 年、2003 年前后脚进入中山大学古文献研究所读"古典文献学"方向的研究生，当时"古典文献学"方向是个大冷门，整个古文献研究所博士硕士研究生加起来只有 6 个人，我们这 6 人有些"相依为命"的意味，培养出了很深厚的兄弟姐妹般的情谊。

2004 年秋，经过与博士导师黄仕忠老师的认真讨论，李芳确定了以子弟书为博士学位论文的研究对象。子弟书是清代八旗子弟的一种说唱文学，可谓一个非常冷门小众的研究对象，但李芳选择这个题目，是有底气的，因为母校中山大学虽然身处岭南，各种因缘巧合之下却是大陆地区子弟书唱本主要藏处之一，正是古文献研究所自 20 世纪 90 年代起陆续有多位先生对这批文献做过调查，黄仕忠老师也以"子弟书全集"为项目正在开展更广泛深入的研究。黄老师对于某一种俗文学文献的研究，有清晰的路径，首先就是要着眼全球，全面系统调查存藏情况。观之子弟书，北京是大陆地区公私收藏最集中的，所以黄老师在李芳确定题目之初就建议她去北京访曲，一家一家、一本一本、一篇一篇地访。我当时刚刚通过硕博连读考核，也是选了黄仕忠老师来做博士导师，成了李芳的嫡系师妹。黄老师建议我俩结伴一起赴京，之前连广东都甚少离开的我自是被首都北京深深吸引，欣然同意。临行前，为了收拾衣物，我曾问黄老师："我们这次去北京，大概待多久？"黄老师略有保留地说："时间可能需要比较长，大约 1 个月吧！"那时是 10 月，初秋时节，如此算来，零下温度在北京出现前我们总该回到温暖的广州了吧！

不承想，从秋到冬，三个月过去了，北京飘雪了，我们两个南方小女生还裹着款式强于保暖的薄棉衣在各家图书馆穿行——因为馆藏还没看完，老师布置的任务还没完成——实际的情况是因为我们查阅核对得很翔实，发现了不少之前公开披露的馆藏信息之误漏。

第一次去北京的我，竟然待了三个月都不曾去故宫这个大名鼎鼎的景点，因为当时的故宫开放时间还只是周一到周五，就跟图书馆善本室开放时间完全重合了。但现在回想起来，早上在阅览室开门前赶到，下午在管理员三催四请下才依依不舍离开，把在馆时间"榨"到最多，不仅看得更多更仔细，而且能感动管理员们。当时中国艺术研究院戏曲图书室的吴秀慧老师，是一位经验很丰富的图书管理员，一直打理戏曲图书室的各类珍贵戏曲俗曲文献。看着我们每天风雨不动提书看书，中午闭馆休息那一个小时也用来翻查走廊里的书目卡片柜，某日主动提出让我们进入库房检视一些还没来得及仔细整理的小唱本。

那时还没有智能手机，没有××地图 App 一键检索路线，从南城的住处如何往返京中各处图书馆，靠的都是在一张约 2 米 ×1 米大小的北京城市地图上"开盲盒"般查找堪比毛细血管交错繁复的公交线路，某一次我在候车时惊喜发现某一条线路竟然不需要像看地图时得出的路径那样倒两次车就能去到同一个目的地"西四"，兴奋不已地上了车，不料，同名的"西四"，其实在 3 公里开外……

没有美团、饿了么之类的外卖 App，那时的北京连小吃店都很罕见，记得国图北海分馆方圆 1 公里之内都是高耸的围墙，为了争取阅览时长，我很多个中午都只是啃一个馒头完事，待 4：30 闭馆了才以最快的速度去最近的一家面馆——也需步行约 15 分钟——点一碗"烩面"吃下，然后再坐 1 个多小时的公交车回到住处。

也没有××快递，我们结束此次访曲，收拾行李时，校对资料装了满满两个纸箱，非常重，朋友建议拿去邮局寄回广州，我和李芳为此事还专门商议了一个晚上，得出的结论是，所有校对资料一定得随身跟着我们坐火车回去！为了减轻负担，只能把自己带来的衣物拿去邮局寄，当时想的是"如果邮局把包裹寄丢了，或被雨淋湿了，我们这三个月就白干了！"为了带着这两箱宝贝坐火车，还特地去购置了一架小拖车。

2006 年夏，我和李芳第二次结伴赴京访曲，为期一个月。

2007 年初，我和李芳一起在台湾"中研院"傅斯年图书馆访曲，为期三个月。

这样一次又一次地毯式访曲，我和李芳每一个工作日的日程都是相似的，白天在图书馆看书，夜晚回到住处就交流当天的所见所得所思。起初，我们只是听话地按照老师的要求借阅著录核对，当我们亲见的子弟书越来越多，就渐有披沙拣金的惊喜出现，譬如"乚"这个符号到底何意何用，寻找答案的过程也为"子弟书全集"团队决定要在自己编辑刊行的排印本里有讲究地印上"乚"提供有力支撑。何为文献？文献学何为？这些我初入古典文献学专业时存下的疑问，也是在这种与研究对象不间断亲密接触的过程中逐渐烟消云散。在北京的某个小饭馆里，黄老师曾向我和李芳说过这样的"金句"：聚光灯不可能总是打在你身上，无论身处聚光灯内外，我们都要坚持把自己的事做好。就像子弟书、木鱼书等俗文学文献这么些鲜有人问津的冷煎堆，因为有了前赴后继坚持不懈的访查著录整理，渐成熠熠发光的金子，吸引着学界聚光灯聚焦。

2022 年初，欣闻《清代说唱文学子弟书研究》即将正式出版，距离 2005 年我和李芳第一次做伴进京查阅子弟书，已十八个年头过去，仿佛懵懂女孩经十八载成长，芳华正茂，期许这是一个新的起点，李芳的学术之涯，子弟书及更多俗文学文献的探索发现之涯，日渐葱茏。

第一章 绪 论

《诗·大序》有言:"诗者,志之所之也。在心为志,发言为诗,情动于中而形于言。言之不足,故嗟叹之。嗟叹之不足,故咏歌之。咏歌之不足,不知手之舞之,足之蹈之也。"心内有所感,以言说、嗟叹和歌咏的方式加以表现,也正是说唱文学的萌芽和发端。说唱,又称讲唱,概言之,即说与唱相结合的艺术形式,是先民将讲说故事与歌咏性情的天性结合在一起的产物,其由来久矣。如今,研究者大都将说唱文学之起源,向上追溯至荀子《成相》篇,以此文为后世韵文唱词之滥觞。①《成相》篇采用规律性、节奏性句式,押同一韵脚,或可称为我国说唱文学最早之借鉴与雏形;此后,说唱文学分为曲牌体和诗赞体两个支脉,各有长足发展。其中,最为著名的莫属鼓词和弹词。鼓词和弹词,分别作为北方、南方说唱艺术发展的巅峰和代表,时至今日,仍不减其文学和艺术的魅力。

明清时期,叙事性文学如戏曲、小说蔚为大观,说唱与之同声相应,迭出纷呈。本书所讨论的对象"子弟书",是清代初年出现的一种说唱艺术形式。它发轫于康熙、雍正年间,至乾隆朝方得以广泛流传,在京、津、沈三地盛行百余年之后,清末民初交替之时,即已难闻其声,渐成绝响。在种类纷繁、各有特色的说唱艺术领域,子弟书流行的时间并不算长,区域亦不算广,但被启功先生誉为足与"唐诗、宋词、元曲、明传奇"相媲美的清代说唱艺术作品,成为一"绝"。② 它的独特之处在于:作为满族入关之后萌生的一种艺术形式,它既保存有满族文学艺术的特色,又反映了满汉两族在文化艺术上的交流;作为从八旗贵族府邸

---

① 如:"先秦说唱本有文字存世的,最早可见《荀子·成相》篇"(吴同瑞、王文宝、段宝林编《中国俗文学概论》,北京大学出版社,1997,第139页)。"战国时代的大思想家荀子所作《成相辞》,从内容到形式,更像一篇绝妙的曲艺唱词"(吴文科:《中国曲艺通论》,山西教育出版社,2002,第17页)。

② 启功:《创造性的新诗子弟书》,《文史》1985年第23辑,第239页。

流传到民间的一种表演艺术，它既有文人雅士所津津乐道的优美词句，又有平民百姓所喜闻乐见的表现形式。从萌生至消歇，子弟书始终与商业性质的文本刊印和舞台演出若即若离，它在鼎盛时期的表演方式，大都是家庭宴会和票友聚会时的自娱自乐；赖以流传的文本，也以书坊抄卖本和爱好者的传抄本居多。如此特点，让它自有一种飘逸出尘的清新之气，有着独特的魅力和价值。

虽然子弟书因其清新优雅的唱词、沉郁缓慢的风格一度备受推崇，但随着清中、晚期戏园的兴盛和戏剧的发展，民间俗曲的流行趋势转向喧哗与热闹，它不敌单弦、大鼓等后起曲艺的兴起与盛行，于清末民初时逐渐走向衰落，乃至最终人间无闻。在子弟书濒临绝迹之时，京、津等地亦有时人为改造其唱腔，保存、整理其文本做出了一定的努力，但是究竟不能抵挡其迅速滑落之颓势。

在现代学术史上，子弟书的整理与研究始于 20 世纪 20 年代，当时，北京大学收集民谣，倡导民俗研究，开近代学术史中民间文化与文学研究风气之先，引发学者关注、收集和整理、研究民间文艺，子弟书亦由此得以进入学术研究的视野。刘复、李家瑞《中国俗曲总目稿》（1932）和傅惜华《子弟书总目》（1954 年修订版），是了解当时子弟书曲目存藏情况的重要参考目录。一百年来，因其独特的魅力和价值，子弟书获得了学界广泛、重点的关注，在中国大陆、台湾和日本、欧美学者的共同努力下，子弟书的整理与研究取得了众多成果。早期研究中主要面临的困难，在于子弟书的文本形式，多为清代至民国间稿本、抄本，保存不易，收藏分散，查阅不便。近年以来，随着私人藏书陆续进入公立图书馆，各大图书馆目录编撰日益完善，海外汉籍愈来愈受到重视，古籍数据库检索阅览系统发展迅速，子弟书文本也逐渐易为研究者得见，相关资料陆续披露，尤其是《新编子弟书总目》（黄仕忠、李芳、关瑾华编，广西师范大学出版社，2012）著录了存世所知的所有子弟书篇目、版本和藏地；又有《子弟书全集》（黄仕忠、李芳、关瑾华编，全 10 卷，社会科学文献出版社，2012）和《子弟书集成》（陈锦钊编，全 24 册，中华书局，2020）两部全集性质的整理作品相继出版，现知的子弟书存世文献已经悉数得到公开刊布。文献的充分发掘，使得子弟书的深入研究成为可能。

下文拟就藏书状况、文本整理和研究成果三个方面，回顾、总结近百年来子弟书研究的基本情况和相关成果。

第一节　子弟书文本之收藏及流转

子弟书创制于清康乾年间，在清末和民国时期的笔记中时见记载，约略可见其在当时的盛况和文人的推崇。

如光绪四年（1878）沈阳缪东霖所作《陪京杂述》之"杂艺"类：

> 说书　人有四等，最上者为子弟书，次平词，次漫西成调，又其次为大鼓梅花调，既荒唐词句又多。①

光绪二十六年（1900）敦崇《燕京岁时记》"封台"条：

> 子弟书音调沉穆，词亦高雅。②

光绪二十九年（1903）震钧《天咫偶闻》：

> 旧日鼓词，有所谓子弟书者。始创于八旗子弟，其词雅驯，其声和缓，有东城调、西城调之分。西调尤缓而低，一韵萦纡良久。此等艺内城士夫多擅场，而赘人其次也。然赘人擅此者，如王心远、赵德璧之属，声价极昂，今已顿绝。③

蔡绳格《金台杂俎》：

> （子弟书）分东西城两派，词婉韵雅，如乐中琴瑟，必神闲气

---

① （清）缪东霖：《陪京杂述》，清光绪刊本，收入沈云龙主编《近代中国史料丛刊》，第 349－350 册，台北文海出版社，1969，第 640 页。
② （清）富察敦崇：《燕京岁时记》，存清光绪三十二年刊本。此处引自北京古籍出版社 1981 年排印本，与（清）潘荣陛《帝京岁时纪胜》合刊，第 94 页。
③ （清）震钧：《天咫偶闻》，存清光绪三十三年刻本。此处引自北京古籍出版社 1982 年排印本，第 175 页。

定，始可聆此。①

民国五年（1916）徐珂编撰《清稗类钞》"音乐"类：

> 京师有子弟书，为八旗子弟所创，词雅声和，且有东城调、西城调之别。西调尤缓而低，一韵萦纡良久。瞽人辄以此为业，如王心远、赵德璧（璧）辈，声价至高，可与内城士夫之擅场者比肩而并矣。②

上引文词共同指向子弟书最为显著的特性，一字以蔽之：雅。其音清雅隽永，沁人心脾。清代竹枝词曾描写聆听子弟书演唱以消炎夏之情景，谓"儿童门外喊冰核，莲子桃仁酒正沽。西韵《悲秋》书可听，浮瓜沉李且欢娱"③。描写京城夏日酷暑中以听书、吃零嘴和水果得遣清兴之情形，子弟书中的名篇西韵《悲秋》，风格悲凉清越，闻之可以消暑。

在子弟书创作与演出极盛之清中叶，其创制者、创作者、演唱者和爱好者的旗人宅邸，应均收藏有不少此类曲本。据现有文献资料可知，无论是内廷王府如清宫升平署、蒙古车王府，还是私家庋藏如北京三畏氏、天津萧文澄氏，均对此项曲文之收集、整理落力甚多。蒙古车王府收藏的大宗戏曲俗曲唱本中，现留存有近 300 种子弟书文本，无疑即为当时境况之缩影。借由归入故宫博物院的升平署诸旧藏本、清代抄书作坊之抄录目录、爱好者在子弟书抄本中留下的题签印记等线索，我们可以勾勒出一幅自宫廷至民间的子弟书收藏地图，亦可从中窥见子弟书在当时广受欢迎的整体图景。唯因近代百余年时事变幻，沧海桑田，斯人已逝，书籍四散，遂不复得见当初之风貌。

故宫藏书，无疑是中国书籍最精华之所在，子弟书亦在其中占有一席之地。史语所编《俗文学丛刊》所收子弟书，目录于篇名后均题"升

---

① 转引自傅惜华《子弟书考》，收入《曲艺论丛》，上海文艺联合出版社，1953，第 95 页。
② 徐珂：《清稗类钞》，中华书局，1984，第 4954 页。按：徐氏此书乃择摘前人之文所成，"子弟书"一条，与上文所引震钧《天咫偶闻》文字相类。
③ 得硕亭著，描写京城夏日消闲之情形。引自雷梦水等编《中华竹枝词》第 1 册，北京古籍出版社，1997，第 151 页。

平署"，可知皆原藏于清宫升平署。升平署为掌管清宫戏曲创作与演出之机构，王芷章先生叙其成立之渊源曰：

> （京师演戏之盛）施用于内者，则成立南府，专供演戏。又以其他杂技百乐附之。历选苏扬皖鄂各地伶工进内教演。自乾隆初岁创设，至道光七年改名升平署，迄宣统三年止，计有近二百年之历史。所自编与所尝演之戏，又不下数千余种，开旷代未有之局，创千古罕睹之事，岂不伟欤。①

升平署藏有大量戏曲抄本，尤以清宫创作的承应戏至为珍贵。所藏曲艺曲本，相较之下数量并不算多，《清宫藏书》一书中曾记载道：

> 清宫升平署还遗存有多种曲艺本，和剧本存放一处，届时也由升平署人员承应于宫廷范围，供帝后欣赏，所以这些曲艺本也应属于清宫剧本范畴之内。升平署曲艺本的种类有：大鼓、莲花落、秧歌、牌子曲、快书、石韵书、鼓词、子弟书和岔曲，其中以子弟书和岔曲篇目最多。……每本均不著撰者姓氏，一般先在社会流传，而后传入宫廷。
> 子弟书有《刺虎》、《咤美》、《阳告》等80余部。②

《故宫珍本丛刊》（海南出版社，2001，影印本），采撷故宫博物院经史子集四部之孤本、珍本，琳琅满目，蔚为大观。《故宫珍本丛刊》第697－699分册为《岔曲大鼓莲花落秧歌快书子弟书》，卷首目录共收子弟书89种95部，但每册所收篇目和所在页码，都有讹误，详见后文。

清代另一大宗著名的曲本是车王府藏曲本，即蒙古车登巴扎尔王府中汇集收藏的大批俗曲，包括弹词、鼓词、皮黄、子弟书等，王季思先生曾将其视作继安阳甲骨、敦煌文书之后的又一大发现，其价值和重要

---

① 王芷章：《清升平署志略》，商务印书馆，2006，第2页。
② 齐秀梅、杨玉良：《清宫藏书》，紫禁城出版社，2005，第431－432页。

性不言而喻。① 据黄仕忠老师考证，这批俗曲的主要收藏时间，是在道光十年至咸丰二年（1830－1852）之间，主要由车登巴扎尔收藏，他的儿子达尔玛、孙子那彦图也收藏了一小部分。车王府藏曲本中另有散出者，为长泽规矩也和傅惜华购得，今分别藏于东京大学东洋文化研究所和中国艺术研究院图书馆。②

清末民初交替之际，子弟书的演唱逐渐湮没不闻，也引发爱好者和有心人特别留意子弟书的文本收集与保存。据笔者目前所做之文本调查，在民国初年，北京的三畏氏、小莲池居士，天津的无名氏、萧文澄，都曾着力搜集过子弟书曲本。对于自己的藏本，他们或编集整理，或择选刊布，或编撰目录。但是，即使在当时，子弟书之文本收藏，已非易事。民国十一年（1922），北京署"金台三畏氏"者，仿臧晋叔《元曲选》之例，选子弟书 100 种编成《绿棠吟馆子弟书选》20 卷。其序言言及编选过程，曰：

> 从前余家所藏此项子弟书不下百余种，因庚子变乱，尽行遗失。迨和局定后，而京师出售此项曲本之家，大都歇业。暇时偶一思及，颇难物色，殊可惜也。比年以来，又复随时搜罗，仅得六十余种。然瑕瑜互见，非尽无上妙品。盖作者既非出自一人之手笔，则文字之工拙自然不能一致。惟区区此数，亦如麟角凤毛而求之不易得者也。近蒙老友蔡石隐先生介绍，谓其友小莲池居士家藏此项曲本甚多。余即往访求之，而居士慨然允许抄录。于是又得四十余种，如获奇珍。爰仿元人百种曲体裁，选成百种，以存古人高山流水之遗韵焉。余因恐此项曲本失传，有如广陵之散，特为付梓，以供于世。③

---

① 王季思：《安阳甲骨、敦煌文书之后又一重大发现》，《车王府曲本研究》，广东人民出版社，2000，第 3 页。

② 关于车王府藏曲本的具体情况，详参黄仕忠《车王府藏曲本考》一文，载《俗文学学术研讨会会议论文集》，中研院史语所，2006，第 229－271 页；后收入黄仕忠《海内外中国戏剧史家自选集·黄仕忠卷》，大象出版社，2017。

③ 金台三畏氏：《绿棠吟馆子弟书选》序，稿本，藏首都图书馆。据李振聚考证，"金台三畏氏"为满族人蕴和，又署"富竹泉"（参见李振聚《〈绿棠吟馆子弟书选〉编者考》，《民族文学研究》2020 年第 2 期）。蕴和的绿棠吟馆中藏书甚丰，编有《绿棠吟馆书目》稿本 8 册，国家图书馆出版社，2021，影印本。

这篇序言揭示了子弟书曲文收集不易的原因：庚子事变之前的百余种在乱世中遗失，时局平稳之后，出售曲本的书坊大多歇业，难寻其踪，费尽心力四处搜访，也仅得 60 余种。令人喟叹的是，"三畏氏"为保存"古人高山流水之遗韵"而编撰之《子弟书选》，因民国年间北方战事频仍，未及付梓，原稿即已散佚。唯据首都图书馆藏之第一卷，可略知其概貌，其篇目的详细考证参见本书附录。

北京的"三畏氏"之外，天津亦有子弟书爱好者，曾汇集、收藏子弟书曲本达 382 种，并据所藏编成《子弟书目录》，其中多有百本张、乐善堂、别野堂等书坊目录未载之篇目，现藏天津图书馆。然这批子弟书后来散出，不知所踪，唯其目尚存。此目与《子弟书总目》著录之马彦祥藏书极为吻合，笔者疑其中部分藏本后归马氏收藏。① 天津图书馆又藏题"萧文澄"者编选的《子弟书约选日记》一册。此书自六月廿八日至十月廿二日，以日记体逐日记载作者摘选子弟书文本以抄录、保存之过程。据此日记，经萧氏编选、评点过之子弟书文本，达130 种之多。其日记中并未提及其文本来源。笔者以为，取自其自藏的可能性颇大。②

20 世纪 20 年代，子弟书进入近代学者的研究视野后，散落在民间的文本多为学者尽力收集，并赖以得到良好的保存。此间，子弟书文本的最大两宗入藏，为孔德学校收购的车王府旧藏曲本和中研院民间文艺组收集曲本中的子弟书部分。此外，俗文学的研究名家，如刘复（1891 - 1934）、阿英（1900 - 1977）、傅惜华（1907 - 1970）、马彦祥（1907 - 1988）、杜颖陶（1908 - 1963）、吴晓铃（1914 - 1995）、关德栋（1920 - 2005）等前辈学人，及戏曲表演艺术家梅兰芳（1894 - 1961）、程砚秋（1904 - 1958），均重视此项曲本的搜求收藏，私藏子弟书皆非鲜数，且多有孤本、善本。就海外而言，民国初期，日本有多位学者来中国访书，亦曾瞩目于俗曲唱本的收购。日本现今所藏之子弟书，大部分为此时采

① 据笔者考察，其所录抄本之主体部分归马彦祥，因其中多种篇目今未见传本，故马氏所藏子弟书亦多属孤本。惜马氏藏书今亦不见，无法一一对照核实。详见后文。

② 天津图书馆藏《子弟书目录》和《子弟书约选日记》的基本情况，参见崔蕴华《书斋与书坊之间——清代子弟书研究》，北京大学出版社，2005，第 117 - 134、140 - 147页。按：笔者认为，萧文澄所编选之子弟书文本，与天津此无名氏收集之曲本有着密切的联系。详见后文。

购所得。目前，大陆和日本学者之藏书多归于各公私图书馆，使得当今子弟书的收藏，形成了北京、台北和以东京为代表的海外地区的鼎足之势。

一　北京

作为子弟书发源及传唱最盛的地区，北京的文本收藏自然最为丰富。其中，尤以国家图书馆、首都图书馆、北京大学图书馆、中国艺术研究院图书馆、故宫博物院图书馆等藏馆的子弟书文本最具特色与价值。藏于北京的子弟书文本，最引人瞩目的，莫过于车王府旧藏曲本。1925年，马廉（1893－1935，字隅卿）在主政孔德学校期间收购车王府旧藏曲本，无疑是中国俗曲研究史上的一次标志性事件。刘复曾回忆这段历史说：

> 俗曲的搜集，虽然是北京大学歌谣研究会开的端，而孔德学校购入大批车王府曲本，却是一件值得记载的事。那是民国十四年秋季，我初回北平，借住该校。一天，我到马隅卿先生的办公室里，看见地上堆着一大堆的旧抄本，我说："那是甚么东西？"隅卿说："你看看，有用没有？"我随便检几本一看，就说："好东西！学校不买我买。""既然是好东西，那就只能让学校买，不能给你买。""那亦好，只要不放手就是。"后来该校居然以五十元买成，整整装满了两大书架，而车王府曲本的声名，竟喧传全国了。①

刘复在《中国俗曲总目稿》序言中提到的此批戏曲曲艺曲本，以 50元廉价购得。据马廉称，是"买蒙古车王府大宗小说戏曲时附带得来的"②，其中包括有近 300 种子弟书。马廉委托顾颉刚为这批曲本编制了

---

① 刘复：《中国俗曲总目稿》"序"，刘复、李家瑞编《中国俗曲总目稿》，台北文海出版社，1973，第 1 页。

② 顾颉刚：《北京孔德学校图书馆所藏蒙古车王府曲本分类目录》（续），《孔德月刊》1927 年 1 月 15 日第 5 期，第 67 页。此问题最早由黄仕忠拈出，可参黄仕忠《车王府藏曲本考》。又，丁春华对此问题有详细分析，可参其《车王府曲本专题研究》，中山大学博士学位论文，2008。

一份细目，以《北京孔德学校图书馆所藏蒙古车王府曲本分类目录》为题发表在《孔德月刊》第 3 期和第 4 期。孔德学校购藏的这批曲本，后分别归入北京大学图书馆和首都图书馆收藏。① 在两处原抄本藏馆之外，车王府曲本尚有三种复抄本。1927 年，顾颉刚任教于广州中山大学，主持成立中山大学民俗学会，收集俗文学相关资料成为其热心的工作之一。因此，他促成中山大学语言历史研究所从孔德学校过录了一份车王府曲本；此批曲本的原本，现均归北京大学图书馆收藏。此为复本第一种。1928 年，刘半农主持中研院历史语言研究所民间文艺组工作时，因有《中国俗曲总目稿》之编撰计划，也安排人员从孔德学校抄录了一部分车王府曲本。此为复本第二种。20 世纪 60 年代，首都图书馆抄录了一份归入北大图书馆的车王府曲本，此为复本第三种。首都图书馆因拥有复抄本和本馆藏原抄本，从而成为收藏车王府旧藏曲本最完整最丰富的藏馆。据统计，车王府旧藏曲本中，共有戏曲 993 种，曲艺 1017 种，共 2010 种；其中子弟书 291 种。② 就子弟书部分而言，顾颉刚整理时分为 20 函，现北京大学藏有前 18 函，首都图书馆藏有末二函。③

吴晓铃赠书中之子弟书部分，亦是首都图书馆重要藏本的来源。吴氏"双楷书屋"藏曲之丰，吴书荫《吴晓铃先生和"双楷书屋"

---

① 孔德学校购得之车王府旧藏曲本，为两批分别购得。第一批后售赠北京大学图书馆，第二批后归首都图书馆。此为学界一般认同之说法。黄仕忠老师考察北京大学、首都图书馆藏本后认为，孔德学校分两批购入的曲本，仅将顾颉刚先生目录所录移交北京大学，剩余部分在 20 世纪 50 年代初期归入首都图书馆，并非以购入之时间先后分属两馆（参见《车王府藏曲本考》一文）。又，丁春华考察顾颉刚为孔德学校编撰车王府旧藏曲本目录始末后认为，车王府旧藏戏曲曲艺曲本为孔德学校一次性购入，顾颉刚之目录为未完之稿，其目录著录部分归入北大，未录部分归入首图。

② 按：仇江、张小莹《车王府曲本全目及藏本分布》一文统计为 300 种（参见《车王府曲本研究》，广东人民出版社，2000，第 185 页）。300 种中，《阴告》一种为重收，即为《阳告》；陈锦钊先生已将其中误收之《打登州》、《草船借箭》、《削道冠儿》、《碰碑》、《赤壁鏖兵》、《舌战群儒》、《血带诏》和《淤泥河》等 8 篇快书拙出；详可参见陈锦钊《论〈清蒙古车王府藏曲本〉及近年大陆出版有关子弟书的资料》，《曲艺讲坛》1998 年第 4 期，第 39－44 页。故此，车王府旧藏子弟书实为 291 种。

③ 关于车王府曲本的来源、收藏和流向等问题，黄仕忠《车王府藏曲本考》一文考之甚详，可参。有关车王府旧藏抄本在北京大学图书馆、首都图书馆和中山大学图书馆收藏的具体篇目，详可参仇江、张小莹《车王府曲本全目及藏本分布》一文。

藏曲》^①一文介绍甚详。吴氏藏书之子弟书部分，则有其生前所手订之《绥中吴氏双梄书屋所藏子弟书目录》^②可资参考。据此目录，吴氏藏子弟书共计 73 种，84 部。吴晓铃藏书于 2001 年捐赠于首都图书馆。笔者在 2004 年冬赴北京首图逐本查阅吴氏藏子弟书，发现首图目前所藏，与其生前之著录相较，部分篇目和版本有异，详见本书附录。

　　傅惜华、杜颖陶、程砚秋和梅兰芳等生前皆以致力收藏戏曲、曲艺书籍闻名。他们离世之后，私藏书籍最终归入生前曾经工作过的中国戏曲研究院（现中国艺术研究院戏曲研究所）。由是之故，目前，中国艺术研究院图书馆是汇集私人旧藏子弟书最为丰富的藏馆，内中多有孤本和珍本。20 世纪 40 年代，傅惜华初编《子弟书总目》之时，即已收录了碧蕖馆自藏子弟书；其后补订《总目》，应一一目验过杜颖陶、程砚秋、梅兰芳、马彦祥之藏书，并悉数收录于《总目》之中。然笔者查阅艺术研究院之藏书，标注杜、程、梅旧藏者，却与傅氏著录存有若干抵牾之处。此种情况，当为《总目》成稿之后，诸家所藏，陆续又有变更，详见本书附录。

　　国家图书馆中藏有一批民间爱好者的抄本，极为珍贵。这批爱好者抄本中，有题为《子弟书》二函，共 12 册，录有子弟书 49 种，抄写甚精。其中 7 种，被《中国俗曲总目稿》误以北平图书馆藏孤本著录，详见本书附录。除此之外，余本均未见诸介绍，或为 1949 年之后方收罗所得。尤为可贵的是，国图此批藏本中，多留有爱好者在抄写时随手记录的只言片语，成为研究子弟书版本与传播的珍贵材料。国图现已将此批

---

① 吴书荫：《吴晓铃先生和"双梄书屋"藏曲》，刊于《中国文哲研究通讯》2003 年第 14 卷第 3 期，中研院文哲所出版。此文亦为《绥中吴氏抄本稿本戏曲丛刊》影印本前言，学苑出版社，2004。文中对吴晓铃先生藏子弟书介绍说："据傅惜华《子弟书总目》著录，公私收藏子弟书有四四六种（可能还不止此数），而绥中吴氏就藏有一百多种，可以和中国艺术研究院图书馆（傅惜华旧藏）、中研院傅斯年图书馆鼎足而立。其中绝大多数是百本张的抄本，有早期作者罗松窗的代表作《红拂私奔》，以及裕文斋梓行的韩小窗的《得钞嗷妻》、别野堂钞本《陈齐相骂》（齐、陈二字误倒，应为《齐陈相骂》，笔者注）、三盛堂梓行的《崇祯爷分宫》等，都是不经见的珍本，至于《三皇会》、《干鲜果菜名》，更不见著录和收藏。"按：吴氏藏子弟书，笔者在 2004 年曾逐一翻检著录，其中《干鲜果菜名》一种实非子弟书，应为时调小曲；吴书荫先生当据首都图书馆著录致误。可参本书附录。

② 吴晓铃：《绥中吴氏双梄书屋所藏子弟书目录》，《文学遗产》1982 年第 4 期，第 150 - 156 页。

曲本陆续编目、上架，可通过网络检索得见其简目。

　　私人藏书中，刘复所藏《旧钞北平俗曲》现归入北京民族图书馆，其中有数种子弟书。① 郑振铎旧藏现归入国家图书馆，李啸仓旧藏现藏于北京家中。让人扼腕叹息的是，阿英、马彦祥之旧藏子弟书，历经"文革"动乱后下落不明。马彦祥所藏小说戏曲今已归首都图书馆，但其旧藏子弟书，虽经多方查访，包括问询其后人，均未有结果。② 阿英之普通藏书今归安徽芜湖市立图书馆。但据其《〈刺虎〉子弟书两种》一文介绍，他曾藏金氏抄本子弟书 16 种，内有《琵琶行》四回、《热结十弟兄》一回等数种孤本，今均不知去向。③

二　台北

　　台北的子弟书文本，集中收藏于中研院傅斯年图书馆。20 世纪 20 年代末，傅斯年主持创办中研院历史语言研究所，在其拟订的《拟中研院语言历史学研究所筹备办法》中，即有"民俗材料的征集"一项，"此类材料，随征集，随整理，择要刊布"④。1928 年 10 月 1 日，中研院历史语言研究所民间文艺组正式成立。该组"设于北平，由研究员刘复为组主任。研究范围包括歌谣、传说、故事、俗曲、俗乐、谚语、谜语、歇后语、切口语、叫卖声等，凡一般民众以语言、文字、音乐等表示其思想、情绪之作品一律加以搜集研究"⑤。刘复草拟的《国立中研院历史语言研究所民间文艺组工作计划书》中，俗曲的收集和整理包括以下几项内容：

　　　　——拟于一二年内，以搜集资料，并整理已得材料为主要工作。

---

① 据《北平图书馆音乐戏曲展览目录》，刘复尚藏有其他数种子弟书抄本，惜目前未知下落。

② 首都图书馆藏吴晓铃先生旧藏书籍中，有吴氏所作书跋，提及马彦祥旧藏书籍中有一部分流出坊间的情况。

③ 阿英：《〈刺虎〉子弟书两种》，载《阿英全集》第 7 卷，安徽教育出版社，2004，第 574 - 578 页。

④ 见台北傅斯年图书馆藏史语所档案。转引自王汎森《刘半农与史语所的"民间文艺组"》，载杜正胜、王汎森主编《新学术之路——中研院历史语言研究所七十周年纪念文集》，中研院历史语言研究所，1998，第 124 页。

⑤ 王汎森：《刘半农与史语所的"民间文艺组"》，第 124 页。

俟材料稍丰，再作比较及综合研究。

　　——北平孔德学校所藏蒙古车王府曲本，现已商得该校同意，着手借钞。

　　——右项曲本均随钞随校；并每校一种，随手作一提要，由刘复、李家瑞二人任其事，将来拟仿清黄文旸《曲海总目提要》之例，汇为《车王府俗曲提要》一书。

　　——常惠十年来所搜集之现行俗曲七百余种，现已商请让归本组，由李荐侬担任分类及编目，并仍由常惠担任继续搜集。其属于北京者，常惠拟另行提出，作系统的研究。

　　——右项曲本亦由刘复、李家瑞二人担任作提要，将来拟汇为《现行俗曲提要》一书；其音乐上的研究，仍由郑祖荫、刘天华二人任之。①

　　此后，刘复带领李荐侬、刘澄清、李家瑞与常惠诸位民间文艺组成员，历时三年有余，"一边编目，一边采访搜集"，编成《中国俗曲总目稿》，收录11省俗曲6000多种，其中子弟书370余种。在此过程中，历史语言研究所购得不少俗曲曲本，包括大量的子弟书；又复抄了一部分车王府旧藏子弟书，馆藏子弟书版本多达千种，令人叹为观止。李家瑞并据史语所所藏资料，撰成俗曲研究专著《北平俗曲略》。② 全书分说书、戏剧、杂曲、杂耍和徒歌五属，是学界瞩目、收集俗文学曲本之后，第一部专门、系统的俗曲研究著作。

　　全面抗战爆发后，历史语言研究所的六大箱俗曲资料跟随中研院由北平迁往南京，由南京至四川，抗战结束后，又由四川至南京，最后抵达台湾。在此过程中，曾有传言说这批资料在迁往云南的过程中，被日军飞机炸沉于江中，故傅惜华在编撰《子弟书总目》时，并未见过中研院藏本，其相关资料，悉数移录自《中国俗曲总目稿》。他在著录中研院藏本时，均题作"前中研院藏，已毁"，语含沉痛。事实上，这批俗曲资料一直完整地封存于傅斯年图书馆，只是学界难以得见，大陆对其

---

① 王汎森：《刘半农与史语所的"民间文艺组"》，第 131 – 133 页。
② 李家瑞：《北平俗曲略》，中研院历史语言研究所，1933；1988 年，中国曲艺出版社据此再版。

存亡状况尤为不明，导致今日偶尔仍有延用"已毁"一说之情况。[1]
1965 年，赵元任之女，哈佛大学东亚学系教授赵如兰访台，要求查阅这
批曲本，借此机缘，此批俗曲才得以重见天日。赵如兰教授为哈佛大学拍
摄全份微缩胶卷，共 232 卷，其后剑桥大学亦复制一份。杨时逢并耗时一
年，为这批资料编撰了简目。其后，史语所研究员俞大纲曾专门撰文，呼
吁整理研究此批资料。1973 年，曾永义先生应时任史语所所长的屈万里研
究员所托，成立"分类编目中研院史语所所藏俗文学资料工作小组"，主
持对中研院历史语言研究所所藏俗文学的整理编目工作。工作小组以李家
瑞的《北平俗曲略》为工作蓝本，在此基础上，又增加"杂著"一种，将
五属之外的民间俗文归并于此；所得总计 6 属 137 类 10801 种 14860 目。此
次目录编入资料，数量较《中国俗曲总目稿》为多，因为包括了史语所在
抗战前后收集的一些书籍和曾先生搜集的台湾歌谣 394 种。[2] 然其目由于
种种原因并未公开发表，今有稿本存傅斯年图书馆。[3]

三　海外

子弟书的海外收藏以日本的公私藏书为主。日本的子弟书收藏，原
分散存于多位学者的藏书之中。随着日本中国学的建立和兴起，晚清至民
国初，成为中国古籍流入日本的一个重要时期。日本中国学京都学派的创
始者内藤湖南（1866 – 1934）在 1910 年的一次来华调查敦煌古书和内阁大
库的古书时，就已经特别留意对中国的戏曲和小说文献的搜求。[4] 在此之

---

① 如李豫教授在 2006 年领衔编撰之《中国鼓词总目》，即称"夹注'已毁'字样，是表
示这种版本原属于解放前的'中研院历史语言研究所'所藏，后来这批民间文学遗产
在抗日战争时期，国民政府将其从南京运往云南途中沉没江中，全部毁灭"（参见李
豫、李雪梅等编《中国鼓词总目》"凡例"，山西教育出版社，2006，第 3 – 4 页）。

② 关于中研院历史语言研究所搜集的俗曲资料的情况，详见俞大纲《发掘中研院所保存
的戏剧宝藏》，载《戏剧纵横谈》，台北传记文学出版社，1979；曾永义《中研院所藏
俗文学资料的分类整理和编目》，载《说俗文学》，台北联经出版事业公司，1980；曾
永义《俞大纲先生与史语所俗文学资料》，载杜正胜、王汎森主编《新学术之路——中
研院历史语言研究所七十周年纪念文集》，中研院历史语言研究所，1998。

③ 关于傅斯年图书馆俗文学文献的情况，可参汤蔓媛《话说从头——傅斯年图书馆的
俗文学资料》一文介绍（《俗文学学术研讨会会议论文集》，中研院历史语言研究所，
2006）。

④ 见内藤湖南《京都大学教授赴清国学术考察报告》，载钱婉约、宋炎译《日本学人中国
访书记》，中华书局，2006，第 4、23 – 25 页。

后，长泽规矩也（1902 - 1980）、仓石武四郎（1897 - 1975）、长田夏树
（1920 - 2010）、滨一卫（1909 - 1984）、泽田瑞穗（1912 - 2002）、波多
野太郎（1912 - 2003）等学者十分关注中国俗文学的研究，积极收集中
国戏曲、曲艺唱本。长泽规矩也、吉川幸次郎（1904 - 1980）等曾撰文回
忆在中国的访书过程，有助于我们了解当时的具体情况。① 是故，由长
泽藏书构成的双红堂文库、仓石藏书构成的仓石文库（以上现藏东京大
学）、泽田藏书构成的风陵文库（早稻田大学）、滨一卫藏书构成的滨文
库（九州大学），均藏有为数不少的子弟书珍本。以上文库所藏，现有
长泽氏自编《双红堂文库目录》、早稻田大学图书馆编《风陵文库目
录》② 等可资查阅。

　　关于日本学人的访求中国古籍，尤其是戏曲、小说的过程和积累，
黄仕忠老师撰有长文叙之甚详。③ 此外，他在访日期间，曾详细考察了
东京大学东洋文化研究所所藏戏曲文献，又为双红堂文库、仓石文库、
永尾文库藏子弟书编撰了细目，并加以文字校勘。根据他的考察，双红
堂文库今藏子弟书共 28 种，仓石文库藏子弟书 8 种（含硬书 1 种），永
尾文库藏子弟书 7 种（含子弟书词 2 种）。④ 康保成老师撰有《滨文库读
曲三则》⑤ 一文，介绍了滨文库藏子弟书的相关状况。

第二节　子弟书文本之著录与整理

　　子弟书的文本整理工作，由郑振铎导夫先路。1935 年，他主持编撰
《世界文库》⑥，在编例中发愿道"世界的文学名著，从埃及、希伯莱、

① 可参长泽规矩也《中华民国书林一瞥》《收书遍历》，吉川幸次郎《来薰阁琴书
　　店——琉璃厂杂记》《琉璃厂后记》等文，载《日本学人中国访书记》一书。
② 为《早稻田大学图书馆文库目录》第 17 辑，1999。
③ 黄仕忠：《日本藏中国稀见戏曲丛刊》"序"，广西师范大学出版社，2007。黄仕忠又
　　撰文介绍长泽规矩也先生藏书过程及内容，参见《双红堂文库藏戏曲文献考》，发表于
　　"台北故宫博物院 2007 年国际文献学研讨会"。
④ 黄仕忠：《东洋文化研究所收藏之子弟书考察》，日本创价大学编《创大中国论集》第
　　5 号，2002。
⑤ 康保成：《滨文库读曲三则》，《艺术百家》1999 年第 1 期。
⑥ 郑振铎主编《世界文库》，第 12 册，上海生活书店，1935 - 1936；河北人民出版社，
　　1991，影印本。

印度、中国、希腊、罗马到现代的欧美日本，凡第一流的作品，都将被包罗在内"①。文库第四册与第五册分别为子弟书选集《东调选》和《西调选》，将子弟书名家韩小窗和罗松窗二人与中国名家王维、李贺，世界文豪塞万提斯、果戈理等相提并论，将子弟书的艺术价值提高到前所未有的地位。其中《东调选》收录《白帝城托孤》、《千钟禄》、《宁武关》、《周西坡》和《数罗汉》五种文本；《西调选》收录《大瘦腰肢》、《鹊桥》、《昭君出塞》、《上任》、《藏舟》和《百花亭》六种文本。文库并将《东调选》所收皆题为韩小窗作品，《西调选》所收皆题为罗松窗作品。

作为子弟书的第一个整理文本，《东调选》和《西调选》在学界影响深远。但因当时子弟书资料披露甚少，子弟书研究亦尚处萌发阶段，学界对子弟书体制的认识和作者的考证起步未久。这些原因，导致《东调选》和《西调选》在编选、收录时造成一些疏漏，后人不察，以致以讹传讹。傅惜华编撰《子弟书总目》时，据《西调选》将六种子弟书均题为罗松窗所作，《东调选》所收五种，作者均题韩小窗，即为典型一例。对于《东调选》和《西调选》，前辈学者曾指出与讨论的问题包括：《西调选》所收之《大瘦腰肢》是否为子弟书；收录之六种作品是否均为罗氏所作；《数罗汉》一文是否为韩小窗作品等。有关作者问题，现代学者则多据曲文内含之作者名号加以辨正。② 此外，由于二选本所收均未标注版本，《藏舟》三回本，除见于《西调选》之外，并未见他本流传，且曲文并不连贯，故笔者疑郑藏本实为残本，而非一别本，详见本书附录。

20 世纪 50 年代之后，为供曲艺工作者和爱好者参考，涌现了多种说唱文本整理成果。1957 年，沈阳人民出版社从流传在东北地区的"东北子弟书"中，选取了《忆真妃》、《黛玉悲秋》、《露泪缘》、《青楼遗恨》和《望儿楼》五篇，编成《东北子弟书选》（辽宁人民出版社，1957）出版。此后，大陆地区陆续出版了几部以故事题材为专题的子弟

---

① 《世界文库》"编例"，第 1 册，第 4 页。
② 参见关德栋《现存罗松窗、韩小窗子弟书目》，载《曲艺论集》，上海古籍出版社，1958，第 127 - 139 页；陈锦钊《六十年来子弟书的整理与研究》，载林徐典编《汉学研究之回顾与前瞻》，中华书局，1995，第 312 - 320 页；黄仕忠《车王府钞藏子弟书作者考》，载《车王府曲本研究》，第 413 - 457 页。

书作品集。1958年，路工主编的《孟姜女万里寻夫集》（中华书局，1958）中，也收录了子弟书《哭城》一种。70年代之后，子弟书文本的整理出版工作更是在京、沈、粤三地蓬勃开展。1979年，中国曲艺工作者协会辽宁分会以傅惜华珍藏本为底本，选录作者可考者，加以标点整理，出版《子弟书选》（中国曲艺工作者协会辽宁分会编，内部刊物，1979），收录子弟书83种。80年代，上海古籍出版社陆续出版了由关德栋、傅惜华、杜颖陶等著名说唱文学收藏家、学者主编的多部说唱集。其中，《聊斋志异说唱集》（关德栋、李万鹏编，上海古籍出版社，1983）收录子弟书《侠女传》、《莲香》、《绿衣女》、《马介甫》、《大力将军》、《秋容》、《姚阿绣》、《嫦娥传》、《凤仙传》、《凤仙》、《胭脂传》、《葛巾传》、《颜如玉》与《陈云栖》等十四种；《西厢记说唱集》（傅惜华编，上海古籍出版社，1986）收录子弟书《红娘寄柬》、《拷红》、《双美奇缘》、《西厢记》与《西厢记全本》等五种；《岳飞故事戏曲说唱集》（杜颖陶、俞芸编，上海古籍出版社，1985）收录子弟书《调精忠》《胡迪骂阎》《谤阎》三种；《白蛇传集》（傅惜华编，上海古籍出版社，1987）收录子弟书《合钵》（一回本）、《合钵》（二回本）、《哭塔》、《祭塔》、《出塔》与《雷峰塔》等六种。与此同时，胡文彬、关德栋、周中明先后编成《红楼梦子弟书》（胡文彬编，春风文艺出版社，1983）和《子弟书丛钞》（关德栋、周中明编，上海古籍出版社，1984）两种子弟书曲本选本的标点整理本。

　　这段时期出版的整理文本皆出于名家之手，精选版本，校点精当；且大多延续子弟书清书坊抄本两句一韵，小字双行的编排方式，便于现代读者了解其创作体制和规律；读之抑扬顿挫，朗朗上口。其中，又以《子弟书丛钞》的成就最高。《子弟书丛钞》分上下二册，收录子弟书共101篇。上册50篇均为作者可考之篇什，下册所收则均为佚名所作。每一篇目之末，均附有说明和注释，以说明版本、考证本事，释典释词，其中尤以《碧玉将军》等篇对故事历史本事的考述最具贡献。书末收录的稿本《书词绪论》，向未见诸披露，更是子弟书研究的珍贵资料。

　　车王府旧藏子弟书，由于其丰富的数量和珍贵的版本价值，是迄今为止学者落力最勤的子弟书文本。20世纪90年代，中山大学古文献研究所郭精锐等编有《车王府曲本提要》（中山大学出版社，1989），内含有 280 余种子弟书提要。稍后，中山大学和首都图书馆分别将所藏车王府曲本加以整理，先后出版了与车王府旧藏子弟书相关的四种文本：首都图书馆影印《清车王府藏曲本》（线装本，北京古籍出版社，1991）、中山大学古文献研究所刘烈茂、郭精锐主持整理《清车王府钞藏曲本·子弟书集》（江苏古籍出版社，1993）、北京市民族古籍整理规划小组辑校《清蒙古车王府藏子弟书》（国际文化出版公司，1994）、首都图书馆影印《清车王府藏曲本》（缩印版，学苑出版社，2001）。这几种文本的面世，使得车王府旧藏子弟书的全貌易于得见，颇为嘉惠学人。首都图书馆出版的车王府曲本影印本，第一次揭开了车王府曲本的神秘面纱。中山大学和北京市民族古籍整理规划小组的两种整理本，分别以中山大学图书馆藏车王府旧藏子弟书过录本和首都图书馆藏原本和过录本为底本；中大本收录子弟书 275 种，首图本收录子弟书 297 种。① 中大本采用繁体字竖排编排，一句一行，加以新式标点，每篇前附提要及可考之作者和故事源流；首图本为简体字横排，全文连排，标点只用句读，以韵为句。

　　北京、广州两地的车王府旧藏子弟书整理本先后出版，让迄今最大一宗子弟书收藏见之于世，便于研究者利用。然其时车王府曲本的整理工作刚刚开展，京、广两地研究者对"车王"其人的身份尚存争议；对车王府曲本的收集、流传过程不甚了解；对北京大学图书馆、首都图书馆和中山大学图书馆三藏馆之藏书状况及三处藏本相互间之关系，亦是不甚明了。因此，中大本之前言和首图本之凡例中，均未说明车王府所藏子弟书基本状况及其沿革，反而将三处藏本误认作三种不同的版本。如中大本前言说，"目前，国内收藏车王府曲本的有北京大学图书馆、首都图书馆、中山大学图书馆三家"，本集"以中山大学图书馆藏本作为底本，参校北京大学图书馆钞本"②；首图本凡例所言"（本

---

①　按：首图整理本存目 297 种，其中《灯草和尚》因文字猥亵，存目而未收曲文，故实收 296 种。中大整理本实收 275 种。因中大过录本抄自孔德学校第一批藏本（现均收藏于北京大学），藏于首图的二函十六种车王府子弟书文本，中大没有过录本。此外，《灯草和尚》《升官图》《拿螃蟹》三种，前两篇因内容不雅未收。又有《骨牌名》、《续俏东风》和《俏东风》等三种，为中大整理本所缺。或过录时未抄，或未收录。尚未知原因为何。

②　刘烈茂、郭精锐：《清车王府钞藏曲本·子弟书集》"前言"，第 1 页。

集）是以首图图书馆收藏之车王府子弟书抄本为底本，……间或校以北京大学图书馆藏本"① 云云，对中大藏本与北大藏本之渊源语焉不详。据前述黄仕忠老师《车王府藏曲本考》一文考证，车王府藏子弟书，即购自百本张、百本刚等书坊。整理者径称其为"车王府钞本"，则易使后人误为王府抄本；又因此判断车王府藏曲本较之书坊抄本更具版本价值，更加错误。在具体的文字整理和研究方面，中大本和首图本的底本大都为过录本，成于众手，颠倒错简之处难免，鲁鱼亥豕之淆颇多。中大、首图两种整理本都采以理校法，取舍之间，或有讹误；对"稍""叫"等俗体字径改为正体字，一定程度上失去了俗曲唱本的原貌。关于此两种整理本的综合评介，陈锦钊教授曾撰《论〈清车王府钞藏曲本·子弟书集〉》和《论〈清蒙古车王府藏曲本〉及近年大陆出版有关子弟书的资料》② 二文，有专门考述，可资参考。

其间，子弟书的重要整理文本还有张寿崇主编的《子弟书珍本百种》（北京民族出版社，2000）一书，以补车王府旧藏子弟书之外诸篇目。此书为北京市民族古籍整理出版规划小组在整理出版《清蒙古车王府藏子弟书》之后，对海内外子弟书藏本搜集挖掘的成果。编者从北京图书馆（今国家图书馆），傅惜华、杜颖陶等旧藏本，台湾傅斯年图书馆藏本及海外藏本中，收录了车王府未藏之子弟书遗珠一百种。《珍本百种》收录之篇目，多有未见于前人著录者，对海外所藏和国家图书馆藏子弟书，更是第一次披露，弥足珍贵。

这一百种子弟书中，《鹊桥密誓》一篇重出，即车王府旧藏子弟书之《长生殿》，车王府藏子弟书各整理本均已收录；《大瘦腰肢》一种，郑振铎在《西调选》中列为罗松窗的子弟书作品，但考其体裁，实非子弟书，学者已多有辨明。此外，《蓝桥会》一篇，因《中国俗曲总目稿》著录为子弟书，并谓出自车王府曲本，故编者特从北京大学藏车王府旧藏之杂曲内录出。据黄仕忠老师考证，此书原抄本为连排抄写，不分行，韵脚有欠统一，细观体裁，恐亦非子弟书。故此书实收车王府藏之外子

① 参见《清蒙古车王府藏子弟书》之"辑校凡例"，第5页。
② 陈锦钊：《论〈清车王府钞藏曲本·子弟书集〉》，《王梦鸥教授九秩寿庆论文集》，台湾政治大学中文系，1996，第215－227页；《论〈清蒙古车王府藏曲本〉及近年大陆出版有关子弟书的资料》，《曲艺讲坛》1998年第4期。

弟书文本共 97 种。故此可见，此种整理本存在的主要问题在于对子弟书的判断和辨识，这也是子弟书篇目辑佚和整理工作面临的最大问题。子弟书衰落之后，被大鼓、单弦等曲艺承袭文本，故在一定时期，曲文混淆难以断定。子弟书最为明显的标志是，书坊抄本中往往标志着某某子弟书之题名。一般而言，百本张、别野堂等抄录子弟书较为专业的书坊，均会标明子弟书字样，也可根据现存三家书坊目录《百本张目录》、《别野堂目录》和《乐善堂目录》加以区别。在此之外，若要对未标"子弟书"的曲本进行辨明，则颇为不易。

如前述，故宫博物院亦影印有《故宫珍本丛刊》（海南出版社，2001），内含升平署旧藏皮黄、子弟书、快书等俗文学文本；卷首目录共收子弟书 89 种 95 部。卷首总目录与 697、698、699 三册卷末之分册目录存有较大差别。《八仙庆寿》、《廊会》、《白帝城》和《疯僧扫秦》等四种篇目收入多种版本，并未标明，不同版本且未编排在一处。其中，第 698 册收入之《女儿经》、第 699 册收入之《门神灶君诉功》《百花名》三种非子弟书。后二篇更是原书封面即已分别注明"大鼓书""大鼓书莲花落均可"；《清宫藏书》中归入"大鼓书"类①，当为《故宫珍本丛刊》编者疏忽混入。又有《救主盘盒》一种，因分题"救主子弟书/头回""盘盒子弟书/二回"，《故宫珍本丛刊》目录误录为两种。② 故《丛刊》实收 86 种 91 部，其中《八仙庆寿》共收 4 种版本；《廊会》、《白帝城》和《疯僧扫秦》各收 2 种版本③。故宫藏子弟书，据其藏章与笔迹，当大多出自两家书坊，其中有半数为百本张抄本，另有一半未详出自何种书坊。

在日本中国学界，现代学术史意义上子弟书的文本整理与刊布，始于波多野太郎教授。1976 年，波多野太郎从双红堂文库（原为长泽规矩也所藏，今归东京大学东洋文化研究所）、日中学院（原为仓石武四郎所藏，今归东京大学东洋文化研究所）、长田夏树等所藏及自藏子弟书中，汇集抄本、刻本、石印本子弟书共 53 种，影印出版

① 齐秀梅、杨玉良：《清宫藏书》，紫禁城出版社，2005，第 431－432 页。
② 按：《救主盘盒》子弟书在其他版本中确有分别独立成篇的情况。
③ 《廊会》一篇，五回本残存第二至第五回，但与四回本文词迥异，实为一别本。

《子弟书集》①，这是最早一部影印出版的子弟书文本。其后，波多野先生还对满汉合璧形式的子弟书《螃蟹段儿》和《寻夫曲》做了笺校注释的工作，发表有《子弟书研究——景印子弟书满汉兼螃蟹段儿附解题识语校释》（《横滨市立大学纪要》164号，1967）、《满汉合璧寻夫曲考证》（《横滨市立大学纪要》人文科学第4篇，中国文学第4号，1973）等专文。

　　如上文所述，由于种种缘故，曾永义先生领导编撰的傅斯年图书馆藏俗曲总目并未出版。20世纪80年代之后，傅斯年图书馆又对所藏俗曲资料进行了数次检视整理和编目，并陆续扫描制成光碟，纳入傅斯年图书馆珍藏网络目录检索和傅斯年图书馆藏善本全文影像数据库，以便于读者查阅，但影像数据库尚未对外公开。2002年起，中研院历史语言研究所与台湾新文丰出版公司合作出版了《俗文学丛刊》共5辑500册，傅斯年图书馆藏戏曲和俗曲曲本首次公之于世。其中第384－400册共17册为子弟书。《俗文学丛刊》所收录者，是从史语所珍藏903部子弟书中，删汰重复，精选版本，每种篇目各收录一部，共收录326种。② 此集的出版，于研究者大有裨益；惜其除收录之少数百本张抄本影印书衣之外，其余篇目原书衣或被略去，代之以电脑统一题名，从而使得原书版本和刊刻时间难以判定。又因限于丛书篇幅，珍藏之本未能尽数收录，故此辑尚非傅斯年图书馆藏子弟书之全貌；且傅斯年图书馆藏架归类时，

---

① 〔日〕波多野太郎编《子弟书集》，横滨：《横滨市立大学纪要》人文科学第6篇，中国文学第6号，1975；《中国语文资料汇刊》第4篇第1卷收录，东京：不二出版社，1994。按：其后北京大学中国民俗学会民俗丛书又择其中收录之取材于《红楼梦》之子弟书，编成《红楼梦弟子书》（按："弟子"二字误倒）影印出版，台北：东方文化书局，1977。

② 按：《俗文学丛刊》第384册子弟书部分目录共著录309条。"三国子弟书八种"条，含《关公盘道》、《古城相会》、《孔明借箭》、《借东风》、《火烧战船》、《华容道》、《甘露寺》和《子龙赶船》等子弟书8种；"全西厢"条，即"西厢记子弟书词六种"，含《红娘寄柬》、《莺莺降香》、《红娘下书》、《花速会》、《双美奇缘》和《拆西厢》等子弟书词6种；"珍珠衫·烟花楼·玉天仙痴梦"条实含子弟书词3种；"沈阳景致"条实含《沈阳景致》、《何氏卖身》、《怕老婆滚灯》、《王天宝讨饭》、《吃洋烟叹十声》、《打秋千》和《富公子拜年》等子弟书词8种。又，其目将《投店》、《投店三不从》分两条著录，此二种实为《投店三不从》之前七回与后六回，故实为1种。又，其399册收录之《八仙庆寿》与《群仙庆寿》实为同一种，文词略有差异。综上，《俗文学丛刊》共收录子弟书326种。又，虽《中国俗曲总目稿》将子弟书词悉数著录为子弟书，其篇目是否完全归属于子弟书，俟考。

子弟书中亦偶尔混有其他曲类;历经多次整理之后,书页间或有错简的情况。凡此种种,使得傅图所藏,仍有详加考订之必要。①

在以上研究成果的基础之上,近 10 年内,子弟书的整理出现了两种重量级的学术成果。黄仕忠、李芳、关瑾华等编纂的《子弟书全集》,2012 年由社会科学文献出版社出版。全书凡 10 卷,收录子弟书 507 种,存目 71 种,堪称迄今为止篇目最为完备的子弟书整理文本。新增加的篇目部分,既有见于目录著录从未全文刊印者,如吴晓铃先生旧藏之《三皇会》和《代数叹》,也有研究者新发现的篇目,如崔蕴华所发现的北京师范大学图书馆藏《卖油郎独占花魁》;更大一部分则来自编者在查访资料中新发现的稿本、抄本和从之前并未引起重视的石印本中发掘的新篇目。根据前人目录记载,有 70 余种子弟书文本现下落不明,仅留篇名。《子弟书全集》附录有"待访书目",以待下一步的寻访与补充。附录还收录了清人及民国初人所编各种子弟书相关目录,以及清人关于子弟书的理论著述,这些文献对子弟书的研究有重要价值。

陈锦钊编《子弟书集成》,2020 年由中华书局出版。全书凡 24 册,收入子弟书 534 种,石派书短篇 29 种,中篇 14 种,长篇《龙图公案》100 多本,《忠烈侠义传》12 册,快书 97 种,另补遗 5 种。作者自序中介绍整理宗旨为:(1)对散存于国内外的子弟书、石派书、快书进行全面整理,为国内外学术界提供一套完备且具有代表性的子弟书集成;(2)对所收录的子弟书进行科学的甄别,明确其时代和版本,澄清过去研究中存在的诸多误解;(3)对所收录的每一种子弟书曲本做详细的内容提要及有关说明,方便读者研究使用。②

第三节 子弟书研究之回顾与总结

清代中叶之后,子弟书在北京盛行一时,其流行之盛况,存有一个极好的佐证,即早在嘉庆二年(1797)由金台(今北京)人氏顾琳撰成的《书词绪论》。此书是现今所知成书最早的子弟书研究论著,分为

---

① 黄仕忠、李芳、关瑾华编《新编子弟书总目》(广西师范大学出版社,2012)中已经对傅斯年图书馆藏子弟书逐一做了详细考订。

② 陈锦钊:《子弟书集成》第 1 册,中华书局,2020,第 23 - 24 页。

"辨古""立品""脱俗""传神""详义""还音""调丝""立社"等8章，内容涉及子弟书的源流、作者、技法、音乐、结社诸多方面。作者顾琳与评点者李铺俱为子弟书的爱好者，皆能演唱此种曲艺。因此，他们的论述多为对子弟书的直接认识与体会，为研究者提供了宝贵的第一手材料。①

子弟书的研究，以目录编撰为其开端，随着学界对文本的收罗整理与日益熟悉，逐渐延伸至作者生平考察、子弟书渊源体裁考证和艺术风格、表现手法分析等深入层面。20世纪30-40年代，刘复、李家瑞编撰的《中国俗曲总目稿》和傅惜华编撰的《子弟书总目》，最早披露子弟书的篇目与版本，至今仍是子弟书研究的必要参考书。在此基础上进行的近现代学术史意义上的子弟书研究，迄今已逾80年，按时间先后可大致分为三个阶段，各有其重心和特点。

其一，20世纪20年代之后，随着民俗学研究的蓬勃开展，作为民间曲艺的子弟书，开始得到了相关学者的极大关注，这一时期的文章，主要是对"子弟书"和某一具体篇章的介绍。

其二，50年代至90年代间，子弟书研究在日本和中国大陆及台湾地区，都有长足的进展，研究者开始集中对子弟书的作者、渊源、题材、版本等相关问题进行考述。

其三，20世纪末以来，由于子弟书文本资料的不断刊布和新研究资料的陆续发现，越来越多的学者关注子弟书、研究子弟书；研究范围从文学艺术拓展到史学、文字学、语言学、民俗学、民族学等多个领域。

下文笔者将简要评介各阶段的代表著作。

20世纪20-40年代之间的子弟书研究论文，主题集中于讨论以下几个方面。

（一）对子弟书此种艺术形式的总体介绍。如傅惜华《子弟书考》（1939）。

（二）对子弟书某一具体篇目的介绍研究。如李家瑞《子弟书〈鸳鸯扣〉唱本》（1936）、阿英《〈刺虎〉子弟书两种》（1944）等。尤其

---

① （清）顾琳著，李铺评《书词绪论》，稿本，关德栋藏，载关德栋、周中明编《子弟书丛钞》，上海古籍出版社，1984，第817-832页。

是"满汉兼"的子弟书，由于其特殊的形制，丰富的文化内蕴，引起了诸多关注。有关"满汉兼"形式子弟书的论文包括关德栋《记满汉语混合的子弟书〈螃蟹段儿〉》（1947）、《"满汉兼"的子弟书》（1947）、郑振铎《"螃蟹段"满汉兼子弟书跋》（1947）等。

（三）子弟书作者的考证。如贾天慈《子弟书作者鹤侣氏姓氏考》（1947）、休休《子弟书作家鹤侣》（1948）等。

（四）子弟书故事来源的考察。如傅惜华的系列文章：《明代小说与子弟书》（1944）、《明代戏曲与子弟书》（1947）、《清代传奇与子弟书》（1948）及《〈聊斋志异〉与子弟书》（1948）等。

20世纪50年代之后，大陆地区的学者主要延续传统，继续进行子弟书源流和子弟书作者等相关问题考证。东北地区学者，较为集中探讨子弟书的形成渊源问题；子弟书作家的研究，则集中于代表作家韩小窗、鹤侣氏的生平和作品上。代表性的论文，有高季安《子弟书的源流》（《文学遗产》增刊第1辑，1955）、胡光平《韩小窗生平及其作品考察记》（《文学遗产》增刊第12辑，1963）、任光伟《子弟书的产生及其在东北的发展》（《曲艺艺术论丛》第1辑，1981）和张政烺《会文山房与韩小窗》（《社会科学战线》1982年第2期）等。1984年，启功发表长文《创造性的新诗子弟书》（《文史》第23辑，1984），披露了作者幼年期间聆听子弟书演唱的相关情况，并对《忆真妃》子弟书曲文进行了详尽的介绍。另外，天津学者刘吉典有《天津卫子弟书的声腔介绍》（《曲艺艺术论丛》第3辑，1982）一文，披露早年从卫子弟书名家杨芝华处得到的卫子弟书曲谱三种。但其刊布的《十八半诗篇》、《秋景黄花》和《八和诗篇》3篇曲文乐谱，观其形制文词，均不似子弟书，并未见于百本张等清代书坊目录及《中国俗曲总目稿》和《子弟书总目》之著录；故子弟书声腔之研究，仍有待资料的进一步发现。①

20世纪70年代曾永义为傅斯年图书馆藏俗曲编目时，陈锦钊为台

---

① 刘吉典谓："可以说，这批资料基本上已把清末以来'已成绝响'的流传在天津的子弟书西韵声腔大体上记录下来。尽管这还不是'京子弟书'或'东北子弟书'的原韵，但作为一种形式的源流来讲，其间除某些地方字音对曲调的抑扬起伏有些影响外，而属于这类音乐的结构、形式、音调等，总还不致相差太远"（《天津卫子弟书的声腔介绍》，第28页）。按：由此看来，他所记录之三篇子弟书文词，或为子弟书流传到天津之后新创作之文本。

湾政治大学博士研究生，作为成员之一参与这项工作。也因此种机缘，他以其中的子弟书为研究对象，写成博士学位论文《子弟书之题材来源及其综合研究》①，为第一部子弟书的专门研究著作。该论文分为上下两编，上编六章为子弟书题材来源之研究，将子弟书的题材来源，分为取材于通俗小说、戏曲、当时生活及风土人情、吉庆及通俗故事及其他故事四类；下编七章为综合研究，内容涉及子弟书的名称来源、渊源、作者作品、演变影响和"满汉兼""集锦"两类特殊形制的子弟书，以及近人所撰之子弟书目录。此论文首次全面、系统考察和讨论了子弟书研究的主要问题，惜一直未正式刊行；且因限于当时条件，未能查阅大陆所藏资料，所论尚不够深入细致。其后，陈先生将其中部分章节修订后发表，计有《子弟书之作家及其作品》（台北《书目季刊》第 12 卷，1978）、《子弟书名家韩小窗其人及其作品之研究》（台北《台北商专学报》1982 年第 12 期）、《子弟书名家鹤侣氏其人及其作品之研究》（台北《台北商专学报》第 25 期，1986）等论文多篇，对博士学位论文中所论有所增补改订。

在日本，波多野太郎另发表有多篇子弟书相关专著和论文，如《子弟书研究——景印子弟书满汉兼螃蟹段儿附解题识语校释》（《横滨市立大学纪要》164 号，1967）、《满汉合璧子弟书寻夫曲校正》（《横滨市立大学纪要》人文科学第 4 篇，中国文学第 4 号，1973）等，对"满汉兼"形式的子弟书钻研颇精。泽田瑞穗之专著《中国庶民之文艺》②，研究中国歌谣、说唱和演剧；中有《子弟书一夕话》一文，介绍《宁武关》、《刺汤》、《刺虎》和《黛玉悲秋》四种子弟书，追溯故事本事，分析曲文。

此外，西方汉学家也纷纷开始了对子弟书的研究。加拿大多伦多大学教授石清照以傅斯年藏大鼓书和子弟书为题，撰写了博士学位论文，获得哈佛大学博士学位；俄罗斯学者斯别施涅夫（司格林）研究中国曲艺艺术，有《快书体裁及其艺术特点》和《谈谈清代子弟书问题》等论文。俄汉学家李福清编撰《中国章回小说及俗文学书目补遗》，收录见

---

① 陈锦钊：《子弟书之题材来源及其综合研究》，台湾政治大学博士学位论文，1977。
② 〔日〕泽田瑞穗：《中国庶民之文艺》，东京：东方书店，1986。

俄藏子弟书四种:《阴功报》、《长板坡救主》、《樊金定骂城》和《姑嫂拌嘴》。其中《阴功报》一种,题《阴功报/贯串清音子弟书/新刻书段》,为《子弟书总目》所未收者,藏于圣彼得堡大学东方系图书馆。①查《中国俗曲总目稿》第 236 页著录铅印本《阴功段》一种,未题曲目类别及刊刻处,首二行曲文曰:"天为罗帐地为毡,星辰日月盖吾眠。甚么人无端撒下这名利网,是怎么富贵贫穷都不一般。"傅斯年图书馆将其归入"大鼓书"类,未知与李氏所著录者是否同一曲本。又,傅图另藏有《阴功报》大鼓书一种,五本,言唐狄仁杰进京赶考之事,其第五本题《新刻阴功报》。未睹曲文,俟考。

1990 年 11 月 2 日,由天津社会科学院、北京燕山出版社、天津艺术研究院、中国北方曲艺学校、中国曲艺家协会天津分会和天津市图书馆联合举办了"首届全国宝卷子弟书研讨会",北方曲艺学校出版的《曲艺讲坛》第 4 期编辑了"子弟书研究专辑",收录与会学者论文 4 篇:任光伟《论子弟书作品的思想特性及其社会性》、周中明《论子弟书对三国演义的改编》、陈笑暇《子弟书衍传与发展》和陈锦钊《论〈清蒙古车王府藏曲本〉及近年大陆出版的有关子弟书的资料》。

20 世纪 90 年代之后,各大藏馆珍藏子弟书文本的陆续出版,促成了子弟书研究的迅速发展。尤其进入 21 世纪以来,说唱文学、俗文学的研究愈来愈受到重视,多位研究生以子弟书为研究对象,或继承传统,发掘新的研究材料、考证篇目文本、作家作品;或借助西方理论,重新解读、研讨子弟书文本,从而开启了子弟书研究的新阶段。目前,大陆和台湾已有多篇有关子弟书的学位论文。笔者所见,其中博士学位论文以综合性研究为主,如崔蕴华《子弟书研究》(北京师范大学,2003),赵雪莹 Cultural Hybridity in Manchu Bannerman Tales(Zidishu)(美国加州大学,2007),李芳《子弟书研究》(中山大学,2008),王晓宁《红楼梦子弟书研究》(中国艺术研究院,2009),郭晓婷《子弟书与清代八旗子弟关系研究》(首都师范大学,2010),王美雨《车王府藏子弟书方言词语及满语词研究》(山东大学,2012);硕士学位论文则以子弟书的改

---

① 李福清:《中国章回小说及俗文学书目补遗》,载《古典小说与传说(李福清汉学论集)》,中华书局,2003,第 384 页。按:此数种中国本土实有石印本传世。

编为主，如藤田香《论子弟书的再创作》（北京大学，1995），姚颖《论子弟书对小说〈红楼梦〉的通俗化改编》（北京师范大学，2003），林均珈《〈红楼梦〉子弟书研究》（台湾政治大学，2004），贾静波《〈聊斋志异〉子弟书研究》（北京大学，2005），周丽琴《红楼梦子弟书研究》（扬州大学，2009），刘芳芳《子弟书对小说名著的改编》（大连大学，2015），刘秋丽《清代子弟书中的英雄侠义故事研究》（北京外国语大学，2015），孙越《〈金瓶梅〉子弟书研究》（河北师范大学，2016），程广昌《三国子弟书研究》（辽宁大学，2017），孟慧华《子弟书对明清传奇的改编研究》（贵州大学，2019）等多篇；专题性的研究论文，如简意娟《清代子弟书四种研究》（台湾中国文化大学，2007），张晓阳《清抄本子弟书工尺谱研究》（中央民族大学，2012），袁路兮《鼓词入辽——子弟书的传播与清代东北孝治》（沈阳师范大学，2015），曲燕然《〈子弟书珍本百种〉词语研究》（华中师范大学，2016）；学士论文1篇，徐亮《清中叶至民国北京地区俗曲研究》（北京大学，1997）。

　　其中，崔蕴华的博士学位论文经过作者修订后，以《书斋与书坊之间——清代子弟书研究》为题出版（北京大学出版社，2005）。崔著共分五章，第一章"子弟书概述"着力厘清有关子弟书研究的几个关键问题：子弟书的名称、渊源、体制和作者；第二章和第三章为"子弟书文本研究"，分别从子弟书的内容和叙事方式两个方面阐释了子弟书的文本；第四章为"子弟书艺术活动研究"，分为演出场地、伴奏乐器、音乐曲调、演出的艺术功能、演出过程和票友与票房等五小节，详细考证、还原子弟书昔日的演出状况；末章"子弟书版本及流传"，分京、津、沈三地，对各自的特色和刊印做了介绍。崔著在总结前人观点之余，颇有新论。如子弟书的渊源说，将前人所述汇为四种，并提出自己的看法。尤其末章之天津子弟书的资料发现，系其首次拈出，于后来者研究卫子弟书的版本状况极有帮助。然其书对首次披露之资料，如天津无名氏编《子弟书目录》、萧文澄《子弟书约选日记》等，亦有待深入探讨与研究。

　　郭晓婷的博士学位论文后以《子弟书与清代旗人社会研究》为题出版（中国社会科学出版社，2013）。作者力图"从清代旗人社会的角度对子弟书进行互动式的系统研究"。本书"从八旗子弟的生活方式入手探讨子弟书生成的文化生活之源，从子弟书中看旗人的社会状况、娱乐生活、市井百态、家庭生活、人物形象。再从题材来源的角度探讨子弟书对汉族艺术的吸收，子弟书的语言艺术与八旗子弟的文化修养。从而将一门艺术的生成、发展、衰落与一个民族的兴盛衰亡的历史水乳交融般地融合在一起"。① 作者后又与冷纪平合作出版《子弟书源流考》（中国社会科学出版社，2016）一书，逐篇考证现存子弟书的题材来源。

硕士学位论文中，以台湾中国文化大学简意娟之《清代子弟书四种研究》值得特别注意。对于研究者而言，子弟书中的保存有满语成分之篇什，对了解子弟书的创作和清代满汉文化交融，最富有价值。但学者碍于语言障碍，所论只存于表面。以往仅见日本波多野太郎教授和美国哈佛大学 Mark. C. Elliott（欧立德）教授因通晓满文，所论较为深入。简氏论文指导教授之一，为台湾满文研究专家、台北"故宫博物院"研究员庄吉发教授，故其选取满汉合璧之《寻夫曲》，满汉兼之《螃蟹段儿》② 和以汉文书写、含有满语译音词汇的《厨子叹》《灯谜会》四种作为研究对象，"首先将针对曲本之相关特性从事个别分析"，"再透过比较、综合归纳等方法，来突显满汉两族的文化交流，以及双方融合的进程，并依据上述方法归纳出子弟书的时代意涵"。③ 其论文最具特色与价值部分，在于逐字解释《寻夫曲》和《螃蟹段儿》之满语文本的部分，并由此探讨旗人入关后之道德观念、宗教信仰、文化接受等问题，所论持之有据，令人耳目一新。

在子弟书的满语语汇问题上，王美雨的博士论文《车王府藏子弟书方言词语及满语词研究》以车王府藏子弟书中的词语资料为基

---

① 赵敏俐：《子弟书与清代旗人社会研究》"序"，中国社会科学出版社，2013，第4页。
② 在子弟书的文本中，以书写之文字而论，存有"满汉合璧"、"满汉兼"和全汉文三种形式。目前未发现完全以满文创作之子弟书文本。"满汉合璧"为同一句曲文用满文和汉文分别书写，相互对照；简氏谓此种形式"满文单字意义并不一定与汉文完全相符，且多出现语意两相互补的效果"（第7页）；"满汉兼"为一句曲文夹杂有汉语和满语两种文字，"单懂满文或汉文是无法完整理解其内容"（第7页）。简氏因研究清代满汉合璧档案的学者有时以"满汉兼"来称"满汉合璧"的文献，容易混淆，故在其文中称"满汉兼"为"满汉兼写"；参其文第27页。笔者在此文中仍延子弟书研究之惯例称为"满汉兼"。
③ 简意娟：《清代子弟书四种研究》，台湾中国文化大学硕士学位论文，2007，第7页。

础，对车王府藏子弟书中的方言词语和满语词进行了全方位的研究，并由此揭示其对于词汇史研究的重要价值。《车王府藏子弟书叠词研究》（山东大学出版社，2013）对子弟书中的各式叠词做了详尽的分析。

20 年来，子弟书研究的学术论文，无论从研究的广度还是深度上，较之以往有明显的发展。陈锦钊曾对大陆整理出版的子弟书文本，以及整个子弟书的研究状况，做出了回顾、总结和评介。除前引《论〈清蒙古车王府藏曲本〉及近年大陆出版的有关子弟书的资料》一文外，尚有《六十年来子弟书的整理与研究》（载《汉学研究之回顾与前瞻》，中华书局，1995）、《论〈清车王府钞藏曲本·子弟书集〉》（载《王梦鸥教授九秩寿庆论文集》，台北，1996）和《子弟书的整理与研究世纪回顾》（台北《汉学研究通讯》第 86 期，2003；亦载《满族研究》，2003 年第4 期）等篇。此外，尚有《论现存取材相同且彼此关系密切的子弟书》（台北《中国文哲研究通讯》第 10 卷第 2 期，2000）、《现存清钞本子弟书目录研究》（载《2003 年两岸说唱艺术学术研讨会论文集》，台湾艺术大学中国音乐学系，2003）等论文。陈氏还将研究范围从子弟书扩展到与之密切相关的子弟快书和石派书，借助史语所藏石派书与快书资料，撰成学术论文《石派书之取材及其特色——兼论石玉昆其人在说唱艺术方面之成就》（《台北商专学报》第 34 期，1990）、《谈石玉昆与〈龙图公案〉以及〈三侠五义〉的来源》（《书目季刊》第 27 卷第 4 期，亦载《曲艺讲坛》第 5 期，1998）等多篇。另撰成专著《快书研究》（台北明文书局，1982）一种。此书收录快书 36 篇，是今人整理的第一本快书集，也是第一本系统研究快书的专著，故多有贡献。

进入 21 世纪，尤其是两种子弟书整理文本出版之后，子弟书研究显示出了多面向发展趋势，包括以下数方面。

其一，作者及生平的考订，如康保成《子弟书作者鹤侣氏生平、家世考略》[①] 对奕赓生平有所补正；黄仕忠《车王府抄藏子弟书作者考》[②] 对韩小窗、罗松窗等所撰子弟书多有辨正；李振聚《子弟书〈忆真妃〉

---

① 《文献》1999 年第 3 期。
② 《车王府曲本研究》，广东人民出版社，2000。

作者新考》① 考证《忆真妃》作者春树（澍）斋为觉罗春垚。

其二，子弟书新篇目的发现及目录、版本问题的考证，如崔蕴华《遗失的民族艺术精品——〈卖油郎独占花魁〉等子弟书的发现及其文学价值》②、昝红宇《清代子弟书稀见序跋考略》③。

其三，子弟书用韵的考察，如张建坤《从〈五方元音〉到子弟书韵母系统的演变》④ 和《对子弟书中一些例外的分析》⑤。

其四，对子弟书的文本细读及其渊源、演出等相关问题的再探讨，如陈桂成《子弟书中的艳书》⑥。

其五，对外交流的频繁使得大陆学者有机会全面考察大陆之外如中国港台地区、北美、日本的子弟书收藏情况，并编制目录，如康保成《"滨文库"读曲札记（三则)》⑦、黄仕忠《东洋文化研究所收藏之子弟书考察》⑧ 和李芳《傅斯年图书馆藏子弟书目录》。

其六，子弟书与历史学、社会学、语言学等的跨学科交叉研究，如崔蕴华《寺观内外：清代子弟书中的北京寺庙与文化记忆》⑨、王美雨《语言文化视域下的子弟书俗语研究》⑩、赵雪莹《论清朝侍卫的众生相——奕赓在子弟书中的反思》⑪、魏启君《〈子弟书〉"嘎孤"的语源及历史层次》⑫ 等。

在国外汉学界，形制特殊的"满汉兼"子弟书依然是学者们感兴趣的问题。哈佛大学欧立德教授的论文 The "Eating Crabs" Youth Book（《〈吃螃蟹〉子弟书》），即对《吃螃蟹》做出了精当的分析。

在专门以子弟书为研究对象的学术著作之外，在中国文学史、俗文

① 《文献》2012 年第 4 期。
② 《民族文学研究》2002 年第 3 期。
③ 《晋阳学刊》2015 年第 2 期。
④ 《广东广播电视大学学报》2002 年第 4 期。
⑤ 《广东广播电视大学学报》2003 年第 4 期。
⑥ 《广西教育学院学报》2009 年第 4 期。
⑦ 《艺术百家》1999 年第 1 期。
⑧ 《创价大学中国论集》2002 年第 5 号。
⑨ 《励耘学刊》2020 年第 1 期。
⑩ 《满族研究》2015 年第 4 期。
⑪ 《铜仁学院学报》2016 年第 1 期。
⑫ 《贺州学院学报》2015 年第 1 期。

学史、民间文学史、曲艺史、满族文学史、北京历史与文化等总论、通史类著作中，子弟书均占有一席之地。[①] 子弟书对于清代晚出的曲艺艺术影响颇大，故此，在民间戏曲、曲艺表演艺人的回忆性著作中，也可以见到子弟书的身影。[②] 由北方昆曲剧院张卫东发起，北京戏曲曲艺研究者、爱好者共同创办的《八角鼓讯》，自1997年10月创刊，至今已出刊31期。此刊物报道京、津等地的子弟票友活动，发表经典唱段之文词、曲谱，值得研究者的特别注意。

第四节　本书研究方法与主要内容

一　方法与内容

笔者自2004年开始关注子弟书这一研究课题，并着手准备子弟书文本的著录、整理与研究工作。十余年来，曾先后在北京、天津、广州、台北以及美国、日本、荷兰等国家和地区专门访查子弟书文献资料，举凡国家图书馆、首都图书馆、中国艺术研究院图书馆、北京大学图书馆、天津图书馆、中山大学图书馆、傅斯年图书馆、台湾大学图书馆、东京大学双红堂文库以及欧洲莱顿大学等重要藏馆中收藏的子弟书文本，都曾一一目验、对比和著录。在此基础上，笔者与黄仕忠老师、关瑾华博士一起，先后完成了《子弟书全集》和《新编子弟书总目》两种文献整理著作。在《子弟书全集》和《新编子弟书总目》出版之前，学界所知的子弟书篇目，不过400种左右。《子弟书全集》一共达到520种，新增加的篇目部分，大部分来自编者在查访资料中新发现的稿本、抄本和从

---

①　以笔者管见，辟专章讨论子弟书的总论、通史类作品主要有：薛宝琨、鲍震培《中国说唱艺术史论》之《清代子弟书通论》，花山文艺出版社，1990，第189－307页；张菊玲《清代满族作家文学概论》，中央民族学院出版社，1990；季永海、赵志忠《满族民间文学概论》第7章"满族说唱文学"之第一节，中央民族学院出版社，1991，第161－183页；杨英杰《清代满族风俗史》，辽宁人民出版社，1991；杨锡春：《满族风俗考》，黑龙江人民出版社，1991，第129－131页；余钊：《北京旧事》之"子弟书与票友"，学苑出版社，2000，第486－488页；马学良、梁庭望、张公瑾主编《中国少数民族文学史》，中央民族大学出版社，2001，第543－548页。

②　代表性著作有：连阔如（云游客）《江湖丛谈》，上海文艺出版社，1991，据北平时言报社1936年初版影印；曹宝禄《曲坛沧桑》，中国社会科学出版社，2003。

之前并未引起重视的石印本中发掘的新篇目。可以说，《子弟书全集》和《新编子弟书总目》是目前子弟书最为全面、集中的成果。借由私藏书籍近年来陆续归入公立图书馆，图书馆馆藏书目的进一步整理与编制，网络编目检索功能日趋完善等有利条件，一批稀见、珍本文献得以为研究者所见，成为子弟书研究迈入新一阶段的契机。

子弟书是俗文学史、清代文学史的重要组成部分，在俗文学史、清代文学史上均占据着重要的地位。它的作者、演出者和观众主要是旗人子弟，文本有满汉兼、满汉合璧等满语、汉语夹杂的形式，在俗文学的各类形式中独树一帜。[①] 由于清代社会及旗人身份的特殊性，子弟书从创制直至消亡的发展过程，还涉及历史学、社会学、语言学、文字学等诸多交叉学科方面的问题。本书从内外两个角度对子弟书进行整体性的研究。从内部而言，是对子弟书这一个艺术形式从萌生到消亡整体过程的考察，涉及其渊源、名称、作者、题材、演出等问题；从外部而言，是将子弟书置于清代文学的整体环境之中，考察其与清代文学政策，旗人社会生活、旗人文士阶层的出现与创作，旗人文学作品的整体状况等问题的关联。综合来说，是在已经充分掌握文献资料并完成相关文献考证的基础上，希望对子弟书这一艺术形式展开更为全面和深入的研究。

总体而言，本书的研究成果包括以下内容。

第一，子弟书相关文献考证。

作者考证。子弟书的作者，多在曲文中嵌入"松窗""小窗""芸窗"等代称，刻意隐去真实姓名。探求子弟书作者的身份和生平，是子弟书考证的重要问题之一。本书将根据新发现的文献材料，对子弟书作者的身份提出新的证据与推断。

目录订正。《中国俗曲总目稿》和《子弟书总目》是子弟书研究不可或缺的参考书目。限于编撰时子弟书文本收藏的分散和编撰时间的短暂，两部目录的编者未能目验原书，导致著录间有错漏瑕疵。本书对自清代以来的子弟书相关重要目录，都做出了详尽的考订。

版本考证。笔者在文献搜集的过程中，发现了子弟书大量的新篇目，

---

① 按：子弟书是由"旗人"创制的艺术形式，主要体现出"旗人"中"满族人"的语言特色、传统风俗和文化风格。详见后文分析。

主要为清代、民国时期的稿本、刻本和石印本，本书将对这类新发现篇目的版本进行考证，并讨论北京、天津和沈阳三地子弟书的刊刻情况及其特点。

第二，子弟书文学艺术相关问题研究。

子弟书的名称。子弟书以"子弟书"之名为世所知，但在其盛行与传播期间，亦曾被冠以"段""书段""子弟段""清音子弟书""子弟书词"等称谓，本书试图解决以下问题："子弟书"是否为此种说唱的最早称谓；这一称谓起自何时；源自何处；有何含义；在其近200年的发展过程中，含义有何变化。

子弟书的文体体制。子弟书的文体界定，是子弟书研究中首要之问题。本书在这一方面讨论的问题包括：在清代书坊著录及明确表明为子弟书的文本之外，如何判断现存文本曲词是否归属于子弟书；子弟书文本体制与音乐体制在何时正式形成；子弟书的文本体制在子弟书百余年的发展历程中，存有何种变化；子弟书在逐渐衰亡之时，子弟书的文本为其他艺术形式所借鉴、袭用，又如何加以判断和区别；此外，子弟书的音乐与演唱虽然已经消亡，但是，其音乐风格派别各有何特点；派别分野以何为依据。

子弟书的创制渊源。子弟书是旗人在观剧实际体验中的创作收获，它萌生于旗人对当时流行的诸种声腔的不满，又受到禁入戏园，禁止观戏、演剧等日趋严厉的相关政令的促进与激发。子弟书与戏曲的关系非常密切，它的曲调、文本都承自戏曲，又有着旗人独特的演绎与改编。它起先是戏曲的一种替代形式，但实际上并没有取代戏曲，而是成为戏曲文本创作或者舞台表演的延伸。无论是经典文本，还是当红剧目，都可在子弟书中找到经过转化的，由另一种艺术形式进行的全新表述与阐释。

子弟书的题材来源。子弟书多从当时社会流行的小说、戏曲故事中取材。我国小说、戏曲作品成于众手、"世代累积"的特点，使得子弟书题材来源，难以指向某一具体、特定的文本。子弟书作者对故事题材的选择，对情节的着重删节，对人物的分析重塑，都反映了作为小说与戏曲作品接受者的观感与评价。本书将从接受史的角度，对此问题再做探讨。

子弟书的作者、交游与结社。在考证子弟书作者身份与生平的基础上，进一步追问他们的职业、生活情状与创作意图。自子弟书创立之初，作者和演出者已经致力于结社交流。通过结社，子弟书作者之间也有充分的交流。本书讨论了子弟书作者的结社活动及其对子弟书创作的促进作用。

子弟书的演出情况。子弟书演出之记载存留极少，现存的两篇子弟书作品《子弟图》和《弦杖图》，是由旗人创作的关于子弟书演出情况的第一手资料。《子弟图》主要记载了旗人演出子弟书的情状；《弦杖图》则主要以子弟书演出后期的瞽人表演者为描写对象。《弦杖图》之作者洗俗斋，出身贵胄，自幼生长于北京，对戏曲曲艺颇有钻研，曾创作子弟书、牌子曲，又改造过子弟书的演唱，并且教授过盲艺人。他对于盲艺人学艺和演出的记载，是弥足珍贵的。以此两种文献为基础，本书探讨了子弟书演出所历经的四个阶段和各自特点。

子弟书的文本流动。子弟书等说唱文学的文本，很难说存在一个恒定的最终版本。以子弟书来说，流传于世的以抄本为主，刻本、石印本出现得比较晚。书坊刻本，可以视为文人的改定本。他们对原有的曲文加以文字的润色、情节的丰富，并且加以评点，清末民国时期，甚至有文人对子弟书文本进行戏仿创作。经由书坊抄本、刻本至文人改本的演变，可以看到子弟书逐渐进入书斋，不断被雅化、被文人墨客赋予道德教化的意义。

第三，子弟书与历史学、语言学、社会学等交叉学科研究。

清朝旗人的文化政策一直游移、变化。清初旗人文士一方面积极学习、吸收汉文化，与汉族文士结交，延请文坛巨擘为西席，尝试诗词文赋创作；另一方面，他们着眼于巩固民族根本，致力于在新的环境里重新建立新的文化传统。他们在诗词内容上着意塑造满族和旗人的形象，更希望在文体上有所创新，创造出符合旗人审美心理的文学艺术形式，并努力做出了积极的尝试。子弟书的创制，即是旗人文士努力的结果。子弟书是探讨清代历史与文化的一个绝佳角度。

子弟书是满汉文化互相吸收、交融贯通的产物。它是旗人借鉴戏曲、俗曲等艺术形式创制而成，虽不脱中原文化的印记，却也显现出满族文化的鲜明特色。对子弟书文本曲词的细读，有助于了解清初、中叶旗人的生活情态和文化意趣；更可看出满、汉两种语言如何由泾渭分明转为浑然一体，满、汉两种习俗如何由抵触至影响、吸收，最终合流。

二　特色与价值

通过对这些具体问题的探讨，笔者希望能够折射出子弟书研究在以下几大研究范畴中的独特地位与价值。

1. 雅俗文学

中国文学中的雅俗之别，由来已久。从《诗经》风、雅、颂之别，至"词为诗余"之说，江湖之远与庙堂之高，始终有着分明的对立。郑振铎《中国俗文学史》的出版，更在学界牢牢奠定"俗文学"之概念与范畴，谓：

> 俗文学就是通俗的文学，就是民间的文学，也就是大众的文学。换一句话，所谓俗文学就是不登大雅之堂，不为学士大夫所重视，而流行于民间的，称为大众所嗜好，所喜悦的东西。[①]

郑振铎此一定义，将民间、大众之"俗"文学与文人、士大夫之"雅"文学截然对立。俗文学后又以"民间文学""通俗文学"等各式名称并举，成为学界一度显赫之支脉。"俗文学"概念的定义，及其与"民间文学""通俗文学"在义界上之关联与区别，早有前贤反复加以商讨。[②]

无论雅、俗之间如何壁垒分明，雅俗之间的转换，也早就有古人为证。国风采自民间，但作为经典引用；李清照提出"词别为一体"，为词体正名。"不登大雅之堂"和"不为学士大夫重视"之类的既定评价，已不能成为"雅""俗"之界限。即在郑振铎《中国俗文学史》之作中，亦以《诗经》为其开篇。然而，对子弟书这种艺术形式而言，辨明雅俗更有其独特之处。一般而论，在中国的文学史上，雅俗文学的转换是从俗到雅的，采风之后，方响于庙堂；词曲本勾栏之技，后流于文人墨客之笔。但是，子弟书却是先由士大夫创造，唱响于高门大宅之后，方传

[①] 郑振铎：《中国俗文学史》，商务印书馆，2005，第1页。

[②] 可参曾永义《俗文学概论》（台北：三民书局，2003）总论之"民间文学、俗文学、通俗文学命义之商榷"。

播至民间大众耳中。

2. 民族文学

关德栋在《子弟书丛钞》中开宗名义，谓："子弟书是我国满族曲艺。"① 子弟书被誉为满族文学的瑰宝，在任何一部满族文学史的著作中，都占有显要的地位。② 根据民族文学的定义，民族文学是由各民族人民自己创作的文学，应该具有民族特点，表现在作品的题材、语言、独特的表现形式上，特别是独特的民族心理素质和气质上。③ 据现有的文献材料及相关考证，子弟书最早由旗人创制，早期主要的作者、演唱者和欣赏者多为旗人中的满族人；发展至后期，仍然成为满族人消遣娱乐的重要方式。④ 子弟书的创作，有满汉兼和满汉合璧两种形式。从这一点来说，它与满族的关系是密不可分的。但是，作为入关百余年后创制出的艺术样式，子弟书亦为满族文化逐渐融入汉文化之后的产物。子弟书的文本，多据汉文化中流行之戏曲、小说故事改编；其文本体制受弹词、鼓词影响；音乐体制则受到昆曲和花部戏曲的影响。

在我国民族文学史上，元杂剧和子弟书，最能反映不同民族间文化的交流。对于这个问题，曾有学者指出：

> 从子弟书的作品看，它的内容不是以反映满族生活为主，用"满汉合璧"写法写的篇子也不多，大量作品是汉族文学传统题材。内容如此，表现形式、手法、语言，也是传统的诗词曲的继续。从有关记载的关于它曲调的说法来看，也反映出它是接受了汉族戏曲声腔乐调影响而成的。再就其所写出来的具有文人色彩较浓的情趣、文笔来看，我认为不能笼统冠以"满族民间曲艺"来给它规定性

① 关德栋：《子弟书丛钞》"前言"，第1页。
② 《中国曲艺志·北京卷》谓子弟书是"满族曲种"，中国 ISBN 中心，1999，第60页。季永海、赵志忠认为："（子弟书）是一种地道的满族曲艺形式"（《满族民间文学概论》，中央民族学院出版社，1991，第161页）。
③ 吴重阳：《民族文学界定标准之我见》，载《民族文学论文选》，中央民族学院出版社，1987，第45－46页。
④ 子弟书为旗人所创，可由《子弟图》子弟书曲词得知，详见后文讨论；然其主要的创作者和演出者，为旗人中之满族人；本书中旗人、满族人并用，根据行文情况，所指略有不同。

质。它是在特定的历史环境中产生出来的由满族八旗子弟创作、掌握的具有文学传统特色的一种新的体制，一种新的曲艺样式。①

3. 说唱文学

子弟书在中国为数众多的说唱文学中，一直是以"高雅"的姿态独秀于林的。作为曲艺艺术，子弟书首先的功能是演唱。然而，因其演唱久已失传，其文本曲词之优美雅致，更为学者所推崇与赞叹。对于子弟书的文本特色，傅惜华曾如是说：

> 子弟书之价值，不在其歌曲音节，而在其文章。词句虽有时近于俚浅，妇孺易晓，然其写情则沁人心脾，写景则在人耳目，述事则如出其口；极其真善美之致。其意境之妙，恐元曲而外殊无能与伦者也。②

子弟书文本之特殊地位，还体现在对后起曲艺的文本的影响。单弦、大鼓等艺术形式袭用子弟书之文词，使得子弟书自身演唱在消亡之后，其文词仍旧得以传承。

---

① 李爱冬：《诗的情韵 文的包容 一代新声——〈子弟书作品选析〉前言》，《内蒙古师范大学学报》（哲学社会科学版）1994 年第 2 期，第 37 页。
② 傅惜华：《曲艺论丛》，上海文艺联合出版社，1953，第 98 页。

第二章　子弟书的创制过程

　　山界万重，海当三面。山海关依山傍海，雄踞东隘，是明朝东北边境的最后一道屏障。明末乱世，八旗铁骑绝尘而入，顺势开启了一个全新王朝的统治。自清立国，旗人不居己国而入处汉地，与在辽东地方时期的社会生活模式形成天壤之别；身为国家的统治者，从后金一隅到中原腹地，意味着全然打破了旧有模式和固有平衡，必然建立新的统治方式与社会秩序。

　　旗人是八旗制度和清代国家统治制度中最为主要和重要的组成部分，是清代政治的核心力量。八旗最初是以全民皆兵的目标设立的，上马为兵，下马为民，以凝聚有限的人力为有效统一的军事力量。虽然八旗力图以军事、政治、经济、文化合而为一，事实上，努尔哈赤在赫图阿拉建国称汗，致力在东北地区立足，增强武力无疑是首要的现实考虑。多尔衮率军入关、顺治定都北京之后，旗人将统治一个更为广袤且完全陌生的领域，从行政管理、经济运作、社会制度、生活方式等多方面都必须面临、筹划、接受并最终完成巨大的转变。管理戏曲演出是清初文化政策中重要的一部分，子弟书即是在这样的背景下应运而生。

第一节　子弟书与清初戏曲演出

　　1644 年，清兵入关。清朝肇始，是满汉文化影响交融的全面开始。随军迁入北京的旗人，壮丁总共 55000 人[①]，人口总数大约在 20 万 – 30 万[②]。此时，北京作为元、明两朝都城，政治、经济、文化中心，富庶

---

①　雍正元年五月初四，允祥"为报顺康年间编审八旗男丁事奏本"（参见《清初编审八旗男丁满文档案选译》，《历史档案》1988 年第 4 期，第 10 – 13 页）。

②　清初北京旗人人口，刘小萌推算"男女老幼全部加在一起，估计不过二三十万人"（刘小萌：《清代北京旗人社会》，中国社会科学出版社，2008，第 23 页）；韩光辉据佐领记录推测八旗人口共 32 万（参见韩光辉《清代北京地区人口的区域构成》，《中国历史地理论丛》1990 年第 4 期，第 137 页）。

繁华，人口已达百万。① 相较之下，旗人不仅人丁不堪匹敌，更重要的
是，面临着文化上的全面落后。传承数千年的中原文化，无疑为生活在
白山黑水间的满族人带来极大的冲击。天下固然可于马背上取之，治理
天下，巩固统治，却是下马后亟须应对的难题。制定应对之法，对决策
者而言相当棘手，因此，对满、汉文化之权衡、取舍，新政权的态度始
终摇摆不定。一方面，加强汉文学习，了解汉人思想是极为现实的迫切
需要；另一方面，无论着眼于巩固民族根本或是平息汉人的殊死反抗，
满语、骑射均不能轻易言弃。自皇太极开始，历位帝王均视之为立国之
基石，反复在谕旨中着意强调。入关之后，更是在"首崇满洲"的圭臬
下，强力推行满族的衣冠服饰制度，以剃发、易服寻求对政权的认同。
同样，早在入关之前，作为儒家思想核心的忠孝节义观念已显露其重要
性，翻译汉籍、学习汉文、了解儒家经义，不仅是为战争中知己知彼，
更是有助于"习于学问，讲明义理，忠君亲上"②。

入主中原之后，旗人远离了民族文化孕育的天然环境。对于在中原文
化腹心之地出生、成长的旗人新一代来说，满汉的对立表现为文武的对立，
使得清朝旗人教育政策一直游移、变化。顺治年间，官学、宗学先后设立，
旗人子弟可择习满书或者汉书。术业本有专攻，且额定习汉书人数远远少
于习满书者。但是，汉书的影响显然超过了决策者的预计。未几，顺治即
有了数典忘祖的忧虑，于十一年（1654）下旨曰："朕思习汉书，入汉俗，
渐忘我满洲旧制。"为此，他决定永停八旗满洲子弟习汉字诸书，专习满
书。③ 这一规定似乎未见成效，两年（1656）之后，顺治又下谕旨曰：
"文武乃天下之极要，不可偏向。今见八旗人等，专尚读书，有子弟几人，
俱令读书，不肯习武。殊违我朝以武功定天下之意。"④ 甚至在遗诏中仍

---

① 顺治初年的北京人口，韩光辉估算为总计 119 万人，其中八旗人口 32 万（参见上引
《清代北京地区人口的区域构成》，《中国历史地理论丛》1990 年第 4 期，第 142 页）。

② "谕曰朕令诸贝勒大臣子弟读书，所以使之习于学问，讲明义理，忠君亲上，实有赖
焉"（参见《清太宗实录》卷 10，第 2 册，中华书局，影印本，1987，第 146 页）。

③ 《清世祖实录》卷 84："谕宗人府：朕思习汉书，入汉俗，渐忘我满洲旧制。前准宗人
府礼部所请设立宗学，令宗室子弟读书。其内因派员教习满书，其愿习汉书者，各听
其便。今思既习满书，即可将翻译各样汉书观玩。着永停其习汉字诸书，专习满书"
（参见《清实录》第 3 册，第 658 - 659 页）。

④ （清）鄂尔泰等修《八旗通志初集》卷 47，第 2 册，东北师范大学出版社，1986，第
914 页。

对此悬念于心："渐习汉俗，于淳朴旧制，日有更张。以致国治未臻，民生未遂。"① 有清一朝，为防止旗人重文偃武，于文教，或停止汉文教习，或中断旗人科举；于武备，则一直强调骑射是旗人本务，光绪二年之前，旗人参加乡试、会试均需附加骑射考试。为维护满洲文化习俗独特性所采用更为简单、直接的方式，是在北京实施旗民分居、分治。顺治三年二月，谕令兵部严厉满汉之别。四年间，汉人悉数迁出内城。顺治六年，北京城在明代格局基础上，形成了外城环抱内城的凸字形结构。内城完全成为皇室王公和官兵旗民聚集之所。② 内、外城大至房屋建筑，小至节日礼俗，都存有迥异之别。

戏曲虽一向是不登大雅之堂的娱乐小道，广而言之，亦处汉族文化大范畴之内，并因浅显易懂，传播广泛，影响尤大。清廷对待戏曲的态度，正是其对待汉族文化矛盾、摇摆心理之个中一斑。清朝的最高统治者几乎都是戏曲爱好者，对戏曲表现出浓厚的兴趣和极高的艺术鉴赏力。仅就初、中叶的几位帝王而言，顺治帝对于词曲称心者无不褒奖。吴绮"奉诏谱杨继盛传奇。称旨。即以杨继盛之官官之。时以为荣"③。康熙年间，宫廷戏曲演出机构南府和景山成立，负责节庆承应演出。雍正时建造了第一座三层戏台——同乐园清音阁。戏台分福、寿、禄三层，内设机括，掌控演员和切末的升降。规模之大，机关之巧，叹为观止。雍正每岁赐诸臣观剧于此，"至上元日及万寿节，皆召群臣于同乐园听戏，分翼入座，特赐盘餐肴馔"④。顺、康、雍三朝是宫廷演剧的酝酿期；乾隆更是借四次万寿之名，广征四方戏班进京献艺，把京师演剧之风推向最高潮。⑤ 故此，么书仪先生指出，清代宫廷的戏曲演出和变革，始终处于清代戏曲变革的中心位置。⑥

---

① 《清史稿·世祖本纪》卷5，中华书局，1998，第161页。
② 畿辅之地实行满汉分居，最早是在顺治元年十二月由顺天巡按柳寅东提出的，顺治六年基本完成。具体可参刘小萌关于"旗人社会的形成"之论述（参见《清代北京旗人社会》，第27页）。
③ （清）周寿昌：《思益堂日札》卷4，中华书局，1987，第101页。
④ （清）昭梿：《啸亭续录》卷1，中华书局，1980，第377页。
⑤ 四次万寿，分别为乾隆十六年（1751）、乾隆二十六年（1761）、乾隆三十六年（1771）的三次皇太后寿辰，以及乾隆五十五年（1790）乾隆寿辰。
⑥ 么书仪：《晚清戏曲的变革》，人民文学出版社，2006，第1页。

上行下效，宫廷、帝王对戏曲的热衷，促使皇城之外旗人于此愈发关注、喜爱、痴迷。旗人秉承"不士、不农、不工、不商、不兵、不民"之规定，每月固定领有粮米。若未挑上兵丁，则赋闲在家，整日无所事事，有大量的时间用于娱乐消遣。尤其身处上层、生活优渥的皇族、王公，更有宴集遣兴、家居添乐的需求。上有所好，自然让常入内廷陪同观剧的王公们揣度圣意，趋之若鹜。最为典型的事例，莫过于《长生殿》传奇之风靡。《柳南随笔》载："康熙丁卯、戊辰间，京师梨园子弟以内聚班为第一。时钱塘洪太学昉思升著《长生殿》传奇初成，授内聚班演之。圣祖览之称善，赐优人白金二十两，且向诸亲王称之。于是诸亲王及阁部大臣，凡有宴会，必演此剧。而缠头之赏，其数悉如御赐，先后所获殆不赀。"① 剧作、戏班、名角由于帝王垂青而声名鹊起、红极一时，并非鲜事。尤侗在自序中提及《读离骚》流传禁中，为帝所喜，言语中不乏自得之色。② 帝王的称赏，成为戏曲创作、演出盛行的最佳助力。恰逢其时，戏曲也已到达最为巅峰的时段。弋阳腔、昆腔在明末先后传入北京，经过文人士夫、戏班伶人的共同努力，曲词创作、唱作技艺日臻成熟。入清之后，历经三朝励精图治，康熙年间战事渐歇，天下太平，民生富庶，自然带来戏曲繁荣。旗、民分居之后，汉官宅第多选址宣武门外，南城成为仕宦文人的世界，会馆林立，宴集频仍。清初昆、弋并盛，聚和、三也、可娱等职业戏班"三家老手，鼎足时名"。戏曲演出热闹非凡，如火如荼，成为京城最受欢迎的娱乐方式。康熙二年，文人聚会已由明清更替之际席间不演戏的清席"单束"改为"无席不梨园鼓吹，无招不全来"③。清代的北京城是一个皇城、内城、外城三重结构的城池，在中心皇城、外围外城两相夹击之下，自然，居住于内城的普通旗人不免受到影响。

与帝王对戏曲的推崇、热爱形成鲜明对照，几乎从入关伊始，统治者对戏曲的压制就已经开始了。起初，因小说、戏词多为"琐语淫词"，

---

① （清）王应奎：《柳南随笔》卷6，中华书局，1983，第123页。
② 尤侗《读离骚》自序云："予所作读离骚曾进御览，命教坊内人装潢供奉，此自先帝表忠微意，非洞箫玉笛之比也"［参见（清）尤侗《西堂乐府》，《续修四库全书》第1407册，第176页］。
③ （清）张宸：《平圃杂记》，转引自陆萼庭《昆剧演出史稿》，上海教育出版社，2006，第122页。

人所乐观，易于败坏风俗，蛊惑人心；查禁的对象仅限文本：或是载有淫辞艳曲的剧本；或是心系前朝的遗民创作。康熙年间，八旗制度积弊初露端倪，旗人松懈之风气乍起，场上演出被视为骄淫堕落的重要诱因。帝王担心八旗王公、官员兵丁耽溺戏曲，削弱斗志，于是，对戏曲的钳制，从文本扩展至演出。为正风气、戒奢靡，自康熙年起，采取"禁内城开设戏馆""禁满洲学唱戏耍"①之措施。至雍正朝，雍正认为旗人"沉湎梨园，遨游博肆，不念从前积累之维艰，不顾向后日用之难继，任意糜费，取快目前，彼此效尤，其害莫甚"②，对旗务进行大刀阔斧的改革。即位第二年，雍正即"禁八旗官员遨游歌场戏馆"③，并对违反者实施实际处罚。康、雍、乾三朝禁令并非一纸空文，推行之下曾见成效。嘉庆时期，那姓御史景德上奏称城中清冷，都人动苦拘束，请于万寿节旬日内，城内许立戏园歌演。奏入，上大怒，斥为"一片犬吠之声"。④

既然谕令禁止内城开设戏园，说明内城之戏园原本有之。明永乐年间迁都北京，设教坊司于东城黄华坊，本司胡同、勾栏胡同、演乐胡同比邻而立，是女优集中之所。清初承明之制，一仍其旧。后裁教坊，禁女乐，方改为民居。⑤自康熙年间内城禁开戏园之后，戏园在内城踪迹杳然，仅有寥寥几处曾见诸记载：

> 京师内城，旧亦有戏园。嘉庆初以言官之请，奉旨停止，今无知者矣。以余所及，如隆福寺之景泰园、四牌楼之泰华轩皆是，东安门外金鱼胡同，北城府学胡同皆有戏园。⑥

---

① 《台规》卷25："康熙十年又议准，京师内城，不许开设戏馆，永行禁止"；孙丹书《定例成案合钞》卷26"杂犯"："近见满洲演戏，自唱弹琵琶弦子，常效汉人约会，攒出银钱戏耍，今应将此严禁"（参见王利器《元明清三代禁毁小说戏曲史料》，上海古籍出版社，1981，第24、29页）。

② 《钦定八旗通志》卷首9，《景印文渊阁四库全书》第664册，台湾商务印书馆，2008，第166页。

③ 《清世宗实录》卷18，《清实录》第7册，第297页。

④ （清）昭梿：《啸亭续录》卷4，中华书局，1980，第486页。

⑤ "明代勾阑，皆在东城，故有勾阑、本司之名。至本朝裁教坊，其地尽改民居。"见震钧《天咫偶闻》卷5，北京古籍出版社，1982，第123页。

⑥ （清）震钧：《天咫偶闻》卷7，第174页。笔者按：清朝内城禁开戏园非自嘉庆始。震钧此书完成于光绪年间，对清初之事或有误记。

以康、雍、乾三朝不断下达、日趋严厉的谕令来看，嘉庆初年并非是内城禁止戏园之始。从另外一个角度来理解，内城戏园或承自明朝；入清之后，数代帝王一再下谕，也正说明贯彻不力，屡禁不止，屡禁屡开。

旗人本可在内城观剧，遭禁之后，如何满足自己看戏之需求，应视不同身份而论。首先，宗室贵族并不在严禁之例。对于八旗王公来说，清初的优渥待遇足以蓄养优人于家，弹筝击筑，日日笙歌。清朝王府大多养有家班。为便于府中观戏，王府往往自设戏台。乾隆时称有"八十王府班"，王府班在供本府自娱之外，亦可外借演出。著名的王府班有宁郡王弘晈之宁班和礼亲王永恩的昆班。① 永恩本人即是剧作家，作有《漪园四种曲》，其中《四友记》标有工尺，可见曾谱曲演出。② 王府班与民间普通职业戏班过从甚密，演员可互相流动。③ 同样值得注意的是王府班与宫廷演剧的互动关系。王公大臣上达天听，下辖庶民，他们既可入宫欣赏承应大戏，又可采买民间戏子组成家班，可谓连接宫内外戏曲演出的桥梁。以庄亲王允禄为例。允禄，康熙第十六子，史载"精数学，通乐律"。乾隆七年，命与三泰、张照管乐部，并总管编撰升平署承应戏。④ 虽未知允禄是否备有家乐，但就他主持清宫承应戏、《律吕正义》之编撰，又为《太古传宗》《新定九宫大成南北词宫谱》作序等活动观之，他显然对乐律、戏曲极为精通。他的戏曲审美观念，必然体现在清宫承应戏之中。

宗室王公之外，按照清代定例，普通旗人官员是不能进入戏园看戏的。天子脚下或不敢放肆，但驻防于外的将士、官宦往往不守定规。在戏曲演出最为繁荣的乾隆年间，杭州将军富椿本应遵命"加意训练兵丁。如兵丁内有嗜酒听曲看戏者，伊即严加教惩"，孰料他竟"自求逸乐，每日听戏"，并在府中蓄养"将军班"，招致"革退杭州将军，所有职衔尽行革去"的处罚。⑤ 驻防西藏大臣为消遣烦闷，欲将私学唱戏

① 陆萼庭：《昆剧演出史稿》，第 230 页。

② 《四友记》清抄本，原为郑振铎先生藏书，现藏北京国家图书馆。

③ 《燕兰小谱》载"永庆班"白二即出身王府班（参见张次溪编《清代燕都梨园史料正续编》，中国戏剧出版社，1988，第 25 页）。

④ 《清史稿·列传六》卷 219，第 9049 页。

⑤ 《清高宗实录》卷 1095，《清实录》第 22 册，第 685 页。

的兵丁改作优伶，并在服满之前，令兵丁演剧，乾隆斥其"岂复尚有人心者乎"①。不过，在京的八旗大臣若与汉族文人交厚，情况则大不一样。旗人宗室贵族子弟自幼延请汉族著名儒士、文人充作西宾，旗人文士多出于此。他们与汉族文人或为师友，或有交游；互相唱和，参与雅集，自然一同在歌台舞榭中观赏时兴之戏曲演出。北京"碧山堂"原为明刑部尚书徐乾学别业，京中名士多借此集会。努尔哈赤第七子阿巴泰后裔、勤郡王岳端作有《扬州梦》传奇，得康熙间曲家尤侗鉴定，尤侗、洪升分别作序，并曾于碧山堂演出。② 由此观之，备受清代观剧禁令拘束的，实际大多是身为下层官僚、兵丁的普通旗人。

内城禁开戏园之后，旗人只能光顾城外戏园以欣赏职业戏班的演出。清代北京的演出场所，分为"戏庄"与"戏园"两种，是全然不同的演出环境。"戏庄曰某堂，曰某会馆，为衣冠揖逊，上寿娱宾之所"，因戏曲演出多为宴会助兴之举，一般依附于会馆、酒楼、饭庄。声名最著之查楼，即为酒楼性质的演剧场所。戏庄宴请时邀约戏班助兴，据《梦华琐簿》记载："今之戏庄宴客者，酒家为政。先期计开宴者凡几家？有客若而人？与乐部定要约。部署既定。乃告主人，署券为验。"戏园则是自宋代勾栏剧场发展而来，戏园前曰某园，曰某楼，曰某轩，一般用以听歌、买醉。前往戏园往往是"屏车骑，易冠裳，轻裘缓带，笑傲自得。放浪形骸之外，不复有拘束矣"③。自花部兴起之后，为适应市民的观戏需求，名为"茶园"，实际主要为戏曲演出的戏园如雨后春笋般出现。戏园自称茶园或茶楼，一因戏园都卖茶；二因清廷有"斋戒忌辰之日禁止演戏"的规定，"国孝"等禁戏期间，自称茶园可继续营业，收茶钱，还可招伶人说白清唱。④ 茶园所在的位置，多集中在北京的前门大栅栏、

---

① 《清高宗实录》卷1318，《清实录》第25册，第826页。

② 孔尚任《燕台杂兴三十首》自注云："玉池生作《扬州梦传奇》，龙改庵作《琼花梦传奇》，曾于碧山堂、白云楼两处扮演，予皆见之。"见《孔尚任诗文集》，中华书局，1962，第380页。按：岳端（1671－1704），号玉池生，有《玉池生稿》存世。《扬州梦》传奇，今存康熙四十年（1701）刻本，署"玉池生填词""长洲鹤栖堂老人尤侗鉴定"，载署"康熙乙卯冬十月长洲鹤栖老人尤侗谨序"序、署"钱塘洪升题"序（参见郭英德《明清传奇综录》，河北教育出版社，1997，第816－818页）；《扬州梦》曾于碧山堂演出一事，亦可参前引陆萼庭《昆剧演出史稿》，第126页。

③ （清）蕊珠旧史：《梦华琐簿》，载张次溪编《清代燕都梨园史料正续编》，第348－349页。

④ 侯希三：《北京老戏园子》，中国城市出版社，1996，第89页。

珠市口、宣武门外虎坊桥一带。戏园的风俗，多据茶座位置的不同，如官座、池座、廊座，来决定价钱高低。庚子年（1900）之前，这种戏园的经营方式，是由各班轮流演唱，唤作"活转儿"。根据戏园规模的大小，又分成两种，一种专门为戏曲演出而设，由四大徽班轮流上演，以广和楼、中和园等京城七大名园等为个中翘楚；另一种地处偏僻，规模较小，徽班、秦腔等戏班不及，则以杂耍补充。① 可见，杂耍从开始就是和戏曲演出紧密联系在一起的。

虽然一再颁布严格的禁令，但实际上收效甚微。上至有品阶的旗人官员，下至没有官衔的普通旗人，均热衷于出城看戏。为此，旗人甚至不惜纷纷乔装改扮，隐瞒身份。清代竹枝词有云："小幅长衫着体新，纷纷街巷步芳尘。闲来三五茶坊坐，半是曾登仕版人。"即是对此现象之描摹。于此，早在康熙年间就曾谕令，严禁旗人效仿汉人约会、攒银戏耍的行为，一经查获，都将受到严厉的处罚："如不遵禁，仍亲自唱戏，攒出银钱约会，弹琵琶弦子者，系官革职，平人鞭一百"。② 如此严厉之惩罚仍无法遏制出城看戏之人潮。乾隆二十七年（1762），奏准："前门外戏园、酒馆倍多于前，八旗当差人等前往游宴者亦复不少。嗣后交八旗大臣、步队统领衙门不时稽察，遇有此等违禁之人，一经拿获，官员参处，兵丁责革。仍令都察院、五城顺天府各衙门出示晓谕，实贴各戏园、酒馆，禁止旗人出入。"③ 但正是在此时，甚至出现了旗籍子弟成为职业演员，并且成为文人士大夫品评的对象。《燕兰小谱》中载：白二，原系旗籍，昔在王府大部，与八达子、天保儿擅一时盛誉。④ 萃庆部的八达子亦为旗籍。⑤ 至嘉庆十年（1805），上谕"近来八旗子弟，往往沾染汉人习气，……私去顶帽，在外游荡，潜赴茶园戏馆，饮酒滋事，实为恶习"。作为典型受罚的佟关保弟兄三人，不戴帽顶，肆意闲游，夜归，与领门军"揪扭吵骂"。⑥ 更为有趣的事例是嘉庆十一年（1806）发生的御史和顺案。先是，和顺奏称"风闻旗人中竟有演唱戏文，值戏园

①　（清）蕊珠旧史：《梦华琐簿》，载《清代燕都梨园史料正续编》，第 350 页。
②　转引自王利器《元明清三代禁毁小说戏曲史料》，第 29 页。
③　张次溪辑《北京梨园掌故长编》，载《清代燕都梨园史料正续编》，第 883 页。
④　（清）安乐山樵：《燕兰小谱》卷 3，载《清代燕都梨园史料正续编》，第 25 页。
⑤　（清）安乐山樵：《燕兰小谱》卷 5，第 44 页。
⑥　《清仁宗实录》卷 156，《清实录》第 30 册，第 9 - 10 页。

演剧之日，戏班中邀同登台装演，请旨饬禁"。嘉庆誉其奏"持论甚正"，谕令他"将演剧之旗人按名指出，以便究办"。和顺指奏六人，此后，事件发展急转直下。和顺本诡称"曾经骑马行过戏园，遥见演剧，时有旗人在内"，又称"系伊家人在戏园看见"。但据广成茶园看座的王大供称，"和御史常到园内听戏"，"曾在戏园争占下场门坐位"。为了达到去戏园看戏的目的，和顺以"密为查访"为理由，堂而皇之地出入于外城戏园。和顺本人是戏迷，上报的情况也确为实情。旗人喜爱上场扮演，此案所涉的图桑阿等五名旗人因登台演戏被斥"甘与优伶为伍，实属有玷旗人颜面"。①

在这样的背景之下，旗人需要找到一种替代戏曲的娱乐形式，子弟书由此应运而生。子弟书一直被誉为满族文学的瑰宝，实际上，它正是满汉文化互相吸收、交融贯通的产物。子弟书与戏曲、俗曲都有着密切的关系。子弟书是八旗子弟在观剧实际体验中的创作收获，它萌生于旗人对当时流行的诸种声腔的不满，又受到禁入戏园、禁止观戏、禁止演剧等日趋严厉的相关政令的促进与激发。子弟书与戏曲的关系非常密切，它的曲调、文本都承自戏曲，又有着旗人独特的演绎与改编。它起先是戏曲的一种替代形式，但实际上并没有取代戏曲，而是成为戏曲文本创作或者舞台表演的延伸。无论是经典文本，还是当红剧目，都可在子弟书中找到经过转化的，由另一种艺术形式进行的全新表述与阐释。

第二节　《子弟图》中记载的子弟书创制者

内城禁止戏园，旗人禁止看戏等系列禁令的发布和执行，并没有阻挡住旗人看戏的热情。开设戏园显然可获巨额利润，商贾不惜以重金买通官吏为内城开设戏园陈情。上文所引嘉庆时那御史为之上书，触怒龙颜，由此得名"犬吠御史"，即为一例。不过，上有严命，下有应对之策。即使在严令禁戏之时，内城也非哑然无声。与清屡次下令内城禁止开设戏园之令相悖，内城虽然禁止开设戏园，但允许杂耍馆营业。"内城无戏园，但设茶社，名曰杂耍馆，唱清音小曲、打八角鼓、十不闲以为

---

① 《清仁宗实录》卷 169，《清实录》第 30 册，第 199 – 200 页。

笑乐"。① 禁止演戏后，为保丝弦不歇，内城以此为业的经营者们别出心裁，各出奇招。

> 一自那城中断戏馆子苦，都说是柜上能事会调停。
> 先是评书把场面引，正当着传茶让座闹闹哄哄。
> 紧连着响当鼓彩像声儿等等，座儿上心不在焉不看不听。
> 十不闲正是中场又是彩唱，引得人眉开眼笑满面欢容。
> 不多时收场打罢了莲花落，四下里好儿和好哇一片声。
> 接着便是女筋斗，这一阵铙钹锣鼓好腥盈。②

这篇名为《女筋斗》的曲文描写的是北京茶馆女筋斗进行表演的场景。在内城茶馆与之同场表演的，还有评书、相声、十不闲、莲花落等多种俗曲和杂耍。作者在文末对自己的创作意图自问自答："为什么忽然写到女筋斗，欲传述北京城内的风土人情。"可见，当时北京内城在禁戏之后，以杂耍、俗曲表演代替戏曲演出，是一种极为普遍的现象。外城戏园戏曲和俗曲同台演出，内城杂耍馆多种俗曲热闹登场，促进了旗人对俗曲的了解，也启发了旗人对俗曲的创造。有清一朝，与旗人有着直接联系的俗曲形式，有子弟书、单弦牌子曲和岔曲等数种，据传都是由旗人创制。子弟书以演唱故事为主，是秉承鼓词、弹词一脉相连的说唱艺术；单弦、岔曲则类似单唱小曲，以描摹景色、抒发感情为主。其中以子弟书最为出名，并且与旗人观剧有着至为密切的关系。

昆腔和弋阳腔在明末成为京师的流行声腔。清初承明之绪，昆腔、弋阳腔依然备受欢迎。明末汉族文人曾指出过这两种腔调之特色：昆曲费解，《花部农谭》曰："盖吴音繁缛，其曲虽极谐于律，而听者使未睹本文，无不茫然不知所谓。"③ 弋阳腔不入管弦，以锣鼓为节奏，《宜黄县戏神清源师庙记》曰："江以西弋阳，其节以鼓，其调喧。"④ 旗人甫入中

---

① （清）蕊珠旧史：《梦华琐簿》，载《清代梨园史料正续编》，第 355 页。
② 《子弟书全集》第 8 卷，第 3336 页。
③ （清）焦循：《花部农谭》，载《中国古典戏曲论著集成》第 8 册，中国戏剧出版社，1960，第 225 页。
④ （明）汤显祖著，徐朔方笺校《汤显祖全集》第 2 册，北京古籍出版社，1999，第 1189 页。

原，语言未通，文化隔离，音乐的直观感受无疑更为鲜明。虽然旗人对戏曲演出表现出了极大的热情，但是就旗人中占绝大多数的满族人和蒙古族人的欣赏习惯而言，这两种声腔均非令人满意的艺术表现形式，不论是出于遵循"禁戏"的考虑，还是满足符合自己欣赏能力的需求，创造一种新的艺术形式势在必行。

由现存最早的子弟书版本，刊于乾隆二十一年（1756）之《庄氏降香》①，及李锸作于嘉庆二年的《书词绪论》的序言所说"辛亥夏，旋都门，得闻所谓子弟书"，子弟书在乾隆年间已然在北京流行，应无疑义。学界亦多据此将其创制时期系于乾隆初年。子弟书自20世纪20年代始受学术界关注②，后被誉为满族文艺的瑰宝，备受瞩目与推崇。然在其全盛之清中、晚期，于时人眼中，它不过是用来消遣之小道玩意儿，终究不类诗词歌赋，难登大雅之堂。故此，在顾琳所作《书词绪论》之外，现今所知的子弟书记载，多出自子弟书衰落后，后时之人追忆之语。光绪至民国时期震钧等人所记，或为零星数语，或道听途说，或在当时已存异议。③较之笔记记载之只言片语，子弟书《子弟图》之曲文，是记录子弟书创制、表演过程最为完整的作品。虽然它亦为后人追述之语，但因出自旗人手笔，并以子弟书曲文之形式表现，字里行间透露出作者对此种曲艺的熟知，故值得仔细玩味。

《子弟图》子弟书，抄本，藏天津图书馆。未见著录。原文为草体连书，全文在《子弟书全集》中首次披露④，故录入如下（标点、段落为笔者所添加、划分）。

---

① 此为傅惜华先生旧藏本，现藏中国艺术研究院图书馆。按：子弟书文本的刊刻出版，当在其广泛流传之后。故此，笔者推断子弟书的流行最迟应在乾隆初年。

② 如前文所述，子弟书进入近代学术界之视野，始于孔德学校收购车王府旧藏曲本及顾颉刚所编目录之刊载。郑振铎先生编《东调选》《西调选》，及在《中国俗文学史》中对子弟书之赞誉更使其大振声名。

③ 震钧《天咫偶闻》中所记最常为人引用。震钧，满族人，生于清咸丰七年（1857），卒于民国九年（1920），庚子年（1900）前一直居住在北京。《天咫偶闻》作于光绪二十一年（1895），刊于光绪三十三年（1907）。见《天咫偶闻》"出版说明"，第1-2页。以其生平揣度，震钧不应从未听过子弟书之演唱。然其所记开首云"旧日鼓词，有所谓子弟者"，则似未听子弟书久矣；笔记中诸语，亦似出自街谈巷闻。其所言之"东城调""西城调"，即有同时之人崇彝在《道咸以来朝野杂记》中加以驳斥。详见后文。

④ 《子弟图》之曲文，在《子弟书全集》收入之前，仅见崔蕴华曾引用其中一段以论述子弟书的创制者问题。参见崔蕴华《书斋与书坊之间——清代子弟书研究》，第8页。

游戏登场手重书，只因雅趣有规模。

弦歌创始公同好，名色由来列两途。

挥霍应酬称子弟，风流气概①贬江湖。

而今几至归同道，驱使由人不自如。

曾听说子弟二字因书起，创自名门与巨族。

题昔年凡吾们旗人多富贵，家庭内时时唱戏狠听俗②。

因评论昆戏南音推费解，弋腔北曲又嫌粗。

故作书词分段落，所为的是既能警雅又可通俗。

条子板谱入三弦与人同乐，又谁知聪明子弟暗习熟。

每遇着家庭宴会一凑趣，借此意听者称为子弟书。

皆美慕别致新奇字真韵稳，悠扬顿挫气贯神足。

真令人耳目一新并且直捷痛快，强如听昆弋因腔混字多半的含糊。

因此上处处传说人人爱好，那时候虽是兵丁家丰与户足。

乐从听差务余暇排书遣兴，那《俏东风》《降香》《托梦》传遍了京都。

渐渐引开喜庆争邀请，仰高明执名累递不亚如三顾茅庐。

非容易方肯临期一赏脸，必然是衣冠车马随从的奴仆。

那请客家闻得相约某老爷至，宾主们忙甩挖行忙挂珠。

那一番恭敬尊崇形容不尽，相见时拜匣贺礼来客也不俗。

减段说昔年游戏是这般体统，大端是先推其品次重其书。

由此论书以人名并非人因书贵，所以然称胜当年人敬服。

可又有说呢世摄游戏难品，孰不知歌以陶情也不俗。

这如今想见其人无觅处，到会过些护军马甲望败残的卒。

看他们门户萧条从小儿就受窄，净跪街只为家贫自作奴。

---

① 气概，稿本红笔改为“乞丐”。按：由上文“列两途”观之，应以“乞丐”为是，与“子弟”相对。

② 俗，稿本红笔改为“熟”。

因习染里巷歌谣不教儿自会，得钱粮后把心一畅练唱学弹就去了正途。

专心在贫嘴恶舌油腔滑调，偏是那满汉文都荒废马步箭生疏。

常亲近吊了牙的蝗虫逾了岁的恶鬼，为跟着青草茶舍要练三伏。

凭说唱不带分文便能够醉饱，见谁阔拉拢贴近混呼。

爱高攀那些走肉行尸酒囊与饭袋，也无非铜臭熏人势利之徒。

那一般人他们乘车跨马张扬富有，在野茶舍品穿论带卖弄酸俗。

然而既逛青儿随遇而安并非是请客，现有那素闷子村酒何必又烧猪。

趁酒兴席上生风要赈济子弟，送酒菜硬点玩意儿如代江湖。

弟兄们无可报答各献一技，场面上互相争胜彼此不服。

这玩意儿百怪千奇越兴啊越巧，也练会脚步丫儿射箭嗓子里学丝竹。

更新鲜爷们会蹬缸装女金斗，还有熊叠标狗蹬碓蛤蟆念书。

抄总儿说了吧江湖人所能的子弟爷们全都会，便是包头彩唱把斐三儿气死秋儿也服了毒。

这所言子弟合掺在野茶馆子里排演，再题起走事的今昔考较大悬殊。

如今盼人邀为贪管饱的荤食管醉的酒，遇喜庆也不用车马也不用衣服。

按时令夏天有衫子冬天是棉袄，靴鞋俱可刷净十足。

上场时高兴一团直忘了困苦，下场后大咬五味累苦了茶厨。

一个个恋席贪杯还不够，全不管招惹得旁人受眼毒。

按此说如今子弟比昔年的苦，总因家道窄爱押个大宝葬送在十胡。

再加上掌事的房衔门口的布铺，自钻入割皮肉毁人炉。

还不清牛羊车子望猪头肉，断不住乱性迷魂砸了嘴的砂壶。

一分粮轻易时完不了饥荒多款，六力弓拼了命也拉不开是水不足。

惟有这玩笑场中一条活路，是爷们解谤养命的护身符。

　　然而既有吃喝也给江湖留条道，就不该登台玩笑分外的贪图。

　　也当想那些无业贫民曾经过告示，你真奉他的饭碗子逼急了聚众要跪提督。

　　倘若到衙门害了自身就苦了帐主，办一个寡廉鲜耻把旗档销除。

　　话已完冒犯诸公休见罪，宽恕我逢场也敬几回书。

　　对知音偶纪闲情无非是凑趣，画一付走票邀局的子弟图。①

　　以子弟书的创作结构观之，《子弟图》自开篇"游戏登场手重书"句至"驱使由人不自如"八句，是为曲文诗篇；曲末"话已完冒犯诸公休见罪"至"画一付走票邀局的子弟图"四句，是曲文收束之语。子弟书诗篇多用以概述曲文大要，文末四句则多为作者之创作因由。诗篇四句开宗明义，点明子弟书之创制者身份及其创始时"公诸同好"的表演形式；随后方产生有"子弟"与"江湖"之别。在《子弟图》创作之时，早期自由创作与演出之子弟，已然不复得见；当时之演唱者，沦落至由人驱使、卑躬屈膝之境况。结句则点明《子弟图》的创作因由，是作者在子弟书作者的聚会中的"逢场"演唱。但从全文抚今追昔、借古讽今的基调看来，作者创作此曲文的意图，却并非"对知音""偶纪闲情"以"凑趣"，而是意有所指地对当时子弟书的表演和表演者加以辛辣的讽刺与批评。故此，作者方言道"冒犯诸公休见罪"。

　　曲文正文叙述子弟书的发展过程，可按其流传时间的先后、演出场合及演唱者的身份的变化，分为三个阶段。其一，自"曾听说子弟二字因书起"句至"那《俏东风》《降香》《托梦》传遍了京都"句，描述子弟书为"名门""巨族"的旗人不满时曲，追求"警雅"与"通俗"融合之艺术形式之首创。在其肇始之时，子弟书最为普遍的演出方式是旗人中的青年子弟在家庭宴会中的演唱。其二，自"渐渐引开喜庆争邀请"句至"孰不知歌以陶情也不俗"句，子弟书因其曲词雅致声名鹊起之后，内城众家逢喜事吉庆，争相邀约精于此道的"高明""名累"者赴家中演唱。此时，子弟书的演唱者，主要仍是旗人，演唱的场合，亦

———————————

① 《子弟书全集》第 8 卷，第 3398 – 3400 页。

仍是内城大家中。因为众相邀约，不免声名日隆、流传益广。这一阶段，是子弟书的演唱从数个创制者家族内部的娱乐转而为旗人各家聚会、宴席相佐的开始。其三，自"这如今想见其人无觅处"句至"办一个寡廉鲜耻把旗档销除"句，子弟书已成为满汉文荒废、马箭步生疏、专事练唱学弹的破落子弟用以打发时光甚至谋生之手段。演唱之场合，也由内府深院跌落至乡野之野茶馆子。此三阶段在时间上大致先后承接，亦间有重叠。作者写作此篇曲文之时，正值子弟书沦为下品的第三阶段，繁盛不再，追念先前风致，唯留怅然。

《子弟图》曲文对于子弟书研究的重要意义，在于描述和保留了关于子弟书的创制和演出的第一手史料。关于子弟书的演出，笔者在后文将有专章加以讨论。本节主要考察子弟书的创立问题。《子弟图》子弟书之前半篇曲文，正提供给我们子弟书的创制者身份、家世，及其创制子弟书时的相关情况。

子弟书的始制者，因《天咫偶闻》记曰"子弟书者，始创于八旗子弟"，论者多举此说，并相沿袭。旗人率兵入关、定鼎中原之后，"八旗子弟"一词多成为汉人对旗人乃至满族人的特定称谓。实际上，"满族人"与"旗人"并不可等同视之。清代旗制，分为满、蒙、汉八旗，故"旗人"应包含编入旗中的蒙古人、汉人和其他少数民族；满族人中，亦有未编入旗者。[①] 由子弟书满汉合璧、满汉兼的特殊文本形式，以及大量描写满族人生活的作品观之[②]，子弟书的始创者，应是八旗中的满族人，且身份地位均不俗。《子弟图》曲文曰"创自名门与巨族""题昔年凡吾们旗人多富贵"，即指出子弟书的创制者是为八旗的高宦，而非寻常旗人之辈。

通读子弟书曲文，我们不难了解到，与清末期北京流行的俗曲如京

[①] 　清八旗制度下，分别有满洲八旗、蒙古八旗、汉军八旗，除此三民族之外，还有朝鲜族等其他民族成员（参见赵志强《八旗与八旗子弟》，载支运亭编《八旗制度与满族文化》，辽宁民族出版社，2002，第 78—79 页）。

[②] 　现存子弟书有全汉文、满汉合璧、满汉兼三种文本形式。全汉文之文本中，亦夹杂有大量的汉文音译满语词汇。非满文、汉文通晓者难以为之。子弟书的故事题材，大体言之，可分为改编与现实生活两类。描写现实生活之作品，多以满族人生活为题材，如《鸳鸯扣》描写满族大家通婚之婚俗礼仪，《螃蟹段儿》描写满族夫妻生活趣事，等等。

韵大鼓多用坊间之白话、俗语不同，子弟书的曲文中多化用典故、成语；虽然其故事题材如孟姜女、白娘子等，在汉族文化中可谓乡野村夫亦耳熟能详，但于游牧民族而言，对汉族文化与文学涉猎不深者，恐难以熟知若此，能以一种全新的艺术形式加以诠释与表现。据清朝之教育状况和水平，在子弟书创制、创作的清乾隆年间，能够熟练掌握汉语、运用典故的满族人，大多受过良好的汉语教育。据现有的资料和考证，能够确切考证生平身份的子弟书作者，有署"鹤侣氏"的爱新觉罗·奕赓和署"洗俗斋"的果勒敏。此二人均为八旗宗室之后，身份显赫。① 据此，在子弟书的创制初期，其创作者的身份、阶层，亦可由此大致推想而知。②

　　据清初制定之政策，旗人入关之后，可以分配有房屋田地，领取俸禄；虽不事生产，生活无虞。乾隆年间，四海平定，海内升平，八旗作为军事结构的功能，已渐为削弱。百无聊赖之下，听戏成为旗人生活中最为重要的消遣。"家庭内时时唱戏狠听俗""因评论昆戏南音推费解，弋腔北曲又嫌粗"，正符合旗人当时的生活状况。清初、中叶，在中国戏曲史上，正是花部渐起至花雅争奇的重要阶段，于昆曲，满族人有语言的隔膜，费解难懂；于弋阳腔，满族人又不满其粗制滥造。在此背景下，以满族人为主体的旗人结合当时流行在北京的戏曲与曲艺，创制出子弟书这一新的艺术形式。据顾琳《书词绪论》，子弟书初"仅有一音"，因罗松窗谱之而盛。罗氏所谱者，即后来为与"东调"相区别而称的"西调"。西调受到昆腔的影响，幽远低回。可见旗人在创制之时，即赋予子弟书"雅"的特色。子弟书给旗人听众的最初印象，是别致新奇、字真韵稳、悠扬顿挫、气贯神足。它以北京话中的十三辙为韵，比起难解的昆腔和粗俗的弋阳腔来说，更符合旗人在汉文化的浸淫之下，追求高雅的欣赏心理，故而，子弟书"处处传说""人人爱好"，以至众人邀约不断，争相观看，也就不足为奇了。

　　这里，还值得留意的是，"家庭内时时唱戏狠听俗"一句，说明名门巨族之家，戏曲演出是极为频繁的，旗人对戏曲声腔特点十分熟稔。旗人"评论昆戏南音推费解，弋腔北曲又嫌粗"，"推"，尤今日北京话

① 奕赓为清铁帽子亲王庄亲王之后，果勒敏为乾隆嫡传履亲王之后。其生平详见后文关于子弟书作者的考证。
② 关于清朝的教育水平以及子弟书作者之身份的考论，详见后文。

之"忒"，为"特别""极度"之义。他们对昆腔、弋阳腔的感受并不是独特的。蒋士铨在乾隆十六年《升平瑞》中说："昆腔唧唧哝哝，可厌。高腔又过于吵闹。"所谓唧唧哝哝，应该即是顾起元《客座赘语》中所言"一字之长，延至数息"[1]，让人难以听清、理解，也即上文所谓如果不睹本文，则茫然不知所谓。汉族人如此，对于满族人来说，这种感受尤为明显，尤为困扰。满族人对昆腔、弋阳腔之不满，促使了"警雅""通俗"子弟书的诞生。子弟书具有鲜明的优点，较之昆、弋，让满族人更易接受。《子弟图》描写旗人创制子弟书后，众人对子弟书演唱的反应："皆羡慕别致新奇字真韵稳，悠扬顿挫气贯神足。真令人耳目一新并且直捷痛快，强如听昆弋因腔混字多半的含糊。"正说明了他们所追求的艺术风格与特点。

另一方面，子弟书不用扮演，只用三弦伴奏的演出形式，又可规避旗人不准看戏、演戏的系列禁令。实际上，子弟书自创制之始，其一弹一唱或自弹自唱的演出方式，因其简便易行，在旗人中甚受欢迎；直至清末民初，依然存有此风。旗人在家庭宴会中率意歌舞、自娱自乐的风俗习惯，与汉族传统迥异。然而，此俗由来已久。满族有着以歌舞传情达意的天性与传统。满族无论老幼男女，皆能歌善舞。其君王贵族，亦有在重要场合随乐起舞的习惯。史载，努尔哈赤在接见朝鲜使臣之时，"自弹琵琶，耸动其身，舞罢，优人八名各呈其才"[2]。康熙四十九年（1710），逢皇太后七旬大寿。57岁的康熙"亲舞称觞"，斑衣娱亲。于是，子弟书这一新艺术形式出现后，先是由创制者在家庭宴会中演唱助兴。《子弟图》描述说："条子板谱入三弦与人同乐，又谁知聪明子弟暗习熟。每遇着家庭宴会一凑趣，借此意听者称为子弟书。"待年轻子弟学会之后，他们随即成为子弟书最为主要的演出者，并使之风靡内城。年轻子弟在家庭聚会中之演出情景，张次溪先生《人民首都的天桥》一书亦有描述，可为佐证。

相传嘉道前，每旗族家庭宴贺，父老多率子弟演奏，子弟之名，

[1]　顾起元：《客座赘语》卷九"戏剧"条，中华书局，1987，第303页。
[2]　《建州纪程图记校注》，辽宁大学出版社，1979，第19页。

盖本于此。父老坐拨阮，子弟侍其傍，次第必立而歌。至今之专以此曲登场为业者，仍然如是。坐弦立歌，是其遗意。①

昆曲京腔，评弹鼓词，无不是自民间兴起，经文人雅化，逐步进入官邸、王府、宫廷。以此普遍模式观之，子弟书却另有其独特之处。作为八旗入关之后创造的一种曲艺形式，它从诞生之初，即成为旗人消遣玩乐的方式。旗人也是子弟书创作、演出和欣赏群体的主要构成者。旗人入关之后，积极学习汉文化，至康熙年间，已经多懂得汉语。子弟书初创时期为雍乾之间②，入关百年，旗人对汉文化之接受与熟悉，使得旗人结合满汉曲艺创造出子弟书这一全新形式成为可能。但是，从现存子弟书文本来看，子弟书的创作，需要对汉族文化、文学了解甚多。前辈论者已多述及，子弟书无论在情境描写还是语言表达上，都有极高技巧。旗人能熟练地使用满汉文字，化用经典故事，插入汉语典故，显然具备一定的文化水平，非泛泛之辈所能为之。

对于子弟书创制之初的情况，《子弟图》为我们提供的另一个重要信息，在于诗篇中"弦歌创始公同好"一句。子弟书曲文的创作者，在听戏的过程中，因不满足现有剧种而萌生创制新形式之念。听戏本是一种大众的娱乐活动，可以想见，创制新艺术形式的想法之萌生与付诸实践，也是在一同听戏的友朋之间共同完成的。这样的背景，让子弟书的作者，从开始就非以个体出现，而是自然地成为一个小团体。故而，笔者推断，子弟书文学体制和艺术特色的创制与完善，是由众人共同完成的；罗松窗、韩小窗等著名子弟书作者的独立创作，必然是在此种曲艺的体制初步形成之后，才可能各自埋首书斋之小窗，专心于子弟书的文本创作。

戏曲、曲艺艺人之交结、结社，自宋勾栏瓦舍以来，元代才人书会等相沿袭，代代有之。戏曲、曲艺的魅力，正在于众人共邀同赏，和诗文之月下独吟有着较大的区别。故而，身为子弟书创制者的诸公同好，应该成立有聚会、结社，甚至是定期的活动，用以交流创作，欣赏演出。

---

① 张次溪：《人民首都的天桥》，中国曲艺出版社，1988，第48页。
② 关于子弟书的创制时间，笔者据现存最早子弟书刻本、乾隆二十一年（1756）《庄氏降香》推测，应不晚于雍乾之间。

从另一个角度来说，子弟书创制者既为旗人文士，他们的这种聚会，很有可能是与诗社活动合而为一的。因此，我们或可以推测，在八旗诗社的活动中，或者存有共同写作子弟书的可能。①

第三节　清宫侍卫与子弟书的创制

建州女真本是以狩猎为生的游牧民族。建国大金，改称满洲，他们已经开始致力于在东北建立一个稳固的政权，尝试实行一套行之有效的政治制度。出于治理国度的迫切需要，皇太极即位之后，参汉酌金，改进满文，设立科举。知书能文的基础是教育。在关外，皇太极已经有意识地鼓励旗人接受专门的文化教育。不过，在东北和清初时期军事局势之下，稳定、连续的教育可谓奢求。入关之后，这方面的变化更为显著。

从内部因素来看，八旗自身的教育条件得到了长足的发展。《八旗通志·学校志》中已清楚地表明统治者认识到学校的重要性："迨入关定鼎，文德武功，光被区宇。凡八旗子弟，身际隆平，弢弓鼓箧，敦品行，习礼仪，胥于学校是赖。"② 为提高八旗子弟的文化水平，入关后即规定"满汉官员，文官在京四品以上，在外三品以上；武官在京、在外二品以上，各送一子入监。护军统领、副都统、阿思哈尼哈番、侍郎、学士以上之子，俱为荫生。其余各官之子，俱为监生"。③ 无论宗室、官宦，都各自循规入学，普通旗人子弟也不例外，"自国学、顺天、奉天二府学，分派八旗监生外，又有八旗两翼、咸安宫、景山诸学、宗人府宗学、觉罗学，并盛京、黑龙江两翼义学，规模次第加详"④。从顺治元年起，于满洲诸旗各觅空房一所，立为书院，教习八旗子弟。接着又设立八旗官学，要求每牛录各取官学生二名，以二十名学习汉书，其他人学习满书。由此，普通的旗人子弟得到了更多的接受教育的机会。科举考试制度上，专为旗人开设了翻译科。此项考试始于顺治八年

---

① 关于子弟书作者的交游与结社，详见后文。
② 鄂尔泰等修《八旗通志初集》卷46，第2册，东北师范大学出版社，1986，第895页。
③ 《八旗通志初集》卷46，第2册，第895－896页。
④ 《八旗通志初集》卷46，第2册，第895页。

（1651）。翻译科取士规定："满洲、蒙古子弟，通满汉文者，翻译汉字文一篇，通满文者，作满字文一篇。"① 以上规定，使得旗人之中迅速地出现了一批粗通文墨者。

从外部因素来说，与汉族文人和中原文化的互动，远在入关以前已十分频繁。皇太极等八旗首领曾广为招延汉族文士为己所用。《啸亭杂录》"红兰主人"条记载说："崇德癸未时，饶余王曾率兵伐明，南略地至海州而返，其邸中多文学之士，盖即当时所延致者。安王因以命教其诸子弟，故康熙间宗室文风以安邸为最盛。"② 红兰主人，爱新觉罗氏，为努尔哈赤之孙、安亲王岳端。宗室与当时文坛巨擘的交往，入关之后可称得上是蔚然成风。《天咫偶闻》记录道："（惇亲王）喜折节与寒素游。……盖王邸延师，敬礼出士大夫上。如红兰主人、问亭将军、怡贤王皆以好士闻。履邸之于阎百诗，果邸之于方望溪，慎邸之于李眉山、郑板桥，礼邸之于姚姬传为尤著。"③ 惇亲王为嘉庆第三子，其礼敬士大夫的行为自有其源：问亭将军，爱新觉罗氏，辅国将军博尔都；怡亲王，爱新觉罗氏，康熙十三子胤祥；履亲王府，康熙第十二子允祹的府邸；果郡王府，康熙十七子允礼府邸；慎郡王府，为康熙二十一子允禧府邸。阎百诗，即阎若璩；方望溪，即方苞；李眉山，即李锴；姚姬传，即姚鼐，均为当时在经学与文学上最负盛名的学者文人。此外，王士禛、袁枚等一代宗师，都与旗籍诗人、文士或为师生，或为诗友，交往频繁。

内外交加造成的客观的效果，即"世家胄子、暨闲散俊秀，涵濡教化，陶咏文章，彬彬乎贤才蔚起矣"④；他们或雅好儒术，或醉心文墨，构成了清初的文人阶层。汉族文人的培养体系，经过多年的运转，已经有了相对完整和严密的程序。在科举应试的整体环境之下，出身、经历不同，都有可能通过接受教育、参与科举、成为文人团体一员。清初的旗籍文人，在培养和选拔上参照了科举的方式，其中卓有声名者，如鄂貌图、鄂尔泰，均从科举中脱颖而出，以文采为阶梯踏入仕途。不过，从教育普及、知识水平、文化素养等各方面来考察，在八旗里，最早接

---

① 《八旗通志初集》卷48，第2册，第923页。
② （清）昭梿：《啸亭杂录》卷6，第180页，中华书局，1980。
③ （清）震钧：《天咫偶闻》卷3，第66页。
④ 《八旗通志初集》卷46，第2册，第895页。

受教育，与汉族互动最多，文士所占比重最高的群体，仍首推宗室贵族。[①] 这也成为清代初期旗人文学创作中的重要现象。他们自有专属的入仕任官之途径[②]，这其中，有一个需要特别引起重视的群体，即清宫侍卫[③]。

侍卫，满语 Hiya，音"虾"，汉语中或据此音翻译为"辖"。1583年，清太祖努尔哈赤以先人十三副遗甲盟誓，率家丁、部将起兵。他的多名侍从随其征战沙场，护卫左右，奋勇争先，立下军功。侍从们多次使努尔哈赤转危为安，立国之后均受重用，成为清初著名股肱之臣。"侍卫"由此成为对忠心勇士的特别封赏，并成为定例，得到延续。侍卫对于清朝历代皇帝的特殊性，可由此略见一斑。皇太极继位之后，侍卫制度日趋完备，设置了专门统领侍卫之官——"内大臣"。这一官职，虽在关外已承担贴身保护君主安全的重要职守，但入关之后官制进一步确立，成为清朝专为旗人，尤其是宗室、功勋设置的特殊职位。

入关之后，清廷专门设有侍卫处，由领侍卫大臣负责总管。侍卫官衔等级很高，领侍卫内大臣更是官居一品，位极人臣。在清代的武职官员中，正一品官员仅有领侍卫内大臣和銮仪卫大臣。[④] 领侍卫内大臣之下有内大臣各六人，镶黄旗、正黄旗、正白旗各二人。从散秩大臣、都统、护军前锋统领、满大学士、尚书内特简。普通侍卫也并非泛泛之辈。"侍卫，清语曰辖，分头等、二等、三等、四等及蓝翎。蓝翎侍卫无宗室，惟满洲、蒙古及觉罗充之。""头等侍卫正三品，二等正四品，三等正五品，四等从五品。"[⑤] 极

---

① 据关纪新先生考察《八旗艺文编目》后的统计，在有清一代八旗满洲的著作人中，有近三分之一的著作人来自宗室。把宗室与觉罗两部分相加，则爱新觉罗家族中的著作人，占四成（参见关纪新《〈八旗艺文编目〉检读札记》，载王钟翰编《满族历史与文化》，中央民族大学出版社，1996，第189页）。

② 杜家骥：《八旗与清代政治论稿》第12章"旗人之任官制度与其政治影响"，人民出版社，2008。

③ 学界关于侍卫的研讨，专著有常江、李理《清宫大内侍卫》（故宫出版社，2013），论文有陈文石《清代的侍卫》（《食货月刊》1977年第6期）、常江《清代侍卫制度》（《社会科学辑刊》1988年第3期）、陈金陵《简论清代皇权与侍卫》（《清史论丛》第9辑，1992）和黄圆晴《清代满汉官制：以侍卫的升迁为中心》（《满学论丛》第1辑，2011），均是从清代官制角度进行研究。侍卫群体的文学创作，以笔者管见，似尚未涉及。

④ 按：銮仪卫所掌的"大驾卤簿"，本亦由侍卫执掌，入关之后分为二职。

⑤ （清）奕赓：《侍卫琐言》《侍卫琐言补》，载《佳梦轩丛著》，北京古籍出版社，1994，第62、73页。

高的品秩，与被挑选者的身份较高有关。

清代侍卫的选拔具有严格和固定的程序。自顺治帝起，清天子亲自统领八旗之中的正黄、镶黄、正白三旗，侍卫亦大多从中挑取。"国初，以八旗将士平定海内，镶黄、正黄、正白三旗皆为天子自将之军，爰选其子弟，命曰侍卫，用备宿卫侍从，视古羽林、虎贲、旅贲之职。"[1] 康熙末年，江山稳固之后，侍卫不再征战沙场，侍卫一职更成为对既往功勋和门阀世族的奖赏，清宫侍卫的来源，主要是宗室、王公、功勋之后。"侍卫品级既有等伦，而职司尤有区别。若御前侍卫，多以王公、胄子、勋戚、世臣充之，御殿则在帝左右，从扈则给事起居，满洲将相多由此出。"[2] 领侍卫大臣，则均由内廷勋戚充任。侍卫总管宿卫、值门、出巡是随侍皇帝左右。侍卫出身富贵，又是近御之臣，享有崇高地位，颇得皇帝赏识。对于宗室和贵族子弟来说，侍卫也成为入仕晋升的便捷途径。旗人入官，以门阀进者，多自侍卫、拜唐阿始。是以闲散人员，勋旧世族，一经拣选，入侍宿卫，外膺简擢，不数年而致显者比比也。故而，挑选侍卫，是一种极大的荣耀与肯定，更是未来仕途的重要铺垫。

侍卫的数量有一定限制，一等侍卫六十人；二等百五十人；三等四等二百七十人。上三旗中，宗室侍卫一等九人，二等十有八人，三等六十三人。[3] 出身是挑为侍卫的前提条件，要在众多八旗子弟中脱颖而出，也并非易事。君王的兄弟、子孙往往出于封赏而特赐为内大臣、散秩大臣。此外，旗人出任侍卫，需要综合考察家族、才华、功勋乃至特恩补授等诸多方面的因素。宗室奕赓，出身天潢贵胄，为清宗室嫡系子孙，子弟书曲文之中所谓"胎里红"者是也。其祖上是康熙时所封庄亲王，父绵课袭爵，因为"以宝华峪地宫入水，追论绵课罪"，罪及诸子，道光八年，"奕赓着革去头品顶戴"。道光十一年至道光十六年，复受起用，授官三等侍卫，任职六年。他记载"凡挑选侍卫，俱以护军、亲军、护军校、亲军校、善扑及各项唐阿大员子弟、荫生世职、幼官出学、闲

---

① （清）福格：《听雨丛谈》卷1，中华书局，1959，第20页。
② （清）福格：《听雨丛谈》卷1，第20页。
③ 《大清会典》卷94，《景印文渊阁四库全书》第619册，台湾商务印书馆，1983，第911页。

散四品宗室等项挑取"①。所以，若非立有军功，文采成为其中重要的一项考察内容。清代最为著名的侍卫之一纳兰性德，聪慧好学，少有文名，康熙十五年成进士，十七年授乾清门三等侍卫，后循例由二等迁至一等。

从侍卫人选来看，担任过"侍卫"这一官职的旗人之中，涵括了手握最高权力的大臣，如康熙朝的四个顾命大臣，即索尼、遏必隆、鳌拜、苏克萨哈均曾出任侍卫处官员，后三人曾任领侍卫大臣；侍卫又具有家族世代承袭的特点，如索尼、噶布喇、索额图；明珠、性德、揆叙；傅恒、福康安；这些特征，与清代旗人文学创作群体和特点恰有着某种巧合和呼应。

清宫侍卫由领侍卫内大臣统领，下设职务包括内大臣、散秩大臣、主事、笔帖式、协理事务侍卫班领、侍卫班领、侍卫什长、侍卫、亲军校等。各职务的主要职责包括：

> 领侍卫掌董帅侍卫亲军，偕内大臣、散秩大臣翊卫扈从。协理、主事、笔帖式，分掌章奏文移。侍卫掌营卫周庐，更番侍直。行幸驻跸如宫禁制。朝会、祭祀出入，则卫官填街，骑士塞路。领侍卫内大臣、侍卫班领，帅豹尾班侍卫。散秩大臣、侍卫什长，执蠹亲军以供导从，大阅则按队环卫。亲军校掌分辖营众。其常日侍直者，御前大臣、御前侍卫、御前行走、乾清门行走，无常员。其出入扈从者，后扈大臣二人，前引大臣十人。②

侍卫一职的责任是环侍君王左右，在日常生活、出行巡视和仪式庆典中护卫君王的安全。虽然君王之安危系之于一身，但同时也可以说，他们身处在最为安全和平和的境地，出席最为隆重的礼仪与外交场合，结交当时水平最高的官员学者。侍卫来自最具权势、最为显赫的家庭，身为最贴近核心权力的人员，不同寻常的出身和身份，让他们的经历见识与普通旗人迥异。他们本就具有足够的经济实力，又于文学书画各自擅场；且因职责所在，随扈君王远赴塞北江南，游历山水，体察民情。

---

① （清）奕赓：《佳梦轩丛著》，第64页。
② 《清史稿·志九十二》卷117，第3364－3365页。

同样地，他们的身份与职务，也决定了他们的交游圈之中，必然大多是君王、宗室、大臣等身处庙堂高处之辈。这些因素，让他们得以成为一个"团体"，也成为影响他们文学创作的关键所在。

清初顺、康、雍三朝，除顺治几未留有诗歌传世，康熙和雍正均可称得上是雅好吟咏。康熙《南巡诗序》曰："曩者，甲子之岁，与卫所经，瞻顾闾阎，观省谣俗，悯怀泽国，轸恤群黎，未尝一日忘于朕心。已尝形诸篇咏，载前集中。"① 其政事、生活，无不形诸诗，虽谓"金戈铁马，流风回雪，兼而有之"②，然出于帝王生活范围所限，他们的诗作的主题与内容，也仅能是书写日常政务、描绘沿途风景等对亲历之事的记录，可概之以"起居注"③。

侍卫是朝夕相处、须臾不离，陪同在皇帝身边时间最长，关系最亲密的群体。纳兰任侍卫时，"上巡幸时时在钩陈豹尾之间，无事则平旦而入，日晡未退以为常"④；他又多次随扈出巡，并曾奉使梭龙，考察沙俄侵边情况。可以说，侍卫是帝王吟咏的对象，他们既是诗歌的内容，又是诗歌的受赠者。顺治和康熙都有专门赐示侍卫之作。譬如，康熙年间的领侍卫大臣费扬古，满洲正白旗人，栋鄂氏，内大臣三等伯鄂硕之子。⑤ 康熙亲赴战场巡视，有《示大将军伯费扬古》一诗，盛赞他的军事之才。

　　　　杖钺亲驱寇，分麾扼要先。战能遵指授，分辄秉机权。鸩鸟巢全覆，妖狐命苟延。楼兰须共灭，功胜勒燕然。⑥

赐诗也是日常封赏之一种，如雍正《赐内大臣马武》：

　　　　禁御宣劳重近臣，貂蝉奕叶载恩纶。入参帷幄抒丹悃，出典周

---

① （清）康熙：《南巡诗序》，载康熙著，王志民、王则远校注《康熙诗词集注》，内蒙古人民出版社，1994，第726页。
② 钱仲联：《康熙诗词集注》"序"，载《康熙诗词集注》，第2页。
③ 王志民：《康熙诗词集注》"前言"，载《康熙诗词集注》，第1页。
④ （清）严绳孙：《通志堂集》"序"，载《通志堂集》，上海古籍出版社，1979，第5–6页。
⑤ 《清史稿·列传六十八》卷281，第10143页。
⑥ （清）康熙著，王志民、王则远校注《康熙诗词集注》，第360页。

庐翊紫宸。镇静实堪心膂寄，老成尤见性情纯。天家溉泽无私厚，勤恪应沾雨露频。①

作为随侍身边的近臣，与君主唱和是必然之事，这也考验侍卫的文学创作水平。侍卫在任职之前，大多已经接受过良好的教育，具有一定的文学修养。汉族文士是他们的师友，交游最为密切频繁。以纳兰性德来说，徐乾学、顾贞观、严绳孙、秦松龄即出于师友之谊，在他故后为其编刻《通志堂集》。入宫为侍卫之前，纳兰性德曾向徐乾学问学十四年。徐乾学说："自癸丑五月始逢三六九日黎明骑马过余邸舍，讲论书史日暮乃去，至入为侍卫而止。"纳兰自称："先生语以读书之要及经史诸子百家源流，如行者之得路。"②

在君王之外，他们与其他宗室文人交往也很多。费扬古的《冬日过白燕栖》一诗："岁暮寡欢趣，访君白燕栖。及时陈小酌，随意命新题。"③白燕栖，是问亭将军博尔都，著有《白燕栖诗草》。"随意命新题"的诗会，并非临时起意，偶尔为之。他们还与同时期最为出色的旗籍诗人一同组织诗社活动。果勒敏，博尔济吉特氏，履郡王之后。年少即入宫担任侍卫，诗集中记载入宫侍宴、随扈木兰、出使蒙古之作为数甚多，可谓少年得志。其后任正红旗满洲副都统，曾署正蓝旗汉军副都统，后擢为广州汉军副都统，七年后升杭州汉军将军，算得上是一路青云。他是京城"日下联吟社"一员。日下联吟社，又名"探骊诗社"，是清晚期主要以满族文士为成员的诗社，领袖人物是晚清满族诗人宝廷（1840－1890）、宗韶（1844－1899）和志润（1837－1894）。诗社成立于同治二年（1863）。在清朝的重要诗社与唱和活动中，本不乏旗人的身影，但是，有清一朝，以旗人为首创者、主导者和主要成员的诗社，日下联吟社堪称是独此一家。

清代对八旗子弟的培养，一直反复强调"国语骑射"，以不忘根本。入关之后，兼通汉语，学习经史，又是统治国家的现实需求。侍卫能征

① （清）雍正：《四宜堂集》，载魏鉴勋批注《雍正诗文批注》，辽宁古籍出版社，1996，第124页。

② （清）徐乾学：《通志堂集》"序"，载《通志堂集》，第1－2页。

③ （清）铁保编《熙朝雅颂集》，辽宁大学出版社，1992，第357页。

善战，能诗擅文，在清帝国之中，实现了八旗子弟文武双全的人才理想。费扬古是征战沙场的大将，状貌魁异，骁勇无比；纳兰性德成为汉族著名文人交口称赞的才子；果勒敏从北京南下广州，始终热衷于参与诗社活动，何廷谦在诗序中曾将果勒敏比作宋王晋乡，谓：

> 昔宋王晋乡以朝廷戚里出为利州防御，身虽贵胄而服礼义。左图右史，工画能诗，一洗豪华之习，与东坡极相契合。今君所造如此，得不为艺林所引重乎！①

在文学创作上，诗文为文体之尊，也是文人创作的主要形式。但无论是诗文还是其他文学体裁，经过长时间的发展，已经形成了自己的一定文体程式与独特风格，其表现形式与写作手法，已经较为固定了。旗籍文人，在诗文、词曲、小说等各类文学和艺术形式上都进行了模仿创作。由于在模仿这些文学体裁的过程之中，必然要接受既定的文学批评观念，并且严格地进行遵循既有的规则，希望有所革新是有很大困难的。

相对来说，诗歌是最容易入手的文学体裁，初学者易为之。不少侍卫都有诗作传世，其创作多为亦步亦趋的习作。费扬古曾学作《杂诗》，推崇魏晋风度："晋室尚风流，称最惟嵇阮。"② 就诗歌审美而言，既有风格的诗词作品容易得到初学者青睐，侍卫对诗歌的理解，也就在传统诗论的范畴之中。"（红兰）主人喜为西昆体，尝延朱襄、沈方舟等为上宾。""主人尝选孟郊、贾岛诗，为《寒瘦集》以行世。以宗藩贵胄之尊，而慕尚二子之诗，亦可谓高旷矣。"③ 就诗歌创作而言，格律、音韵、用典，都是最为基本的必备知识。综观侍卫的诗歌，都是按照既有的、固定的文体形式来创作的，虽然记录有他们生活的痕迹，大量诗作中以熟悉的战争、边塞为主要内容，长白山、山海关成为历代旗籍诗人吟咏不绝的主题。但是，他们的创作并未树立新的典范，边塞和战争之主题，都是对传统诗歌的继承，在艺术成就上难以实现超越。

---

① （清）何廷谦：《洗俗斋诗草》"序"，稿本，香港大华出版社，1977，影印本。可参李芳点校整理《豫敬日记　洗俗斋诗草》，凤凰出版社，2020。
② （清）铁保编《熙朝雅颂集》，第 356 页。
③ （清）昭梿：《啸亭杂录》卷 6，第 180 – 181 页。

　　那么，在诗词创作初试啼声之后的旗籍文人，是不是具备文体创新的意识呢？他们如何将自我意识、民族特点投射到文学创作之中？从立国之初，历代统治者一再强调巩固根本。在子弟的培养上，简言之，即"国语骑射"。开国时，"综满洲、蒙古、汉军，皆通国语"①，历代帝王一直甚为关注满语教育的问题。出身显赫又身居要职的侍卫是八旗子弟的表率，直至乾隆年间，高宗还特别强调侍卫须掌握并运用满语："谕满洲人等，凡遇行走齐集处，俱宜清语，行在处清语，尤属紧要。……侍卫官员兵丁俱说汉话，殊属非是。侍卫官员，乃兵丁之标准，而伊等转说汉话，兵丁等何以效法。嗣后凡遇行走齐集处，大臣侍卫官员，以及兵丁，俱着清语。将此通行晓谕知之。"② 旗人诗作中常见的一种现象是，通过选择本族语言，以满语入诗。乾隆御制诗中的《盛京土产杂咏十二首》，以七言的方式，采用满语写东北风物，是为典型。然而此种作诗方法，自然不可能得到大规模的响应，随着满语语言在实际生活应用中的日益衰微，这一带有鲜明民族特色的诗歌创作也逐渐消失了。

　　在已经成熟的诗文等形式上，作为接受者和学习者，已经难以在文体上取得创新，唯有另辟蹊径。清宫侍卫的日常职责与歌舞表演，有着十分紧密的联系。侍卫的职责之一，就是参与国家的庆典仪式。满族人善歌舞，蟒式舞是其中重要的一种。入关之后，其旧俗未改。蟒式舞进一步发展成为宫廷舞蹈。因其用于典礼仪式，成为上至王公大臣，下至侍卫都必须学会的一种舞蹈。康熙帝曰："蟒式者，乃满洲筵宴大礼，至隆重欢庆之盛典，向来诸王、大臣行之。"康熙四十九年，逢皇太后七旬大寿，57 岁的康熙"亲舞称觞"。由蟒式舞发展而成的宫廷舞蹈，包括扬烈舞与喜起舞两种舞蹈。喜起舞，专为大臣或侍卫所舞。《清史稿·乐志》载：

　　　　《喜起舞》，大臣二十二人，朝服仪刀入，三叩，兴，退东位西向立。以两而进，舞毕三叩，退。次队继进如前仪。③

---

① 杨钟羲：《八旗文经》卷 60，华文书局，1969，影印本，第 1905 页。
② 《清高宗实录》卷 173，《清实录》第 11 册，第 213 页。
③ 《清史稿·志七十六》卷 110，第 3009－3010 页。

《啸亭续录》载：

> 国家肇兴东土，旧俗所沿，有《喜起》、《庆隆》二舞。凡大燕享，选侍卫之猓捷者十人，咸一品朝服，舞于庭除，歌者豹皮褂貂帽，用国语奏歌，皆敷陈国家忧勤开创之事。乐工吹箫击鼓以和，舞者应节合拍，颇有古人起舞之意，谓之《喜起舞》。①

奕赓在《佳梦轩丛著》中也有相关记载：

> 蟒式舞即"吗克什密"，译言喜起舞。每朝会大典辄行之，俱以满蒙及宗室大臣侍卫充当，无论品级，俱戴元狐冠，红宝石冠顶，服貂厢朝衣，佩嵌宝腰刀，典至重而隆也。又有演唱一人，以八旗章京及护军充当，戴玄豹冠，服玄豹褂，随舞而歌。②

在此之外，宫廷侍卫在创作中的文体创新，还必须注意到另一个重要的文化现象，即清代的演剧。有清一朝，历任皇帝均嗜好观剧，帝王的称赏与奖掖，成为戏曲创作、演出盛行的最佳助力。清代宫廷演剧，可以说，引领了清代戏曲创新与变革的风潮，无论是剧本编撰还是舞台表演，俱得到长足发展。宫廷演剧一直是节庆典礼的组成部分。江山初定，政局未稳，清初的宫中典礼沿袭明代旧制，由礼部教坊司衙署管理演剧，加入了满洲的一些特点，其中最为鲜明的特色是承应戏在编撰和演出上的繁盛。宫廷承应戏着重编写年节、时令、喜庆演出剧目，内容通常是佛道神仙等给皇家拜年请安故事。另有部分纯属为颂扬皇恩浩荡而杜撰，情节简单，类似歌舞。这些承应戏，都是为了满足宫廷之内帝王王公观赏之需求。侍卫，显然也在观众之列。

可以说，宫廷中的歌舞与演剧，与侍卫关系紧密，且对侍卫产生了极大的影响，也促使他们以此为参照，探索新的文学样式之可能。清宫侍卫在文学体式上的创新，在汉语的文学创作里，子弟书是一个比较重

---

① （清）昭梿：《啸亭续录》卷1，第392页。
② （清）奕赓：《东华禄缀言》，载《佳梦轩丛著》，第23页。

要的现象。子弟书是清代创立的一种文本和表演形式。因为它的创立者、作者、表演者和观众，主要是八旗子弟，近年来，也广泛引起清代研究者的兴趣。子弟书之名，源自"子弟"，它的主要参与者，是旗人中那些未袭爵，或者没有担任实职的青年人。他们有足够的知识、时间与精力，参与到这一种新的文体创新中去。但是，在子弟书的草创时期，侍卫很可能是其中最为主要，甚至是起决定作用的一股力量。现今身份确凿可考的子弟书作者鹤侣氏和洗俗斋，都曾是侍卫中的一员，尤其是鹤侣氏的子弟书创作，与侍卫生活密不可分。

奕赓，曾在清宫担任侍卫长达六年，在他所作的笔记《佳梦轩丛著》中，有一部名为《侍卫琐言》，讲述清宫内侍卫之事。其中，全文录有侍卫表演之《喜起舞》歌词。子弟书中有《喜起舞》一篇，几乎完全袭自喜起舞的歌词，一字不改。奕赓又以"鹤侣氏"为笔名，创作了多部子弟书，是子弟书作者中姓名可考的著名作家之一。

子弟书中直接描述侍卫生活的作品一共四种：《老侍卫叹》、《少侍卫叹》、《侍卫论》和《女侍卫叹》，另有一种以銮仪卫为对象的作品《銮仪卫叹》。此外，还有不少篇章涉及侍卫生活，如《打围回围》等。侍卫创作子弟书之后，在其中塑造了典型的侍卫形象：

　　自是旗人自不同，天生仪表有威风。学问深渊通翻译，膂力能开六力弓。性格聪明嘴头滑顺，人情四海家道时兴。[①]

　　平明执戟侍金门，也是随龙护驾的臣。翠羽加冠多荣耀，章服披体位清尊。腰悬宝剑威风凛，手把门环气象森。[②]

清宫侍卫是内廷观剧的参与者，这也就可以解释为何绝大多数的子弟书文本是改编自舞台表演，又有大量《天官赐福》《送寿》等吉利贺词。他们也同样热衷于子弟书之表演，又见于《拐棒楼》子弟书。其曲文描写一子弟书表演者，曰："（少年郎）作足道连日该班两夜无眠。在

---

① 《子弟书全集》第 8 卷，第 3458 页。
② 《子弟书全集》第 8 卷，第 3466 页。

内廷巡更传筹精神耗尽，跟大人查城拜客手脚不闲。"" "连日该班" "内廷巡更"等语，表明此人时为侍卫。由此，满族人喜起舞表演之习俗，是子弟书创制的重要原因之一。而负责在宴会中起舞之清廷侍卫，亦极有可能正是子弟书的直接创制者和最早的表演者。

前文已述，清代担任侍卫一职者，多为宗室贵族之后。子弟书的创制者为清宫侍卫，则子弟书最早的演出者，亦正是这些任职于皇宫大内的皇族贵胄。虽然目前并未发现文献记载子弟书是否曾在宫内演出，但是升平署内的子弟书曲本收藏丰富，亦常有宣外学入宫演出单弦、大鼓的前例。加之子弟书与出入内廷的清宫侍卫关系甚为密切，且其创制初期在内城名声颇大，则内廷有所知闻，甚至曾观其演出，亦极有可能。

这一文体的变革，还可与元代散曲的形成过程相互参看。① 元代出现的散曲，有"词余"之称，脱胎于词，但是，它采用了更为活泼的口头语言和更为灵动的诗体形式，从而构造出独特的美学特色。散曲的形成，受到西传胡乐等因素影响，王世贞在《艺苑卮言》中说："曲者，词之变。自金元入中国，所用胡乐，嘈杂凄紧，缓急之间，词不能按，乃更为新声以媚之。"② 子弟书也同样如此。如上文《子弟图》中追溯创始之因由，即说："曾听说子弟二字因书起，创自名门与巨族。题昔年凡吾们旗人多富贵，家庭内时时唱戏狠听俗。因评论昆戏南音推费解，弋腔北曲又嫌粗。故作书词分段落，所为的是既能警雅又可通俗。"子弟书正是旗籍子弟的"新声"。

---

① 此观点为黄仕忠老师最早提出，尚待另撰文详细探讨，在此谨表谢忱。
② （明）王世贞：《艺苑卮言》，载俞为民、孙蓉蓉编《历代曲话汇编·明代编》第1集，黄山书社，2009，第511页。

第三章　子弟书的文体

何谓子弟书？在前辈学人的定义中，子弟书是"零段的鼓词"①，是"清代说唱形式"②，是"北方俗曲"③……子弟书艺术形式之界定，是子弟书研究中首要之问题。子弟书盛行之时，时人之笔记中虽不乏论及子弟书音乐风格之记载，但在其演唱无闻之后，难以让后人从其音乐体制中得以印证。就子弟书的文本而言，自李家瑞先生以史语所收藏诸种曲本为研究对象，撰成《北平俗曲略》，对北平流行之俗曲特征加以总结与研究以来，学界无论是界定子弟书所属之文艺种类，或是归纳其基本的性质与特点，都是由现存的子弟书文本出发，根据其普遍、共有的形制，概括、描述子弟书文本的基本特征。然而，稳定的文本形制必然是在子弟书艺术创作已然成熟的阶段方得以形成，在子弟书初创与没落之时期，其文本与他种艺术形式曲本相互混淆、借用而难以区别，由此，如何从现存文本断定其是否归属于子弟书，仍是有待深入探讨之问题。

清百本张、别野堂、乐善堂三家书坊之《子弟书目录》，是后人得以参考、确定子弟书文本的凭据。大部分清抄本子弟书，都会在题名后明确标示"子弟书"字样。在清代书坊著录及明确表明为子弟书的文本之外，如何判断现存文本曲词是否归属于子弟书？子弟书文本体制与音乐体制在何时正式形成？子弟书的文本体制在子弟书百余年的发展历程中，存有何种变化？子弟书在逐渐衰亡之时，子弟书的文本为其他艺术形式所借鉴、袭用，又如何加以判断和区别？此外，子弟书的音乐与演唱虽然已经消亡，但是，其音乐风格派别之分野，依据究竟为何？本章将着重讨论这些问题。

---

① 郑振铎：《中国俗文学史》，第 629 页。
② 《中国曲学大辞典》，第 71 页。
③ 陈锦钊：《子弟书之题材来源及其研究》，第 171 页。

第一节　一种新文学体裁与艺术形式的确立

在文学史和艺术史中，任何一种新的文学体裁或者艺术形式从萌生至成熟，必然是由一系列有着相同的创作形式和艺术风格的文学或艺术作品的不断涌现作为表现与支撑。有论者指出，曲艺，是一种由文学、音乐、表演等要素构成的综合艺术。[1] 故此，一种新的曲艺形式之出现至确立，需从文学、音乐和表演三个基本要素加以考察。

子弟书始现于清朝，顾琳《书词绪论》开篇即谓"书之派起自国朝"[2]。子弟书创始之人、创制之确凿年代已不可考，但至迟在乾隆年间，它已成为独立的一种说唱文学和曲艺艺术，具备独具一格的文本体制和演唱特色，[3] 则亦可从顾琳所作《书词绪论》中得到印证。[4] 顾琳为金台（今北京）人氏，生平不详，自谓"赋性拙，平生无他好，该值之暇，惟以说书为消遣计"。[5] 以自序中"该值"及"月支饷费，足敷衣食用"等词句推测，他应是北京某衙门的一个小吏。顾琳此书作于清嘉庆二年（1797），是第一部以子弟书为专门对象的研究专著。其书卷首有署铁岭（今吉林省铁岭市）李镛序，为现知最早明确提及"子弟书"一词，并将其确立为独立曲艺形式的史料。

---

[1]　戴宏森：《论曲艺的艺术特征》，收入《曲艺特征论》，中国曲艺出版社，1989，第27页。吴文科先生对此评说："曲艺作为一门综合性较强的表演艺术，其艺术的本体构成，综合了诸多的其他艺术因素。这些使曲艺得以构成的诸多艺术因素，在不同的曲种类型之中，又依不同的构成方式而体现出不同的形态。但对于绝大多数的曲艺品种来说，文学、音乐和表演确是必不可少的艺术构成要素"（《中国曲艺通论》，山西教育出版社，2004，第33页）。

[2]　（清）顾琳著，（清）李镛评《书词绪论》，载《子弟书丛钞》，第821页。

[3]　现存的子弟书最早文本，为乾隆二十一年（1756）刊刻的《庄氏降香》，现存中国艺术研究院图书馆。又，薛宝琨、鲍震培从《书词绪论》的写作、罗松窗的创作和满汉兼子弟书三个方面进行分析，提出"子弟书的草创期是在罗松窗之前，即乾隆前期或更早"（参见《中国说唱艺术史论》，第215–217页）。

[4]　太田辰夫认为，"一般情况是，关于特定体裁的理论书，在这种体裁形成之后，必须经过相当长的一段时间才能写出来。嘉庆初年所以能写出这样的子弟书的理论书，无疑是子弟书在乾隆时期就已经盛行"（〔日〕太田辰夫：《满洲族文学考》，白希智译，中国满族史编委会，1980，第17页）。

[5]　（清）顾琳：《书词绪论》"自序"，载《子弟书丛钞》，第819页。

凡昆曲、南词，以及粤调、楚腔，无不涉猎。辛亥夏，旋都门，得闻所谓子弟书者，好之不异曩昔，而学之亦不异曩昔，于杯酒言欢之下，时快然自鸣，往往为友人许可，而予意颇自得。①

李镛序并谓顾琳"幼骛杂技，废读"，与己志趣相投，皆好戏剧俗曲，故"订莫逆交"。二人于此道涉猎颇广，且能自弹自唱，对民间流行的时调小曲可谓有着切身体会与了解。李镛在乾隆辛亥年（五十六年，1791）至京，得闻子弟书即为之倾倒。在学习子弟书的演唱之后，虽听其演唱者"睨笑腹非者""撵看欲逃者""出而哇之者"，皆"不知几何人"，但其悠然自得，"握弦高坐，恬不为怪"。顾琳亦谓"近十余年来，无论缙绅先生，乐此不疲，即庸夫俗子，亦喜撮口而效"。②可见，至迟在乾隆朝末期，子弟书已经迈过其创立者"内城士大夫"的门槛，跨越旗、汉分居的内外城界限，在都城北京盛行一时，传诸街巷了。

《书词绪论》一书分"辨古""立品""脱俗""传神""详义""还音""调丝""立社"等8章，虽作者自谦曰"于书之精蕴，诚不免挂漏之羞"③，但其内容涵盖曲词、音乐、立意、技法，可谓巨细靡遗。细读其书不难看出，作者虽屡谓说书为小技，但在字里行间却着力提升书之品格，必不使读者以小道观之。开首"辨古""立品""脱俗"三章，着重于阐发子弟书之历史渊源，说书人之修身立品，书艺之雅致脱俗，尤为凸显作者意图。顾琳认为，子弟书承继古人歌词，其社会功能为"大义不出劝善惩恶之两途"。书之雅致，关键在于"原寓一段劝善惩恶隐衷"，而不在于演唱技巧工与不工、演唱者是否饱读诗书。作者如此的识见与论断，尤为评者李镛赞同、赞赏，可谓开创后世对子弟书"雅"之风格推崇的先河。顾琳于"辨古"一章谓子弟书为"先代歌词之流派"，但其大盛之后，却因乐此不疲之缙绅先生和撮口而效之庸夫俗子，"以讹传讹"，以致"好者日见其多，而本音则日失其正矣"。据此不难想见，顾琳写作此书之时，子弟书非但已经被普遍认定是一种独立的说唱艺术形式，具备了区别于其他各种俗曲的演唱风格和艺术特征，更因传

①　（清）李镛：《书词绪论》"序"，载《子弟书丛钞》，第818页。

②　（清）顾琳：《书词绪论》，载《子弟书丛钞》，第821页。

③　（清）顾琳：《书词绪论》"自序"，载《子弟书丛钞》，第820页。

唱者日众，存在着失其本音的危险。拨乱反正，也正是顾琳作此书之因由。

　　夫书本小技，余非敢自辟门户，别唱新声，不过由近日诸公之音声得正者，从而效之，其间有讹舛者，拟而更之。数年中微得个中意趣，遂不揣固陋，漫伸拙见。卜子云："虽小道必有可观者焉。"欲求可观，本不在独出心裁，正在于善能法古。苟得古人遗音，细加体会，不敢以附会而乱真，亦不敢以讹传而误信，庶可得中。闲窗默坐，既可陶一己之情，杯酒言欢，亦可供知音之耳。不然，新声日起，转相效尤，其愈失而愈远，虽名具而实亡，一经说来，使听者茫然，不知是书是戏，则不免博大方之呕哕耳。①

　　顾琳眼中的子弟书"正声"承袭古人遗音，既可独处怡情，亦可与友朋酬唱。新声日起，则正音佚失。以讹传讹之后，所谓"不知是书是戏"；可反推知"书"之正音，与"戏"绝不相同。知音入耳，即能分辨。"书"与"戏"艺术风格之分别，不可谓不大也。顾琳以自身演唱体会，结合实例，从文义、发音、音乐和立社诸方面阐明了子弟书与时下戏曲、俗曲表演的不同之处。就了解当时人对子弟书的历史传统和艺术特征的认识来说，余五章从不同角度说明了子弟书的艺术特色，于后人研究者至为重要。如：

　　如以说之者之喜怒，状古人之喜怒，则近于优孟。如以说之者之声音，状古人之声音，则又类于口技。惟在说之之际，设身处地，无论立心端正者，我当代生端正之想；即立心邪僻者，我亦当舍经从权，代生邪僻之想，务使古人之心曲隐微，随口唾出，方称妙品。（"传神"）

　　书必有文，文必有义。一句有一句之义，一字有一字之义，非如近时之秦腔、小说，较俗谈尤俗者。（"详义"）

_____

　　① （清）顾琳：《书词绪论》，载《子弟书丛钞》，第821页。

南词即南人之书，而书即北人之词。既以南北限之，故不妨搀以方音。（"还音"）

其一立社不过借说书一节，以联朋友之情，并非专以说书为事。设择日订期，少长咸集，呶呶成阵，与梨园子弟排戏何异！（"立社"）①

顾琳在《书词绪论》书中特别阐明的子弟书的风格，以一字概言之，即为"雅"。子弟书区别于其他曲艺的"雅"，既在其文词与演唱，更在其内在之品格。顾琳在"立品"章中阐述之子弟书品格，不仅在于这种曲艺的演唱风格，也对子弟书之表演者之品格有所要求，务使"说之者既足以理性情，而听之者忠孝之心，油然而生，亦可为身心之小补"。② 这也正是子弟书自清以来，直至当代，依然被文人、学者特别看重、推崇的缘故。光绪年间的文人笔记中"说书之最上者"，其词"高雅""雅驯"等赞誉，甚至顾琳书中谓西派"不若东派正大浑涵"，后世的评价与之皆一脉相承。乃至其声腔演唱已人间无闻，在后世的著作中依然被屡屡赞赏和提及。因而，在乾隆年间（或更早），子弟书已经具备了独立的形式、风格，成为独立的艺术形式。可以说，在现存文献资料的范畴内，至顾琳的《书词绪论》写定，一种新的曲艺艺术，以"子弟书"之名，在都城北京已经完全确立了。

第二节　子弟书之起源

为子弟书溯源，清人即已开始。顾琳在子弟书的首部研究专著《书词绪论》中，首章即名"辨古"，谓子弟书："书者，先代歌词之流派也。"其后，文人或爱好者多将子弟书视为鼓词或弹词之支流，以《天咫偶闻》和《绿棠吟馆子弟书选》为个中代表。震钧曰："旧日鼓词，有所谓子弟书者。"③ 三畏氏则认为子弟书："诚弹词中之别开生面者也"。④

---

① 皆引自（清）顾琳《书词绪论》，载《子弟书丛钞》，第825、827、829页。
② 《子弟书丛钞》，第822页。
③ （清）震钧：《天咫偶闻》，第175页。
④ （清）金台三畏氏：《绿棠吟馆子弟书选》序，稿本，首都图书馆藏。

近代学者对子弟书的起源多有发明。前辈学者阿英、赵景深、傅惜华、杨荫森、关德栋、陈汝衡等有着包括"八角鼓""俗曲""鼓词""大鼓"等种种说法。① 任光伟先生提出子弟书源于"清初流行于军中之乐曲"之说，涉及子弟书的渊源、形成、派别等诸多重要问题，传播最远且影响最大，并为众多曲学论著、辞典采用，故将其说全文引录如下。

　　子弟书渊源于清初军中流行之民间俗曲。当时清廷频于征战，八旗子弟远戍边关，军中寂寞，常将悲怨之情形之于歌，便逐渐形成一些具有讲唱特点的俗曲，如"边关调"、"马头调"、"太平歌"和"打草干"等。云南《续禄劝县志》载："大理俗好唱打草干，一名打草秆，昔辽士戍滇，牧场打草，有思归之心，因为此歌。昔音凄怨。"乾隆庆祝其"十全武功"，胜利凯旋时，曾明令八旗军士载歌载舞进北京。据传说，阿桂将军部战士即用这种边关小调，配以八角鼓演唱了一些歌颂升平、夸耀武功的说唱。京都为之轰动，称其为八旗子弟乐。不久，北京的一些八旗子弟参照弹词开篇，运用民间十三道大辙，创作出以七言为体的一种书段，佐以三弦再合之以八旗子弟乐之曲调，即成为最早的子弟书。因其最早演出于东城，后来人们称它为东韵子弟书。

　　稍后，北京西城某些王公贵戚的子弟，参照东韵子弟书的形式，在曲调上适当地吸收部分昆曲的特点，又创出一种新的流派，自称"西城调"或"西韵"。这就是最早东、西二韵子弟书之由来。②

① 其中代表性说法有：赵志辉认为子弟书源于"八角鼓"（《八角鼓、子弟书考略》）；赵景深提出子弟书"是从民间的大鼓中吸取而加以改造的另一类大鼓"，"它可以说是流行在八旗子弟中的'子弟大鼓'了"（《曲艺丛谈》）。崔蕴华将前辈学者对于子弟书起源之观点归纳为四种说法：满族民间艺术说、清初军乐说、大鼓说和鼓词说，并对子弟书起源于八角鼓、清初军乐和大鼓书之观点提出反驳意见（参见《书斋与书坊之间——清代子弟书研究》，第10－14页）。

② 任光伟：《子弟书的产生及其在东北的发展》，初载于《满族文学研究》1983年第1辑，收入《中国曲艺论集》，中国曲艺出版社，1990，第413－414页；亦见任光伟学术论文集《艺野知见录》，春风文艺出版社，1989，第1－11页。任先生的这种观点，为《中国曲学大辞典》《中国曲艺志》等辞书所吸纳、引用，文词略有不同。《中国曲学大辞典》"子弟书条"谓："渊源于清初八旗军中流行的民间俗曲和满—通古斯语族萨满教的巫歌'单鼓词'曲调。相传乾隆年间，伊犁将军阿桂所部军士配以八角鼓说唱其武功，称为'八旗子弟乐'。传至北京后，八旗子弟以此为曲调，参照鼓词的七言唱词结构，形成一种说唱形式，称为'子弟书'"（浙江教育出版社，1997，第71页）。

上引文中任先生提及之阿桂将军部凯旋，为乾隆年间第二次出征大小金川之事。其役在乾隆三十六年至四十一年（1771－1776）间。目前，我们所看到的子弟书最早刻本，是乾隆二十一年（1756）刊刻的《庄氏降香》。刻本的出现当在子弟书创制和流传之后。故此，在阿桂部得胜返京之前，子弟书早已在北京城传唱开了。子弟书并非源自远戍边关的八旗子弟带回的八旗子弟乐，无疑也与阿桂部兵士无涉。笔者以为，此种说法流传甚广，其实是与旗人创制与喜爱的另一种曲艺形式——岔曲的形成相互混淆所致。

关于满族人创制岔曲的过程，《道咸以来朝野杂记》记载道：

> 文小槎者，外火器营人。曾从征西域及大小两金川，奏凯归途，自制马上曲，即今八角鼓中所唱之单弦杂牌子及岔曲之祖也。其先本曰小槎曲，减称为槎曲，后讹为岔曲，又曰脆唱，皆相沿之讹也。此皆闻之老年票友所传，当大致不差也。①

故宫博物院 20 世纪 30 年代编《升平署岔曲》，其引言曰：

> 岔曲为旧京"八角鼓"曲词之一种，传为清乾隆时阿桂攻金川军中所用之歌曲，由宝小岔（名恒）所编，因名岔曲，又称"得胜歌词"。……班师后，从征军士遇亲友喜庆宴聚，辄被邀约演唱。嗣后流传宫中，高宗喜其腔调，乃命张照等另编词句，由南府太监歌演；尝于漱芳斋、景祺阁、倦勤斋等处聆之，盖室内均有小戏台，颇便演唱此类杂曲也。至同、光时，慈禧后尤嗜"八角鼓"曲词，曾命内务府掌仪司挑选旗族子弟擅长此道者，入宫授太监演唱，名曰教习，赏给升平署钱粮。②

两书所载之岔曲创制者姓名，有"文小槎"和"宝小岔"之歧。"小槎"和"小岔"，当为流传中因音近而致讹。《道咸以来朝野杂记》

---

① （清）崇彝：《道咸以来朝野杂记》，北京古籍出版社，1982，第 105 页。
② 《升平署岔曲》引言，上海古籍出版社，1984，第 62 页。

所载虽是听闻票友口耳相传，但此书"字字珍祕，皆亲见亲闻"①；又据《升平署岔曲》引言，此一说法颇有根据，脉络清楚，较之上文所引之子弟书的起源，更具说服力。此外，乾隆六十年（1795）编集的《霓裳续谱》，是天津曲师颜自德收集当时流行小曲所成，内录岔曲百余曲，可见其时之风行。升平署档案中，亦存有宣外学入宫演唱八角鼓的记载。子弟书和岔曲均是旗人创制并喜爱的俗曲，也多在家庭、票友聚会等同一场合演唱。② 关于其渊源的流传，出现互相混淆的情况，亦在情理之中。

阿桂部用八角鼓配以说唱的传说，也让学界一度存在子弟书的伴奏乐器为八角鼓的说法，如《中国曲艺志》认为子弟书在创制初期，是由八角鼓进行伴奏的："约嘉庆末年，子弟书流入民间，北京一些鼓书艺人开始演唱子弟书。为适应观众的欣赏需求，渐渐地废除了八角鼓，增加三弦伴奏，开创了一人自弹自唱或二人一弹一唱的子弟书演唱的新形式。"③ 子弟书是否曾以八角鼓作为演唱之伴奏乐器？《子弟图》在描述子弟书创制初期，即言"条子板谱入三弦"，说明三弦从旗人初创子弟书之时，即已用作伴奏乐器。嘉庆二年，李铺描述自己演唱子弟书时，谓"握弦高坐"；民国初年聆听过子弟书演唱的三畏氏，亦记载为"其唱法则以三弦和之，或人弹己唱，或自弹自唱"。故此，目前，学界对子弟书的演唱方式，一般均认同为三弦伴奏，或一人自弹自唱，或二人一弹一唱。

在任先生阐述子弟书起源的这段话语中，还涉及子弟书的渊源、创制与音乐曲调等相关问题，均有深入讨论的必要。"打草竿""马头调"等曲调，在明末就已经非常流行。明代多种文人笔记中曾记载"挂枝儿"与"打枣竿"的盛行。最为著名的当数"我明一绝"之说：

> 我明诗让唐，词让宋，曲让元，庶几《吴歌》、《挂枝儿》、《罗江怨》、《打枣竿》、《银纽丝》之类，为我明一绝尔。④

---

① 邓之诚为《道咸以来朝野杂记》标点本所作序，认为此书"当与啸亭杂录并传，非天咫偶闻等书能望其肩背也"，第 2 页。
② 据金受申先生《老北京的生活》一书，"八角鼓"一词，从一种曲艺形式发展成为包括各种杂耍的全堂演出的代称。这种演出，即包括岔曲和子弟书等曲艺形式在内。
③ 《中国曲艺志·北京卷》，北京中国 ISBN 中心，1999，第 61 页。
④ 此为陈宏绪在《寒夜录》中引卓珂月语。然此语是否出自卓氏，学界仍有疑义。可参周玉波《明代民歌研究》第 1 页，注释 1。

又如沈德符在《万历野获编》中的记载：

> 比年以来，又有《打枣竿》、《挂枝儿》二曲，其腔调约略相似，则不问南北，不问男女，不问老幼良贱，人人习之，亦人人喜听之。以至刊布成帙，举世传颂，沁入心腑。其谱不知从何来，真可骇叹。①

王骥德在《曲律》中提出，"打枣竿"为北人所喜好之俗曲：

> 北人尚余天巧，今所流传《打枣竿》诸小曲，有妙入神品者。南人苦学之，决不能入。②

又曰：

> 小曲《挂枝儿》即《打枣竿》，是北人长技，南人每不能及。

关德栋在为冯梦龙《挂枝儿》影印本作序时亦指出，"打枣干"、"打枣竿"、"打草竿"和"挂枝儿"等曲调名，实是一种基本曲调的异名。它起先流行于北方，再传播到南方，从16世纪末就风靡一时了。③由此可知，"打枣干"是当时流行的曲调名称，其流行到北京地区，应在明中期，绝不应在大小金川战役之后，由远戍边关的将士带回。

任先生并谓：因子弟书最早演出于东城，后人称为东韵子弟书。西韵子弟书为参照东韵所创制。子弟书东、西二派之分野，最早见于据顾琳《书词绪论》所载。罗松窗是西派的代表作家，鹤侣氏称之为子弟书创作的"老手"④。东派代表作家韩小窗作《周西坡》时，曾言此书是"拟松窗意"，为罗氏所作《庄氏降香》之续文。⑤ 据此，西派子弟书显然比东派出现要早。至于东派和西派是否因其在北京的不同区域演唱而得名，详见后文探讨。

---

① （明）沈德符：《万历野获编》卷25，"时尚小令"条，中华书局，1959，第647页。
② 王骥德：《曲律·杂论第三十九》，《中国古典戏曲论著集成》，第4册，第149页。
③ 关德栋：《挂枝儿》"序"，《明清民歌时调集》，第7-8页。
④ 鹤侣氏《逛护国寺》曲文："论编书的开山大法师还数小窗得三昧，那松窗芸窗亦称老手甚精该。"
⑤ 韩小窗《周西坡》曲文："闲笔墨小窗窃拟松窗意，降香后写罗成乱箭一段缺文。"

在诸多关于子弟书渊源的观点中，由震钧"旧日鼓词，有所谓子弟书者"始，赢得最多学者支持的是"鼓词"说。1926－1927年，顾颉刚应马廉之邀，为孔德学校收购之车王府旧藏曲本编撰目录①时，将子弟书部分题为"单唱鼓词"。顾先生此举之缘由，为车王府旧藏子弟书形制与一般书坊抄本不同，其封面只题篇名，未题"子弟书"三字。② 顾颉刚编撰目录之时，子弟书并不为学界所熟知，他似不知将其归入何种曲艺，或许因其形制与鼓词类似，故暂命之曰"单唱鼓词"。此后，学者亦多持此论，将子弟书视为鼓词支流或短篇鼓词。如郑振铎在《中国俗文学史》中的说法："零段的鼓词，今所传的并不十分多。最重要的是所谓'子弟书'。'子弟书'的组织和鼓词很相同，虽然没有说白，但还可明白看出是从鼓词蜕变出来的。"傅惜华《子弟书总目》序则谓："子弟书是北方民间曲艺的一种，是鼓词的一个支流。"③

无论称子弟书为鼓词的后裔或者旁支，都表明子弟书与鼓词有着密切的关系，据曲艺种类的界定与划分的标准来看，无论从文本形制或是演唱方式，子弟书都应与鼓词有着高度的一致性。关于鼓词的定义，赵景深先生说："鼓词是流行在北方民间的讲唱文学，它的较早的称呼是鼓子词或鼓儿词。从'鼓子''鼓儿'的命名上，可见它是以鼓的伴奏而得名的。"

郑振铎、赵景深等学者均将被宋赵德麟记载于《侯鲭录》中的《商调蝶恋花鼓子词》归入鼓词的行列。从文本形制而言，赵氏之"鼓子词"是曲牌体，现在通称的"鼓词"是诗赞体，学界对于"鼓词"范围的涵括有所争议④；然就大范围内的鼓词之定义来看，无论曲牌体鼓子

---

① 顾颉刚：《北京孔德学校图书馆所藏蒙古车王府曲本分类目录》，连载于《孔德月刊》第3期，1926年12月15日；第4期，1927年1月15日。

② 清代抄书作坊之子弟书抄本，一般在封面径题"某某子弟书"字样。车王府旧藏本则在封面贴一红色标签，仅题子弟书篇名，没有"子弟书"三字。黄仕忠老师认为，车王府旧藏本之来源，是从书坊大批定制，对其抄写有特殊要求，故形制与一般坊抄本有所差异，并未盖书坊之章（参见黄仕忠《车王府藏曲本考》一文）。

③ 傅惜华：《子弟书总目》，上海文艺联合出版社，1954，第1页。

④ 日前山西大学李豫教授主持编撰《中国鼓词总目》时，就引用了赵景深《鼓词选》和《中国大百科全书》的两种定义。《中国大百科全书》仅将鼓词源流追溯至明代《大明兴隆传》。而《鼓词总目》所收涵括"鼓词、鼓儿词、鼓书、大鼓、鼓书、子弟书各种名称的文本"（前言，第2页），且将词话、影词、快书、石派书等曲艺亦收录；则其采用的是大范围而言的鼓词概念。

词或者诗赞体鼓词，无疑都是以"鼓"这一伴奏乐器作为区别于他种曲
艺的依据。从这一点看来，子弟书以三弦伴奏，在表演体制上，显然与
鼓词有着本质的不同。

子弟书的文词的普遍形式为七字一句，两句一韵；这与我国历代诗
赞体说唱文学可谓一脉相承。如果仅以词句的组织结构的相同与否来考
察子弟书与前代说唱艺术的渊源关系，我们则会发现，在明清流行的曲
艺形式当中，以文词句式而论，鼓词和弹词并无甚区别。二者之区别，
仅在于一为写金戈铁马故事，一为写儿女情长故事；一为北音，一为
吴语。

> 鼓词的来源，同样是变文。不同于弹词的，是鼓词"节以鼓"，
> 而弹词用"三弦"。再则，"鼓词"大都流行于北，弹词在南。故鼓
> 词所用，大都是官音，而弹词多用吴音。……其盛行于广东一带的，
> 却又不叫弹词，叫"木鱼书"，用的全是广东音。除音韵外，和弹
> 词没有多大分别。①

鼓词和弹词在文本形制上的一致性，也正是前人将子弟书归入此或
彼的重要缘由。以弹词区别于鼓词的特性来看，子弟书之演唱所用为北
京方言；其子弟书的演奏方式，虽是以三弦伴奏，但其使用的"三弦"，
与吴语地区的三弦亦不相同。② 从内容的题材来看，子弟书兼有鼓词弹
词之长，并不拘于金戈铁马或者儿女情长之任何一类。

以戏曲史上杂剧和传奇、南戏和传奇的分野来参照子弟书与弹词、
鼓词的关系，一种艺术形式之所以与他种有别，其一为文本形制，其二
为演出体制。从文本来说，子弟书全文结构一般是"诗篇＋正文＋篇末
结句"。虽以七字为基本句式，但其不限衬字，较之鼓词、弹词多为七字
和十字的固定句式，都灵活自由得多。在演出层面，其演奏的乐器小三

---

① 阿英：《弹词小话引》，载《阿英全集》卷 7，第 289 页。
② 崔蕴华对子弟书之伴奏乐器有专门研究，认为三弦传统上因地域影响而分大三弦与小
　三弦。她引《中国民族音乐大系》一书说："在民间，大三弦多用作北方各种大鼓曲种
　的伴奏乐器。而南方的弹词类说唱和昆曲等戏曲乐队、民间合奏等艺种则多半选用小
　三弦"（参见崔蕴华《书斋与书坊之间——清代子弟书研究》，第 98－99 页）。

弦，所用的曲调，与鼓词和弹词都不雷同。无论是以伴奏乐器、故事题材来说，子弟书都已经脱离了鼓词和弹词的范畴。子弟书是一门独立的艺术，具备了自己独立的文本体制和演出形式，从这个意义上来说，它并不从属于鼓词或者弹词任何一种。

崔蕴华在其著作中提出，子弟书的文本创作受到广东木鱼书的影响，为子弟书渊源探寻之新论。木鱼书是流行在粤方言区的诗赞体说唱艺术，代表作有《花笺记》等"才子书"系列作品。崔蕴华举《花笺记》唱词认为——

　　　木鱼书的语言颇有境界，优美蕴藉，与子弟书中许多女性月夜抒情时的文词非常接近。大段的心理描写，情景交融的长段描写都是以前的说唱艺术中几乎找不到的，而与子弟书相类。从这些例子上看，子弟书与木鱼书可谓是"君心似我心"，极似出于一脉。有理由相信，南音木鱼书对子弟书的形成有着不可忽视的作用。许多学者在谈到木鱼书时，都提到后来子弟书文词对它的影响，但笔者却坚信，先是木鱼书语言文词影响了子弟书，而后在清中叶之后，子弟书的文词才影响了木鱼书（子弟书许多唱词被木鱼书改编）。①

据梁培炽先生的考证，《花笺记》在明末即已成书，现存版本中，

---

① 引自崔蕴华《书斋与书坊之间——清代子弟书研究》，第18页。按：崔氏所言"子弟书许多唱词被木鱼书改编"，以笔者所见文献，此观点似仅见于李汉枢《粤调说唱民歌沿革》一文，曰："旗人到粤后，这种子弟书渐有传出，以后索性有人改编成粤语曲本，辗转传抄，乾隆间，广州状元坊书肆开始刊印发卖。"然李氏并未举相关文本作为佐证。笔者查阅谭正璧先生所编《木鱼歌潮州歌叙录》著录之木鱼书文本，亦未发现明显改编自子弟书之篇章。子弟书对于木鱼书的影响，前人所论，多以为在曲艺形制层面，而非故事题材。其说最早见于贾天慈《试论子弟书的沿革》一文，曰："当时由于清兵分赴外地驻防等原因，此种曲艺（指子弟书）遂先后传播到广东、江苏等地；各地又以不同曲艺形式别创曲调。经研究考证，木鱼、开篇、津子弟书、清音子弟书等，均源于子弟书，与北京子弟书同源异流，仅不为世人所知而已。"又，前引李氏文："木鱼之有短篇，子弟书是一个启起和创始者。"符公望在讨论木鱼书起源是否来自"外边现有跟这类形式差不多的唱书，到了唱本跟着中国的文化南移，搬到广东以后，就渐渐改为今天这种形式"，已对此说提出反驳："照一般民间歌调的发展，不同语系的地方，直接发展是很难的；即使后来有间接的影响，也该先有了基本的胚调"（参见《龙舟与南音》，载《符公望作品集》，广州花城出版社，1997，第179页）。符氏此说，反观之木鱼书对于子弟书的影响，同样成立。

有刊有康熙五十二年序的静净斋刻本。《花笺记》流行范围很广，借由清代岭南与海外的贸易和文化交流，远播到欧美等国家①，并曾有歌德因此曲文之启发作《中德四季与晨昏杂咏》之说②。故而，崔氏推论，木鱼书流传至京并得到八旗子弟的阅读并不为奇。但是，木鱼书流行于广府粤方言地区，其特色在于用粤方言写就，用粤方言演唱。木鱼书多由广州、香港书坊刊刻出版，其刻本中多有粤语中方言字，如乜、冇、唔等等。非粤方言地区的读者，很难顺畅阅读。在子弟书创制之初，木鱼书是否能在北京地区得到广泛的传播，能否被八旗子弟广泛阅读并受到其影响，恐怕具体的情况并不乐观。至少，我们在目前的文献记载中，并未看到任何相关文献记载。

关于木鱼书由于使用粤方言造成流传上的障碍，清光绪三十一年（1905）刊行的《新小说》第 2 卷第 7 号《小说丛话》，吴趼人论弹词小说之观点，颇可窥见当时之情况：

> 弹词曲本之类，粤人谓之"木鱼书"，此等木鱼书虽皆附会无稽之作，要其大旨，无一非陈说忠孝节义者。甚至演一妓女故事，亦必言其殉情人以死。其他如义仆代主受戮，孝女卖身，代父赎罪等事，开卷皆是，无处蔑有，而又必得一极良之结局。妇人女子，习看此等书，遂暗受其教育，亦因之以良也。惜乎此等木鱼书，限于方言，不能远播耳。③

---

① 19 世纪德国汉学家卡尔·阿连德（Carl Arendt, 1838–1902）所搜集的广州唱本曾入藏德国柏林国立图书馆；英国传教士马礼逊（Robert Morrison, 1782–1834），曾在广东居住了 16 年，1824 年，他把 7803 本中文书带回英国，后赠送给伦敦大学，其中就有 30 多种木鱼书（参见李福清《德国所藏广东俗文学刊录》，台北《汉学研究》第 13 卷第 1 期，1995）；及《新发现的广东俗曲书目——以明版〈花笺记〉为中心》，台北《汉学研究》第 17 卷第 1 期，1999。关瑾华《木鱼书研究的回顾与展望》（《中国非物质文化遗产》第 11 辑，中山大学出版社，2006）一文，对木鱼书的版本流向和各地收藏有全面系统的整理。

② 歌德此诗并非由《花笺记》启发而作，卫茂平在《中国对德国文学影响史述》一书中已有详尽之分析，认为"此诗题材不可能来自一部中国作品"（上海外语教育出版社，1996，第 134–140 页）。

③ 吴趼人：《小说丛话》，载《新小说》光绪三十一年（1905）第二卷第七号。

　　虽然，木鱼书文词优美，如崔氏所论，在情景描绘中与子弟书有诸多"君心似我心"之处；但就文本文词的影响力来说，在清代初至中叶的北方地区，它远远不及弹词读本。就崔氏所列举的木鱼书中文词优美的片段，在明末清初创作的"弹词三大"——《笔生花》、《天雨花》和《再生缘》中，类似的环境描写和心理描写，亦比比皆是。子弟书受到弹词影响的可能性，可从《何必西厢》等篇目的故事题材来源看出端倪。而木鱼书对子弟书的影响，无论在文本中还是在前人记载中，都尚无确凿证据。此外，木鱼书和弹词的关系十分紧密，木鱼书的创作显然受到弹词的影响，有学者以为木鱼书即为弹词的支脉。不少木鱼书和弹词取材自同一故事。因此，在没有文献支持的情况下，简单地断言子弟书的创制受到木鱼书的影响，笔者认为是不妥当的。

　　子弟书在乾隆初年的北京得以创制，当时的整体文学背景与之产生有着密切的关系。因此，探讨子弟书的渊源问题，须将此问题放大至子弟书创制的背景和受到的影响，应将其置于明清之际北京城的文学、文艺的总体环境中，讨论可能引发其产生的种种线索和因由。

　　晚明是我国文学、文艺思潮发展历程中的一个特别时期。此段时期横空迸发的求新求变之暗流，延伸到晚清与民国初年，与晚清的西学东渐和五四时期的文学观念有着微妙的联系。此时兴起的浪漫主义、平民意识、反传统与个性化，以及由此引发的各种文学思潮和文学作品，已经有学者的诸多讨论。由于性灵、童心等理论的提出与广泛影响，明末文坛出现了一个显著现象，是文人对于民间文艺的重新认识和日益重视。昔日不入流者，因承载普通人的生活与哀乐，成为文人士大夫竞相瞩目的对象。文人参与戏曲、小说的创作、评点与出版，已经成为此一时期最为重要的文学现象。

　　在诗学方面，让当时文坛耆宿提出"真诗在民间，求诗于野"之口号①。袁中郎对民间诗歌的抬举之高，《叙小修诗》一文中的如下话语，最常为学界引用——

---

① 李开先："真诗在民间"（参见《李中麓闲居集》之 6《市井艳词序》，载《李开先全集》，上海古籍出版社，2014，第 566 页）。袁宏道："当代无文字，闾巷有真诗"（参见《袁宏道集笺校》卷 2《答李子髯二首》，上海古籍出版社，2018，第 87 页）。

故吾谓今之诗文不传矣。其万一传者，或今闾阎妇人孺子所唱《劈破玉》、《打草竿》之类。犹是无闻无识真人所作，故多真声，不效颦于汉魏，不学步于盛唐，任性而发，尚能通于人之喜怒哀乐嗜好情欲，是可喜也。①

又曰：

近来诗学大进，诗集大饶，诗肠大宽，诗眼大阔。世人以诗为诗，未免为诗苦，弟以《打草竿》、《劈破玉》为诗，故足乐也。②

在此种大文化、文学背景下，"田夫野竖矢口寄兴之所为，本为荐绅学士家不道"之山歌、民谣，也引起了文人士大夫的兴趣。③冯梦龙编刊吴语地区山歌小调《挂枝儿》《山歌》，即是一例明证。文人介入戏曲、小说和民歌的创作、收集与出版，此一风气蔓延至清朝并未消歇。子弟书的作者多为受过良好教育的旗人士大夫，他们对民间曲艺形式毫无偏见，其一在于游牧民族入关，他们当时对中原文化涉及不深，尚无雅俗之偏见；其二，也正是由于明末文人提倡、抬高民间小曲的地位，此时雅俗对立并不严重。

自明成祖定都北京以来，作为两朝首善之区，北京的城市化、娱乐化都有明显的发展，日渐成为文化、文学与文艺的中心。明末时，北京已经有各式兴盛的戏曲演出。入关之后，受到汉人文化的影响，上至帝王，下至旗民，都爱好戏曲曲艺。虽然顺治年间有禁戏的政策，但是顺治帝自己就爱好观赏戏曲演出。至南府、升平署的成立，上行下效，虽一再强调内城不得设立戏馆、官员不得看戏，无心插柳间却带动了南城的繁华，戏院酒楼林里，各式戏班轮番上场，使得禁令成为一纸空文。

清朝初年，北京城内主要流行的还是昆曲的演出。子弟书故事题材中，多有取材自流行之传奇剧本；每回之二字题名，亦多取自传奇每出

① （明）袁宏道：《叙小修诗》，《袁宏道集笺校》卷4，第202页。
② （明）袁宏道：《与伯修书》，《袁宏道集笺校》卷11，第527页。
③ 周玉波《明代民歌研究》（凤凰出版社，2005）辟专章讨论明代文人李东阳、李梦阳和袁宏道关于民歌的态度及其拟乐府民歌作品。

之题名，皆是受到传奇故事、体制的影响。然而，传奇对子弟书更为重要的影响则在于此时昆曲演出的一个重要变化。在戏曲史上，这一时段被称为"昆曲式微"的年代。然而，此时，在场上却有一种特别的演出方式正在兴起，与子弟书的体制有着密切的联系。这种演出方式，便是折子戏。关于折子戏的演出的开端，在明朝时即有插一出、摘锦的演出情况，可视为其产生之端倪，但当时上演全本戏仍然是社会上喜闻乐见之风尚。据陆萼庭先生的推论，折子戏从全本戏中拆下来，并被看作独立的艺术品，开始受到社会重视，应在明末清初之际。① 到康熙初年，民间上演折子戏已经蔚为一时风气。折子戏的艺术特色和成就，前贤已多有讨论。取长篇传奇剧本中最为精彩的数折加以敷衍，对剧本内容的紧凑、情节的连贯、表演的精彩显然要求更高。折子戏的引人入胜之处，全在于一个"细"字。所谓"越琐细越有戏"，在细节的描摹与展演中，方显示一种艺术精益求精、臻于化境的艺术魅力。

　　根据目前存留的文献，我们不妨把子弟书的形成时期系在康熙末至乾隆初年，则子弟书的形成与兴起，与折子戏的形成、兴盛几乎是同一时间的。从子弟书的艺术表现手法和艺术追求，明显可以看出，与折子戏几乎如出一辙。子弟书多短篇，篇幅多在一回至四回之间，又以一回本最为常见。以一回八十句之篇幅，往往仅反复描写故事的一段情节，甚至仅描绘主人公的一段心思。这无疑是当时社会的审美趋势求精求美使然，或者也不免受到同时期大受欢迎的折子戏的影响。

　　乾隆年间花部、雅部之争，在子弟书的创作中也有所反映。子弟书之篇章，从不少地方戏中取材，如魏长生名剧秦腔《滚楼》、梆子腔《探亲》《相骂》对高腔《借靴》等，正是当时北京剧坛百花争艳的生动写照。花、雅两部风格之差异，还影响到子弟书东、西两派不同风格的形成。据前人记载，西调若昆曲，无疑是继承了昆曲演唱一脉风格；东调却慷慨高亢，显然是受地方花部的影响。

　　多数学者同意，子弟书为满汉文化交流的产物。八旗子弟入关之后，受到汉人文化的影响，对戏曲曲艺甚为喜好，创制出子弟书。无论从体制、故事题材等各方面分析，子弟书显然受到汉族地区的曲艺形式影响

———————

　　① 陆萼庭：《昆剧演出史稿》，上海教育出版社，2006，第169页。

最大，但是亦不可忽视满族传统曲艺的潜移默化。现今所知旗人创制之曲艺，以子弟书、岔曲和八角鼓三种最为知名。这三种曲艺形式，都是满族入关之后形成的。虽存有诗赞体和曲牌体之分别，但总体而言，其艺术风格都是追求雅致的。崔蕴华在总结子弟书的渊源时，曾总结各种曲艺形式的特点后提出："子弟书吸收了词文、词话中的纯唱体制，木皮鼓词的灵活句式，并夹裹着木鱼歌的雅驯情思，从而开创出新的说唱时代，酝酿出新的艺术之花。"①

综合而言，子弟书无疑是在前代各种说唱曲艺的影响下逐步形成与完善，最终成为独立的曲艺艺术形式。综合明末清初北京的戏曲曲艺表演状况，笔者以为，其中影响最大者，当为折子戏和鼓词、弹词。

第三节　子弟书的文体形式

文学史上一种新的文体出现，必然是由新的需求带来的。这种需求，或许由于时代、环境、社会的改变，或者出于新的表达内容的需要。②子弟书为旗人所创制，其最初目的，是出于满足旗人自己的娱乐和审美需求。子弟书的创制在旗人入关已逾百年的乾隆年间，子弟书篇章中满汉兼、满汉合璧的文本形式，即是满汉文化交流的结晶。子弟书被时人称为鼓词或弹词的支脉，继承了鼓词、弹词的一些特点。但它具备了自己独立的形制与特色，形成了自己独立的风格，出现了一大批专业的作者，以独立的艺术形式演出和流传，是毫无疑问的。

吴承学老师在叙及文体学源流时指出，在中国古代，"文体"一词，内容相当丰富，既指文学体裁，也指不同体制、样式的作品所具有的某种相对稳定的独特风貌，是文学体裁自身的一种规定性。自古以来，文体的概念比较广泛，既指文体风格，也指文体在题材内容、表现手法、结构形式方面的特点。③又指出，文体风格"是一种逐渐积淀的带有共

---

① 崔蕴华：《书斋与书坊之间——清代子弟书研究》，第 18 页。
② 吴承学认为："人类的生存环境与精神需求才是文体形态创造和发展的内在的原因"（参见吴承学《中国古代文体形态研究》，中山大学出版社，2000，第 3 页）。
③ 吴承学：《中国古代文体形态研究》，第 322 页。

性的审美倾向"①。

　　子弟书在进入学界视野之时，已然难闻其声，故其文本形式与创作体制，成为学界进行判断此种曲艺艺术的主要依据。李家瑞为史语所民间文艺组的最早成员之一，他在协助刘复编成《中国俗曲总目稿》的过程中，经手、目验之各项曲艺曲本甚多，"以参加此项工作之心得"②，写成《北平俗曲略》，根据所见之大量曲本，首次对子弟书的文本形制做出探索——

　　　　这种书的体裁，开首都是八句诗，统称"诗篇"，俗谓"头行"（原注：见石玉昆《龙图公案》）。书里也分回数。每句的字数虽有多少，在音乐上的拍子却是相等。因此：排列子弟书的句子，习惯上都是写得很齐整的。③

其后，学者多遵从其说法。又以陈锦钊之总结最为全面——

　　　　此种曲艺之体制，实渊源于鼓词，但无说白。至其唱词，虽仍以七言为主，然可随意添加衬字。其故事情节简单，篇幅短小者，可不分回；而关目繁杂，篇幅稍大者，则可分为二、三回，甚至二、三十回，回约百句，间有回目。每回之前，又多以七言诗一首或二首开端，叙述作者写作动机或总括全书大意，名曰"诗篇"，俗称"头行"。析其歌词则每两句押韵，回限一韵，韵用我国北方戏曲曲艺所通用之"十三辙"。二回以上作品，可每回换韵，但亦可一韵至终，不加限制。④

刘吉典则从音乐体制的角度提出"诗篇"与正文的差异——

　　　　子弟书有两种体裁："诗篇"与"正书"。诗篇类似弹词的"开篇"，是独立成章的诗赞体短篇，常在开正书前加唱，曲调丰富，节奏迂缓，曲情多姿，抒情性强，为三眼一板的板式。正书是正式的

---

①　吴承学：《中国古代文体形态研究》，第 342 页。
②　刘复：《北平俗曲略》"序"，第 1 页。
③　李家瑞：《北平俗曲略》，第 18 页。
④　陈锦钊：《子弟书之题材来源及其综合研究》"序言"，第 1 页。

书段，有故事情节，分大小段落和章回。一般说来，正书开始时也常有像诗篇那样的概括或阐发正书主旨的一个段落，然后再引入具体的内容。正书中，特别是进入情节时，音乐的叙述性较强，板式虽仍为三板一眼，而节奏却要比诗篇紧凑得多。①

崔蕴华在总结子弟书的体制后提出：

　　子弟书的基本体制是，无论回数多少，通常在头回之前，都是以一首八句诗篇开头，篇首均标明"诗篇"字样。诗篇或为整齐的七言，或每句字数不等。②

她又举出另三种变体：

（1）（头回诗篇＋正文）＋（二回诗篇＋正文）＋（三回诗篇＋正文）

（2）（头回诗篇＋正文＋回尾诗）＋（二回诗篇＋正文＋回尾诗）＋（三回诗篇＋正文＋回尾诗）

（3）正文（头回＋二回＋三回＋……）③

崔蕴华在所举"变体二"下自注云：此体制每回都有两处诗篇：回头诗与回尾诗。笔者按：崔氏所谓"回头诗"与"回尾诗"，乃其自创称谓，向未见诸前贤著作。考其所举《渔家乐》《雷峰塔》二例，并无"两处诗篇"。因其每回诗篇位于"头回""二回"标示之上，故被误以为是前回结尾；其实仍是下回的开首诗篇。《渔家乐》与《雷峰塔》二篇曲文，实际仍为每回前"诗篇＋正文"的形式，同其所举之变体一。此种形式，与全文无诗篇之形式均为少数，子弟书文本创作最普遍的形式，仍是全文仅在开篇有一诗篇，即崔氏所言的基本体制。

吴承学老师认为，文体自身不断处于变化不居的状况，所以，不能把文体的风格绝对化和凝固化。在子弟书二百余年的发展过程中，它的文体形态也有着变化发展的过程。前贤多是据现存的子弟书文本来分析其文本体制的特征，然子弟书文本体制的多样化，是随着其自身的发展

---

① 刘吉典：《天津卫子弟书的声腔介绍》，第 28 页。

② 崔蕴华：《书斋与书坊之间——清代子弟书研究》，第 19 页。

③ 崔蕴华：《书斋与书坊之间——清代子弟书研究》，第 19－20 页。

过程逐渐变化而来的。笔者试以子弟书前期作家罗松窗、韩小窗、芸窗、渔村等之作品①，分析子弟书文本体制发展的脉络。

笔者将生活时代大致可考之作者作品结构列为表 3 - 1②，以便作为清晰对照。

表 3 - 1

作者	篇名	诗篇	结句
罗松窗	《红拂私奔》八回	虚空渺漠叹浮生，日月笼中乌乾坤水上萍。 浩劫只为无终始，世事何尝有定踪。 图王霸业临明月，惜玉怜香半夜灯。 寂静松窗闲遣性，写一代蛾眉领袖女英雄。	英雄拱手飘然去，立徵图王一霸雄。
罗松窗	《翠屏山》二十四回	雪月风花固可怜，奈何月缺与花残。 千年长恨英雄贱，万古难消红粉冤。 铁笔欲留侠烈传，松窗故写翠屏山。 望君莫笑愚多事，愿作人间醒世言。	弟兄转步才要走，忽听背后有人言。
罗松窗	《庄氏降香》六回	几点梅花欲漏春，半开艳蕊近朱门。 羞从墙外留颜色，爱向窗前照玉人。 庄翠琼问安已毕归深院，忽见红英几朵新。 止金莲一双杏眼凝秋水，低玉颈两道愁眉锁断魂。	因陶情庄氏降香权暂演，闲来时再纂罗成托梦文。
罗松窗	《罗成托梦》六回	梨花院落夜如禁，点③淡天光半是云。 金阁更阑声寂寂，香阶人静夜沉沉。 形随月送梅花影，梦觉风筛竹子音。 星耀烟华徒敛迹，失巢归鸟叹无林。	老夫人强止着伤心说有理，除非是如此调停才慰亡魂。*
罗松窗	《游园寻梦》三回	娇懒佳人春睡长，一声鹦鹉韵凄凉。 无端惊起阳台梦，怪煞平分银汉郎。 乱耳黄莺徒婉转，撩人粉蝶自张狂。 拥衾未舍离香榻，情思昏昏是丽娘。	从此病凄凉在帐，终日恹恹懒下床。**
罗松窗	《离魂》三回	冷落梅花冷落春，奈何天气奈何人。 柳拘艳魄成幽梦，花打春泥惊俏魂。 一段风流归浪子，终身伉俪感花神。 小青诗且传佳句，杜丽娘堪作妙文。	杜公夫人齐应允，这小姐才闭目散香魂。

① 鹤侣氏在《逛护国寺》曲文中曰："论编书的开山大法师还数小窗得三昧，那松窗芸窗亦称老手甚精该。竹轩氏句法稳而详，西园氏每将文意带诙谐。那渔村他自称山左疏狂客，云崖氏西杭氏铺叙景致别出心裁。这些人俱是编书的国主可称元老。"据康保成老师考证，"鹤侣氏"爱新觉罗·奕赓约生于乾隆五十七年（1792），卒于同治元年（1862）（参见《车王府曲本研究》，第 470 页）。故此，《逛护国寺》曲文中提及之子弟书作家，创作活动均在同治之前。

② 按：表 3 - 1 仅列出作者确凿可考之子弟书篇章，作者仍存争议之篇章未收入内。

③ 底本作"點"，疑为"黯"之误，此处保留底本原貌。

作者	篇名	诗篇	结句
韩小窗	《白帝城托孤》一回	壮怀无可与天争，泪洒重衾病枕红。 江左仇深空切齿，桃园义重苦伤情。 几根傲骨支床瘦，一点雄心至死明。 闲笔墨小窗哭吊刘先主，写临危霜冷秋高在白帝城。	昭烈帝心血掏干神思都耗尽， 一声叹满腔余恨二目双瞑。
韩小窗	《齐陈相骂》一回	良善原从天性发，皆因习染玉生瑕。 士尚虚文多迂腐，民学匪气近油滑。 酸儒开口无非之乎者也，土包行事不过撺打砸剌。 小窗无事闲泼墨，写一段齐陈相谤酸匪嚼牙。	长夏无聊消午闷， 写小段匪酸小像迷目鳌牙。
韩小窗	《徐母训子》一回	英男贤母姓名标，首冠东周次汉朝。 专诸至孝终全义，慈母倾生始刺僚。 忠烈王陵扶刘季，萱堂伏剑仰汉高。 垂名千古惟徐母，训子留芳只恨曹。	转画屏满腔正气三尺白绫，作成了千古壶①仪第一豪。
韩小窗	《得钞嗷妻》二回	因何地产雪花银，天意分明鼓励人。 不经爱富嫌贫事，怎长争名夺利心。 英雄气短是钱财的气短，儿女情深是柴米的情深。 闲笔墨小窗追补冯商叹，写一回得钞嗷妻世态文。	小窗氏笔端怒震雷霆力， 欲唤醒今古鸳鸯梦里人。
韩小窗	《长板坡》二回	古道荒山苦相争，黎民涂炭血飞红。 灯照黄沙天地暗，尘embed星斗鬼哭声。 忠义名标千古重，壮哉身死一毛轻。 长板坡前滴血汗，使坏了将军赵子龙。	闲笔墨小窗泪洒托孤事， 写将来千古须眉愧玉容。
韩小窗	《周西坡》三回	周西坡下雪纷纷，明关城外夜沉沉。 将军血洒山川冷，史册名标忠烈臣。 黄土无情埋傲骨，青天有恨纳英魂。 闲笔墨小窗窃窃拟松窗意，《降香》后写罗成乱箭一段缺文。	到晚来一钩残月三更梦， 割不断母子的牵连夫妻父子的情。
韩小窗	《骂城》三回	半生肝胆玉壶冰，樊金定至今人表节义贤名。 强龙强虎双员将，乡里乡亲百数兵。 盟山誓海千年恨，白日青天一剑横。 小窗氏在梨园观演《西唐传》，归来时闲笔灯前写《骂城》。	所谓薛礼认姣儿贞观得小将， 这件事就自单苦了邦君的一女流。
韩小窗	《下河南》四回	无	小窗人闲来偶演丹青笔， 画一个樱桃树下的气虾蟆。

① 底本作"壶"，应为"壶"，此处保留底本原貌。

作者	篇名	诗篇	结句
韩小窗	《哭官哥》四回	小窗春日览残篇，闲阅金瓶忆旧缘。 离合悲欢循环理，荣华富贵眼前欢。 财过北斗中何用，富比陶朱尽枉然。 打开旧卷添新笔，慢把西门故事言。	瓶儿自此犯了旧病， 过重阳难免赴黄泉。
韩小窗	《草诏敲牙》四回	欲写慈祥仁爱君，小窗笔墨也伤神。 满眼干戈哭破国，一身云水叹无痕。 逐燕歌传今古恨，蛰龙迹渺海天昏。 破衲头冷披万里关山月，苦杀了避难逃灾的小建文。	看方孝孺作出动地惊天事， 留下了千秋万古名。
韩小窗	《刺虎》四回	旧事凄凉不可闻，最有分宫时家亡国破惹泪伤神。 侠气欲消明主恨，笔刀故斩叛贼心。 若问那花容铁胆的精忠女，就是宝剑冰心的费宫人。 小窗前闲墨表扬红粉志，写一段贞娥刺虎节烈之文。	君请看大明国破家亡日， 费贞娥独占红颜绿鬓的魁。
韩小窗	《一入荣府》四回	小窗醑醉欲狂吟，忽见新籍仁案存。 漫识假语皆虚论，聊将闲笔套虚文。 有若无时无还有，真为假处假偏真。 谁言作者多痴想，足把辛酸滴泪痕。 暂歌一段石头记，借笔生端写妙人。	二人又讲了些闲言语， 刘姥姥告辞归家好快活。
韩小窗	《千金全德》八回	无	小窗氏墨痕开写全德报， 激烈那千古的英雄侠烈肠。
竹轩	《芭蕉扇》一回	佛教兴隆自汉传，觉迷救苦善门缘。 至大唐贞观有意求经典，三藏诚心拜极乐天。 到处邪魔截路径，全凭徒弟勇心猿。 女怪男妖八十一难，写一段有情的节目做竹轩趣谈。	一纵身躯出洞去， 罗刹女又急又气又羞惭。
竹轩	《查关》二回	碰砀威名万古扬，好一个并吞秦楚的汉高皇。 一统绪几次理乱数回平治，四百载许多佞党不少忠良。 汉光武中兴霸业传青史，刘唐建北行沙漠见秦腔。 人静竹轩闲弄笔，且把那梭罗宴查关演一场。	他二人也不知寝未寝， 简编里原该如此莫问端详。
竹轩	《打面缸》二回	士农工商士最尊，孔圣门墙育贵人。 博古通今一生学问，致君泽民满腹经纶。 黄卷青灯独尝勤苦，秋闱春试直上青云。 翰苑登瀛玉堂金马，最小的前程也是个知县衙门。	竹轩无事写来一笑， 既无戏理莫论书文。

作者	篇名	诗篇	结句
竹轩	《厨子叹》一回	自古庖人赞易牙，到而今传留行次有厨茶。 饭庄食店非他不可，吉日良辰不可少他。 活计的忙闲在人自做，当行的伙伴仗艺业压。 铺面的劳金好些吊，日夜的工钱数百□。	竹轩无事听庖人闲话，借笔头写他的苦乐冷热生涯。
云崖	《莺莺梦榜》二回	（头回） 东风吹送百花香，呖呖莺声树底忙。 乱落残红堆锦砌，遍铺新绿映纱窗。 勾人远虑因春景，惹起闲愁是艳阳。 云崖氏闲览西厢传妙笔，演一回望捷的崔氏忆夫郎。 （二回） 梦境迷离梦绪长，梦神归散梦端茫。 梦中富贵何时了，梦里荣华顷刻亡。 梦假梦真俱是幻，梦长梦短最难详。 大抵是梦因痴想痴梦成，写痴情引起那崔氏黄粱梦一场。	仓促之间郑恒闯至，这不就惊醒了佳人梦一场。
芸窗	《林和靖》一回	独占东风欲露春，芳菲万卉让寒林。 成仙自是逃秦客，得道多应远世人。 刘晨误入蓬莱岛，渔父直冲洞口门。 这书情是雪满山中高士卧，此段景似月明林下美人临。	只因为乘闲偶寄芸窗兴，感知音笔下传奇衍妙文。
芸窗	《武陵源》一回	幽斋雨过晚凉天，鸟语花香景物妍。 小几摊书评往事，芸窗握管注新编。 漫从意外描余意，好向山头画远山。 为遣闲情于永日，题一章渔人误入武陵源。	只因为日长睡起无情思，拈微辞芸窗偶遣一时闲。
芸窗	《渔樵对答》一回	江湖寄迹一渔翁，懒向人间道姓名。 三尺蓬开天地小，一竿丝外利名轻。 垂纶坐对江心月，移棹闲临水面风。 贯酒烹鱼真乐趣，一般清兴情谁同。	度炎暄乘兴偶弄芸窗笔，谱新词为与知音作品评。
芸窗	《渭水河》五回	渭水河边垂钓竿，高人逸欲在林泉。 名齐日月千千载，慕表乾坤万万年。 三略文章称圣世，六韬事业霸江山。 文王卜得飞熊兆，天命周朝八百传。	笑痴人芸窗把闲笔成段，留与诗人解闷题。

作者	篇名	诗篇	结句
西园	《金印记》四回	西风儿飒飒吹人冷似冰，哀雁儿声声惨切动离情。 古道儿点点金菊开灿烂，荒林儿萧萧落叶任纵横。 鹑衣儿飘飘乱举如败絮，云鞋儿步步慵抬似转蓬。 功名儿冉冉青云迷楚甸，一路儿迟迟故土恨回程。	西园氏窗前草笔联金印，激烈那十载寒毡坐破人。
西园	《阔大奶奶听善会戏》一回	堪羡闺门乐事浓，夫荣妻贵古今同。 不将墨阵传遗史，暂借毫端写娥红。 粉黛繁华归富室，绣帏斗胜大家风。 忽想起昨日庵中请善会，她说是娘娘圣诞小衲恭迎。	真正是大家气概多尊贵，文西园闲谱尼庵作阔情。
西园	《先生叹》一回	净寂书窗不卷帘，暂将笔墨度余年。 功名未遂男儿愿，顾影空将白发怜。 欲卜青云音尚渺，何时书债始偿完。 无奈何教训蒙童开学馆，此中景况最难言。	文西园窗前闲谱先生叹，生感慨一顶儒巾误少年。
西园	《长随叹》一回	幽窗静寂昼垂帘，一枕新凉午梦残。 闲评今古炎凉态，堪叹繁华衣帽年。 君子时乖能守分，小人得志浑吃穿。 有一个落破的长随身染病，在招商店内好恓缠。	西园氏闲情墨谱长随叹，不过是守分安常醒世言。
西园	《为赌嗷夫》一回	尘俗扰扰事纷纭，哀乐悲欢各自寻。 贪杯应道多迷性，花柳从来最断魂。 赌博场中无胜客，心思淘尽耗精神。 败产倾家伤身体，坑害了多少迷途不悟的人。	闲笔墨西园草写嗷夫事，欲唤醒赌博场中那些好胜人。
西园	《桃洞仙缘》二回	（头回） 春日春云春色浮，春山春水助春游。 春花春月明如昼，春风春雨最动春愁。 春眠春困春情儿倦，春景春园春意儿幽。 庆春光闲步春郊消春闷，见春山一带春图把春性留。 （二回） 谁道仙源无路寻，应知佳会古今闻。 泛桃花五陵渔子曾垂钓，误入仙源是避秦。 又有这仙缘巧合刘晨阮肇，偶逢仙子共联姻。 也是那重情月老把红丝系，天台女仙缘合配两个儒人。	西园氏窗前墨谱桃源洞，堪羡那风流佳话助高吟。

续表

作者	篇名	诗篇	结句
渔村	《天台传》一回	客居旅舍甚萧条，采取奇书手自抄。 偶然得出书中趣，便把那旧曲翻新不惮劳。 也无非借此消愁堪解闷，却不敢多才自傲比人高。 渔村山左疏狂客，子弟书编破寂寥。	渔村书罢天台传， 诸君子休笑荒唐把我嘲。
渔村	《胭脂传》三回	（头回） 谁把红楼梦剪裁，效颦人亦写聊斋。 将他旧曲翻新调，趁我余闲试小才。 冤外蒙冤添客恨，假中生假作君灾。 窃听鹦鹉笔中语，强劫胭脂足上鞋。 （二回） 世间多少好姻缘，成就姻缘非偶然。 机会投来原是命，波澜生处总由天。 有情愿作同林鸟，无分难开并蒂莲。 请看这胭脂要把鄂生嫁，倒弄得酿成蹙障病来缠。 （三回） 万事凭天不自由，宿生来似鬼神勾。 窗前书史无心念，墙内花枝任意偷。 安乐自寻身外累，明珠却向暗中投。 眼看着睡鞋惹出塌天祸，弄的个红染青衫血水流。	渔村写罢胭脂传， 劝世人人家美色莫强求。
鹤侣	《女侍卫叹》一回	人生最苦是别离，况是新婚燕尔时。 初尝风月真滋味，乍领交合老规矩。 只说今生同此乐，焉知又有暂别时。 在家受尽凄凉况，却不相今朝是另一样儿的迷。	消午闷鹤侣氏慢运支离笔， 写一段闺阃小照为唤醒痴迷。
鹤侣	《少侍卫叹》一回	自是旗人自不同，天生仪表有威风。 学问深渊通翻译，膂力能开六力弓。 性格聪明嘴头滑顺，人情四海家道时兴。 本就是起起武夫干城器，更兼他手头撒漫衣帽鲜明。	话虽然没沸鼎当前此言难易， 鹤侣氏故削竹简敢望清聆。
鹤侣	《老侍卫叹》一回	人生七十古来稀，笑我时乖寿偏齐。 酒债寻常行处有，朝回日日典春衣。 当票子朝朝三五个，帐主儿门前闹泼疲。 老妻自是多贤惠，挎竹篮每向坟边乞祭余。	闲笔墨偶从意外得余味， 鹤侣氏为破寂寥写谐词。 虽成句于世道人心毫无补益， 也只好置向床头自解颐。

作者	篇名	诗篇	结句
鹤侣	《孟子见梁惠王》一回	周室国运已将终，列国诸侯各起兵。自立节旄僭王礼，私专征伐誓血盟。到处只讲割城池，那管生灵涂炭中。惟我孟夫子口述唐虞三代之德业，天命如斯只好能说不能行。	只为连朝寒甚飘朔雪，鹤侣氏柴湿灶冷粟瓶空。致使慕热的心全冷，自慰强呵砚池冰。写一段亚圣当年游艺的景，只博得冬烘先生笑我无能。
鹤侣	《侍卫论》一回	平明执戟侍金门，也是随龙护驾的臣。翠羽加冠多荣耀，章服批体位清尊。腰悬宝剑威风凛，手把门环气象森。问尊兄荣任是在何衙署，鞠躬道小弟当辖在大门。	非是我口齿无得言词咳险，我鹤侣氏也是其中过来人。
鹤侣	《柳敬亭》一回	梧桐叶落扫窗槑，夜深微雨醉初醒。挑灯欲写秋声赋，奈予天性欠聪明。且排俚语成新调，拾人牙慧谱歌声。拙人自得拙中趣，一任那骚客提毫费品评。	鹤侣氏为醒痴迷于噩梦，趁余闲故将笔墨写英雄。
鹤侣	《借靴》二回	（头回）秋雨梧桐叶落多，金风飒飒打窗槅。蜗屋闷坐添秋兴，蟋蟀唧唧掠耳聒。且将旧曲翻新调，莫哂新声谱旧歌。非是无知拾余唾，鹤侣氏只因无计遣睡魔。（二回）物非其类不相得，家家观世音处处弥陀佛。休怪人情常反覆，只因风气渐苟薄。	无
鹤侣	《集锦书目》一回	无	不过是解散穷愁聊自慰，鹤侣氏虽极无能不擅此长。
鹤侣	《齐人有一妻一妾》一回	无	这如今齐人的世业传天下，鹤侣氏借他的行柴儿解闷磕牙。
鹤侣	《刘高手治病》二回	几静窗明小院中，鹤侣氏新书一段又编成。非敢讥刺时医辈，借题写意识者休憎。论时医自我观来如狼虎，病者遭之似夺命星。他那知名医如名相有关生死，他只晓趁我十年运且博虚名。	将此药服一帖安然稳睡，消千灾除百病即刻安痊。

续表

作者	篇名	诗篇	结句
鹤侣	《黔之驴》一回	山深最喜晚来晴，风光不与四时同。 霞光远映归林鸟，秋水长天一色明。 峰峦缺处衔落日，涧边林里有松亭。 世外人停杯伫待天边月，享清福鼓腹讴歌祝太平。	这本是子厚的寓言也是当时的世态， 鹤侣氏把调儿翻新且陶情。***

　　说明：*《罗成托梦》同题曲文现存有三种，据黄仕忠老师考证，六回本为罗氏所作。六回本现存两种版本，其一为《子弟书丛钞》收录之清抄本；其二为《子弟书选》收录之傅惜华藏清抄本。此为《子弟书丛钞》本之结句。《子弟书选》本结句为"要知金殿伸冤枉，再看秦王吊孝文"。参黄仕忠《戏曲文献研究丛稿》，第476页。

　　** 此为车王府藏抄本与傅斯年图书馆藏抄本之结句。两本文后均有"完"字，表明曲文结束。天津图书馆藏抄本结句为"要知小姐离魂事，松窗自有妙文章"。可参《子弟书全集》，第6卷，第2564页。

　　*** 表中曲文均引自《子弟书全集》。《红拂私奔》，第3卷，第844页；《翠屏山》，第5卷，第1927页；《庄氏降香》，第3卷，第922页；《罗成托梦》，第3卷，第946页；《游园寻梦》，第6卷，第2557页；《离魂》，第6卷，第2565页；《白帝城托孤》，第2卷，第727页；《齐陈相骂》，第1卷，第131页；《徐母训子》，第2卷，第513页；《得钞嗷妻》，第5卷，第1993页；《长板坡》，第2卷，第523页；《周西坡》，第3卷，第938页；《骂城》，第3卷，第1072页；《下河南》，第7卷，第2951页；《哭官哥》，第5卷，第2007页；《草诏敲牙》，第7卷，第2661页；《刺虎》，第7卷，第3001页；《一入荣府》，第9卷，第3756页；《千金全德》，第4卷，第1524页；《芭蕉扇》，第3卷，第1153页；《查关》，第1卷，第314页；《打面缸》，第8卷，第3063页；《厨子叹》，第8卷，第3496页；《莺莺梦榜》，第4卷，第1435页；《林和靖》，第5卷，第1776页；《武陵源》，第2卷，第799页；《渔樵对答》，第10卷，第4262页；《渭水河》，第1卷，第14页；《金印记》，第1卷，第188页；《阔大奶奶听善会戏》，第9卷，第3693页；《先生叹》，第8卷，第3487页；《长随叹》，第8卷，第3475页；《为赌嗷夫》，第9卷，第3635页；《桃洞仙缘》，第2卷，第778页；《天台传》，第2卷，第775页；《胭脂传》，第10卷，第4084页；《女侍卫叹》，第8卷，第3455页；《少侍卫叹》，第8卷，第3458页；《老侍卫叹》，第8卷，第3462页；《孟子见梁惠王》，第1卷，第125页；《侍卫论》，第8卷，第3466页；《柳敬亭》，第8卷，第3027页；《借靴》，第10卷，第4175页；《集锦书目》，第10卷，第4307页；《齐人有一妻一妾》，第1卷，第128页；《刘高手治病》，第7卷，第2623页；《黔之驴》，第4卷，第1291页。

　　罗松窗为子弟书创作的第一位大家。现存罗氏所作子弟书，有《红拂私奔》《翠屏山》《庄氏降香》《游园寻梦》《罗成托梦》《离魂》等6篇。以此六篇曲文观之，在罗松窗创作的年代，子弟书已经具备独立的、稳定的文学体裁特征。从体制结构上来说，子弟书已经形成了"诗篇＋正文"的稳定结构。在现今学界已确凿证实为罗氏所创作的6篇子弟书中，无论是否标识有"诗篇"之名，开篇均有四行诗句用于起兴，或写景或状物，引导出整篇的故事。以《游园寻梦》为例。《游园寻梦》叙丽娘自梦中相会柳梦梅后，难以自持，独自向后花园寻梦之事。其篇首诗篇描述丽娘春睡，好梦为鹦鹉惊破，点明前因，云：

> 娇懒佳人春睡长，一声鹦鹉韵凄凉。
>
> 无端惊起阳台梦，怪煞平分银汉郎。
>
> 乱耳黄莺徒婉转，撩人粉蝶自张狂。
>
> 拥衾未舍离香榻，情思昏昏是丽娘。①

紧接后文第一回首句曰"这佳人自从一梦梅花下，每在胸前思玉郎"，故而情思昏昏，不知所起，一往而深，遂向花园寻梦中人。

诗篇的作用，也可以是对整篇故事的总结与慨叹，阐述作者的创作意图。如《翠屏山》诗篇云：

> 雪月风花固可怜，奈何月缺与花残。
>
> 千年长恨英雄贱，万古难消红粉冤。
>
> 铁笔欲留侠烈传，松窗故写翠屏山。
>
> 望君莫笑愚多事，愿作人间醒世言。②

《翠屏山》24 回，敷衍《水浒传》石秀杀嫂之事。诗篇透露作者作此书为赞美英雄侠烈，对惨死之红粉佳人亦抱有同情之意。

罗氏所作六篇子弟书，均只有开篇首回有诗篇。无论全篇分为几回，故事叙述脉络连贯，中间没有再插入诗篇。考韩小窗所作篇什，如用此种体制，亦多如此。笔者以为，此种形式确为子弟书最早也是最为稳定的形式。其后，才发展出每回前均有诗篇的体制。而子弟书的流传多为书坊、爱好者互相传抄，因是之故，诗篇的位置不免致误。如崔氏所言，《花别妻》三回之三篇诗篇和《全悲秋》五回之五篇诗篇，均被抄录于全篇曲文之首。而《宝钗代绣》一回共有三篇诗篇，无疑是误抄他书诗篇所致。其第一篇诗篇，与红楼故事全然无涉，细考之，与《郭子仪上寿》之诗篇文字完全一样，显系抄者误植。

---

① 《子弟书全集》第 6 卷，第 2557 页。

② 《子弟书全集》第 5 卷，第 1927 页。

罗松窗所作六篇子弟书，结构相类：以诗篇开启全文，全文无论回数多少，仅有一篇诗篇，其结尾亦无结句收束全文，甚至给人以未完之感。如《翠屏山》之结尾云：

> 杨雄手起人头落，石秀弯腰收拾簪环。
> 弟兄转步才要走，忽听背后有人言。[1]

然至韩小窗创作之子弟书，则有变体。一般而言，除诗篇点明创作意图之外，韩小窗有意识地在结尾作一收束语，用以总结全文。这种结句，或用以简要交代后来发生之事件，如《骂城》樊金定自尽后，文末云："到后来拿问白袍招安公子，唐帝王追封樊氏祭奠灵柩。所谓薛礼认姣儿贞观得小将，这件事就自单苦了邦君的一女流。"[2] 或用以结束整篇故事，如《草诏敲牙》："看方孝孺作出动地惊天事，留下了千秋万古名。"[3] 或者，在全文无诗篇的情况下，仅结句点明作者和创作意图。如《下河南》：

> 小窗人闲来偶演丹青笔，画一个樱桃树下的气虾蟆。[4]

《千金全德》亦如此，其结句云：

> 小窗氏墨痕开写全德报，激励那千古的英雄侠烈肠。[5]

在韩小窗之后的子弟书作者中，芸窗、竹轩、鹤侣，似都惯于将自己名字嵌入结句，用以表明作者身份。这种结句，有时也是为了卖个关子，意犹未尽之意。如竹轩《查关》：

---

[1] 《子弟书全集》第5卷，第1972页。
[2] 《子弟书全集》第3卷，第1072页。
[3] 《子弟书全集》第7卷，第2669页。
[4] 《子弟书全集》第7卷，第2959页。
[5] 《子弟书全集》第4卷，第1541页。

　　他二人也不知寝未寝，简编里原该如此莫问端详。①

　　吴承学老师在探讨古代各类文体时，提出制约、影响文体风格的因素有多种，如文体的特殊用途、题材、声律等。② 从罗松窗、韩小窗创作的故事题材来说，子弟书创制之初，其内容主要以改编戏曲、小说故事最为典型。以学者一致认定为罗、韩二人创作之现存篇目来说，无不如此。就篇幅上来说，也以短篇为多。并且，篇幅有趋向稳定的趋势，在韩小窗的作品中，全篇四回、每回四十或五十句之形制占了半数之多。因此，就罗松窗和韩小窗二人的创作来说，子弟书的标准创作形制，是以四回到八回的篇幅，改编已经流行的小说或者戏曲故事中一段故事情节。韩小窗创作的《齐人有一妻一妾》一回，和罗松窗的《翠屏山》二十四回，皆是其作品之特例。至竹轩、芸窗、西园、鹤侣的创作，篇幅稳定在一回至四回之间，体制也多以"诗篇＋正文＋结句"为主。

　　子弟书是一种曲艺形式，主要目的是自娱与娱人。虽然子弟书作者在创作之时，在题材的选择上，自觉不自觉间以宣扬道德、提倡正气为主，宣扬了一定的道德准则，但是不可否认的是，作为曲艺艺术的一种，它的出现，毕竟是以娱乐为直接目的的。在清代的鼎盛时期，虽也有不少"粉""春"段子的出现，听众主要还是为了欣赏曲词的优美动人。故此，符合其创作规律是最为重要的，甚至不惜以文害意。如鹤侣氏所说，"须要雅俗共赏合辙够板原不是竟论文才"。子弟书《郭栋儿》亦言："尖团清楚斯为正，韵调悠扬乃是书。"《拐棒楼》言："韵雅音清讲尖团。"嘉庆年间顾琳写作《书词绪论》之时，子弟书这种独立的体制已经得到了社会大众的承认，顾琳在"还音"一章中即讨论到子弟书演唱音律和语言对于文词的影响：

　　　　南词即南人之书，而书即北人之词。既以南北限之，故不妨挽以方音。如南词中之湖、苏等字，入于五歌韵读之；冰、青等字，入于真文等韵读之。如书中之俗、熟、足等字，本属入声，而入于

---

　　① 《子弟书全集》第 1 卷，第 314 页。
　　② 吴承学：《中国古代文体形态研究》，第 342 – 345 页。

鱼虞二韵，亦如南词之从方音故也。从方音之字，则可通而论之；不从方音之字，断不可讹而传之。

　　凡字之上、去、入三声，本有万韵归平之义。至平声反归于仄声，则断无是理。①

　　然到鹤侣氏等作者的创作中，子弟书的题材选择上，已有较多现实生活之影子。在鹤侣氏称之为编书的国老之芸窗等人，改编前人作品还是比较普遍的现象，但已出现了《厨子叹》等反映现实生活景象的作品。到了鹤侣氏奕赓自己的创作中，求新求变，在题材上开始关注现实社会，浇心中块垒。虽然鹤侣氏在编撰讽刺时事之篇章时，屡屡自称"为破寂寥写谑词""于世道人心毫无补益"，但是他显然是看中了子弟书的曲艺功能，得以处处传唱，可借以宣扬自己的思想。

　　子弟书作家借子弟书形式用以道德宣传，到云深处主人编写《晴雪梅花录》时，得到了更进一步的体现。此一时，子弟书的演唱已然式微，云深处主人编撰《晴雪梅花录》，显然也不是为了实际的演出。董玉璿为其书作序，提出编撰之由，正在于道德人心之念——

　　　　云深处主人，余之同志友也。诸经百子，务求悉阅。尚擅医术，尤重道德。致意于天理之中，超心于名利之外。婆心济世，觉彼愚蒙。每思救不古人之心，时欲挽炎凉之世态。愤发激昂，情难自止。遂于公暇之际，静坐默思，著一醒世小说，名曰《医病含冤》，自谦之曰《庸医叹》。说名虽小，意关甚大。并将古今小说，有关世道人心者，悉搜尽采，共成一册，总名曰《晴雪梅花录》。……故其书中之旨，多准古法，缘道德于冥冥之中，寓以矫正人心之本意，体造物之情。抑彼狡猾者，使不得再呈绝技。叫醒世人之愚梦，庶不致再历沉冤。婆心苦口，煞费神思。由其素所蓄积者，有以致之然也。想此书一出，虽不及邹忌之讽，亦可为觉世之一助耳。至文字之工不工，则非先生之本意，余亦未敢多赘耳。②

----

① 《子弟书丛钞》，第 827 页。
② （清）董玉璿：《晴雪梅花录》"序"，云深处主人编，稿抄本，现藏中国艺术研究院图书馆。

它的特色在于道德宣传，到了衰落之后，就被人加以利用。萧文澄在编选子弟书篇章以教授盲生时，借其曲词来以宣扬道德观念的意图则更加凸显。此时，子弟书作为演唱曲艺的特征，已经逐渐退化，文本中蕴含的道德观念，更受重视。

第四节　子弟书的音乐分野：东调和西调

作为独立的曲艺艺术形式，子弟书理应具备独立的文本形制和音乐体制。子弟书的演唱自民国初年起已经人间无闻，关于子弟书是否存有独立的音乐体制，曾引起学界争议。天津学者刘吉典曾从天津子弟书演唱名家杨芝华处得到过子弟书的曲谱，并撰文加以介绍。但其所列举之《秋景黄花》和《十八半诗篇》均非子弟书文本，故其所举，并不能认为是子弟书的曲调。但是，子弟书流传到天津之后形成的"卫子弟书"之体制，目前是否借用了子弟书的原有腔调，而采用到天津的文本中去，则可以进一步加以考察和讨论。①

徐亮则认为子弟书并无自己的曲调，而是借用当时流行的小曲曲调：

> 前人所记述之子弟书曲调，无论是东调高昂，西调低转，还是如乐中琴瑟，都只能说明演唱子弟书用的是一种什么样的曲调，而不能说明这种曲调就是子弟书本身。所谓的高昂、低转，乐中琴瑟，都有可能是当时别的什么曲调而被子弟书拿来借用。②

笔者认为，子弟书之所以成为独立的艺术形式，可与其他的曲艺相互区别，正在于它具备与其他艺术形式并不相同的特色。《子弟图》追述子弟书创制因由，谓其音乐不同于当时流行的昆腔和弋阳腔，显然是

---

① 刘吉典：《天津卫子弟书的声腔介绍》，《曲艺艺术论丛》1982 年第 3 辑，第 28 页。关于曲谱来源，他介绍道："我手中有部分子弟书诗篇的曲谱，还有一套正书的曲谱。这批资料，是 1942 年我从天津的一位子弟书名家，硕果仅存的杨芝华先生（清末津门子弟书权威华学源先生的亲传弟子）那里获得的。在我幸遇杨老之后，还亲聆他自弹自唱卫子弟书的原韵。"
② 徐亮：《清中叶至民国北京地区俗曲研究》，北京大学学士学位论文，1997，第 14 – 15 页。

旗人有所创造和革新。任何新的文艺形式，都不可能是毫无借鉴地凭空出现，必然对已有的形式借用和改造。子弟书的腔调参照了当时流行的俗曲和小曲，亦属正常。顾琳述说自己创作《书词绪论》之缘由时，言道子弟书当时已经在口耳相传中逐渐失其"本音"，则子弟书有着自己的音乐曲调无疑。

子弟书的音乐曲调分为东西二派，最早见于顾琳《书词绪论·辨古》——

> 书之派起自国朝，然仅有一音。嗣而厌常喜异之辈，又从而变之，遂有东西派之别。其西派未尝不善，惟嫌阴腔太多，近于昆曲，不若东派正大浑涵，有古歌遗响。[①]

据顾琳此说，东、西派的区别主要在于音乐曲调的风格。西派近乎昆曲，东派类似古歌。

顾琳之后，东、西二派出现了另一种名称，见于嘉庆间得硕亭作竹枝词《草珠一串》，谓"西韵悲秋书可听"，此句下自注云："子弟书有东西二韵，西韵若昆曲。"东、西派，东、西韵皆可视为时人对子弟书演唱时两种音乐风格的代称，意义上无甚区别。顾琳和得硕亭为乾嘉时人，所记为当时对子弟书的认识和称谓。[②] 然此二说在光绪年间写就的《金台杂俎》和《天咫偶闻》二书的记录中，变成了东、西城派与东、西城调之别：

> 分东西城两派，词婉韵雅，如乐中琴瑟，必神闲气定，始可聆此。

> 其词雅驯，其声和缓，有东城调、西城调之分。西调尤缓而低，

---

① 《子弟书丛钞》，第821页。
② 李家瑞先生在《北平俗曲略》（中国曲艺出版社，1988）中称，史语所藏有"百本张"售书广告亦称东、西两韵。按：百本张的售书广告称"本堂专抄各班昆弋、二黄、梆子、西皮、子弟岔曲、赶板、代牌子、琴腔、小曲、马头调、大鼓书词、莲花落、工尺字、东西两韵子弟书、石派大鼓书词"。可见，东、西韵为当时熟知的说法。

一韵萦纡良久。①

震钧一说流传最广,学界多遵之。至郑振铎先生编选《世界文库》,编撰《中国俗文学史》,又提出东调、西调的说法,并将子弟书分为《东调选》《西调选》选入,并说:

> 子弟书以其性质分为西调、东调二种。"西调"是靡靡之音,写"杨柳岸晓风残月"一类的故事的。东调则为慷慨激昂的歌声,有"大江东去"之风的。②

赵景深亦说:

> 有东调和西调之分。东调沉雄阔大,慷慨激昂,多演忠臣孝子之事;西调则多咏粉黛风月。③

近代以来,学者或择用东、西调,东、西韵,东、西城派其一;或混为一谈,将东、西调,东、西韵直接等同于东城调、西城调。④但就东、西二派的特色来说,自清至今,观点是完全一致的,简言之:西调婉约,东调豪放。

与震钧同时之人崇彝撰《道咸以来朝野杂记》时,已明确指出震钧之说不当:

· ① 《金台杂俎》转引自傅惜华《曲艺论丛》,第95页;(清)震钧《天咫偶闻》,第175页。

② 郑振铎:《中国俗文学史》,第629页。

③ 赵景深:《曲艺丛谈》,第150页。

④ 如李家瑞:"东城调、西城调,即所谓东西二韵也"(《北平俗曲略》,第17页)。高季安:"子弟书这曲种是划分为两调的:一是东韵,又名东城调;一是西韵,又名西城调"(《子弟书的源流》,第339页)。启功:"还有所谓东调、西调,又称东韵、西韵,这种区分只不过是流派风格的差异,其间并没有截然分开的鸿沟。东、西的含义,是指北京的东城、西城"(《创造性的新诗子弟书》,《文史》1985年第23辑,第241页)。"可见东城调即东韵、东派,西城调即西韵、西派"(薛宝琨、鲍震培《说唱艺术史论》,第218页)。"(子弟书)又以北京东、西两地域而有东韵(又称东城调)、西韵(又称西城调)之分"(《中国曲学大辞典》,第71页)。

音乐中丝竹合奏谓之弹套。……此技惟瞽师能之，道、咸间有王馨远者，士大夫多延之。……王瞽师于此外，最精于西韵书。西韵者，出于昆腔，多情致缠绵之曲，如玉簪记、会真记诸折皆有之。尚有东韵书，出于高腔，多悲壮激越之音，如宁武关、蒙正赶斋、十粒金丹之类。近人震在廷所著《天咫偶闻》中，所称西城调、南城调者，皆误。彼所称者是一种马头调，所谓"大七句"是也。王君之后，有瞽人赵德璧者，号蕴山，在同、光之际最负名望，各府第及大员之家，无不走动。①

王馨远、赵德璧为清著名瞽艺人。此二人在震钧记载中，亦是子弟书名家："此等艺内城士夫多擅场，而瞽人其次也。然瞽人擅此者，如王心远、赵德璧之属，声价极昂，今已顿绝。"②"馨远""心远"，应为口耳流传中音近之讹。崇彝在文中明确提出，东、西派的音乐渊源不同，一为昆曲，一为高腔。考之子弟书创制时期北京剧坛的戏曲演出状况，子弟书在这个阶段受到花雅部争奇斗艳的影响，产生出两种完全不同的演唱风格，是完全可能的。由此看来，东、西二派的区别，即在于演唱风格；此两种殊异的风格，又是受到戏曲花雅相争的影响所导致的。

子弟书又有南城调和北城调之说法。

同治、光绪年间（1862－1908），子弟书艺人郭栋儿于京师独步一时，他一改音调沉穆、词句高雅的东调、西调，创制曲调流畅、节奏明快、曲词通俗的新腔新词，世称"南城调"，深得市井听众喜好。③

在北京的子弟书于道光、咸丰年间又派生出南城调和北城调两个支派。④

子弟书与南城调相关的记载，仅见于《郭栋儿》曲文中描写郭栋儿

---

① （清）崇彝：《道咸以来朝野杂记》，第8－9页。
② （清）震钧：《天咫偶闻》，第175页。
③ 《中国曲艺志·北京卷》，北京中国 ISBN 中心，1999，第61页。
④ 《中国曲学大辞典》，第71页。

在乐春芳演出时的情景："双头人儿弦子弹的是南城调，羊叫唤拙气憋得脖子粗。"三弦弹出南城调，则此"南城调"似为固定的曲牌，与东、西二派分野着重于音乐风格不同。据清笔记记载，单弦牌子曲中有【南城调】曲牌——

> 杂剧中有排子曲一种，每段更换一调，故呼为杂排子。其调多至三十余种，所常用之名，有金钱莲花落、云苏调、南城调、倒推船、叠断桥……今之所谓单弦者，即拆之排子曲中之余也。①

此所谓之"排子曲"，即"牌子曲"。郭栋所弹，或即为此排子曲中的南城调？据曲文中描写郭栋的拿手活儿是"近来有过郭栋儿整本的毛包传，他算是顽笑人中的另一途"。整本的《毛包传》，并不见于子弟书现存文本中，则郭栋儿是否为子弟书演唱者，堪疑。郭栋儿既非子弟书的演唱者，那么，子弟书是否分化出了南城调、北城调，目前亦无确凿史料可证。

据白凤鸣（1909－1980）回忆，马头调"是运河南北流通时艺人在客、货船中演唱的一种小曲。流行于河北武清到通县一带的称'北板马头调'；流行于沧县、德州、郑家口、临清一带的，称'南板马头调'"②。《北平俗曲略》中亦说"有南马头调、北马头调"之分，则当时之马头调中确分南、北。马头调也是"八角鼓"全堂表演中的一种曲艺形式，且其篇名与子弟书多有重合。③则子弟书有南城调、北城调之说，或为子弟书流传至民间之后，因与单弦牌子曲、马头调等曲艺形式混杂演出，导致后世传说致误。

子弟书两派之东、西究竟何指？是否如"东城调""西城调"之称谓所指示的那样，代表北京不同地区演唱俗曲之风格？我们不妨先来看看北京在清初时的城市布局。北京全城分为中、东、南、西、北五城，乃明代旧制。旗人入关之后，又设外城、内城之别。清朝时设置的五城，则是合北京内、外城通分。据乾隆年间成稿的《宸垣识略》卷一"建置"记载：

① （清）崇彝：《道咸以来朝野杂记》，第63页。

② 见《鼓王的三绝》，《曲艺》1981年第4期。

③ 以顾颉刚先生《北京孔德学校图书馆所藏蒙古车王府曲本分类目录》观之，"子弟书"与"马头调"二类，篇名多数重合，导致混淆的可能性极大。

京师虽设顺天府，大兴、宛平两县，而地方分属五城，每城有坊。①

作者吴长元附加按语曰：

　　此五城分坊，系明旧制。明时内城隶中、东、西、北四城，外城隶南城。本朝五城，合内外城通分。内城割中城之东长安街迤南，沿城至西长安街路南，割东城之泡子街迤南，沿城至王府大街路东，割西城之抱子街迤南，西至城隍庙城根，隶南城。割中城之东单牌楼西至长安街，北沿王府大街至崇文街，割北城之东四牌楼路西至东直门大街交道口以南，隶东城。割北城之护国寺街路北至德胜门街西城墙止，隶西城。外城割南城之东河沿萧公堂起，出南北芦草园、三里河桥以西至猪市口，绕先农坛，北经石头胡同至西河沿万寿关庙止，隶中城。崇文门外大街迤东，出蒜市口，东南至左安门，转广渠门、东便门，隶东城。西河沿关帝庙起，至宣武门大街路东，经菜市口，出横街中南抵城墙，北转石头胡同西，隶北城。宣武门外大街迤西南至横街，西抵右安门，转广宁门、西便门，隶西城。其萧公堂东至崇文门外大街路西，南绕天坛、永定门，北转三里河桥东，仍隶南城。其坊巷间有两城所共，不能明晰也。②

　　可见，清初之北京建置，其五城划分，是混合内、外城的大概念，涵括的地界，大约是现在北京市的三环以内。③　以诸家记载的情况看来，

---

①　（清）吴长元辑《宸垣识略》卷1，北京古籍出版社，1981，第20页。按：作者于乾隆朝客居京城十余载，此书并有乾隆戊申年（1788）刻本存世，可知当完成于乾隆年间。

②　（清）吴长元辑《宸垣识略》，第20－21页。

③　《中国曲艺志·北京卷》谓："其时，北京分成东西两城，东城属大兴县，西城属宛平县。故子弟书分成东韵、西韵两种，又称东城调、西城调"（第60页）。《中国说唱艺术史论》谓："所谓东西城是指北京内城的东城和西城，不是指北京外城东边的大兴县和西边的宛平县。"崔蕴华谓"外城又分为南城、北城、东城和西城"（第104页）；"南北城全位于正阳门之南；而东西城也指外城的最东最西地区"（第105页）均误。又，据《宸垣识略》此书，乾隆年间，时人多称北京为内外五城，就其区域划分而言，东、南、西、北四城，是混合内、外城而言的，故此书分章节，也只称"内外城"。但至清末，北京城多称为"九城"，则内城分中、东、南、西、北五城，外城分东、南、西、北四城，故成"九城"之谓，与乾隆年间有所差别。且其"东城""西城"之称，多专指外城，内城反不分东南西北。

东、西二派的区别，只是艺术风格的不同。演唱风格上存在着的差别，以东城、西城来进行划分，似于理不通。根据顾琳的说法，子弟书最初只有一音，是类似于昆曲的"西派"。由此观之，东、西二派出现时间有早、晚之别。探求东、西二派之源流，应该从最早出现并以之为定称的西派入手。

以"西"字命名之时调小曲，我们最早可从陆次云《圆圆传》中找到"西调"的身影：李自成入北京，召陈圆圆歌唱，自成不惯听吴歌，"即命群姬唱'西调'，操阮筝、击缶，自成拍掌和之，繁音激楚，热耳酸心。顾圆圆曰：'此乐何如？'圆圆曰：'此曲只应天上有，非南鄙之人所能及也'"①。

李自成出自陕北，他所喜闻悦耳的繁音激楚，热耳酸心之"西调"应与出自昆曲的西派毫无类似之处。此西调者，与明末清初流行的另一种小曲"西调"，亦非同一物事。赵景深先生在为《霓裳续谱》影印本作序时，写道：

> 从陆次云的《圆圆传》，我们熟知李自成不爱听吴歌，要群姬唱西调。翟灏《通俗编》云："今以山陕所唱小曲曰西曲，与古绝殊，然亦因其方俗言之。"②

此处赵先生似将李自成爱听之"西调"与小曲"西调"混为一谈。中国文学中同名异实之情况比比皆是，此处亦为一例。西调在清初、中叶十分流行，乾隆初年《西调百种》《西调黄鹂调集钞》《霓裳续谱》等小曲集子中均收录有西调多种。但此种小曲西调，并非李自成所爱的西调，风格甚至与之背道而驰。它也并非一个固定的曲牌，试以《霓裳续谱》卷1收录《律转东皇》和《春风起吹透香闺》二首比较之——

> 律转东皇。九十春光。从头又到。旭日东升。和风乍暖。腊雪全消。策蹇闷游西郊。观不尽嫩柳垂青。桃英含笑。本待要沽酒寻

---

① （清）陆次云：《圆圆传》，载《香艳丛书》第九集，上海书店，1991，第36－37页。
② 赵景深：《霓裳续谱》"序"，载《明清民歌时调集》下册，第5页。

芳。怎奈这困人天气。春兴无聊。似这等美景良辰。玉人儿在何处。喜孜孜醉赏花朝。打点诗囊。付与霜毫。写不出千缕愁怀。人有何心再过那流水小桥。（叠）不如归去好。只等到柳陌荫浓。再来听黄莺高叫。（叠）①

　　春风起。吹透香闺。芳心缭乱。卷珠帘。轻移莲步。独自向厅前。细听那燕语莺啼。百啭千声。绕遍垂杨如线。雅妆翠黛。眉尖上幽恨向谁传。却教我一缕柔肠。系不住薄幸人留恋在天涯。纵有那娇红嫩蕊。开放林间。任凭那痴心粉蝶。寻花捉对。舞翅蹁跹。（叠）　此一番。对着春光看见春光面。（叠）②

可见，西调并非具备固定的格式。但是此西调的语句缠绵，低回婉转，却与子弟书西派有异曲同工之妙。所以，笔者认为，"西调"代表着与此相类的一种艺术风格。子弟书初起时，因罗松窗创作之《庄氏降香》《游园惊梦》等篇文词、曲风与之相类，故以"西"名之。自韩小窗创作《卖刀试刀》《周西坡》等英雄故事之时，其风格与西派迥异，则为与西派相区别，故以"东"名之。笔者并且以为，东、西派之明显区别，仅在于罗松窗、韩小窗创作时期。现存罗松窗和韩小窗的作品，从其题材选择即可明显看出符合东、西派分野的不同风格。但是在鹤侣氏等后辈作者的作品中，出现了描写现实题材的作品，难以划分到东、西派任何一派中。况且，在罗、韩二人之后，也无任何史料，将此后出现的子弟书作家之风格，与东、西派联系在一起。

---

① 《明清民歌时调集》下册，第25页。
② 《明清民歌时调集》下册，第25－26页。

第四章　子弟书称谓的嬗变与内涵

清乾隆至光绪年间，子弟书盛极一时，驰名京师。这种说唱艺术形式以"子弟书"之名为世所知，但在其盛行与传播期间，亦曾被冠以"段""书段""子弟段""清音子弟书""子弟书词"等称谓，于岁月流逝中逐渐湮没不显。欲探其实，必先正其名。一般认为，子弟书为旗人所创，其称谓"子弟书"即来源于指代旗人的"八旗子弟"一词。但"子弟书"是否为此种说唱的最早称谓？这一称谓起自何时？源自何处？有何含义？在其近二百年的发展过程中，含义有何变化？本章试图重新审视与讨论上述问题。

第一节　"段"与鼓词

现存子弟书的最早文本，是《庄氏降香》乾隆二十一年（1756）刻本，次之是《罗成托梦》乾隆六十年（1795）文萃堂刻本。《庄氏降香》封面仅残存"新编全段/庄氏"字样（见图4-1），正文首行题"庄氏降香段儿"，卷末题"大清乾隆丙子年冬月京都/新编庄氏降香全段终"（见图4-2）；《罗成托梦》封面题"新编全段/罗成托梦/文萃堂梓行"（见图4-3），正文首行题"新编罗成托梦全段"（见图4-4）。这两种子弟书早期的文本中，自始至终都未出现"子弟书"之名。

这与清后期书坊所售的抄本、刻本中普遍明确题有"子弟书"三字情况明显不同。可见，在子弟书创制与流行之初，它是以"段"为称谓的。在子弟书曲文中，"段"字作为曲文的计量单位也屡屡出现，如：

煦园氏挑灯无事闲泼墨，写一段华容道上义释奸曹。（《挡曹》）①

---

① 《子弟书全集》第2卷，第588页。

这就是钟馗嫁妹书一段，说与知音作表扬。（《钟馗嫁妹》）①

凭谁指点炎凉态，试看得银这段文。（《续钞借银》）②

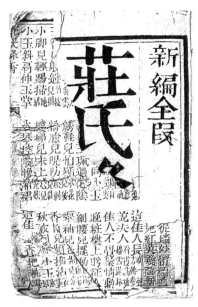

新編全段
莊氏降香

图 4－1　《庄氏降香》封面

150776
大清乾隆丙子年冬月京都
新編莊氏降香全段終

图 4－2　《庄氏降香》末页

新編全段
羅成托夢
文萃堂梓行

图 4－3　《罗成托梦》封面

新編羅成托夢全段

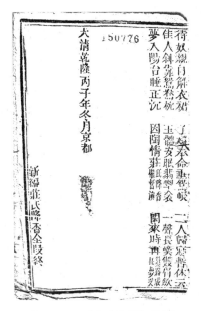

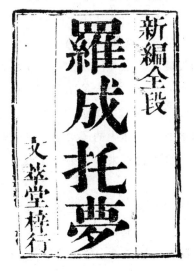

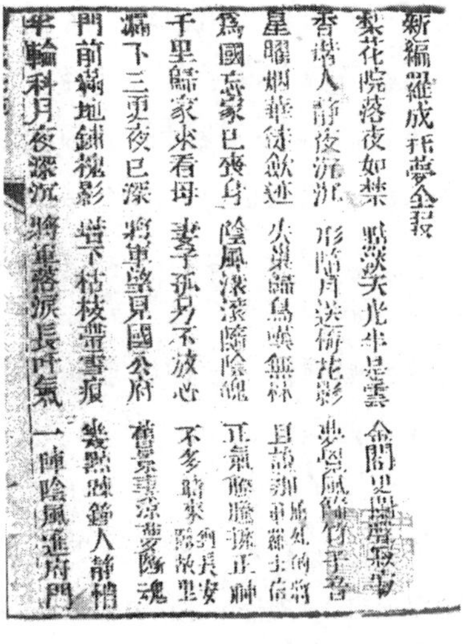

图 4－4　《罗成托梦》首页

① 《子弟书全集》第 3 卷，第 1267 页。

② 《子弟书全集》第 5 卷，第 2003 页。

　　顾名思义，"段"与"本"、"篇"显然有着篇幅上的差别。我国古代说唱艺术中，"段"一词的大量出现，是在鼓词、弹词之表演流行之后。自明代出现并流行的鼓词、弹词文本，多为长篇大套，演唱起来，必费时数日，甚至经年累月方能完毕。说唱艺人往往在故事发展之关键处卖个关子，留待下回分解，用以吸引听众，形成最初的一"段"故事。其后，长篇故事中的精彩段落，为听众所喜闻乐见。正如同时期兴起的折子戏一样，听众早已熟知故事情节，所欣赏的是艺人在演出时所表现的不同风格和所使用的高超技巧。故而，在弹词和鼓词的演唱中，出现了从长篇的弹词和鼓词文本"摘锦"的小段，以满足听众的专门需求。郑振铎先生认为，"摘唱"之风盛行于清中期。"到了清代中叶以后，大规模的鼓词，讲唱者渐少，而'摘唱'的风气以盛。所谓'摘唱'便是摘取大部鼓词的一段精华来唱的。这似是一种自然的趋势，南戏的演唱由全本变成'摘出'，鼓词也便由全部的讲唱而变成'摘唱'。这种趋势是原于社会的和经济的原因的。以后，成了风气，便有人专门来写作这种短篇的供给'摘唱'的鼓词了。"①

　　子弟书为旗人入关后所创制，最初仅在旗人家庭聚会时演出。由于词曲雅驯，很快传出内城，为京城民众所喜闻乐见。《庄氏降香》的刊刻说明在乾隆年间子弟书已经十分盛行。从旗人创制至书坊刊刻，子弟书的传播尚需要一段时间，因此，它的发轫，当在乾隆初年或更早。摘唱之风的形成与盛行，与子弟书出现的时间相互吻合。早期文本中称子弟书为"全段""段儿"，一方面说明子弟书与弹词、鼓词之间存在着密不可分的渊源传承关系，另一方面则体现时人认知中的子弟书，尚未超出传统说唱弹词、鼓词的范畴。实际上，自清代以来，子弟书常被视为鼓词或者弹词的支流。

　　虽然子弟书的创制深受到鼓词与弹词的影响，在形制上也与弹词和鼓词类似，但它是一种独立的艺术形式。从文词上看，子弟书和鼓词弹词虽都属于诗赞体，但相对于鼓词、弹词较为固定的七字句和十字句来说，子弟书可自由加入衬字，长句可多达几十字，句式更为灵活。从体制上看，子弟书通篇采用韵文，弹词和鼓词则是韵散结合。音乐方面，

---

　　①　郑振铎：《中国俗文学史》，第628页。

子弟书的演唱曲调先后受到昆腔与花部的影响，与鼓词、弹词绝不至混淆。子弟书使用三弦作为乐器，亦有别于鼓词和弹词。早在嘉庆二年，顾琳写成第一部论述子弟书的专著《书词绪论》，目的正是为了保持子弟书的正音，恐因好者日多、众口相传而本音日失。①

在这样的背景中创制而成的子弟书，形成了鲜明的自我风格。其文本或摘取流行小说、戏曲的一段情节加以敷衍，或取材时事生活中的一个细节加以描述。除少数长篇作品如《翠屏山》（二十四回）、《露泪缘》（十三回）等外，子弟书篇幅大多为一至四回，对戏曲、小说的改编往往选取最精彩的片段；对时事描写则多关注某一特定场景，而绝少讲述长篇大套、脉络完整的故事。如学界公认的子弟书早期作家罗松窗的作品中，《杜丽娘寻梦》《离魂》分别截取了汤显祖《牡丹亭》其中一出的故事情节加以改编。一些长篇的子弟书，也在流传当中被裁减成更适宜于传播和演出的短篇，如八回的《意中缘》之前四回独立成《卖画》、长达十三回的《桃花岸》、头二回独立成《姑嫂拌嘴》等。

第二节　"书"与说书

子弟书本为消闲而作的小曲，在创制之始仅于家庭宴会中演唱，不登大雅，旗人故随意称之为"段""段儿"。直至传遍内、外城，子弟书方作为区别于弹词、鼓词的独立艺术，为大众所认识与重视。笔者认为，"子弟书"之名称，在此传播的过程中出现、确立，其独立性与艺术特征也必然反映在此名称之中。《书词绪论》是现存最早明确提出"子弟书"称谓的著作。但除李铺序中提及"子弟书"三字，顾琳通篇皆以"书"作为这种曲艺代称，对于子弟书的演唱，则称为"说书"。子弟书的曲文中，也多见"此回书""书一回"等语。可见，在子弟书创作者观念中，子弟书是归于"书"这一艺术门类的。

说书在中国具有悠久的历史。陈汝衡先生将广义的说书分为三类，其一为纯粹说书，如宋讲史、元明评话、清代及现在的评书等；其二为讲唱兼用，如唐俗讲、宋元小说、元明词话、诸宫调、弹词、鼓词

---

① （清）顾琳：《书词绪论》，见关德栋、周中明《子弟书丛钞》，上海古籍出版社，1984。

等；其三为纯粹唱的叙事曲，如小型鼓词、子弟书、大鼓书、快书、木鱼书等。①"说书"的含义有着逐步丰富的过程。"说书"一词最早见于《墨子·耕柱》："能谈辨者谈辨，能说书者说书。"此处"说书"与"谈辨"相对，可作"引经据典"解，与今日所言"说唱故事"之义无甚关联。明末柳敬亭声名大噪之后，"说书"才作为一种特定说唱技艺的名称，广泛流行起来。袁枚在《随园随笔》中曾论及说书源流——

> 今之说演义小说者，称"说书"，贱人所为，如左宁南门下柳敬亭是也。不知宋、金、元皆有崇政殿说书之官，其职有类经筵讲官，而秩稍卑，程伊川、杨龟山、游酢皆为此官。②

宋代朱熹、程颐均曾任"崇政殿说书"之官，职责为给皇帝讲读经史，以为治国之鉴。其"书"之意，与《墨子》中"能说书者说书"之"书"一脉相承，均谓已经成形之典籍。柳敬亭所擅长的"说书"，则是为大众演说故事，二者对象、功能、方法等并不相同。但是在叙说"书中之事"这一层面上，则是完全一致的。

中国久有演说故事的传统。在明清"说书"成为一门技艺的名称之前，自唐代佛寺俗讲以降，宋代"说话"大盛，成为笔屡见记载的瓦舍勾栏之技艺。以"说话"来借指讲说故事，从唐代即已开始，如《太平广记》引《启颜录》所载"侯秀才可与玄感说一个好话"，元稹《酬翰林白学士代书一百韵》有"翰墨题名尽，光阴说话移"之句。学界目前对"说话"的派别分野问题仍存有争议，但无论是说经、说史还是小说，表演"说话"的关键之处，在于说话人将佛经故事、历史故事或者无论民间流传、即兴编创的奇闻逸事说得津津有味、引人入胜。孙楷第先生说："故事之腾于口者，谓之'话'。取此流传之故事而敷衍说唱之，谓之'说话'。艺此者，谓之'说话人'。"③ 无论是否有底本可据，在说话人的演绎中，都会随己意添加情节；表演者的自我发挥，和表演

① 陈汝衡：《说书史话》，人民文学出版社，1987，第14页。
② （清）袁枚：《随园随笔》卷7，载《袁枚全集》第5卷，江苏古籍出版社，1993，第109页。
③ 孙楷第：《俗讲、说话与白话小说》，作家出版社，1956，第29页。

时的生动程度，一同构成了判别高下的依据。

"说话"作为曲艺代称，唐宋以下，沿袭已久。"说书"成为一门说唱艺术之专称，则是在明清时期才形成的。二者虽都以讲述故事为表演形式，似仅为同一曲艺在不同时代之不同称谓；实则存在着某种细微差别。笔者以为，多由说话艺人自我创作演说古今奇异故事的"话"，和说书艺人据已经有底本来自我发挥的"书"，实是存在分别的。就"话"和"书"两词本身的语义来看，"话"是口头的创作，"书"是文本的文词。传统的"说话"，非但需要说话人的技巧和能力，故事之新奇耸动也是必要的吸引听众之处。说话艺人擅长于在现有故事梗概上随性发挥、补充情节、完善故事，是一种真正意义上的创作。中国早期小说的"世代积累"的特点，使得故事在传播中经过众口加工，情节的丰富非一朝一夕之工。直到明清时期，经过长时期流传的故事才经过最后写定者的完成、书坊的刻写出版，有了今人认识中的定本。诸书既成，表演者多根据书之情节演说，临场加以发挥，于情节并无太多改变与增进，多是进行不同艺术形式之间的转换，以及细节的描绘与渲染。此时，说书的吸引力，则多来自说书人的表演和演唱技巧，故事情节则退而居其次了。换言之，说话与说书之别，与我国古典戏曲小说创作与发展之历程是密切相关的。

陈乃乾于为《三国志平话》所作之跋语中，则将"说话"和"说书"之间的差异表述得更为清楚：

> 宋元之际，市井间每有业说话者，演说古今惊听之事。杂以诨话，以博笑噱。托之因果以寓惩劝。大抵与今之说书者相似。惟昔人以话为主，今人以书为主。今之说书人弹唱《玉蜻蜓》、《珍珠塔》等，皆以前人已撰成之小说为依据，而穿插演述之。昔之说话人则各运匠心，随时生发，惟各守其家数师承而已。书贾或取说话人所说者，刻成书本，是为某种平话。①

---

① 陈乃乾：《古佚小说丛刊》初集，民国十七年海宁陈氏慎初堂排印本，引自《陈乃乾文集》，国家图书馆出版社，2009，第361页。

对于在创立初期以改编现有的文本作为题材来源的子弟书来说，命之为"书"，应该具备从现有之书中选择精彩部分加以演唱这层含义。清代之前的中国俗文学，多以"词""话"为名，而在清代出现并通行的子弟书、快书、大鼓书等曲艺形式，不约而同地对"书"这个字的使用，则反映了随着戏曲小说创作的日益兴盛和文本的陆续出版，清人对改编自戏曲和小说的曲艺形式的认识与态度。随着从"段"到"子弟书"名称的改变，子弟书这种曲艺形式得以确立，自然也就具备自己独特的风格，成为不同于他者的独立艺术。

第三节 "子弟"书与八旗"子弟"

子弟书始创自"八旗子弟"。这种观点，以光绪年间旗人震钧的笔记《天咫偶闻》最常见诸引用："旧日鼓词，有所谓子弟书者，始创于八旗子弟。"① 《子弟图》曲文中，也提出了相同的说法："曾听说子弟二字因书起，创自名门与巨族。题昔年凡吾们旗人多富贵，……故作书词分段落，所为的是既能警雅又可通俗。"② 故此，"子弟书"之名称，自然也就与其创始者"八旗子弟"联系起来。如清梦幻道人曾言："旗籍子弟多为之，故又名子弟书。"③ 近代以来，学界与坊间都惯用"八旗子弟"借指全体八旗旗人，"子弟书"名称中之"子弟"一词，亦被赋予代表全体旗人的"八旗子弟"之意。

"子弟"一词本义，为与"父兄"一词相对而言，后多用以泛指年轻后辈。上文中笔者推断"子弟书"之名直至此种说唱传出内城之后方得以出现，为之命名者，旗人、汉人皆有可能。如果"子弟书"之称谓起自创制子弟书的旗人，则需考虑"子弟"一词在满族人的习惯用法中之含义。笔者粗略翻阅清乾隆年间编订的《八旗通志》、《八旗通例》以及《清实录》等汉文典籍文献，在满族人的汉文用语里，"子弟"一词，均表示年轻后辈。"八旗子弟"一词，在现代汉语中，显然已经成为一

---

① （清）震钧：《天咫偶闻》，第 175 页。
② 《子弟书全集》第 8 卷，第 3398 页。
③ 转引自郑振铎《三十年来中国文学新资料发现记》，载《郑振铎全集》第 5 卷，花山文艺出版社，1998，第 504 页。

个指代全体旗人的特定称谓，但在清朝诸文献中，旗人却并非以此为自我称谓，"八旗"和"子弟"也少见连用。《御制八旗箴》中"躬率子弟，基开沈阳。八旗布列，有正有镶"等语，"子弟"依然是上文青年之本意。另一方面，八旗制度建立之后，八旗内部对于旗籍所属人员之称谓，据上列文献记载，均为"旗人""旗员""旗民"，未见称为"子弟"者。用以借指全体旗人之"八旗子弟"一称，显系后出。

"子弟书"之名若为旗人所拟，它的意义应该源于旗人话语中汉语"子弟"的意义。哈佛大学欧立德教授认为："子弟"一词于满语中有特别之含义，是特指满族旗人家庭中的青年一代。

> The role of the banners in popularizing this literary form is recalled in the very name zidishu , which is taken from the phrase baqi zidi, Eight - Banner youth, a contemporary expression referring to young people in the banners, especially young men. One imagines it was these people, many of whom lacked employment and thus whose hands time hung the heaviest, who provided the primary audience for youth-book performances.

> 从这种曲艺的名称"子弟书"中，可以了解旗人在传播、普及这种艺术形式中起到的作用。这个称呼来自"八旗子弟"这个词语，指代八旗旗人中的年轻人，尤其是年轻的男性。有一种说法认为，这些人多数没有官职，没有收入，所以游手好闲，构成了子弟书的首要观众。①

他认为汉语中的"八旗子弟"源自满语的"哈哈珠子"一词。"哈哈珠子"为"幼男"之意，多意译成汉语之"子弟"。或专指皇子、诸王的侍从幼童，或泛指男孩。② 他对此进一步解释道：

> This is my sense after reviewing the thirty-odd occurrences of the rel-

---

① Mark C. Elliott, "The 'Eating Crabs' Youth Book", Susan Mann and Yu－Yin Cheng ed., *Under Confucian Eyes—Writing on gender in Chinese History*, p. 265. 按：汉语为笔者所译，下同。

② 胡增益主编《新满汉大词典》"哈哈珠塞"条，新疆人民出版社，1994，第379页。

evants Manchu expression, june deote, in Manchu documents from the early eighteenth century. In only one instance did it seem that the phrase referred to bannermen generally; everywhere else it referred either to young people or to children. [①]

　　这是我查看十八世纪早期的与"哈哈珠子"这一满语词汇相关的满族文献之后得出的结论。只有一种情况下，这个词语用来指代全体旗人，其它的所有情况都是指代年轻人或者儿童。

　　欧立德教授将"子弟书"译成英文"Youth Book"，即缘自此种观点。与《子弟图》中描写子弟书早期演唱情况的曲文"又谁知聪明子弟暗习熟。每遇着家庭宴会一凑趣，借此意听者称为子弟书"等语相互参照，则此"子弟"融合了满族人在汉语中使用"子弟"一词的"青年子弟""白衣子弟"两层含义。

　　八旗制度创立甫初，"旗"是集军事、行政和生产于一体，兵民合一的社会组织。入关之后，旗人均获得官职和俸禄，生活上衣食无忧。按照八旗制度规定，旗人不事生产，配有土地和家奴为其耕种，每月另领有钱粮。旗人一般靠军功或世袭取得职位。至康熙末年，四海皆平，靠军功入仕越发不易，而同时旗员人口激增，以侍卫选拔和笔帖试等传统途径来谋取官职，也出现僧多粥少的局面。人数众多的年轻"子弟""不士、不农、不工、不商、不兵、不民"，无所事事，游手好闲，则不免纵情声色。旗人入关之后，深为北京流行的戏曲曲艺所吸引，不但流连于京城各戏园之中，自己也不免客串扮演。如前文所述康熙年间，八旗制度积弊初露端倪，为正风气，政府已采取"禁内城开设戏馆""禁满洲学唱戏耍" [②] 之措施。雍正认为旗人"沉湎梨园，遨游博肆，不念从前积累之维艰，不顾向后日用之难继，任意糜费，取快目前，彼此效尤，其害莫甚"，于是对旗务进行大刀阔斧的改革。[③] 八旗官员被明令禁止遨游歌场戏馆。虽措施不可谓不严厉，但亦难杜绝旗

---

① Mark C. Elliott: "The 'Eating Crabs' Youth Book", p. 280.

② 参见《元明清禁毁小说戏曲史料》，第24、29页。

③ 佟永功、关嘉禄：《雍正皇帝整饬旗务述论》，载支运亭编《八旗制度与八旗文化》，辽宁人民出版社，2002，第115－126页。

人偷偷往来外城之戏园，或延请优伶于家中玩乐，或自己在家自弹自唱，自娱自乐。禁戏馆却禁不了家中消遣，朝廷的政策无疑间接促成了以声色犬马消闲度日的"子弟"们根据流连梨园之心得，从而创造了新的一种曲艺形式——子弟书。旗人中此类"子弟"用心于曲艺，常在家庭聚会中进行表演，张次溪先生《人民首都的天桥》一书亦有记载——

> 相传嘉道前，每旗族家庭宴贺，父老多率子弟演奏，子弟之名，盖本于此。父老坐拨阮，子弟侍其傍，次第必立而歌。至今之专以此曲登场为业者，仍然如是。坐弦立歌，是其遗意。①

此段引文，既说明旗人中的青年一辈在家庭聚会中演唱之情状，也进一步证明了旗人之谓"子弟"，是特指家中年轻一代。这些"子弟"，是子弟书最初的创制者和演出者，也成为子弟书称谓的来源。

第四节　合并与融合

中文词汇往往汇聚了多种含义，文学史中的"传奇"与"小说"，即是极好的范例。"子弟"一词在戏剧曲艺中，尤其是清代京城的戏曲曲艺表演中，具备特殊所指与特定意义。"子弟"一词与戏曲曲艺的结合，源来已久。戏曲界"祖师"唐明皇，门下弟子，均称之为"梨园子弟"，其后多用"子弟"来泛指戏曲曲艺艺人。如元代白朴《梧桐雨》杂剧："高力士，你快传旨排宴，梨园子弟奏乐，寡人消遣咱。"此外，"子弟"一词，另有专指良家"子弟"作戏，与行院戏子相对之意。此种用法，据康保成考证，最早见于在宋元南戏戏文《宦门子弟错立身》一剧中。② 其剧题目云："衢州撞府妆旦色，走南投北俏郎君。戾家行院学踏爨，宦门子弟错立身。"此剧故事大略为宦门公子延寿马与戏班女角王金榜相恋，为其父所逐，后加入该戏班演出杂剧。在此剧中，同台演出的"宦门子弟"和"戾家行院"戏剧性地成为身份完全对立的对比。

---

① 张次溪：《人民首都的天桥》，第 48 页。
② 康保成：《滨文库读曲三则》，《艺术百家》1993 年第 1 期。

其后，朱权之《太和正音谱·杂剧十二科》中引赵子昂语，明确地把参与演出的"子弟"和"倡优"做出了严格的身份区分："良家子弟所扮杂剧，谓之行家生活，娼优所扮者，谓之戾家把戏。"在清代戏曲曲艺演艺界，"子弟"一词由此衍生"不收钱"的意义。如《都市丛谈》中"什不闲"条云："……演来皆有可听，内分清、浑两门（即'子弟'与'生意'之别）"。①

因此，对于"子弟书"中的"子弟"一词，学者亦将其与"八旗子弟"、子弟玩票和不取酬金等多种含义融合在一起。如陈锦钊提出"其名称之来由，兹据各有关资料推断，其所以称为'子弟书'者，实与其始创者及演唱时之规矩等有关"②。崔蕴华则认为："子弟书"其名应指两种含义，一是指创始人乃"八旗子弟"；二是指出此种曲艺不以赚钱为目的，而属"子弟"之门。③

笔者试将子弟书涉及曲艺表演之篇章中，所有含"子弟"一词的文句拈出，以观察"子弟"一词在清代，尤其被子弟书作者用于曲文中之含义。子弟书曲文中涉及清代戏曲曲艺演出的篇章有《女筋斗》《老斗叹》《须子谱》《须子论》《票把儿上台》《随缘乐》《石玉昆》等多篇，其中"子弟"一词之含义，可概分为以下二类。

其一，"孩童""青年"的本义，如：

> 好像是门子上的哥儿们无二鬼，原来是顽笑人的子弟愣头青。（《女筋斗》）④
> 有一个浮华子弟家豪富，一心单爱二簧腔。（《老斗叹》）⑤
> 又不是那等无赖的子弟，这宗样儿打扮动人情。（《须子谱》）⑥

其二，参与"走票"演出的票友，如：

---

① 逆旅过客著，张荣起校注《都市丛谈》，北京古籍出版社，1995，第 115 页。
② 参见陈锦钊《子弟书之题材来源及其综合研究》，台湾政治大学博士学位论文，1977，第 172 页。
③ 崔蕴华：《书斋与书坊之间——清代子弟书研究》，第 9 页。
④ 《子弟书全集》第 8 卷，第 3337 页。
⑤ 《子弟书全集》第 8 卷，第 3342 页。
⑥ 《子弟书全集》第 8 卷，第 3354 页。

瞧见了报子贴出子弟排演，最中意内有一场什不闲。（《须子论》）①

子弟消闲特好玩，出奇制胜效梨园。（《票把儿上台》）②

细观瞧某处茶轩高贴报帖，子弟尊重又粘上红签。（《随缘乐》）③

从以上所引子弟书文本来看，绝大多数情况下，"子弟"一词依然沿用年轻后辈的本义，此亦三畏氏在《绿棠吟馆子弟书选》序言中提出"至于子弟二字，亦颇耐人寻味。类如诗书子弟、青年子弟、大家子弟，以及膏粱子弟、纨绔子弟、浮浪子弟，皆子弟也。而此子弟究何属乎"此一疑问之用意所在。④ 三畏氏认为子弟书之"子弟"，其源来自北京子弟演唱之风俗——

盖京师俗谓演剧受钱者为生艺；不受酬者为子弟。由是言之，则此书无论若何子弟，均可歌可读者矣。⑤

京师不受酬者为"子弟"之俗，来自旗人的"走票"。旗人票友所演，却并非只有子弟书一种曲艺。如上述曲文中，"子弟排演"，表达的是表演者之身份，而非对曲艺形式的分类。十不闲、跑旱船等多种曲艺形式，均可加上"子弟"之头衔，成为吸引观众之举。

清代北京城子弟演出不受酬的风俗，起源自旗人的四处"走票"。民国著名票友张伯驹先生有诗云："八旗子弟气轩昂，歌唱从军号票房。大小金川争战地，不教征戍尽思乡。"并自注云：票友"其始在乾隆征大小金川时，戍军多满洲人。万里征戍，自当有思乡之心，乃命八旗子

① 《子弟书全集》第 8 卷，第 3362 页。
② 《子弟书全集》第 8 卷，第 3365 页。
③ 《子弟书全集》第 8 卷，第 3374 页。
④ 金台三畏氏：《绿棠吟馆子弟书选》"序"，稿本，首都图书馆藏。
⑤ 金台三畏氏：《绿棠吟馆子弟书选》"序"，稿本，首都图书馆藏。

弟从军歌唱曲艺，以慰军心。每人发给执照，执照即称为票。后凡非伶人演戏者，不论昆乱曲艺，即沿称票友矣。"① 此种说法，在北京戏曲曲艺界流传已久。乾隆在位期间，在乾隆十一年（1746）至十四年（1749），乾隆三十六年（1771）至四十一年（1776），曾两次派兵征讨藏地大金川、小金川。由此，可以肯定的是，必然要等八旗士兵平定金川凯旋之后，"子弟" 一词，在北京城中，才会大为流行，成为不受酬的 "票友" 的代称。则子弟书之 "子弟"，也只有在这之后，才添加了不受酬这一层含义。"票友" 由旗人开始，在其后走票性质的演出中，旗人也一直占有很大的比重，但是，绝不仅仅只有旗人参加。由此，在演艺界出现的 "子弟"，亦不可认为即是旗人的代名词。

"票友" 们参加演出，还有特别的规矩。《都市丛谈》"八角鼓" 条中记载：

> 据说斯曲为八旗土产，向无卖钱之说，演者多系贵胄皇族，故称 "子弟"，如欲演唱，必须托人以全帖相邀，至期先在某处聚齐，专候本家儿迎请，应当茶水不扰，唱完各自回家。②

"八角鼓"，既可以指单独的一种曲艺，也可以代表一场包括岔曲、戏法、快书等多种曲艺在内的堂会演出。③ 笔者以为，这种由不受酬的 "子弟" 们参与演出的所有堂会曲艺，都有 "子弟" 一词代表的 "不受酬" 的含义。由此，大鼓书、岔曲等曲艺形式，往往也被冠以 "子弟" 之名，称为 "子弟大鼓" "子弟牌子曲"，代表其为票友所演，而非 "生意"。可见，这一层含义，并非 "子弟书" 所独有。

例如，同书 "单弦曲词" 条亦云：

> 此等人虽然要钱，当初可不入生意门儿，桌上应当铺一红毡，报签儿上要冠以 "子弟" 二字，无论在何处演唱，上场时须有人冲

① 张伯驹：《红毹纪梦诗注》，北京宝文堂书店，1988，第55页。
② （清）逆旅过客著，张荣起校注《都市丛谈》，第118页。
③ 金受申：《老北京的生活》，北京出版社，1989。

上作揖，名为"请场"，仍不失子弟身分。①

可见，子弟一词，与戏曲曲艺表演的关系由来已久。然而，"子弟"与不要钱的规矩相关，确是从八旗"子弟"们开始四处演唱曲艺才出现的。旗人对戏曲曲艺的爱好，固然有休闲玩乐之意，但是，他们全情投入，懂得的曲艺门类很多，让演出技艺越发精进，这也是不争的事实。到清朝末年，旗人生活非昔可比，往往顶着"子弟"之头衔，靠四处演唱来维持生计。清光绪年间李虹若撰《朝市丛载》中，卷七"技艺"条下有《莲花落》竹枝词一首，云：

> 轻敲竹板弄歌喉，腔急还将气暗偷。黄报遍粘称特聘，如何子弟也包头。②

又有题《随缘乐》一首，云：

> 技艺京西号随缘，张贴特请姓名传。受他刻薄人争乐，子弟明称暗要钱。③

其"词场"条下"玩票"云：

> 缘何玩票异江湖，车笼当年自备储。为问近来诸子弟，轻财还似昔时无？④

由此可见，在清晚期，名为"票友"，实则以唱曲为生的现象，实不鲜见。

从上文所述综合看来，清朝戏曲曲艺界的"子弟"一词，至少具备以下三种含义：一、其始创者"八旗子弟"；二、参与演出的良家"子

---

① （清）逆旅过客著，张荣起校注《都市丛谈》，第119页。
② （清）李虹若著，杨华整理《朝市丛载》，北京古籍出版社，1995，第156页。
③ （清）李虹若著，杨华整理《朝市丛载》，第157页。
④ （清）李虹若著，杨华整理《朝市丛载》，第158页。

弟"；三、演出不受酬的"票友""子弟"。后两种含义，对于清代票友所演出的诸般戏曲曲艺，无论是子弟书，或者什不闲、跑旱船、单弦，也都能适用。要之，无论是八旗中的"子弟"，还是"不受酬"的内涵，对于"子弟书"这种曲艺来说，"子弟"一词，都没有起到与他种曲艺相区分的意义。

如果我们认定子弟书是由八旗子弟命名，"子弟"一词最初应指热衷于此种曲艺形式的旗人"子弟"。然笔者以为，"子弟书"这一称谓中，"子弟"一词"历史地层累"到数层含义，至少经过这几个阶段：首先，子弟书在最早的阶段，其题材来源均为在民间流传已久的小说和戏曲故事。子弟书作者擅长于将其中的片段细细铺陈、详加描写，迎合了当时观众的审美需求，亦符合长篇弹词、鼓词"摘锦"的趋势，因而，被命之为"段"，这也是子弟书最早的名称。其次，当子弟书从小范围的演唱流传至八旗各家之时，这种新兴的曲艺形式，因其最初的热衷者为旗人中的"子弟"，旗人家庭醉心戏曲曲艺，并亲自表演的，多为无所事事的青年子弟，"子弟"一词，在八旗旗人内部，是这些人专门的代指，故此，这种由"子弟"创造的新曲艺形式，被称为"子弟书"。此"子弟"之意，非为我们今天认为的全体"旗人"之意。再次，子弟书从内城流传至外城，从家庭流传至茶馆，也就具备了良家子弟演唱，不受酬劳这一层面上的意义。走票不受酬的旗人们，遂在京城打响了演艺精湛不输专业艺人的"子弟"名号。同时，对于汉人而言，旗人之"子弟"与非子弟并无实质身份上的差别，"八旗子弟"故此成为对旗人的代称。则此一时，汉人口中的子弟书，其子弟之代表，已经是旗人全体，而非专指无官无职、有钱有闲的"子弟"了。

第五节　清音子弟书与子弟书词

在子弟书流传开后，传到东北的子弟书的刻本多署"清音子弟书"，存世刻本中显示当时主要刊刻书坊有会文山房、盛京老会文堂（疑与会文山房为一家）、崇林堂、文盛堂、财盛堂、财胜书坊、诚文信房、海城合顺书坊、海城聚有书坊、海城聚盛书坊。根据《新编子弟书总目》中收录的明确题有"清音子弟书"之名的曲本共有 27 种，表 4-1 按照出版时间排列，以见其出版情况之一斑：

表 4-1　题有"清音子弟书"之名的 27 种子弟书

篇名	书坊	刊刻时间
绝红柳	会文山房	同治己巳年新正元宵节日剞劂（1869）
大烟叹	会文山房	同治昭阳作噩季冬镌（1873）
	崇林堂	同治昭阳作噩季冬镌（1873）
蝴蝶梦	会文山房	同治甲戌花朝日梓镌（1874） 光绪癸巳花朝日梓镌（1893）
	盛京文盛堂	光绪癸巳花朝日梓镌（1893）
烟花楼	会文山房	同治甲戌嘉平月中浣梓镌（1874）
二仙采药	海城合顺书坊	光绪辛巳天贶日编（1881）
姜女寻夫	财胜堂	光绪甲申荷夏中浣之吉镌（1884）
糜氏托孤	会文山房	光绪壬辰榴月梓镌（1892）
青楼遗恨	会文山房	光绪壬辰新秋上浣镌（1892）
	老会文山房	光绪乙巳季春之月重刊（1905）
百年长恨	盛京文盛书坊	光绪甲午年元宵节新镌（1894）
	盛京老会文堂	光绪乙巳季春之月重镌（1905）
宁武关（甲种）	盛京财胜堂	光绪甲午牡丹生日镌（1894）
	诚文信房	光绪丁未荷夏上浣之吉镌（1907）
焚宫	盛京文盛堂	光绪丙申荷月新刻（1896）
宁武关（乙种）	文盛堂	光绪丁酉荷夏上浣之吉镌（1897）
双玉听琴	文盛堂	光绪戊戌年次奥伏日梓镌（1898）
明妃别汉	海城合顺书坊	光绪癸卯桃月上浣（1903）
俏东风	金玉堂	光绪癸卯壮月望日重镌（1903）
疑媒	缺	甲辰孟春镌（1904）
新蓝桥	海城聚有书坊	光绪乙巳年巧月（1905）
	盛京聚盛书坊	光绪丙午年桃月望日新改正（1906）
雷锋宝塔	盛京老会文堂	光绪乙巳季春之月（1905）
薄命辞灶	盛京财胜书坊	光绪乙巳年桂月新刊（1905）
白蛇传	海城聚有书坊	光绪丙午年荷月新刊（1906）
张良辞朝	盛京财胜书坊	光绪丙午新刊（1906）
珍珠衫	海城文林书房	岁次丙午夏日新刊（1906）
圣贤集略	盛京老会文堂	光绪丙午年仲秋月新刊（1906）
梦中梦	缺	光绪辛丑年小阳春月镌（1900）

篇名	书坊	刊刻时间
论语小段	盛京财盛堂	缺
全忆真妃	财胜堂	缺
麟儿报	财盛堂	缺

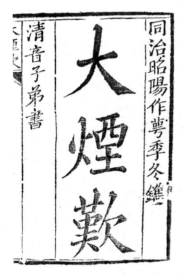

图4－5　《大烟叹》封面

图4－6　《青楼遗恨》封面

　　早期刊刻子弟书的会文山房，在同治年间刊刻的《绝红柳》和《大烟叹》，都是以当地故事为题材重新创作的曲文。会文山房在同治二年刊刻的《忆真妃》子弟书，同治间盛京的程记书坊刻《双美奇缘》等流传到东北的子弟书篇章，则并未题上"清音"之名。①"清音子弟书"之名，一般认为是子弟书流传到东北之后，改变了原有的演唱方式。从会文山房的情况来看，子弟书至迟在同治年间传入东北，早期本地文人创作的"清音子弟书"在文词、音乐上都有所创新，老会文堂刻本《雷峰塔》下卷题有"清音改正"，可为此说的佐证。

---

① 《忆真妃》，同治二年（1863）会文山房刻本，长田夏树旧藏，波多野太郎《子弟书集》中收录。

　　子弟书又有"子弟书词"之称，相对也出现较晚，多见于民国时期上海刊行的石印本中。石印本多将出自同一故事的子弟书曲本合刊，如《西厢记子弟书词六种》《三国子弟书词八种》；也有多种子弟书曲文的合刊，如《姐妹易嫁》《玉美人长恨》《太师回朝》等合刊；《烟花楼》与《珍珠衫》等合刊。"子弟书词"还见于二凌居士的子弟书曲文序中："前人韩小窗，所编各种子弟书词，颇为快炙口谈，堪称文坛捷将，乃都门名手。"① "《烟花楼》乃《水浒传》中第二十回事，近来都门名手编出子弟书词，有江湖清客友人张松圃贯串其辞，余笔录之，脍炙口谈。"② 子弟书词，在二凌居士的序言中，重视的是"文词"，而非音乐，所以称为"子弟书词"。石印本的文本来源与盛京刻本有着密切的关系，而且，在石印本刊行的时期，子弟书的演唱已经逐渐消失，读者更重视它的"词"，即曲文可读性。

---

① 黄仕忠、李芳、关瑾华编《新编子弟书总目》，第 463 页。
② 黄仕忠、李芳、关瑾华编《新编子弟书总目》，第 228 页。

第五章 子弟书的作者

读其书，颂其词，不可不知其人。子弟书作者们埋首小窗，托寓为鹤之侣、疏狂客，将真实的姓名和身份匿迹于笔下曲文中。究其原因，一方面，或者是自许清高的读书人，不希望被世人知道自己以此等与经国大业无关的小道为乐；① 另一方面，或者不过是作者在创作中漫不经心的游戏之笔。作者欲隐其名，学者不免孜孜以求。子弟书作者生平考证，向来是子弟书研究的重要层面。傅惜华、胡光平、关德栋、刘烈茂、陈锦钊、康保成和黄仕忠等学者，或钩稽曲文，或爬梳序跋，或求诸史籍，或寻访证人，于作者考证均有重要成果。② 据诸位学者所考，今所知子弟书作家名号，已有二十余个。

从曲文中探求出子弟书作者名号，迈出子弟书作者考证与研究的第一步。松窗、小窗、芸窗、渔村、鹤侣……面对这样一串一望即知的笔名，我们不禁进一步追问，他们究竟姓甚名谁？真实身份如何？职业为何？生活情状如何？为什么创作？创作意图为何？置身于清代八旗入关、满汉文化交流的时代背景下，子弟书的作者，成为我们窥探满族人学习、掌握汉族文化的一个有趣入口。前辈学者的研究，揭示了子弟书作者们生活的一些面向，本章旨在更加细致地考订、分析子弟书作者的情况，试图能在上述问题中做出新的尝试与探讨。

---

① 任光伟认为："因为嘉、道年间清廷屡禁唱词小说、民间戏曲之编写，八旗作者都不肯公布自己的名氏"（《艺野知见录》，第 3 页）。

② 有关子弟书的作者考证的论著，目录性作品以傅惜华《子弟书总目》、吴晓铃《绥中吴氏双栯书屋藏子弟书》和刘烈茂《车王府曲本提要》为代表；文本整理作品，有波多野太郎《子弟书集》、刘烈茂等《车王府钞藏曲本子弟书集》、辽宁曲协《子弟书选》《红楼梦子弟书》以及关德栋、周中明《子弟书丛钞》等；论文有胡光平《韩小窗生平及其作品考查记》、关德栋《现存罗松窗、韩小窗作者考》、陈锦钊《子弟书之题材来源及其综合研究》《子弟书作家及其作品》、康保成《子弟书作者"鹤侣氏"生平、家世考略》和黄仕忠《子弟书作者考》等，可资参考。

第一节　子弟书作者之钩稽

一　嵌入曲文之代称

光绪二十九年（1903）盛京会文山房《吊绵山》刻本，封面题"临溟痴痴子作"[①]。刘复先生旧藏有一批署"煦园自著""煦园改定"子弟书[②]。据傅惜华先生在《子弟书总目》中记载，他藏有《王婆说计》《寄信》精抄本各一部，封面题"鹤侣氏作""头回鹤侣氏作"[③]。类似如此直接标出作者名号的子弟书，极为罕见。[④] 除极少数刻本外，子弟书多不署作者。作者们的惯用做法是，将自己名号隐藏于曲文的开篇或者结句之中。故此，由曲文中探求作者名号，也成为考察子弟书作者最为普遍的方法。

罗松窗是子弟书创作开山大家。"松窗"二字，是其嵌于曲文中的标志。现经学者确证为罗松窗所作子弟书作品，有《红拂私奔》《翠屏山》《庄氏降香》《游园寻梦》《罗成托梦》《离魂》等六部，其中四部曲文镶嵌有"松窗"二字：

> 要知小姐离魂事，松窗自有妙文章。（《游园寻梦》）
> 寂静松窗闲遣性，写一代蛾眉领袖女英雄。（《红拂私奔》）
> 铁笔欲留侠烈传，松窗故写翠屏山。（《翠屏山》）
> 闲时偶拈松窗笔，写一段庄氏烧香拜月文。（《庄氏降香》）[⑤]

此四部之外，《离魂》与《罗成托梦》二部书可确定归属于松窗名下，是由《游园寻梦》结句"要知小姐离魂事，松窗自有妙文章"和

---

① 长田夏树藏，波多野太郎《子弟书集》收录，亦可参《新编子弟书总目》，第3-4页。
② 今藏北京民族图书馆。
③ 傅惜华：《子弟书总目》，第37、103页。
④ 按：此类直接标明子弟书作者名号之抄本，多为子弟书爱好者手抄。书坊发售之抄本，均不题作者姓名。
⑤ 《子弟书全集》第6卷，2564页；第3卷，第844页；第5卷，第1927页；《子弟书丛钞》，第7页。

《庄氏降香》结句"因陶情庄氏降香权暂演，闲来时再纂罗成托梦文"
推导得出的。由此观之，则松窗似并未有意在每篇作品内都嵌入自己的
名号。据上引四行曲文，"松窗"一词在曲文中的位置并无定律，推想
应为其写作时妙手偶为之笔。其嵌入曲文的方式，如"××闲遣性"、
"偶拈××笔"，为后来之作者所承袭，成为代称嵌入曲文之固定方式。

　　松窗之后，韩小窗独领风骚，为子弟书之一代宗师。在清代子弟书
作家中，韩小窗作品最多，声名最著，时人、后人之笔记、序跋多提及
其人、其事、其作。在目前确认为韩小窗之子弟书作品中，明确镶嵌有
"小窗"二字的曲文，颇有规律可循。

　　其一——

　　　　小窗人闲来偶演丹青笔，画一个樱桃树下的气虾蟆。（《下河南》）
　　　　小窗氏墨痕开写全德报，激烈那千古的英雄侠烈肠。（《千金全德》）
　　　　小窗氏闲墨表扬红粉志，写一段贞娥刺虎的节烈之文。（《刺虎》）
　　　　小窗氏在梨园观演西唐传，归来时闲笔灯前写骂城。（《骂
　　城》）①

　　其二——

　　　　闲笔墨小窗哭吊刘先生，写临危霜冷秋高在白帝城。（《白帝城
　　托孤》）
　　　　闲笔墨小窗泪洒托孤事，写将来千古须眉愧玉容。（《长板坡》）
　　　　闲笔墨小窗窃拟松窗意，降香后写罗成乱箭一段缺文。（《周西
　　坡》）
　　　　闲笔墨小窗追补冯商叹，写一段得钞嗷妻世态文。（《得钞嗷
　　妻》）②

---

① 《子弟书全集》第 7 卷，第 2959 页；第 4 卷，第 1541 页；第 7 卷，第 3001 页；第 3
　　卷，第 1072 页。按：《刺虎》之"小窗氏"，车王府藏抄本作"小窗前"，参第 3010
　　页校记（二）。
② 《子弟书全集》，第 2 卷，第 727 页；第 2 卷，第 523 页；第 3 卷，第 938 页；第 5 卷，
　　第 1993 页。

其三——

小窗酣醉欲狂吟，忽见新籍仁案存。（《一入荣府》）

小窗春日览残篇，闲阅金瓶忆旧缘。（《哭官哥》）

小窗无事闲泼墨，写一段齐陈相谤酸匪嚼牙。（《齐陈相骂》）

欲写慈祥仁爱君，小窗笔墨也伤神。（《草诏敲牙》）

闲笔连朝题粉黛，小窗今日写英雄。（《卖刀试刀》）

千古下慷慨激昂笔作哭声墨滴雨泪小窗图写女英豪。（《徐母训子》）

夏日长小窗偶阅西湖志，吊佳人小传题成遣素怀。（《梅屿恨》）①

很明显，无论是上引何种嵌入方式，"小窗"二字都连在一起，亦都明确是创作的主体。然鉴于小窗之赫赫声名，让人不免将但凡含有"小窗"二字的曲文，都归入其名下，如：

小窗下纵横笔墨题成日，正是菊花几点开放东篱。（《滚楼》）

自喜小窗依枕绣，应期隔户有人知。（《宝钗代绣》）

几点姣云闲笔墨，一轮丽月小纱窗。（《百花亭》）②

此三行曲文中之"小窗"，都是具体的意象描写，与上文所引明显有所区别。笔者以为，若无旁证，尚不能确认为韩小窗嵌入的名号。③

在罗松窗和韩小窗之后，大多数作者选取了容易辨识镶嵌名号的做法，在代称后加一"氏"字，以表为作者姓名：

鹤侣氏　这本是子厚的寓言也是当时的世态，鹤侣氏把调儿翻

---

① 《子弟书全集》第9卷，第3756页；第5卷，第2007页；第1卷，第131页；第7卷，第2661页；第5卷，第1861页；第2卷，第513页；第7卷，第2950页。

② 《子弟书全集》第1卷，第83页；第9卷，第3808页；第7卷，第2634页。

③ 关德栋在论及《百花亭》为韩小窗作品时，即已提出"小""窗"二字不相连的问题，但又谓："'小'、'窗'二字虽不相连，证之《宁武关》一曲，实为韩作。"参《现存罗松窗、韩小窗子弟书目》，第132页。又，黄仕忠老师提出，"自喜小窗依枕绣"句不足以证明韩小窗是《宝钗代绣》的作者（参见《子弟书作者考》，第484页）。

新且陶情。(《黔之驴》)

西林氏　西林氏阅书快睹三苏事,且把这闺秀天香作美谈。(《三难新郎》)

蔼堂氏　消午闷蔼堂摹拟温凉盏,信笔写莫笑不文请政高明。(《背娃子府》)

西园氏　西园氏窗前草笔联金印,激烈那十载寒毡坐破人。(《金印记》)

叙庵氏　叙庵氏挑灯摩写红楼段,喜迟眠把酒捉毫消夜长。(《玉香花语》)

煦园氏　煦园氏挑灯无事闲泼墨,写一段华容道上义释奸曹。(《挡曹》)

云田氏　云田氏长夏无聊消午闷,写一段宝玉晴雯的苦态形。(《探雯换袄》)

符斋氏　符斋氏闲览一段红楼梦,拨笔墨偶题两宴大观园。(《议宴陈园》)

沧海氏　沧海氏闷笔今又题粉黛,遣午闷偶成小段计美人。(《绣荷包》)

虬松氏　虬松氏闲将笔墨驱倦鬼,翌日间把打上苏门再续明。(《当绢投水》)

二酉氏　二酉氏笔端怒震雷霆力,写一段翡翠将军感慨长。(《碧玉将军》)

云崖氏　云崖氏闲览西厢传妙笔,演一回望捷的崔氏忆夫郎。(《梦榜》)

韫匮氏　韫匮氏毫端怒震雷霆力,电光赫耀破精邪。(《续灵官庙》)①

有些作者虽未采用"某某氏"模式的名号,我们从曲文之行文和语

---

① 《子弟书全集》第4卷,第1294页;第5卷,第1845页;第7卷,第2972页;第1卷,第196页;第9卷,第3773页;第2卷,第588页;第9卷,第3880页;第9卷,第3851页;第8卷,第3335页;第8卷,第3428页;第4卷,第1435页;第8卷,第3081页。

气，也容易辨别其名号与嵌入之法，如：

　　惠亭　暮秋天惠亭无事消清昼，写一篇有功名教警世闲文。
（《蝴蝶梦》）
　　渔村　渔村山左疏狂客，子弟书编破寂寥。（《天台传》）
　　竹轩　长夏竹轩苦睡魔，闲情翻检旧书阁。（《炎天雪》）
　　芸窗　笑痴人芸窗把闲笔成段，留与诗人解闷题。（《渭水河》）①

　　故而，我们可以据此确定，雪窗、晴窗、静斋、白鹤山人等，也是
子弟书作者隐藏于曲文中的名号：

　　雪窗　闲笔墨小雪窗追写官箴叹，顺一顺一世窝心气不平。
（《官衔叹》）
　　　　　寒夜雪窗哈冻笔，闲评射艺品媸妍。（《射鹄子》）
　　晴窗　闲笔描来消永昼，晴窗呵冻且陶情。（《苇莲换笋鸡》）
　　静斋　闲笔墨静斋开写千金笑，写将来万古千秋笑幽王。（《千
金一笑》）
　　白鹤山人　白鹤山人闲戏笔，聊与我辈作杯茶。（《渔家乐》）②

　　"竹轩""静斋"，或许正是子弟书作者以书斋为号。然与此不同的
是，《续骂城》一文中的作者，虽然学界多以"消午闷日长睡起闲无事，
续残篇古香轩外日夕阳"一句属意为"古香轩"所作，但笔者以为，古
香轩者，仅为作者嵌入曲文中之书斋名，并非作者代称。《清车王府钞藏
曲本·子弟书集》前言中提及的"陋巷""优孟"③，亦是子弟书曲文，

---

①　按：傅惜华先生未将"竹轩""芸窗"视为作者留记，故"竹轩""芸窗"所作，《子
弟书总目》中均题"作者未详"。引自《子弟书全集》第1卷，第166页；第2卷，第
775页；第7卷，第2878页；第1卷，第26页。
②　《子弟书全集》第8卷，第3474页；第9卷，第3638页；第9卷，第3583页；第1
卷，第13页；第1卷，第350页。
③　前言中称："就车王府曲本子弟书所留下的作者署名，如陋巷、优孟、渔村、竹轩、鹤
侣氏、蔼堂氏、符斋氏等，既俗又雅，亦儒亦道，说明这种文艺形式在其时是雅俗共
赏的。"《清车王府钞藏曲本·子弟书集》，第2页。

而非作者名号。

当然，这种嵌入曲文中的暗号，并不能作为考证作者身份的确凿凭据。首先，"小窗""竹轩"是古代诗文中常见的意象，并不一定是作者代称；其次，在韩小窗等作者成名之后，书坊为促销考虑，可能会故意在曲文中嵌入此类作者代称以便招揽顾客；再次，在不同的版本中，"小窗"等文字有些微差别，也给甄别作者造成了一定的障碍。譬如《齐陈相骂》诗篇中"小窗无事闲泼墨"一句，车王府藏抄本作"小窗"，国家图书馆藏抄本一作"竹窗"，一作"竹轩"。①

二　刻本之序跋

子弟书的作品多以抄本的形式流传于世，大都不署作者之名。但其中部分作品由京、沈两地的书坊付梓之后，序跋成为考察作者及其生平的极佳材料。如《忆真妃》会文山房刻本隆文序：

> 乙未（道光十五年）夏，余由藏旋都，驻蜀之黄华馆，适澍斋同年亦以别驾来省。他乡遇故知，诚为快事。澍斋诗文，固久矣脍炙人口，而尤善著书。如《忆真妃》、《蝴蝶梦》、《齐人叹》、《骂阿瞒》及《醉打山门》诸作，都中争传，已非朝夕。②

由此可知，《忆真妃》作者名春树斋，另作有《蝴蝶梦》、《齐人叹》、《骂阿瞒》及《醉打山门》诸作品。署"二凌居士"者为其作《蝴蝶梦》同治甲戌年会文山房刻本所作序则称：

> 爱辛觉罗春树斋先生，都门优贡生。官游奉省年久，与余笔墨中最为知己。所著各种书词，向蒙指示。公寿逾古稀，精神健壮。……③

---

① 《子弟书全集》第 1 卷，第 133 页。
② 《新编子弟书总目》，第 165 页。春树（澍）斋的子弟书创作，可参黄仕忠《子弟书作者考》"春树斋"条，第 501 – 503 页。
③ 《蝴蝶梦》会文山房同治甲戌年刻本，吴晓铃先生旧藏，现藏首都图书馆。引自《新编子弟书总目》，第 20 页。

春树斋姓爱新觉罗，据启功先生初步考证，此姓"很可能标志着他是觉罗"，则为清皇族旁支之子孙。他与隆文为生员同年，曾任四川某州的同知，又在奉天任官多年。① 根据李振聚最新的考证，春树斋名春垚，为正蓝旗满洲人，生于乾隆六十年，曾任笔帖式、太常寺赞礼郎、开原县知县、义州知州等。②

现存子弟书刻本中，以二凌居士之序见存最多。光绪六年（1880）会文堂刻本《宁武关》跋文云"《宁武关》系故友小窗氏愤慨之作"，末题"同乡处士未入流二凌居士谨跋"。可知"未入流"为其别署。由此，则《糜氏托孤》光绪壬辰年（1892）会文堂刻本（署"甲戌上巳之吉题于静乐轩/二凌居士谨识"）、《蝴蝶梦》同治甲戌刻本（署"二凌居士谨跋"）、《黛玉悲秋》光绪己亥会文堂刻本（署"二凌居士拜观"）、《大烟叹》同治昭阳刻本（署"未入流录于静乐轩中"）等之跋语，都是出自他的手笔。又据他为《蝴蝶梦》所作序文中"所著各种书词，向蒙指示"语，则他本人也应创作过子弟书，然现已无考。唯据《玉天仙痴梦》光绪己卯年（1879）序文可知他曾改定《痴梦》残篇：

> 岁在己卯，次庚伏日，是时阁内独居，静观文中游戏，闲尝懒游，清吟无句，借得《痴梦》残篇，补缀完成合璧。……③

张政烺先生认为，二凌居士名号之"二凌"，意指沈阳的大凌河、小凌河。二凌居士与《宁武关》的作者"故友小窗氏"，皆为此一带人。张先生并藏有同治十年（1871）会文山房刻本《陪都景略》，为一本记载、介绍沈阳市容的书籍，其目录下题"凌川邸文裕艺圃编辑"。凌川即凌河，即邸文裕的家乡。由此，张先生推断，二凌居士即邸文裕，号艺圃，正是会文山房的主人。

"二凌居士"既云《宁武关》的作者"小窗氏"为其"故友"，则其交游中定有"小窗氏"的痕迹。张先生考得邸文裕曾与名"韩晓春"者过从甚密。他所编之《陪都景略》，卷首刊载彭浚、柏俊、李大鹏、

---

① 启功：《创造性的新诗子弟书》，《文史》1985年第23辑，第244页。
② 李振聚：《〈忆真妃〉作者新考》，《文献》2012年第4期，第197页。
③ 《子弟书全集》第1册，第286页。

韩晓春四人文章，并称赞"诸公堪称胜朝硕儒"。他又与韩晓春合著有《白话成文》一书，谓"韩觉亭夫子素喜著书，是日在省，彼此谈论学问之道……"云云，书内并题"辽左艺圃邸文裕编辑/间右觉亭韩晓春译注"。于是，张先生又"顺着大凌河找去"，于1931年编《义县志》中找到"韩晓春"的踪迹：

> 韩晓春字觉亭，邑庠生，学有心得，破产著书，著有《鉴略注解》、《国统便览》、《黉宫实录》、《学庸贯解》、《诗品注解》行世。①

以身为韩晓春"同乡""故友"的二凌居士所作跋文为线索，张政烺断定，此韩晓春，正是会文堂刻本《宁武关》的作者韩小窗。二凌居士曾谓"光绪建元，岁在乙亥……余今近不惑之年"，则其在1875年时年届四旬，韩晓春年纪应与其不相上下，则生年为1830年左右。二凌居士在光绪六年（1880）刻本中既已称其为"故友"，则其卒年一定在1880年之前。张政烺先生考证的此位韩晓春，与胡光平先生《韩小窗生平及其作者考查记》一文中推测韩小窗之生卒年代为1840-1896年，大体的创作活跃阶段是吻合的。笔者以为颇为可信。

然胡光平此文曾遭多位学者反驳，主要依据是鹤侣氏在《逛护国寺》中提到"论编书的开山大法师，还数小窗得三昧。……这些人俱是编书的国主，可称元老"。据康保成老师的推断，鹤侣氏奕赓生于1792年左右，卒于1862年左右。则他口中的"编书开山大法师"，绝不可能是主要活跃在同治、光绪年间的韩晓春。此外，傅惜华藏有韩小窗名作《白帝城托孤》《得钞嗷妻》乾隆、嘉庆年间的刻本，首都图书馆藏韩小窗作《千金全德》之抄本，署"道光二十五年七月初旬得书……"云云，皆为韩小窗应为子弟书前期作家，生于乾隆年间，主要创作阶段为嘉庆、道光年间之有力佐证。目前，学界普遍赞同此论点。

张政烺在上引文后记中言道："我找出的韩晓春就是胡光平文章所考查的、任光伟所调查的、关小绥袁希纯文俊阁陈桂兰马二琴霍树棠等人所证明的'韩小窗'，这一点决无问题。"笔者以为，张政烺发现的韩晓

---

① 均引自张政烺《会文山房与韩小窗》，《社会科学战线》1982年第2期。

春，确为会文山房刻本《宁武关》的作者、二凌居士邸文裕故友、沈阳诗社成员。他是辽宁沈阳义县人，生活在道、同、光时期。但是，此韩晓春，亦绝非子弟书名家韩小窗。鹤侣氏笔下"编书的开山大法师"，实另有其人。唯此，我们才能为二凌居士在《黛玉悲秋》序跋中的这段话找到合理的解释：

> 前人韩小窗，所编各种子弟书词，颇为快炙口谈，堪称文坛捷将，乃都门名手。惟此悲秋一段，未注姓氏。而句中笔法，可与欧阳赋共赏。描写传神百读不厌。故将本内错字，更正无讹，令看官入目了然。书坊主人求余跋序，仅题二句云：乃见焕手非俗手，不知作者是何人。二凌居士拜观。①

揣摩序跋中作者通篇之语气，二凌居士与此"前人韩小窗"并不相识。且谓其"都门名手"，与长期在陪都沈阳活动和创作的韩晓春也并不相符。而我们熟知的韩小窗，正是周游在京门的。笔者以为，此韩小窗，才是真正的"小窗氏"。如上文所述，作有多篇子弟书名作。

《宁武关》，傅惜华《子弟书总目》第140页著录同题者两种，其一题"韩小窗"作，百本张、别野堂《子弟书目录》、《集锦书目》均著录。另一种题"作者无考"，谓"此书与上文所著录者，诗篇完全不同，而文字亦多歧异，当属别本"。其一诗篇为：

> 大厦将倾数莫移，伤心一木怎支持。
> 可怜孝母忠君将，偏遇家亡国破时。
> 怨气悲风凝铁甲，愁云惨雾透征衣。
> 一腔热血千秋恨，宁武关苦死了将军周遇吉。②

此书通篇未藏"小窗"名号，未知傅氏因何依据题为韩小窗作。此种《宁武关》现存光绪丁未年诚文信房刻本，卷首、末有署"同乡处士

---

① 《新编子弟书总目》，第463页。
② 《子弟书全集》第7卷，第2973页。

未嚅流"跋，云周遇吉死节之事，却未言及此书作者。如果此书为其故友所作，则于情理不通。

第二种诗篇为：

> 小院闲窗泼墨池，牢骚笔写断魂词。
> 可怜孝母忠良将，偏遇亡国离乱时。
> 青天冷照银花甲，荒草烟埋粉绣衣。
> 半世冰心千古恨，宁武关苦死了将军周遇吉。①

关德栋先生据"小院闲窗泼墨池"一句断定为韩小窗作；郑振铎《中国俗文学史》论及韩小窗时，亦引用此篇为例，均误。笔者以为，此种或为韩晓春据其一之改本。

如果说，"小窗"以"窗"为名，内含对子弟书创作始祖罗松窗致敬之意，则此处二凌居士在自己书坊出版之书公然题署"小窗氏"之名，则为其自高身价、聊为宣传之手段。与明清戏曲刊刻时托名金圣叹、李贽等大家评点如出一辙，同为书坊牟利之举。

第二节　子弟书作者"鹤侣氏"与"洗俗斋"

子弟书与八旗子弟之间的密切关系，使得在特定历史阶段下，子弟书作者的身份考证问题多不能脱离阶级分析的窠臼。以往，论者多言及作者身份地位之特殊性，如"被贵族的八旗子弟改造为子弟书"；"为贵胄子弟所欣赏、提高，以致编写、演奏的"；"作者多为市民阶层以上的人物，生活圈子狭隘，写不出当时生活中的矛盾来"，等等。

与此相反，郑振铎虽认为子弟书是游手好闲、斗鸡走狗的八旗子弟作，却从子弟书为不登大雅玩意角度，提出"（子弟书作者的）生平当然是不会见之于文人学士们的记载里的"。关德栋和周中明先生在《子弟书丛钞》序言中力排众议，对众家说法一一驳斥，又不免矫枉过正，提出子弟书的作者"充其量不过是从封建统治阶级中分化、跌落下来的，

---

① 《子弟书全集》第 7 卷，第 2985 页。

或者本来就是穷愁潦倒的失意文人"；子弟书是"道道地地来源于满族中、下层人民间的文艺"①。自此之后，囿于曲艺为人民喜闻乐见的一贯方针，子弟书也被理所当然地认定是下层阶级娱乐的方式。②

戏曲曲艺本来自社会底层，举凡昆曲京腔，评弹鼓词，无不是自民间兴起，经文人雅化，逐步进入官邸、王府、宫廷。这是我国各种戏曲曲艺的共同特点。但是，以此种普遍模式观之，子弟书却另有其独特之处。作为八旗入关之后创造的一种曲艺形式，它从诞生之初，即成为旗人消遣玩乐的方式。旗人也是子弟书创作者的主要构成。旗人入关之后，积极学习汉文化，至康熙年间，已经多懂得汉语。子弟书创制时期为乾隆年间，旗人对汉文化之接受与熟悉，使得旗人结合满汉曲艺创造出子弟书这一全新形式成为可能。但是，从现存子弟书文本来看，子弟书的创作，需要对汉族文化、文学了解甚多。前辈论者已多述及子弟书的描写和语言都有极高技巧。旗人能熟练地使用满汉文字，化用经典故事，插入汉语典故，显然具备一定的文化水准，非泛泛之辈所能为之。

据顺治朝教育制度，凡是宗室子弟，足十岁以上者，俱入宗学读书。而八旗子弟，则"八旗每佐领下各取官学生一名，每三年一次"。雍正年间设立觉罗学，要求八旗觉罗子弟，自八岁以上，十八岁以下，俱令入学。虽然为解决家贫不能延师者，先后设立八旗义学、汉军义学、礼部义学，但是，无论从延请之教师、授课之条件，义学显然不能和官学相比，受到教育的绝大多数是贵族子弟。纵观八旗中文才出众者，多为宗室、贵胄之后，这也是个中最为重要的原因。③ 八旗贵胄之后，不事

---

① 关德栋、周中明：《子弟书丛钞》，第3页。

② 薛宝琨、鲍震培在论及"子弟书的性质"时提出，八旗子弟乐既非满洲贵族文艺，也非一般意义上的民间文艺，而是由八旗子弟特殊地位所决定的自娱娱人的文艺活动，一旦失去这种特殊性，活动也随之消失，所以作为子弟乐之一的"子弟书"从产生之日起就受到八旗制度的制约，它的衰微单就社会原因讲是八旗制度的消亡。参《中国说唱艺术史论》，第193－197页。就子弟书参与者的特点来说，此观点极有见地。但作者在其书中仍然坚持，子弟书作者多是由于社会分化而从贵族阶层中跌至下层的失意文人。

③ 据关纪新考察《八旗艺文编目》后的统计，在有清一代八旗满洲的著作人中，有近三分之一的著作人来自宗室。把宗室与觉罗两部分相加，则爱新觉罗的著作人，占四成（参关纪新《〈八旗艺文编目〉检读札记》，载王钟翰编《满族历史与文化》，中央民族大学出版社，1996，第189页）。

生产，有充裕的时间和经济为支撑，也使得他们具有更多的精力投身于戏曲俗曲的创作和欣赏中。子弟书作者鹤侣氏和洗俗斋，即是个中佼佼者。

一　鹤侣氏——爱新觉罗·奕赓

1925 年，燕京大学重金自旧家购得稿本《佳梦轩丛著》①，让子弟书作家鹤侣氏的真实身份浮出水面。② 鹤侣氏，姓爱新觉罗，名奕赓。他出身天潢贵胄，为清宗室嫡系子孙，子弟书曲文所谓"胎里红"者是也。他自叙家世曰：

> 十六阿哥允禄，雍正元年奉旨过继与庄靖亲王博果铎为嗣，隶厢红旗，袭庄亲王爵，世袭罔替。乾隆三十二年薨，谥恪。嫡子宏普早卒，封恭勤世子。至是普之子永瑺袭庄亲王爵，追赠普为和硕庄亲王，谥仍恭勤。瑺于乾隆五十五年薨，谥慎，无嗣，于是以余先父绵课（原书讳作"果"）承嗣庄亲王爵。余先父盖瑺之嫡侄也，道光六年薨，谥襄。余幼弟奕䝰袭爵，缘事革，族人绵护承袭。③

康保成尝梳理奕赓幼弟袭庄亲王爵之前庄王府的世系脉络，为：

> 硕塞（清太宗第五子，顺治皇帝之兄，封和硕承泽亲王）——博果铎（硕塞长子，袭和硕亲王，改号庄）——允禄（康熙皇帝第十六子，博果铎嗣子，袭庄亲王）——永瑺（允禄之孙，袭庄亲王）——绵课（永瑺弟永珂长子，永瑺嗣子，袭庄亲王）。

---

① 根据笔者新近所见奕赓稿本九种，燕京大学购得之本应为抄本，非稿本。笔者新见奕赓稿本共九种，装帧统一，钤有奕赓私章多枚，并由此批稿本可知他曾以"墨香书屋"名其斋，称为"墨香书屋著述"更为恰当。承蒙藏家王先生赐示，特此感谢。

② 贾天慈、康保成老师分别有专文考证其家世，可参贾天慈《子弟书作者鹤侣氏考》，载《华北日报》1947 年 10 月 12 日，"俗文学"副刊第 17 期；康保成《子弟书作者鹤侣氏生平、家世考略》；载《车王府曲本研究》，第 458 - 478 页。

③ （清）奕赓著，雷大受校点《佳梦轩丛著》，北京古籍出版社，1994，第 30 页。

奕赓为绵课嫡长子。对自己的显赫家世十分在意，道光二十五年（1845），曾著《述恩寄慨录》，自序曰：

> 余家自高祖承嗣封藩以来，至今一百余年，屡世嫡传，大宗承嗣。先祖考受恩深重，亦颇有虚名。至不肖等家声不振，绝祀迁宗，天实为之，尚复何言！唯屡代事故，若不追而录之，恐无以传示后人也。唯本府档册俱失，事实无从追考。余生也晚，未得亲见亲闻其一二。老仆相传者，又复无稽，不经附会，实多难登纸笔，俱不敢采录。今先将国史本传录抄一通，并自拟一谱，以观世系。其私记之可传信者录之，余不更缀。题曰《述恩寄慨录》，所以述世受国恩，不敢稍忘也。若寄慨之意，识者自明。[①]

奕赓之父绵课道光六年四月逝世。八年九月，"以宝华峪地宫入水，追论绵课罪"，罪及诸子，"奕赓着革去头品顶戴"。道光十一年至道光十六年，任三等侍卫六年。论者多以此事为奕赓家败之始；鹤侣氏所作之子弟书中，亦多描写其沦落下僚之情状实况。

然据清史，道光八年家门不幸之后，奕赓兄弟在道光十一年皆复遭起用，奕賮"道光十一年封三等奉国将军"；奕叡"道光十一年封奉国将军"；奕晪"道光十九年袭奉恩将军"；奕賷"道光十一年复封亲王"。事实上，道光八年降罪，相对于日后诸事来说，只是一个小打击，不能动其家世根本。奕赓在道光十一年始出任三等侍卫，也正是出于此年"上（道光）五十万寿"的皇恩浩荡，对其一支既往不咎无疑。如其自言：

> 余于道光八年革去头品顶戴，至道光十一年授三等侍卫。余即戴用三等侍卫五品水晶顶。[②]

论者多以奕赓曾任侍卫，则谓其接触、了解、同情底层人民的

---

① （清）奕赓：《述恩寄慨录》，道光二十五年稿本，私人收藏。
② （清）奕赓：《寄楮备谈》，《佳梦轩丛著》，第 142 - 143 页。

生活。① 但是，如上文所言，据清笔记中记载的清朝侍卫制度，侍卫一职并非等闲之辈可资充任。不难看出，奕赓任侍卫的六年，社会地位是不低的。根据新近所见奕赓任职侍卫时日常记录的《小黄粱》一书，他在任职侍卫期间，除去俸禄、俸米之外，无论当值与否，每月还领有马钱、班钱等。日常随宿在乾清宫、大宫门，皇帝出行至黑龙潭、木兰等地也是伴驾左右。道光十六年他辞去侍卫职务，也只是因为患病而难以当值。② 他在此书中对自己当差的出勤、收入做了完整的统计。

　　　　总记

　　　　自道光十一年五月起，至道光十六年三月止，共当差六十一月。值门宿内左门四十四次，内右门二十八次，乾清门二十七次，奏事门三十七次，贤良门二十五次，大宫门三十五次，神武门一次。天坛斋宫门四次。梁各庄行宫门一次。共二百零二次。

　　　　供帛爵共八十三次。对引二十八次。帮班二十一次。搜检一次，共四日。军政一次。贤良门射布靶一次。南苑随扈一次。西陵随扈一次。殿管四次。监考二次。散管十次。罚俸一次，六个月。

　　　　共领过俸银三百六十两。俸米一百八十八石五斗。马银二百六十七两九钱七分六厘。马钱三百二十七吊零五十文。马价钱二十一吊六百文。马豆九十八石。西陵随扈盘费银九钱一分。南苑随扈盘费钱一吊八百文。头等参银四次，共银六十七两一钱。褂银一次，合银十四两一钱。班钱共五十三吊二百五十文。③

　　奕赓在子弟书等作品中显示出来的郁闷之气，他自己也有深刻认知，

---

① 如"鹤侣之所以能够将老侍卫写得这样活灵活现，真实可信，完全是他五年多的侍卫生活和晚年贫困生活的亲身体验。鹤侣选择了自己所熟悉的侍卫生活，并从这个侧面，比较客观地反映了清代满族八旗下层人民的生活，告诉人们，满族下层人民的生活，同其他各民族人民的生活一样，也充满了艰辛和痛苦"。参《满族民间文学概论》，第167 页。"由宗室贵族生活中跌落变成普通市民，这种'事物变迁、今昔势异'的经历，形成他能写出抨击当时社会种种腐朽不合理现象的作品的思想基础。"参李爱冬《诗的情韵　文的包容　一代新声——〈子弟书作品选析〉前言》，《内蒙古师范大学学报》（哲学社会科学版）1994 年第 2 期，第 39 页。

② （清）奕赓：《小黄粱》，道光十六年稿本，私人收藏。

③ （清）奕赓：《小黄粱》，道光十六年稿本。

其原因在于：

> 盖余生长贵邸，性情未免高傲，视天下物渺如也；幸叨一命之荣，醒我片时春梦，充役虽只六载，世味则备尝之矣，如黄粱梦醒，回思旧味，不觉哑然自笑。①

可见，完全是奕赓自己的出身和眼界，让他对自己三等侍卫的身份嗤之以鼻。从头等顶戴将为五品，侍卫六年，没有得到升迁，的确让他视王府贵胄如一枕黄粱。但是并不表明，他的身份就是满族中下层人了。庄王府贵为清初礼、郑、睿、豫、肃、庄、克勤、顺承八大铁帽子王府之一，世袭罔替。学者曾考证其拥有惊人的财富。庄亲王府奕赓兄弟一脉真正遭受灭顶之灾，应在于道光十八年奕賷赴灵官庙吸食鸦片事发，遭上谕革爵处置，且其王爵"亲兄弟侄不准择选"。道光二十三年十月，皇上下令在六个月内追缴绵课所欠全部银两，由其七员子孙代赔。绵课所欠银两为65000两。绵课所欠之银是否全额照赔、这赔付之款是否让奕赓兄弟陷入生活无着的境地，于史无征。奕赓《佳梦轩丛著》作于道光二十六年，从其文中行文和语气看来，当时尚不至于贫困如洗。②

奕赓对于戏曲曲艺的爱好，亦有家学渊源的成分所在。他的曾祖父允禄，是康熙第十六子，史载"精数学，通乐律，承圣祖指授，与修数理精蕴"。乾隆七年，上命与三泰、张照管乐部，并作有升平署承应戏。

> 乾隆初，纯皇帝以海内升平，……其后又命庄恪亲王谱蜀汉《三国志》典故，谓之《鼎峙春秋》。又谱宋政和间梁山诸盗及宋、

---

① （清）奕赓：《侍卫琐言》，载《佳梦轩丛著》，第61页。
② 按：一些学者认为鹤侣氏《老侍卫叹》中"人生七十古来稀，笑我时乖寿偏齐"和"当票子朝朝三五个，帐主儿门前闹泼皮。老妻自是多贤惠，挎竹篮每向坟边乞祭余"等窘况生活描写，为鹤侣氏自况之辞。然《老侍卫叹》中的主人公年届七旬仍需当班该值，与奕赓生平明显不符。且文中有老侍卫与老妻争执之详细描写，显然并非作者家庭实况。此文篇末作者曰"闲笔墨偶从意外得余味，鹤侣氏为破寂寥写谑词。虽成句于世道人心毫无补益，也只好置向床头自解颐"，正是作此文的因由。在鹤侣氏所作子弟书中，《疯僧治病》头回（亦以《鹤侣自叹》为名单行），是奕赓家道中落后生活的实际写照，是最为可信的。然此篇子弟书中，虽然奕赓已非王公贵族，但是其生活无虞，不难看出。

金交兵，徽、钦北狩诸事，谓之《忠义璇图》。①

允禄所编当然不仅于此数种，据《升平署月令承应戏》记载，乾隆时，由庄亲王允禄及张照等一班词臣所编，为外间所罕睹。南府时代，此种承应剧本，原分节令二十余种，每种有数出者，约有二百余册。允禄以七十三高龄过世。其子早亡，孙永瑺袭庄亲王爵，并"袭都统领侍卫大臣仍管乐部"。两代庄亲王皆掌管乐部，辖升平署事务，奕赓自小之生活环境，可想而知。奕赓在《逛护国寺》一文中，开篇即言：

> 饭后无聊自出神，夏日长天困魔人。
> 欲待出城听天戏，偏偏今日是坛辰。②

其日常生活消遣可想而知。及到护国寺后，看到东碑亭百本张摆着书戏本，说，"我定抄一部施公案，还抄一部绿牡丹亚赛石玉昆"。看到拉弦子的弦子李，说，"西湖景是瞧俗了的活捉张格尔，十八篇最得意的是小寡妇上坟。可叹叉董故后真讲工夫的江湖甚少，这些个玩意儿呕的我恶心"。③ 及其论及子弟书的诸位作者，更是熟悉。由此，他对当时流行的曲目和个中高手，无不熟知。《逛护国寺》显然述及的是家道未曾败落时之情景，可见，奕赓在庄王府中时，就已接触、熟悉、创作子弟书。④ 从《少侍卫叹》《侍卫论》等篇看来，其子弟书的创作一直延续到担任侍卫之后。

二　洗俗斋——果勒敏

子弟书另一位身世可考的作者，亦可作为上述印证。"洗俗斋"，作有子弟书《牧羊圈》和《弦杖图》存世。然其人生平、身世，向未见诸前人考述。

《牧羊圈》，不分回，未见著录。存梅兰芳旧藏抄本，现藏中国艺术

---

① （清）昭梿：《啸亭续录》卷1，第 377 – 378 页。
② （清）奕赓：《逛护国寺》，载《子弟书全集》第 9 卷，第 3699 页。
③ 《子弟书全集》第 9 卷，第 3700、3701 页。
④ 部分学者曾认为奕赓在家道败落之后才开始子弟书的创作。

研究院,《子弟书珍本百种》收录。第四行曲文云:"洗俗斋挥毫偶应曹生嘱,写朱纯登母子相逢一段缘。"《弦杖图》,一回,《子弟书总目》著录"原稿本",杜颖陶旧藏,现藏中国艺术研究院,《子弟书选》收录。篇末云:"欲歌福主三多曲,倩洗俗斋巧写盲人百样图"。根据子弟书作者之创作习惯,此二篇曲文中之"洗俗斋",即标明其为作者之名号。傅惜华先生《子弟书总目》录有《弦杖图》,题"洗俗斋作"①;又著录"洗俗斋抄本"六种,分别为《千钟禄》《长板坡》《刺虎》《孟姜女寻夫》《骂城》《得钞嗷妻》,均为马彦祥先生旧藏本。②

启功先生《创造性的新诗子弟书》一文叙及此"洗俗斋"事,谓:

> 清末有一位文人名果勒敏,译音无定字,又作果尔敏。他字杏岑,旗下人,闻曾官遵化州马兰镇总兵。会作诗,有《洗俗斋诗集》。他对于子弟书的腔调有许多创造,教了几个盲艺人,我幼年所听那两位门先儿所唱的,已是果杏岑的再传。③

由此可知,"洗俗斋"曾对子弟书唱腔有所发明,并授盲艺人为徒。"洗俗斋"之于子弟书之创作、演出和文本流传诸个层面,均极为重要。据启功先生之文,"洗俗斋"本名果勒敏,有诗集存世。今考果勒敏其人,《道咸以来朝野杂记》有载,曰:

> 果勒敏,字杏岑,博尔济吉特氏。世袭子爵,官杭州将军。罢归,穷极无聊,日游戏园。颇通词曲,无聊时,所编牌子曲、岔曲甚多,能以市井俚语加入,而有别趣。于最窄之辙,押之极稳妥,此实偏才。④

果勒敏所作洗俗斋诗集,未曾付梓,亦不见于《八旗艺文编目》

---

① 傅惜华:《子弟书总目》,上海文艺联合出版社,1954,第116页。
② 参见《子弟书总目》第33、64、66、69、118、163页。按:因马彦祥先生藏子弟书目前下落不明,故此"洗俗斋抄本"之真实面目,只能留待他日揭晓。
③ 启功:《创造性的新诗子弟书》,《文史》1985年第23辑,第242页。
④ (清)崇彝:《道咸以来朝野杂记》,第16页。

《八旗艺文志》著录。然作者生前尝将诗作亲订成集，手书数本分赠子女，今幸有存者。1977 年，果勒敏外孙费致浚以家传稿本付香港大华出版社影印出版，诗集名《洗俗斋诗草》，卷首有牟润孙、饶宗颐二先生序。① 作者之生平经历，方得以为世所知。

《洗俗斋诗草》全四卷，为果勒敏晚年亲自选定，依时间为序编排。起自果勒敏在京任职侍卫，终于其赋闲在京之时；即收录约自咸丰初年至光绪二十年间作品。其诗作在编选入此集之前，或已独立成卷。故其在广州期间所作篇什，题为《洗俗斋破愁集》，署"珠海狂吟客未定草"。余卷均题《洗俗斋诗草》，署"扎鲁特果尔敏杏岑未定草"。《洗俗斋诗草》卷首有何廷谦作于同治癸酉年（1873）之跋语。何廷谦曾任广东学政，与果勒敏当于广州相识。据其所言，此序为读果勒敏诗作数百首后所作，或即为《洗俗斋破愁集》所作之跋语。

笔者参酌《洗俗斋诗草》收录诸作所述，考得洗俗斋生平行事，约略如下。

果勒敏生于道光十四年（1834），卒于光绪廿六年（1900）。初任清宫侍卫，后屡奉命出使蒙古。同治八年（1869），出为广州汉军副都统。光绪二年（1876），授杭州将军。后任马兰峪总兵。据《洗俗斋诗草》所收诗作，结合史料，果勒敏之生平可有更为详细的了解。

果勒敏为蒙古族散秩大臣额勒浑与清宗室贝勒奕纶之女所生。其《重过宜园感赋》诗小序云：

> 宜园者，先外祖父讳奕纶退食所也。余幼时随侍先慈寄居其中。庭轩花木之盛，习与流览。己酉岁移居后，园亦凋落。今则蔓草荒烟，无复当年之概。聊为数以志感焉。②

奕纶为乾隆帝嫡传履郡王之后。据清代玉牒，贝勒奕纶第三女，为嫡夫人博尔济吉特氏头等顺义侯成德之女所出，于道光九年三月嫁博尔济吉特氏散秩大臣额勒浑。此额勒浑者，即为果勒敏之父。此诗首句

---

① 《洗俗斋诗草》，香港大华出版社，1977，影印本；又李芳点校《豫敬日记　洗俗斋诗草》，凤凰出版社，2020。

② 费致浚：《洗俗斋诗草》"后记"，载《豫敬日记　洗俗斋诗草》，第 158 页。

"不尽沧桑感，愀然忆昔时"后自注云"辛丑岁随先慈寄居与此"。故此知其幼时，至少有九年时间（道光二十一辛丑年至二十九己酉年间），尝随母寄居于外祖家。

《诗集》中最早记述侍卫生活之作，为《戊午春奉使喀尔喀塞外》。戊午年为咸丰八年（1858），果勒敏时年二十四岁。至迟本年始，至同治八年（1869）外调广州副都统止，果勒敏在京担任侍卫。诗集中记载入宫侍宴、随扈木兰、出使蒙古之作为数甚多，诗作中洋溢着少年得志、踌躇满怀的情绪。在京任职期间，果勒敏曾任正红旗满洲副都统，后署正蓝旗汉军副都统。同治八年，擢为广州汉军副都统，七年后升杭州汉军将军，一路青云。在杭不到两年，光绪四年（1878）因故奉旨"内用"，自杭州调回北京。果勒敏外任九年期间，正值国家多事之秋，朝廷之内忧外患，在其诗集中也有鲜明的体现。如同治九年，因经年占地建教堂、育婴堂孩童暴毙诸事，天津传教士与民众积怨已深，最终引发市民火烧教堂、击毙领事等暴力事件，史称"天津教案"。天津教案发生之时，果勒敏甫至广东任职。消息传来，他旋即写下《闻津门近事有感》《庚午因津门近事感赋》，诗谓"回首秦关外，烽烟照帝都"，足见其身在岭南，心忧京都之焦虑。

光绪五年春，果勒敏回到京城。回京之初，果勒敏曾作《见意》诗，末句云"故里春深花自好，托根况复近蓬莱"。他仕途遭挫，却未减胸中大志。此后，据其《初冬夜雪侵晨入值望禁中楼阁》《元夕入值与荣秀山上公小饮》《黎明由朝日坛散值入朝阳门》等诗并观之，似重入内廷当值，并未受到重用。回京十年之后，光绪十四年（1888）五月，作《述怀再用除夕解组诗韵》，谓："待漏金门又十年，闲官况味等游仙。自知身外无常物，谁信囊中不一钱。励志久停陶侃杯，承恩再着祖生鞭。前程漠漠休相问，居易从来本自然。"与前引《见意》诗两相比照，志气不再，足见其在京十年颇为失意。费致浚谓任马兰峪总兵后"因病乞开缺，回京摄养，庚子年间上书言事，不为孝钦后所纳，抑郁而终"。庚子年是清史上波澜起伏的一年，外有多国联军强行压境，内逢义和团气焰正盛。正是此年，八国进兵，北京陷落，慈禧西逃，后以与诸国合议，翌年签订《辛丑条约》。在这样的时代背景下，果勒敏上书所言之事，虽未见史书所载，亦可推想必然与时局、国事相关。时局动荡，果勒敏观望事态每况愈下，其心中块垒难平，以致抑郁而终。

《洗俗斋诗草》所收起自少年任职侍卫，止于其再入禁中任职之作，所收作品，正反映了他一生沉浮变迁之种种感受和心情。何廷谦诗序将果勒敏比作宋王晋乡，谓：

> 昔宋王晋乡以朝廷戚里出为利州防御，身虽贵胄而服礼义。左图右史，工画能诗，一洗豪华之习，与东坡极相契合。今君所造如此，得不为艺林所引重乎！①

关于果勒敏诗歌的风格，则谓：

> 浓淡清奇，无美不备。忽而铜琶铁板，忽而雅管风琴，忽而大海鲸鱼，忽而兰苕翡翠。……其慷慨激昂似杜，汪洋浩瀚似苏，其清新丽媚又似玉溪剑南，盖沉酣于此道者亦有年矣。②

何廷谦所言不无过誉之处，但纵观果勒敏之诗歌风格，随其转任多处，确实变化颇大。在京期间，果勒敏为京城"日下联吟社"一员。《洗俗斋诗草》共收在京时期所作诗歌二十七题，多为与朋辈应酬、唱和之作，内容均不出景物、节令、题画等题材范围。然伴随出使、外任等经历，眼界日宽，其诗作题材也渐有突破。尤以在粤期间所作篇什，最为典型。

果勒敏自宫闱外放，视野豁然开阔，南方风景名胜、湖光山色，无一不流入笔底，行诸诗篇。广州自古为化外之地，秦时虽已设郡，然唐宋年间，依然被中原目为瘴乡，谪贬者往往至死，以致仁人志士，皆不欲来此。中土来者无多，所知必然有限。关于岭南风俗的著作，所存寥寥，最为知名者，莫过于明清之际屈大均《广东新语》一书。时至清代晚期，广州已然成为对外贸易之繁华港口。然果勒敏身为旗人，外任广州之前，活动范围限于北方，于南方风物，可谓一无所知。对于甫至岭南的果勒敏来说，触目所及，无不新鲜有趣，甚至匪夷所思。兼之竹枝

---

① 《豫敬日记　洗俗斋诗草》，第208页。
② 《豫敬日记　洗俗斋诗草》，第208页。

词之创作，本多以平白之语记风土人情，故其《广州土俗竹枝词》诸诗，与在粤所作律诗、绝句相较，观察风俗民情入微，读来更富趣味。果勒敏之竹枝词，较之本为本地人士的屈大均，视角独特，观感新奇，用语活泼，所叙与屈氏笔记相映成趣。故此，饶宗颐先生在影印本序言中尝言："留心乡献者，必取资焉。"①

《广州土俗竹枝词》共八十九首，大至地舆形势，小至花卉食物，可谓无所不包，巨细靡遗。竹枝词《总起》云："牛女星分大海滨，蛮烟瘴雨压红尘。只缘离得中原远，土俗民风好怕人。"② 虽然以"好怕人"三字总括粤地民风，然其诗篇之中，果勒敏对广州节令、风景、市容、物种、习俗、人物的描绘，带有新奇、探究的意味；七年客居，也不免让他这一来自北方的外乡人久居生情。如写岭南四季如春"岭南天会随人意，删去秋冬剩夏春"；花信参差，使得"去秋菊与今秋桂，合着桃花共一时"。冬令如春，让作者有无限遐想——

　　阳生冬至古今传，底事春归小雪天。有脚也难如此快，想应搭乘火轮船。（第175页）

让京师来客感到新鲜的不仅是气候，岭南之地的人物如丫鬟、少妇、盲妹、婆妈，无不是前所未见，无一不诉诸笔端。北方少见的客家女，曾让作者大惊失色——

　　渔婆巾底看娇娥，见惯司空也怕他。黑脸黄毛双赤脚，原来是个客家婆。（第182页）

初来乍到之时，所见所闻之下，地域之间的巨大差异，让作者不免处处拿故乡作比，笔下的南北之别，如此分明——

　　逼仄形容处处皆，更无一处豁胸怀。分明窄窄驴车路，硬起名

---

① 参《洗俗斋诗草》"序二"，第209页。
② 《洗俗斋诗草》，第175页。下引诗均引自《豫敬日记　洗俗斋诗草》。

儿叫大街。（第 176 页）

而岭南的繁华之地双门底（今北京路），当时已与京师商业中心前门大栅栏不相上下——

　　珠玉奇珍列万般，书坊画店任盘桓。怡情争说双门底，不让京都大栅栏。（第 177 页）

如上引对粤地繁华之所的记载，《广州土俗竹枝词》最珍贵处在于"述土宜，陈政教"。其中最具特色与最富价值之处，正是果勒敏对岭南地区风俗习惯的记载和描绘。无论是时令节庆的庆贺方式、嫁娶送丧的排场礼仪、祭神拜佛的仪式过程，乃至街头巷尾的点心小吃，都被果勒敏一一记录在案，如粤人无所不在的拜神礼佛之心——

　　粤人好鬼信非常，拜庙求神日日忙。大树土堆与顽石，也教消受一枝香。（第 177 页）

嫁女之时的哭嫁风气——

　　嫁女堂前小宴开，女儿啼泣女儿陪。太婆阿奶诸亲眷，同向兰房听哭来。（第 181 页）

诸如此类，不一而足。

在记录粤地民风之时，《广州土俗竹枝词》有一显著特点，即对各类仪式中之表演特别留意。粤地流行的"打醮"，本是为祭祀鬼神而设的道场，后演变成娱乐之聚会，设有粤曲等表演。[①] 果勒敏作《打醮》《醮棚》记其盛况，亦特别以《唱醮班》描绘其演出"狼嗥鬼叫闹三天"之情状。又如粤地嫁女兴哭嫁之风，新娘出阁要"哭"，太婆阿奶等亲眷要"听哭"；为便于新娘"学哭"，粤人编有"哭嫁歌本"，"印来小

---

① 叶春生主编《岭南民俗事典》"打醮"条，南方日报出版社，2001，第 87 页。

本街前卖，学会之时好嫁人"。

果勒敏对民间俗曲、表演的留意与关心，与旗人对戏曲、俗曲的喜爱有着莫大的联系。有清一代，八旗子弟对昆弋腔、俗曲小调颇为痴迷，票房之多，参与之众，成为京师一时之盛。身为宗室一员，果勒敏不可避免地也受到相应的影响。他对戏曲、俗曲的热爱，在诗集当中也多有反映。他在外放赴粤途中，舟过吴淞口，尚抽暇观剧，作《杏花园观剧》绝句三首以记其事。在岭南观剧，则有长诗《菊部五俳》，记录粤地演剧种种情状，饶宗颐先生言其"菊部排律，梨园往事，赖以有征，更为戏剧史无上资料，有不容忽视者"。

在其所作竹枝词中，对岭南之戏剧演出活动亦给予特别关注。明末清初，湘、苏、浙、徽等地的戏班纷纷来粤演出，俗称"外江班"。外江班为粤地传来昆腔、高腔、秦腔等声腔，与本地南音、木鱼等小调相结合，形成粤剧。乾雍年间，随着粤剧的初步成型，出现了在演唱上地方特色鲜明的本地班。果勒敏在粤期间，正是本地班和外江班争奇斗艳之时。在果勒敏的记载中，本地班当时声名日上，"价银累百动成千"，是因为表演时有诸多独门之技，"最有一般真绝技，全身披挂打跟头"，"其余更有离奇处，花旦临盆大弄璋"。然而，在果勒敏尤重本色当行的评判标准里，本地班与外江班相比，高下立判。"外江班子是温柔"，本地班于技巧细腻处远远不足："台大人多场面少"，"牛鬼蛇神惊客眼"，"看来不及外江班"。果勒敏甚至专门作《缺欠多》一首，认为本地班排场有余，表演不足："锣鼓喧天闹不休，辉耀金翠阔行头。旗幡切末花灯彩，一概全无不讲求。"

于戏曲、俗曲一道，旗人本就不仅仅局限于端坐台下观赏，京城子弟票友之场上演出和案头创作均有不俗表现。果勒敏自杭回京，仕途坎坷，宦海沉浮，志在兼济天下却不可得，遂转而独善其身，以至"知事无可为，深自韬晦，寄情于诗酒"①，并以流连戏园、创作俗曲自娱。此即《道咸以来朝野杂记》"穷极无聊，日游戏园"之所谓也。以《道咸以来朝野杂记》所载其擅于岔曲创作，及他自己创作的子弟书观之，果勒敏正是当时俗曲创作个中名家。惜岔曲一向不留撰者姓名，

---

① 费自浚：《洗俗斋诗草》"后记"，载《豫敬日记　洗俗斋诗草》第210页。

果勒敏所作，今已不可考。创作之外，启功先生回忆，果勒敏对于子弟书的腔调有许多创新，"可以肯定，他的创造无疑是向'雅'的方向去改的"①。

　　子弟书本是由旗人创制，用以自娱自乐的一种曲艺形式，故震钧《天咫偶闻》记载说"内城士大夫多擅场"②。果勒敏出身贵胄，其成长的道光、咸丰年间，即是子弟书在京由盛转衰之时。一方面，果勒敏在幼时应接触过子弟书，子弟书的创作，或从在京时即已开始；另一方面，罗松窗、韩小窗等子弟书大家相继故去，岔曲、牌子曲、快书日益兴盛，子弟书日渐衰微，并为后起俗曲所取代。果勒敏现存的两部子弟书作品，《牧羊圈》写朱纯登认母事，据时剧《牧羊圈》改编。曲文颂扬朱纯登妻赵锦堂侍母孝顺，为夫守节，历经苦难，终于一家团圆，夫贵妻荣。其文词、结构、改编手法均为典型子弟书写法，试以诗篇四句观之：

> 永昼迟迟不卷帘，春长笔墨有余闲。
> 选韵慢歌迎燕曲，效颦试写牧羊篇。
> 锦堂节孝千秋重，宋氏贪残万口传。
> 洗俗斋挥毫偶应曹生嘱，写朱纯登母子相逢一段缘。③

　　子弟书曲文结构，一般为诗篇后接正文，末有两句或四句收束结句。诗篇和结句一般用以交代作者创作缘由、曲文主要内容和作者的创作意图。《牧羊圈》的创作，与子弟书早期松窗、小窗擅长改编流行戏剧故事之创作手法一脉相承，其旨大多在弘扬道德，故多选忠君报国、贞节纯孝、英雄狭义之故事加以改编。果勒敏写作《牧羊圈》之意旨，如其曲文末两句所言："看牧羊圈子孝妻贤朱家的果报，方信道天理昭彰件件明。"子弟书早期作品均以改编为主，其后方有描写时事作品出现。果勒敏的另一部子弟书作品《弦杖图》，描绘盲人唱曲谋生事，是子弟书后期演出情况的实录，应为晚出之作。

　　就奕赓和果勒敏的生平可以想见，《广州土俗竹枝词》记载的子弟

---

①　启功：《创造性的新诗子弟书》，《文史》1985 年第 23 辑，第 242 页。

②　（清）震钧：《天咫偶闻》，第 175 页。

③　《子弟书全集》第 4 卷，第 1295 页。

书作者多为"大员子弟功勋后"，震钧曰"内城士大夫多为之"，并非虚言。在子弟书创制和鼎盛时期，它的创作者和演唱者，都是受过良好教育、具有相当汉文水准的八旗文人。就社会地位而论，皆非泛泛之辈。在现今可考子弟书作者中，尚另有数例可资为证。如上文所述《忆真妃》《蝴蝶梦》等子弟书的作者春树斋，是清满洲觉罗春垚，曾任知县、知州。为《忆真妃》作序的隆文，是其同年，字质章，号云章，正红旗满洲人。嘉庆十三年戊辰翰林，散馆改刑部主事，官至军机大臣、户部尚书，谥端毅。隆文序言中对春树斋作品极为熟悉，可见对子弟书亦非陌生。则子弟书在兴盛之时，吸引不少满族贵族、官宦、文人的注目，应属事实。这些，正是子弟书创作与欣赏的主体。

旗人对于子弟书的爱好到清末依然延续下来。沈阳诗社成员之一缪东霖，隶汉军正白旗，为著名文人缪公恩曾孙。任翰林院庶吉士，山东临清直隶州知州。《奉天通志》有传。胡光平谓其以笔名"蛤溪钓叟"，作有子弟书《锦水祠》。

子弟书优雅的文词与曲调，一定曾吸引了汉人文人进入创作行列。虽然其人其事目前并无资料可为考证，但是，从清末民国初年，辽阳云深处主人编著《晴雪梅花录》、吴晓铃先生祖父吴玉昆作《代数叹》等线索可推想而知。

第三节　子弟书作者之交流

自古文人皆好雅集结社。昔年邺下交游唱和，行则连舆，止则接席，"每至觞酌流行，丝竹并奏，酒酣耳热，仰而赋诗，当此之时，忽然不知其乐也"，可谓是文人集会的经典性描述。兰亭修禊则另有一层风味：群贤毕至，少长咸集；引以为流觞曲水，列坐其次，虽无丝竹管弦之盛，一觞一咏，亦足以畅叙幽情。

子弟书位列曲艺小道，本不足以跻身于"诗社"这一雅集活动中，但自其创立之初，参与其中的大夫、文人，不改本色，致力于建立子弟书之诗社。顾琳在《书词绪论》中即已专门探讨了子弟书"结社"的可能性。

社者，以文会友之意也。古者有文社，有诗社，有灯社，以为考证得失，亦如春秋社之赛神饮酒之义。书虽小技，亦不妨立社。然立社甚难，余不过姑存是说，以俟高明裁酌可耳。[①]

相较诗文作者的交游结社，戏曲、曲艺作者的结社与互动，显然更有一层意味。诗文作者之结社，主要活动为谈诗论艺、酬唱应和；戏曲曲艺，除了笔下的写作之外，尚含有演唱的成分；在案头之外，另有一个场上世界。故而，子弟书作者的"结社"，形式上更靠近宋元时期兴盛的"书会"。宋元年间民间曲艺的发展，带动了"书会"的出现。论者多以其性质为文人创作团体，参与宋元杂剧和勾栏技艺的创作。欧阳光老师则提出，宋元时期的书会，有可能是一种聚合了各式演唱的集会。虽然这一说法，目前尚未有文字记载得以确证，但是我们可以肯定的是，书会才人必然精通音律，是可以上场演出的。我们不妨设想，宋元书会中才人聚会时，既包含有创作活动，也有场上或者场下的演唱或表演。如此，则"书会"一词，代表着案头和场上双重含义。顾琳所提出的立社，从其创立之宗旨，显然是就以"演唱"会友的。

其一立社不过借说书一节，以联朋友之情，并非岜以说书为事。喜说者说之，不喜说者听之。其说者之工妙与否，不许讥评。[②]

在顾琳之立社设想中，诗社的参与者，很有可能同时兼任创作者。同书记载"自罗松窗出而谱之，书遂大盛。然仅有一音"，则罗氏通子弟书之演唱无疑。而韩小窗则更是出入于拐棒楼之所。"先生者，嘉道间尝游于京师东郊之青门别墅，所谓拐棒楼也者。"拐棒楼是京师东郊供子弟演出的场所。子弟书中有名为《拐棒楼》者，以观察者的视角，记录了拐棒楼的基本样貌：

步入轩门到后院，见一座小小的平台盖在西边。

---

① 顾琳：《子弟书丛钞》，第 829 页。
② 顾琳：《子弟书丛钞》，第 829 – 830 页。

虽设有洁净桌椅不卖座，为的是预备子弟众名贤。

花帐儿外长林丰草鸡鸣犬吠，天棚下坐满了喝茶的老者青年。①

子弟们于此集会，演唱各种曲艺，书中对此描写道：

……那轻薄子上场端坐气象森严。

弦响处气概从容排东韵，说的是遇吉别母的宁武关。

真果是铿锵顿挫谁能比，韵雅音清讲尖团。②

而这种表演者，往往即是子弟书的编撰者：

正说着场上换了个鸦片鬼，他的那须发苍白相貌不堪。

说了回《续戏姨》是他自己编的，把那男女的挑斗的私情作了个全。③

除了说子弟书之外，聚会中还有其他的曲艺表演：

等多时换上一场八角鼓，坐正的唱了个曲儿是今日下班。

还有那湖广调马头调与边关调，也不过是八不从合艳阳天。④

但是，拐棒楼的集会，并非仅仅子弟聚会演唱而已。笔者以为，这里正存在一个类似宋元“书会”的组织，有专人领导、组织大家一起创作与演出。如文中所言：

自从那小窗故后缺会末，霭堂氏接仕袭职把大道传。

教众人演鼓排书为名扬四海，也是我们祖父的德行修积非止一年。

① 《子弟书全集》第8卷，第3394页。
② 《子弟书全集》第8卷，第3394页。
③ 《子弟书全集》第8卷，第3395页。
④ 《子弟书全集》第8卷，第3395页。

　　每遇着亲友的喜事必要去作个脸，专能够承欢凑趣不讨赏还不
手粘。①

　　会末者，会之首领也。韩小窗为子弟书作者中最负盛名者，成为子
弟书作者集会之魁首，实至名归。小窗、蔼堂等会末的主要职责是，领
导众人练习演唱，带领票友们四处演出。

　　顾琳设想之社当时未能成立，拐棒楼子弟聚会的具体组织形式，今
不可知。在光绪年间，沈阳却出现了子弟书作者组成的诗社。诗社聚会
之地为著名的书铺会文山房，也正是沈阳子弟书出版的重镇之一。据
《陪都景略》载，它位于"钟楼南，路西，灰市口北"。门上有三副对
联，分别为：

>　　会得有缘人，俱是书家画手；文成无价宝，莫非翰墨图章。
>　　会面居然皆大雅；文心自古有雕龙。
>　　会其大意颐同解；文有别肠体不拘。

　　三联均嵌"会文"店名。张政烺先生解释为，第一联写会文山房的
经营范围，据书中介绍是"裱画装潢"，词林做影，子弟书篇，石图光
润，水笔硬尖。第二联说常有文人会集。第三联是"切灯谜联"，说明
这里常举行灯谜会。会文山房主人亦自称：

>　　光绪建元，岁在乙亥，元宵佳节，向年逢此，前后五日，出设
>灯谜，会集文人，颇能遣兴，聊解闲愁，无非取笑而已。②

　　可见，当时沈阳的诗社，并非单纯为写作子弟书所成立。参与其中
的文人墨客，存有多种形式的文学创作和交流。子弟书作者与灯谜会的
密切联系，也有相关作品可资佐证。《灯谜会》中，即详尽描述了文人
集社猜灯谜的情景。

---

① 《子弟书全集》第 8 卷，第 3396 页。
② 引自张政烺《会文山房与韩小窗》，第 212－213 页。

据学者考证，沈阳诗社的成员有：邸文裕，号二凌居士，亦署未入流。喜晓峰，名麟，吉林长白人，官至大理寺丞，曾出任过直隶某县知县，有《试帖捋扯集稿》四卷传世，清光绪十四年盛京同文山房刻本。缪东霖，名润绂，沈阳人，隶汉军旗，沈阳著名文人缪公恩孙，清末仕至翰林，作有《舍光堂文集》《沈阳百咏》《陪京杂述》。以"蛤溪钓叟"名，著有子弟书《锦水祠》。春树斋，姓爱新觉罗，旗人，著有子弟书《蝴蝶梦》等。

结社是文人互相联系、交流与影响的实体形式。但是，文学的传承，却往往是在阅读与写作中通过文字传递完成的。如果说"小窗""芸窗"等子弟书作家的名字，为的是尊重开创之大家松窗，蕴含向其致敬之意，那么，《逛护国寺》的部分曲文则直接是作者鹤侣氏对前辈和同辈子弟书作家的评价：

> 论编书的开山大法师还数小窗得三昧，那松窗芸窗亦称老手甚精该。
> 竹轩氏句法详而稳，西园氏每将文章带诙谐。
> 那渔村他自称山左疏狂客，云崖氏西林氏铺叙景致别出心裁。
> 这些人俱是编书的国主可称元老，亦须要雅俗共赏合辙勾板原不是竟论文才。①

鹤侣氏奕赓，本人亦是子弟书创作者。他在曲文中自谦自己的作品"成句而已，未必够板数来宝一样"，并对众位子弟书作者的风格做出评价，提出子弟书文本高下的标准是"雅俗共赏合辙勾板"，而并非"竟论文才"。

在中国文学传统中，文学作品的阅读反应，以文字描述来呈现的方式，有唱和、续作、步韵、评点等多种。胡晓真教授在论及女性弹词作家时，认为江南闺秀才女们通过阅读和写作构建了一个女性创作世界。虽然子弟书的作品中，并不存在弹词《再造天》这样刻意为颠覆前人之作而完成的作品，但是子弟书作者之间通过各自的文本创作，体现出他

---

① 《子弟书全集》第9卷，第3702页。

们互相的影响。

　　子弟书前后作者的交流，以韩小窗作《周西坡》最为典型。韩小窗在篇末述其创作缘由，曰"闲笔墨小窗窃拟松窗意，降香后写罗成乱箭一段缺文"，可知他是由罗松窗《庄氏降香》引发此作。《庄氏降香》是罗松窗的名作。黄仕忠老师并认为罗松窗作有系列罗家题材的子弟书，以纪念罗姓之先贤①。现确证为罗氏所作之《庄氏降香》与《罗成托梦》，均述罗成身死后事，情节悲伤，感情细腻，词句动人。而小窗所作《周西坡》，则是叙述罗成英雄末路，惨死于周西坡之事。无论从立意还是从艺术手法来说，两作都有较大差别。后人常常以罗松窗和韩小窗为子弟书东、西调的代表，亦可从这两部作品看出。可见，韩小窗虽然自称"窃拟松窗意"，却只是创作了同一个题材的故事，并没有刻意追崇罗松窗的创作风格。

　　韩小窗写《周西坡》的用意在于写"一段缺文"，这样的意图在子弟书的文本创作中，并不乏见。子弟书的续作有《红梅阁》《慧娘鬼辩》、《灵官庙》《续灵官庙》、《戏姨》《续戏姨》、《花别妻》《续花别妻》、《骂城》《续骂城》等篇。此外，百本张《子弟书目录》中，所录篇目下多有"接""连"等注释，表明数篇作品改编自同一题材，共同构成完整故事情节。

　　子弟书中还有仿作诗作词之法，步前人韵辙所作篇什。《袁世凯忆帝非》，直接标示"步忆真妃原韵"。试比较《忆真妃》和《忆帝非》首四行词句，足以见后者脱胎之痕迹：

忆真妃

马嵬坡下草青青，今日犹存妃子陵。

题壁有诗皆抱憾，入祠无客不伤情。

三郎甘弃鸾凰侣，七夕空谈牛女星。

万里西巡君请去，何劳雨夜叹闻铃。

忆帝非

金銮殿前草青青，今日空留洪宪名。

---

①　黄仕忠：《子弟书作者考》，载《戏曲文献研究丛稿》，第477页。

　　　　劝进人员皆抱憾，读史无客不伤情。

　　　　五郎甘弃皇储侣，抱膝空谈立正宫。

　　　　万里放逐君请去，何劳万民起不平。①

第四节　子弟书作者之创作观

　　说唱曲艺的最初和最终目的，是消遣和娱乐。子弟书也不例外。旗人创造此种曲艺，早期多用于家庭娱乐和友朋共赏。其后虽有票友表演，也多着眼于自娱自乐，与营利无关。子弟书的作者从事此等文章写作，据其自称，不过是中夜漫漫、夏日昼长的消遣之举。故而，"闲"是子弟书作者自称最为重要的创作起因；作书的目的，不外乎消时日、解闷烦、破寂寥。"闲笔墨""消午闷""趁余闲""闲泼墨""遣闷"等语汇常常见诸文词之中。子弟书作者自况的创作情景，往往是：

　　　　恰遇着景物和融春气象，驱斑管感叹闲情解昼眠。(《思玉戏环》)②

　　　　只因为日长睡起无情思，拈微辞芸窗偶遣一时闲。(《武陵源》)③

　　　　剪灯花窗下无非闲破闷，呵冻笔直到更深月影阑。(《痴诉》)④

　　某些时候，是酒酣耳热之际信笔所为：

　　　　酒酣戏谱云栖传，羡杀那玉骨冰肌俏丽娘。(《陈云栖》)⑤

---

① 《子弟书全集》第 3 卷，第 1250 页；第 9 卷，第 3746 页。
② 《子弟书全集》第 9 卷，第 3957 页。
③ 《子弟书全集》第 2 卷，第 801 页。
④ 《子弟书全集》第 5 卷，第 1775 页。
⑤ 《子弟书全集》第 10 卷，第 4109 页。

或者，是从梨园归来的有感而发：

小窗氏在梨园观演西唐传，归来时闲笔灯前写骂城。（《骂城》）①

如此休闲消遣，彩笔自娱，作者当然心知肚明自己从事的并非经国
大业之正道。《柳敬亭》的作者即自嘲道：

梧桐叶落扫窗棂，夜深微雨醉初醒。
挑灯欲写秋声赋，奈予天性欠聪明。
且排俚语成新调，拾人牙慧谱歌声。
拙人自得拙中趣，一任那骚客提毫费品评。②

子弟书作者，从自我叙述的表面看，往往并不认为自己的作品有劝
世之功效：

闲笔墨偶从意外得余味，鹤侣氏为破寂寥写谑词。
虽成句于世道人心毫无补益，也只好置向床头自解颐。（《老侍
卫叹》）③

成书之后，甚至一再劝说读者不要嘲笑其作品：

渔村书罢天台传，诸君子休笑荒唐把我嘲。（《天台传》）④

然而，民间流行的曲艺是最直接的民风教育之法，故而子弟书作者
们自己也担负起一定的教化之功。由于题材多取前代故事化为曲文，某
些作者在创作之初，也许并未清醒意识到此种教化功能。但是，大多数
子弟书作者，也有教化的自觉性。他们对此有所认识，并在其创作题材

---

① 《子弟书全集》第3卷，第1072页。
② 《子弟书全集》第8卷，第3027页。
③ 《子弟书全集》第8卷，第3465页。
④ 《子弟书全集》第2卷，第777页。

和笔法中有所反映。

子弟书篇目中取材于古代故事，或者流行戏曲小说作品，多是颂扬高雅之士，如苏轼、林和靖、李白；忠义节烈之士，如周遇吉、岳飞；武林英雄好汉，如林冲、武松；巾帼红妆，如费宫人、盗令牌的赵翠儿等。

此一回桃李芳园春宵佳会，表先生高旷清标作美谈。（《桃李园》）①

竹轩删减齐东语，为写侠义小娥眉。（《救主》）②

叹红颜愧死须眉客，凭吊当年雪艳娘。（《祭姬》）③

这样的颂扬之词，无疑符合我国以一贯之的价值观和道德观，与朴素的民间道德有高度的一致性。这样的自觉性，得到了日后论者的一致好评。顾琳在《书词绪论》开篇名义："书者，先代歌词之流派也。古歌为类甚多，不能枚举。其大义不出劝善惩恶之两途。"李镛评曰："提出古歌，立意正大；提出惩劝，尤与风化相关。"清末认为子弟书为说书最上等、词高雅，无不由此导出。

子弟书内讽刺时事的作品，以《灵官庙》和《碧玉将军》最为典型。灵官庙为道光时期著名事件，清时笔记多有记载。

朝阳门外灵官庙尼僧广真，幼年失身，老不安分。蓄养雏姬，兼教歌唱，京城勋戚大吏无不往来，彼收其夜合之资，另为聚敛之术，亦有中人资矣。道光十八年七月设席庆寿，郎中松杰等数十人在庙饮酒挟妓，被御史访拿交审，广真倚仗财势，临审时毫不恐惧，曰："不止数人，即王爷公爷亦常赴我庙顽要"，且扬扬得意貌。承审官具奏，究出庄亲王奕賫、镇国公溥喜、不入八分镇国公绵顺常入庙饮酒、吸鸦片烟。于是广真、松杰等发遣，奕賫、溥喜、绵顺俱革爵。④

---

① 《子弟书全集》第3卷，第1188页。

② 《子弟书全集》第5卷，第1780页。

③ 《子弟书全集》第7卷，第2875页。

④ （清）奕賫：《管见所及补遗》，载《佳梦轩丛著》，第109页。

《道咸以来朝野杂记》记载，灵官庙事发后，"好事者编作曲词，到处唱之。今单弦牌子曲与马头调中灵官庙，即此事也"①。子弟书《灵官庙》和《续灵官庙》，应即事发不久之作品。《灵官庙》描写广真生日当日庙内不堪之景象，以"这也是十年众人的蟊情填还尽，才被巡城御史访知闻。黄昏后带领兵役钩杆绳索，一声喊团团围住了灵官古刹的门"作结。《续灵官庙》，韫棱氏作，二回。头回"写出那孽海情天红粉的丛林"，叙广真在灵官庙蓄妓吸引众王公显贵游冶事；二回"电光赫耀破精邪"，则写灵官庙被封、广真被捕后的萧索景象。

奕赓在《管见所及》中记载碧玉将军与琵琶将军事。

> 近年英夷犯顺，命将出师，以奕山为靖逆将军征广东，奕经为扬威将军征浙江。山乃市井无赖，经又富贵膏粱，均不知兵为何物。于是山至广东大收贿赂，且翠玉甚伙，故有"翡翠将军"之号。经则以酒色为事，妓不离营，故有"琵琶将军"之称，言其抱肉琵琶也。②

子弟书《碧玉将军》，又称《碧玉将军翡翠叹》，"碧玉将军"屯兵姑苏，"飞檄各省军兵来苏助阵"，显叙浙江战事，与奕山事迹不合。关德栋、周中明考为奕经事。《清史稿》载："奕经分属懿亲，素谨厚，为上所倚重，奉命专征，颇欲有为而不更事，尤昧兵略。奏调陕甘、川、黔兵一万人，请拨部饷一万两，仓猝未集，驻苏州以待。……久驻江苏，以供应之累，官吏亦厌之。"③此史实种种，与子弟书文中所言均合。"及和议成，撤师，诏布奕经等劳师糜饷、误国殃民罪状，逮京论大辟。"子弟书末尾，亦写到碧玉将军被圣上处罚：

> 降纶音调到将军归北阙，另发遣智勇之人赴边关。
> 老元戎接到纶音将衣冠除去，最可叹青衿小帽铁锁铜环。
> 几何时转眼尊荣何处去，空剩下一身罪戾任缠绵。

随着那押解官兵徐徐而进，愁眉泪眼望断遥天。

也不知天意如何难以预定，命途怎样可否生全。

渐渐地行进都城法司收禁，凄凉凉当时今日迥隔天渊。

只因他秉性贪残心怀愚陋，才留下这臭名千载万口同传。[1]

史载奕经被革职监禁后，不久即复启用为参赞大臣：

圈禁逾年，与琦善同起用，予四等侍卫，充叶尔羌帮办大臣。为御史陈庆镛论劾，仍褫职。未几，复予二等侍卫，充叶尔羌参赞大臣，调伊犁领队大臣。坐审鞫英吉沙尔领队大臣斋清额诬捕良回狱不当，褫职发黑龙江。三十年，释回。咸丰初，历伊犁、英吉沙尔领队大臣。二年，召授工部侍郎，调刑部，兼副都统。三年，命率密云驻防赴山东防粤匪，卒于徐州军次，依侍郎例赐恤。[2]

以《碧玉将军》结局观之，作者似并不知道其下场如何，则本篇应作于奕经被革职解递回京之后，再起用之前。《灵官庙》、《续灵官庙》和《碧玉将军》的创作，充分说明子弟书作家对于时局的关注，也表现了他们的立场和观念。当然，针砭时事的创作在当时具有一定的风险，碧玉将军头回，作者毫不掩饰地写道"二酉氏笔端怒震雷霆力，写一段翡翠将军感慨长"，"现今时化外英夷生祸乱，攻城掠地势难降"，无疑描写的正是当下之事。但是，在百本张抄本中，末衍"二酉氏芸窗无事读明史，写一段碧玉将军是笑谈"二句，不仅将事件背景置于前朝，更用"笑谈"一语冲淡了全文的抨击之意。

子弟书亦存有多种描摹世态的作品，涉及当时北京城中种种世相民俗。如《鸳鸯扣》用二十四回篇幅，不厌其详地从议婚至回门，描述满族贵族通婚之礼仪。又如《官衔叹》《长随叹》《厨子叹》《侍卫叹》《先生叹》等"叹"系列子弟书，描写各阶层、各职业人物的生活境况；《评昆论》《拐棒楼》《禄寿堂》《随缘乐》等描写北京曲艺表演的情况。

---

① 《子弟书全集》第 8 卷，第 3435 页。

② 《清史稿·列传一百六十》，第 11543 页。

此种描写，是作者有意保存当日北京的情景，如《女筋斗》的作者谓：

> 为什么突然写到女筋斗，欲传述北京城内的风土人情。①

描摹北京城内的各色人物，既有"堪羡闺门乐事浓，夫荣妻贵古今同"的阔大奶奶听善会戏，也有"肥马轻裘意气扬，膏粱子弟逞酸狂"的富家儿郎游禄寿堂。作者也怀有警世教育的目的：

> 并非是故意唐突生毁谤，为劝那风流子弟改恶从贤。（《拐棒楼》）②
> 闲笔墨窗前开写须子论，总只为少年子弟教当严。（《须子论》）③

鹤侣氏写作《黔之驴》，叙时人用泥坯土块装成假药，到贵阳坑蒙拐骗事。故事后半化用柳宗元"黔之驴"，前半却是当时事态的逼真写照。作者故曰："这本是子厚的寓言也是当时的世态，鹤侣氏把调儿翻新且陶情。"

---

① 《子弟书全集》第 8 卷，第 3338 页。
② 《子弟书全集》第 8 卷，第 3397 页。
③ 《子弟书全集》第 8 卷，第 3363 页。

第六章　子弟书的故事题材

子弟书文本现存 500 余种，概而言之，其题材不出二途：其一为据现有故事的改编之作；其二为描摹现实生活之作。在改编与再创作的子弟书作品中，多数文本的故事情节，从当时社会流行的小说、戏曲故事中取材。子弟书故事之题材来源，自近代学者关注这一文学样式以来，一直是长盛不衰的研究课题。①

迄今为止，学者对于子弟书改编问题的探讨，多集中于改编自明清流行小说和戏曲的篇章。子弟书之篇章，亦多被学者称为取材于明清传奇子弟书，或改编自红楼梦子弟书等，加以分析与研究。然而，中国小说、戏曲作品成于众手，"世代累积"的特点，使得子弟书题材来源，难以指向某一具体、特定的文本。子弟书作者对故事题材的选择，对情

---

① 对子弟书故事题材来源进行系统探究的学者，首推傅惜华先生。傅先生在 20 世纪 20 年代即撰有《明代小说与子弟书》《明代戏曲与子弟书》《清代传奇与子弟书》《聊斋志异与子弟书》等系列专文，对子弟书的故事来源做出了初步的研究。其后，陈锦钊先生所撰题为《子弟书之题材来源及其综合研究》之博士学位论文，以半数篇幅逐一考察了其于台北傅斯年图书馆所见子弟书篇目的题材来源，可谓迄今对子弟书题材来源问题探讨最为集中和深入的文章。

　　1990 年以来有多篇学位论文关注子弟书的改编问题：姚颖《论子弟书对小说〈红楼梦〉的通俗化改编》（北京师范大学硕士学位论文）、贾静波《〈聊斋志异〉子弟书研究》（北京大学硕士学位论文）、林均珈《〈红楼梦〉子弟书研究》（台湾政治大学硕士学位论文）、王晓宁《红楼梦子弟书研究》（中国艺术研究院博士学位论文）、周丽琴《红楼梦子弟书研究》（扬州大学硕士学位论文）、孙越《〈金瓶梅〉子弟书研究》（河北师范大学硕士学位论文）、程广昌《三国子弟书研究》（辽宁大学硕士学位论文），对取材自《红楼梦》《聊斋志异》《金瓶梅》《三国演义》这几部经典小说的子弟书篇章做出了细致研究；刘芳芳《子弟书对小说名著的改编》（大连大学硕士学位论文）、刘秋丽《清代子弟书中的英雄侠义故事研究》（北京外国语大学硕士学位论文）、孟慧华《子弟书对明清传奇的改编研究》（贵州大学硕士学位论文）也集中关注子弟书的故事改编问题。此外，藤田香在《论子弟书的再创作》（北京大学硕士学位论文）、徐亮在《清中叶至民国北京地区俗曲研究》（北京大学学士学位论文）、崔蕴华在《子弟研究》（北京师范大学博士学位论文）中，亦关注过同样的问题，但所论均未超出前人议论范围。傅斯年图书馆《俗文学丛刊》，于收录影印之每一子弟书篇目撰写叙录，罗列所有与主题相关的作品作为参考资料，虽对于演绎同一题材的种种作品可谓收罗齐备，但由于取材范围过广，针对性未免稍显不足。

节的着重删节，对人物的分析重塑，都反映了作为小说与戏曲作品接受者的观感与评价。本章试图从以上两个层面，对子弟书题材再加以探讨。

第一节　子弟书故事题材来源再探

悠久的历史必然孕育出丰富的故事。故事借由时间和空间的转化，自然呈现出更加多姿多彩的面貌。在中国历时久远的文学传统中，有关故事题材来源的探讨，从来都是头绪纷杂、难以厘清的。《汉书·艺文志》论小说家，曰"出于稗官，街谈巷语、道听途说者之所造也"，足见中国讲故事风潮流行之早。自唐宋朝以降，民间艺人于勾栏瓦舍、村头巷尾讲唱故事的传统一直长盛未歇。变文、转踏、说话、评话、弹词、鼓词等说唱技艺，或盛行于一朝，或专擅于一地。借由民间故事、说唱表演、民歌民谣的方式口耳相传，西施、孟姜、昭君、白蛇、梁祝等人物家喻户晓，桃园结义、孔明借箭、武松打虎、宋江杀妻等故事妇孺皆知，并成为后世文学创作中取之不尽用之不竭的故事母题。后人或择采前文加以润色，或自出胸臆添加情节；或借助历史人物故事新编，创作出了形形色色、面目纷呈的文学作品，成为我国文学传统的一大特色。①

子弟书的故事题材，近取材自明清时创作与流行的小说和戏曲，其故事雏形，亦可远溯至前朝的各种文学作品；要对其故事流变的来龙去脉做出探讨，十分不易。陈锦钊在探讨此一问题时，开篇即言及：

> （子弟书）取材之对象，多集中《在水浒传》、《三国演义》、《西游记》、《金瓶梅》、《三言》、《红楼梦》、《聊斋志异》等著名通俗小说，……考其原因，是此等著名之通俗小说，本为人所熟知热爱，故改编为子弟书后，特别受人欢迎。但我国通俗小说，亦常被

---

① 现代学者已经关注过对这样文学母题的研究，并有多部作品发表，如潘江东：《白蛇故事研究》（台北学生书局，1984），洪淑苓：《牛郎织女研究》（台北学生书局，1988），黄瑞旗：《孟姜女故事研究》（中国人民大学出版社，2003）等。曾永义先生在《俗文学概论》一书中，以牛郎织女、西施、孟姜女、梁祝、王昭君、关公、杨妃、白蛇和包公九个故事为例，探讨我国"民族故事"的基型、发展与成熟（参见《俗文学概论》，三民书局，2003，第411–599页）。

改编为戏曲演出者，……由此可知，取材于我国通俗小说故事之子弟书，即使未据此等戏曲改编而成，但亦必受此种风气之影响，实毋庸置疑。①

上文所言确为子弟书题材来源中的一个重要问题。在明清的小说和戏曲的文学作品之间，多存在着互相借鉴故事题材，甚至互相改编的关系。例如，在小说成书之后，戏曲创作也多借用其故事，反之亦然。明清之际如《铁冠图》《绿牡丹》等存在同题戏曲和小说之作品，不胜枚举。在同样题材有戏曲和小说两种体裁，或者弹词、鼓词等更多文学体裁的情况下，子弟书故事题材的直接源头，确是不易明确指认。

在故事的直接来源是戏曲还是小说难以辨别之外，对子弟书的题材来源进行探讨，还存有更为复杂的因素需加以考虑。其一，我国小说和戏曲的兴起与繁盛其时也晚，其兴盛和成熟是建立在先前各种文学形式的基础之上的，对前代的文学作品进行借鉴与改造，实属平常。徐朔方先生曾把我国的小说和戏曲作品总结为"世代累积型"的文学创作，其说被学界广泛接受。中国戏曲和小说作品所共同具备的"世代累积型"创作特点，使得相同题材和故事情节在不同时期、不同作家的作品中屡屡有见。各种时期、各种版本的故事同时流传，加强了探求子弟书题材来源的复杂性，难以得出确切的结论。

其二，折子戏的流行和清中期后花部戏曲的兴起，清代子弟书作者们对于观看戏曲、曲艺演出的热衷，也让子弟书的题材来源在案头之外，增加了场上这个取向。子弟书的取材完全可以跳出小说、戏曲作品的文本，而延伸、扩展到当时梨园兴盛的演出中。《滚楼》《赶靴》等篇因取自当时走红的秦腔、弋阳腔戏曲演出，尚且容易辨析；某些传统的经典名段，由于不断被不同剧种改编，在梨园反复上演，引发了作者的创作灵感，则让故事来源的探索更显困难。

其三，文学母题历代广泛流传，使得民间对于武王伐纣、水漫金山等经典故事情节耳熟能详，后世作者未必要通过一定的文本来作为援引。

其四，探讨题材来源，还必须考虑作者的改编创作意识。子弟书是

---

① 陈锦钊：《子弟书之题材来源及其综合研究》，第5-8页。

一种再创作，子弟书作者当然在原有故事基础上，进行情节的改造、改变和增减。在子弟书作品中，人物虽然是家喻户晓的，但是个性和故事都发生了很大的变化。这样的颠覆式的改编，其情节早已跳脱了原有的故事。

故此，为子弟书的题材寻求故事来源之时，笔者提出了"事本"和"源出"两个概念。对于题材来源可以明确追溯到所根据的文本的篇章，侧重用"事本"；对于难以指明的，则用"源出"。

探寻子弟书的题材来源和创作缘起，最为可靠的是作者自己在篇章中的说法。子弟书作者往往将写作缘起直接嵌入曲文当中。如：

　　　　小窗氏在梨园观演西唐传，归来时闲笔灯前写骂城。（《骂城》）①

　　　　这是子厚的寓言也是当时的世态，鹤侣氏把调儿翻新且陶情。（《黔之驴》）②

　　　　小青传且留佳句，牡丹亭堪作揣摩。（《闹学》）③

由上引曲文看来，正如上文所言，子弟书的题材来源，一般来自明清小说和戏曲作品。从更深入的一个角度考虑，在取材于戏曲故事的情况下，又分别存有文本和演出两种状态。在现存子弟书文本中，直接取材于小说作品的，以《聊斋志异》和《红楼梦》两部为个中翘楚。究其原因，笔者以为，当是两书成书较晚，影响较大，且故事情节多为原创，其小说流行时间，与子弟书曲文文本创作时间大致相同，易于为子弟书作者直接借鉴。这一点，从作者嵌入曲文当中的创作缘起就可以得出。如直接取材于《聊斋志异》的作品——

　　　　演一回聊斋传内惊人女，他姓氏无须问马牛。（《侠女传》）
　　　　写一回葛巾玉版聊斋记，要警起那怜香惜玉的人。（《葛巾传》）
　　　　莫笑书痴奇遇假，如非假怎见聊斋绝世文。（《颜如玉》）

---

① 《子弟书全集》第 3 卷，第 1072 页。
② 《子弟书全集》第 4 卷，第 1294 页。
③ 《子弟书全集》第 6 卷，第 2543 页。

闲笔墨夏日无聊消午倦，把留仙玲珑的妙笔补叙人龙。（《大力将军》）

这些时竹窗春暖无一事，写一段聊斋的故事遣遣闲情。（《绿衣女》）

我今暂借留仙笔，写一段钟生因难返乘龙。（《钟生》）

杨万石本是聊斋诚心骂世，人人看去怒把胸填。（《马介甫》）①

直接取材于《红楼梦》的作品：

暂歌一段石头记，借笔生端写妙人。（《一入荣府》）

美红楼何处得来生花妙笔，似这般花样他越写越奇。（《椿龄画蔷》）

此一回柔情醋意真难写，笑老拙怎比红楼笔墨奇。（《宝钗代绣》）

蕉窗人别缸闲看情僧录，清秋夜笔端挥尽遣晴雯。（《遣晴雯》）②

从场上表演中得到创作灵感的事例，则以《滚楼》一篇最为典型。乾隆四十四年，魏长生凭《滚楼》一剧名动京师，令别剧减色。子弟书《滚楼》无疑是在此剧兴盛后所撰，其创作缘起，源于此剧在京城之盛行，亦毫无疑问。《骂城》是小窗在观看《西唐传》之后的有感而发；《烧灵改嫁》也是作者自梨园归来后的感慨："演梨园归来闲谱烧灵事，感慨那今古鸳鸯薄幸由。"

在子弟书作者自己点明的状况之外，对于在案头和场上同样流行的作品，我们仍可以通过文本、情节的对比来判断子弟书故事的渊源承继，或者通过考察清代各类戏曲在北京流行和表演的状况，得出结论。

以子弟书中水浒故事为例。前辈学者多以水浒故事系列子弟书取材于《水浒传》，《翠屏山》《杀惜》等篇，为《水浒传》小说中的精彩章

① 《子弟书全集》第10卷，第4005页、4105页、4106页、4035页、4022页、4058页、4029页。

② 《子弟书全集》第9卷，第3756页、3804页、3809页、3879页。

节，以文字两相比较，大抵不脱小说原文，借鉴痕迹明显，此说自无疑义。但是细读子弟书的水浒故事每一篇目则可发现，《走岭子》《蜈蚣岭》《活捉》等篇，其情节与《水浒传》小说中存有较大出入。《水浒传》小说问世之后，戏曲作品多从中取材敷衍成篇，如许自昌《水浒记》、李开先《宝剑记》等，然情节与原著有着显著不同。① 此外，在戏曲表演的舞台上，《活捉》等折子戏，成为长盛不衰的经典剧目。考之具体情节可知，《走岭子》等数篇，当取材于戏曲作品；《活捉》，则有可能源自折子戏的场上演出。当然，演绎水浒故事的戏曲文学作品和舞台表演，与《水浒传》小说都有着密切的联系；但是就子弟书故事题材直接来源这一问题来说，此数篇文本的直接承继，却与《水浒传》小说全然无关。描写三国、西游、水浒等故事的子弟书篇章，都存在着与之类似的问题。所以，笔者倾向于使用"三国故事子弟书""红楼故事子弟书"的提法，概括讲述此类故事的子弟书篇目，而非"取材于《三国演义》""取材于《红楼梦》"的子弟书，其表述似乎更为精确。

关于同一题材屡次创作的问题，以唐灭隋建国这一历史背景为题材的小说最为典型。以隋唐易鼎故事为背景创作的小说，现存所知有《镌杨升庵批点隋唐两朝志传》《新刊徐文长先生评唐传演义》《剑啸阁批评秘本出像隋史遗闻》《新镌全相通俗演义隋炀帝艳史》《四雪草堂重订通俗隋唐演义》《说唐》《说唐小英雄传》《说唐平鬼全传》《说唐演义全传》《说唐演义后传》《说唐前传》《大唐秦王词话》等，不一而足。② 徐朔方先生在为《古本小说集成》收录之《徐文长先生批评增补绣像隋唐演义》所写前言，曾总结隋唐小说的两个系统：

　　　明清之间流行的唐代历史小说有两个系统，一是世代累积型集体创作，如《隋炀帝艳史》、《隋史遗文》、《大唐秦王词话》等，它们的成书类似《三国志演义》。演义者，借史事而铺叙和虚构。真实性的程度各书不等。一拘泥于史实，如本书与《唐书志传通俗演

---

① 《水浒记》取材于《水浒传》，但剧中《邂逅》《目成》《渔色》《野合》《计诳》《冥感》诸出，皆小说所无；《宝剑记》取材于《水浒传》林冲故事，但与原著有着显著不同之处（参见《中国曲目大辞典》，第 359、337 页）。

② 按：据《小说书坊录》《200 种中国通俗小说述要》等目录著录列举，并非全貌。

义》，演义即铺叙，虚构的成分很少，可说是历史的通俗读本。①

关于此两个系统之间错综复杂的关系，徐先生又言道：

> 世代累积型的无名氏的长篇小说，同一作者有旧本和新本之分，
> 如《隋史遗文》；题材相近的小说如《隋唐两朝史传》、各本《隋唐
> 演义》、《隋史遗文》和本书，既有无意的仅仅由刻板等技术原因所
> 造成的文字出入，又有有意的增删和润色；成书迟的可能依据旧本，
> 而成书早的倒可能经人增删；凡此种种，要一一考订它们的前后和
> 异同有时非常困难而又繁琐。②

仅《隋唐演义》一书，著者即参考了不少同类故事的小说。

隋唐演义是一部在民间流传很广，历来受读者欢迎的历史演义小说。
此书问世之前，明罗贯中曾纂编《隋唐志传》，到了正德年间，林瀚又
做了改订。褚人获是以林瀚改订的《隋唐志传》和《隋炀帝艳史》为
主，再参考《大唐拾遗记》《海山记》《迷楼记》《开河记》《隋唐嘉话》
《明皇杂录》《开元天宝遗事》《长恨歌传》《太真外传》等书编成的。

因隋唐易鼎时期风云际会，便于小说家各出心杼；秦琼、罗成、尉
迟恭等英雄人物，其生平事迹在《隋唐演义》《说唐演义》等书籍的描
述中各不相同。而这一系列的小说，也经历了主角从李世民到秦琼等英
雄的转变。而今存描写这段历史故事的子弟书文本有《周西坡》《庄氏
降香》《罗成托梦》《秦王降香》《望儿楼》《忆子》《马上联姻》等多
篇，也都因取材自不同的小说，而显得故事情节差异颇大。

《秦王降香》，讲述秦王夜晚在后花园为苍天社稷黎民百姓降香祈
福，感动刺客宇文宝自尽事。在笔者所寓目的隋唐小说中，此情节只存
于《大唐秦王词话》，则改编自此无疑。

在隋唐系列小说中，某些故事情节在不同小说中反复出现，如罗成

---

① 《徐文长先生批评增补绣像隋唐演义》，《古本小说集成》收录首都图书馆藏本（徐朔
　方撰“前言”，上海古籍出版社，1994，第2页）。
② 《说唐演义全传》，《古本小说集成》收录上海古籍出版社藏观文书屋刊本（徐朔方撰
　“前言”，上海古籍出版社，1994，第2页）。

陷入淤泥河致死之事。子弟书《周西坡》三回，叙述罗成为两位王子李建成、李元吉所害，单枪匹马挑战敌人，又被自己人设计陷害，最后陷入淤泥河的埋伏之中，被乱箭射死。在笔者所见的小说中，描写了这段故事的有《说唐演义》第六十回、六十一回和《大唐秦王词话》的第五十回。这些文本之间存在着互相借鉴的情况，故事情节类似，则难以明确说出子弟书承继自哪一本小说。

在子弟书篇章中，存有因为取材自不同的书籍使得故事情节存有矛盾抵牾之处的情况，再看罗成的姻缘。罗成的妻子，在不同的子弟书作品中，存有庄翠琼和窦线娘之别。在《庄氏降香》《罗成托梦》等篇章里，罗成于淤泥河惨死，母亲和妻子在家苦苦等候他归来，妻子是庄氏翠琼；《马上联姻》第十四回，描述的是他和窦线娘的爱情、姻缘故事。这正是故事取材于不同的书籍导致的。

第二节　富有旗人特色的改编方式

总体而言，子弟书的题材中虽以改编为主，但是改编的题材中也大多穿插了现实生活的内容，以便更贴近当时的实际社会环境。子弟书创作的目的是演唱，结合旗人生活的改编，也容易引起听者的共鸣。改编题材的子弟书篇目插入现实生活的描写，方式有以下几种。

第一，人物穿戴。子弟书对人物尤其是女性的描写是有一定成规的，这使得不同朝代、不同时期的女性外貌和衣饰，都呈现出趋同化的特点。譬如《子胥救孤》是春秋时事，对王后的描述是：

> 战兢兢樱桃口裂朱唇紫，软怯怯杨柳身酥杏脸黄。
> 鞋弓袜小金莲窄，袖阔衣宽玉笋长。
> 恰好似叶落花残着雨打，不亚如游丝飞絮受风狂。
> 可叹他娇滴滴凤阁龙楼金玉女，反作了草莽风尘蒲柳娘。①

上至中宫王后，下至江边渔女，不论身份、性格如何，只要是正面

---

① 《子弟书全集》第1卷，第57页。

的形象，都是"乾坤正气造化的蛾眉"，在外貌上，"鞋弓袜小""皓齿蛾眉""柳腰姣怯""恹恹瘦损"成为年轻女性的共同特征。

在描写其他朝代的女性人物时，往往将其形象转化成当时人们熟悉的穿戴打扮，《伍子胥过江》中的浣纱女，在伍子胥眼中是这样的：

> 只见他上身穿红下挂素，浑身砌就百草花名。
> 只见他向日串花巧挽云髻，上扎一根棉花二扛京红绳。
> 桂花油头明又亮，耳坠个香环子白生生。
> 芙蓉花粉面樱桃花的口，糯米花银牙数不清。
> 鸡冠子花的蛾眉分八字，相衬着葡萄花两眼水零零。
> 鼻如那悬胆花儿一般样，好似那玉占棒儿悬在空。
> 十指尖尖如嫩笋，手上戒子海棠花儿红。
> 藕花的手腕娇又嫩，杨柳花的腰枝点点轻。
> 上身穿的石榴红的红大袄，水仙花的罗裙系在腰中。
> 喇叭花的裤腿蛇皮花带，蓁椒花的金莲一拧儿拧。
> 窄窄绣鞋刚三寸，上扎菊花玉美人。①

这分明不可能是春秋时期伍子胥眼中看到的浣纱女，而是子弟书的作者想象中的以及子弟书的听众熟悉的清代时兴的女性形象。

关于男性的衣着描写，则在小人物的外表打扮中刻意加上时兴的元素从而造成喜剧效果，春秋时的迂腐酸儒陈仲子在街市上与人起冲突，对方骂他是"醋瓶子"来"胡充圣人家"，"脑榼上带着顶方巾子，穿着件蓝衫把你美杀，……带着个眼镜儿混充假瞎"②。这里讽刺的自然不是真实的陈仲子，而是清代中晚期的儒生。

第二，语言和行为方式。在子弟书的改编中，历史人物的行为举止、言谈用语往往与其真实的身份并不相符，故意采用了诙谐、粗俗的方式，来博取听众的喜爱。先看以下这段言语：

---

① 《子弟书全集》第1卷，第66-67页。
② 《子弟书全集》第1卷，第132页。

若照我昔年那个猛浪性，我定要踢顿脚来打顿拳。

恼一恼提起腿来往河里撩，定教那鱼鳖虾蟹望饱里餐。

俺如今吃了长斋不生事，我权且便宜这两个庄家男。①

如果不加上第一句"仲夫子从来未转过没体面，被两个耕地农夫气乍了肝"，这分明是市井之人的口吻，恐怕难以想到这是孔子弟子仲由的内心独白。另一种更有意义的改编方式是，将子弟书中的某一个人物设定为说满语，最为典型的例子是《查关》，本事为汉元帝太子刘唐建独行至北漠，遇到番女挡关的故事。刘唐建独行来到夷狄之地，路宿荒郊，恰遇上梭罗宴提着灯笼巡逻，将刘唐建认作奸细上报。梭罗宴既然是个番兵，那么，他口吐番语自然是正常的，他说：

不知亚巴得来了奸细，厄母塞拂勒呀哈烧了个亮堂堂。②

只是他所说的"番语"都是满语的音译词。根据王美雨的考证，"亚巴得"是满语"在何处"的意思，"厄母塞拂勒呀哈"则是"一把火"的意思。③ 但是在这一篇子弟书中，身为番女的女主角说的却是汉语，所有的满语词都存在于番兵小卒梭罗宴的口语中，再譬如："说便宜你一顿舒拾哈摊他看我的姑娘"中"舒拾哈摊"意思是用辫子打；"那南方的蛮子哥布矮"中"哥布矮"是"什么名字"的意思，等等。用满语来塑造一个活灵活现的番兵形象，想必能够引起听众的会心大笑。

另一种情况则是，人物采用了当时说唱文学中固定的创作模式，以同一句式反复叙述或者追问的方式来进行强调，以取得吸引听众的效果。比如同样是孔子时期的子路追孔故事，子路问道于老丈，得到的回答是：

你夫子或是高来或是矮，你夫子或是黑来或是黄。

你夫子或姓张来或姓李，你夫子或姓周吴并郑王。

① 《子弟书全集》第 1 卷，第 38 页。

② 《子弟书全集》第 1 卷，第 315 页。

③ 王美雨：《车王府藏子弟书满语词语研究》，《东方论坛》2013 年第 1 期，第 107 页。

你夫子或乘车来或乘辇，你夫子或是步下量。①

第三，名物。大体来说，子弟书的改编是根据小说或者戏曲文本来进行的，但在某些具体的名物上，有一些反映了旗人生活中的情况。《渭水河》中周文王"文王美寝芙蓉榻"②出现了芙蓉榻，《子路追孔》中出现了对联："上一联春风杨柳鸣金马，下一联晴雪梅花照玉堂"③，这些都是清代司空见惯，但在故事发生之时尚未出现的事物。

第四，社会状况。这一方面，包括有社会制度性的，比如描写周幽王烽火戏诸侯故事的《千金一笑》中，褒姒的养父惊艳于她的美色，想献给幽王以减轻自己父亲的罪过时："想起老父身犯罪，刑部三年监狱囚。"④周幽王自称为"朕"，称申王后为"御妻"、"中宫"和"皇后"："陪笑道是朕新收的美人也，未曾立定故尔未把你朝。说御妻不必生嗔是朕之过，朕明日带他陪罪把气消。""幽王说此乃中宫皇国母，你明日应该把他朝。"⑤很显然，不管是"刑部"，还是"朕"、"御妻"，都不可能是周幽王时期出现的制度，只是为了听众易于理解，以熟悉的方式来进行表现。再如《孔子去齐》中"霎时间金銮殿上做了梨园。君臣们一齐跳入迷魂阵，终日合几个戏子老婆耍笑玩"⑥，"金銮殿"和"梨园"，当然也不会是孔子时出现的事物。有宗教性的，比如在佛教传播进入中国之前的春秋时期，《齐陈相骂》的故事中已经出现了僧人，"来了个挂搭僧人把数珠儿拿"，他"口念弥陀如来尊者"，"救苦救难观世音菩萨"；口口称"四大皆空"，"六根清净"。⑦

第三节　子弟书中的旗人生活与逸事

子弟书是记录旗人子弟生活的重要文本，短篇子弟书中有不少是以

---

① 《子弟书全集》第1卷，第43页。
② 《子弟书全集》第1卷，第22页。
③ 《子弟书全集》第1卷，第44页。
④ 《子弟书全集》第1卷，第4页。
⑤ 《子弟书全集》第1卷，第6页。
⑥ 《子弟书全集》第1卷，第36页。
⑦ 《子弟书全集》第1卷，第133页。

旗人的生活实际为蓝本来创作的。在《子弟书全集》中归入"清代故事"这一卷的篇目中，除了根据当时舞台流行剧目改编的文本如《打面缸》《送盒子》《乡城骂》描述了当时的社会现状，内容涉及旗人的生活，如"屯女配旗原贪富，旗户迎村总因穷"[1]；还有大量的现实作品，是根据时事和风俗改编的，如《灵官庙》《续灵官庙》叙述道光年间灵官庙内女尼淫乱被捕之事；《三皇会》写祭祀科仪；《文乡试》《武乡试》《花别妻》叙述丈夫或赴考或从军，妻子在闺中的思念之情。又有清代的重要政治事件的记载，如《擒张格尔》《碧玉将军》；其中有关旗人职务工作、日常生活的篇目，如《老侍卫叹》《少侍卫叹》《侍卫论》《銮仪卫叹》写旗人任职侍卫的职责和生活；《太常寺》写旗人在太常寺的诸项工作；《司官叹》《叹旗词》写官场情状；《鸳鸯扣》写旗人议亲、嫁娶、回门的仪式；《打围回围》写旗人至热河围猎，种种细节，堪称是清代旗人社会生活的实录。在这一部分作品中，关于旗人的穿着打扮、休闲娱乐的相关描写最为丰富。

在服饰的描写上，旗人的特点往往非常鲜明。青年男女的打扮有《悲欢梦》中的男主角："你看他身子直连靴子儿俏，头皮儿青衬着脸皮儿白。滴溜儿圆拉弓的一个胸子，笔管直射箭的两只小胚膊。分明是个小达子，来哄奴狠是谁家几阿哥。""提本势是八旗中掖布坑厄，论乌布是一个小托拂昏多。"[2] 在根据《悲欢梦》改编而成的二回本《连理枝》中，从配饰上更加强化了旗人的形象："你看他骨格儿风流人物儿俏，头皮儿青相衬脸皮儿白。时兴的小呢儿帽子檐儿窄，珠儿线的缨子长又多。石青色小呢儿的褂子把后衿吊起，三蓝色宁绸袍儿凹杭放着。宝石蓝的围脖做的紧，三直的尖靴纸底不薄。小刀子荷包是内造，都尔敦封库配了个拂。搬指套儿相配牙签儿奇，上扎着半翅蜂儿碎折儿多。大荷包一对平金又打籽，羊脂玉的搬指手上带着。滴溜圆拉弓的一个胸脯子，笔管直射箭的两只小胚膊。分明是个小达子，来哄奴倒像谁家的几阿哥。"[3] 绸衫、围脖或围领、靴子、搬指、荷包是旗人青年男性的标准打扮，《绣荷包》《须子谱》《少侍卫叹》《打十湖》《风流公子》中的贵族

---

① 《乡城骂》，载《子弟书全集》第 8 卷，第 3041 页。

② 《子弟书全集》第 8 卷，第 3226 页。

③ 《子弟书全集》第 8 卷，第 3276 页。

男性形象都是如此。

子弟书的女性形象方面，则有两种看似相悖的处理方式。一方面，作者们意识到，"燕支山的女儿"风格别有不同，在衣着描写时突出了旗人服饰的特点，比如《公子戏环》中的小丫鬟素秋"穿着件旧绿羊皮花儿绸袄，套着件石青马褂儿素宫绸。围着条双丝顾绣的花儿帕，梳着个两瓣时兴的架子头。下边是小小红鞋素穗儿隐，上边是宽宽翠袖暗香儿浮"①。《家主戏环》中的小丫鬟也是"胳膊儿边高卷桃花长挽袖，布衫儿外罩苏州小背心。白纺丝大长的手帕围脖项，越显得月貌花容美难云。如意儿头时下梳妆压燕尾，两半儿顶紧绕红绳扎发根。别青丝镀金钗子新兴的样，挨水鬓灯草花儿大朵儿新"②。旗人女性的特点，在外貌服饰上体现在两把儿头、燕尾、领袖等细节上，有时候少妇还配有烟袋："拿一根银锅玉嘴竹节烟袋"③；另一方面，女性的外貌和性格上，又不免拘于程式化的描写，和汉族女性区别不大。譬如《桃花岸》中开篇即言"怪道燕支山翠微，谁知全在小蛾眉"。可是这个山水灵气的姑娘，也只是"一条身子儿梅枝秀，两个眼睛儿杏子黑。俏庞儿绝代从那灵根儿透，小样儿撩人是他傻气儿堆"。无论是"樱桃儿口""柳叶儿眉"，还是青葱玉指、远山翠黛，都缺乏旗人女子真正的英气。

在旗人的日常生活和休闲娱乐上，著名的满汉兼作品《拿螃蟹》写旗人第一次吃螃蟹的趣事；《打十湖》描绘旗人富家子弟沉迷于牌局，耗尽家财；《射鹄子》写旗人子弟比赛射箭；《碧云寺》写在碧云寺游玩时所见所感；《阔大奶奶听善会戏》《阔大奶奶逛二闸》写少妇出外游玩的情景。或许是子弟书作者熟悉戏曲、俗曲的演出情况，数量众多的子弟书篇目描写的是看戏听曲的场景，或者爱好听戏的旗人形象，也是子弟书中最富有特色的篇目，《女筋斗》《老斗叹》《禄寿堂》《梨园馆》《栅棒楼》等，都可视为当时戏曲演出第一手重要史料。

如上文所言，子弟书的故事情节主要根据当时流行的戏曲和小说作品进行改编，长篇子弟书以旗人生活为对象自撰故事者，极为罕见。子弟书《俏东风》是少数几篇以旗人爱情故事为题材的长篇子弟书作品。

---

① 《子弟书全集》第9卷，第3607页。
② 《子弟书全集》第9卷，第3612页。
③ 《阔大奶奶逛善会戏》，载《子弟书全集》第9卷，第3694页。

全书共十二回，分别为《透春》《戏乐》《桃记》《传帕》《拈香》《洁玉》《盟月》《哭病》《谢芳》《哭艳》《惊梦》《醒梦》，讲述的是旗人公子和佳人间的一段爱情故事。故事大略云：公子、佳人二人在游春时偶然结识，后经父母之命结为夫妇，婚后二人龃龉渐增，佳人忧思满怀，染病早逝。《俏东风》之后，尚有续书名为《续俏东风》。续书讲述"佳人死后魂儿犹记挂丈夫，其诚感动嫦娥，因知佳人与丈夫仍有数载夫妻之缘，遂使佳人幻化以诱其夫，终得还魂团圆"。① 《俏东风》中，旗人的特征和生活得到了充分的展现。譬如头回《透春》中以佳人的视角描写公子的样貌打扮：

> 缨帽儿时兴钉藏紫，越显得他新剃的脑皮儿青。
> 四团龙的褂子却是新银鼠，月白色的围脖儿是素剪绒。
> 小泥儿半卷噶牛袍袖儿窄，一路儿搭憨步儿马啼儿轻。
> 偏对那斜含乌木银烟袋，只少根俏摆春风孔雀翎。
> 小靴子斜登金镫胸脯儿嫩，开契儿半露芙蓉手帕儿红。
> 都尔敦风格藏傲气，阿思哈发都漏机灵。
> 小荷包儿新样红腰子，碎折儿傍边半翅蜂。
> 他还带着个小钮子，双顶儿歪毛儿有对冲。②

女主角"佳人"的打扮没有强调旗人特征，但"指甲套儿白亮亮"等描述还是能够透露出她的出身和身份。

在整理《子弟书全集》时，编者未考得其本事来源，题记中写为"故事来源不详"。详加考察可知，这个王孙的故事，在当时流传很广。龚自珍《怀人馆词选》中载有《瑶台第一层》词，其本事与这个故事密切相关。据其自序，此词乃因一段"旗人王孙"情事有感而作。其词曰：

> 无分同生偏共死，天长恨较长。风灾不到，月明难晓，昙誓天

---

① 《子弟书全集》第 8 卷，第 3123 页。
② 《子弟书全集》第 8 卷，第 3083 页。

旁。偶然论谪处，感俊语、小玉聪狂。人间世，便居然愿作，长命
鸳鸯。　　幽香。兰言半枕，欢期抵过八千场。今生已矣，玉钗鬟
卸，翠钏肌凉。赖红巾入梦，梦里说、别有仙乡。渺何方。向琼楼
翠宇，万古携将。①

　　龚自珍此词，叙述的是一段男女爱情之事。女主角夭亡，故将其比
作贬谪人间的仙子，二人虽然在人世同心密誓，无奈却人间仙乡永隔，
只能在梦中相见。写作此词的因由，龚氏有自序曰："某侍卫出所撰
《王孙传》见示，爱其颇有汉晋人小说风味，属予为之引。因填一词括
之，戏侑稗家之言。"② 如序所言，龚氏是受"某侍卫"所托，读了他所
撰写的《王孙传》之后，有感而发，才写作这首词的。此词现载《怀人
馆词选》，词后并录有一篇"某侍卫"自己所作的"某侍卫原序"。但
是，据刘大白在民国元年购得和收藏的《红禅室词》抄本第一卷所载，
其词与上引词句略不相同，前后两个版本中词作本身的文字差异，对词
意影响不大，后者情绪更为凄婉，可视为龚自珍在编订词集时，对少时
旧作进行了词句的调整和修改。不过，《红禅室词》中仅载有一篇自序，
对比《怀人馆词选》中的自序和词后"某侍卫原序"，二文的详略、细
节大有不同，前者所载更为详细曲折，尤需注意的是，序文的作者也相
应发生了改变。《怀人馆词选》收录的"某侍卫原序"，谓此序为某侍卫
所作《王孙传》之序，作者即"某侍卫"，但《红禅室词》中自序的作
者却是龚自珍本人。其序完整记录了"某王孙"爱慕表妹，因其病夭，
随之绝食而亡的故事，足可视为现知龚氏唯一创作并传世的小说传奇作
品。故将《红禅室词》所载序文全文抄录于下：

　　某王孙，镶黄旗人。美如冠玉，读书肆射，本旗子弟之著者。
性温润，珠规玉矩，不苟言笑。虽英气欲踔发，而恒令人可亲爱。
见者疑为江南古族子弟，不知为城中上姓也。年十六，未议婚。中
表某氏，正黄旗二甲喇贵甲，幼日往还极亲洽。有女年十五矣，工

---

① （清）龚自珍：《龚自珍全集》，上海古籍出版社，1999，第554－555页。
② （清）龚自珍：《龚自珍全集》，第554页。

填词，多哀怨语，险丽奇谲语，惝恍迷离语。又多奇梦，若在瑶池阆苑中，殆非人间人也。每相见，辄两相许。归家后，必作百日思，几于见似目瞿，闻名心瞿，其情思有曲折难传者。盖两心亦相喻矣。

杏儿者，女之婢也。尝语女云："王孙，都尔敦风古，阿思哈发都，真人中之凤。"都尔敦风古，满洲语，言云骨格俊也；阿思哈发都，满洲语，犹云聪明绝特也。杏儿时时以语挑动女，女如弗闻。然心窃韪其言久矣。

王孙方遘家多难，居恒意郁郁不自恃，女闻而怜之。以近日不得常常见，无由道款曲。适父母将为娶它氏，两家儿女旬日间皆以怨病。后议稍寝，然卒不闻有作合意。王孙诣女家，时时与杏儿语，语多酸凉刺鼻，杏儿深讶其不祥。

然杏儿能传白两人胸中私语。一日语杏云："近者病愁相续，脆弱不自保，况事不如愿，当永相诀。使知因伊而死，吾无悔矣。"杏云："为之奈何？"王孙云："得以一见自明此心，乃毕命，子之赐也。"杏儿以告女，兼以微词导之。女恐其死也，授意杏儿，引自卧室。时二月下旬，天气严冷，王孙衣长褂，窄褂袍，皆雪鼠里，系香色巾，披小荷囊一双，芙蓉巾一方，丰致楚楚，瘦不胜衣，迥非旧日丰艳神采。女固多病，近益消损，相见泪各涔涔下，无语良久。杏儿取女猩红雪衣代衣之，长短悉称。坐定，仍无语。王孙以生长上阆，读书接宾客而外，罕习佻达。杏儿素黠慧，眉语授意，令作拥持状。王孙面频不前。杏儿促之。良久，女语云："妾侯家女，君亦世代贵藩，妾之身，君实主之。今日之见，特用自明衷曲，谐则相叙日正长，不谐唯一死相谢，不三言决。至于其它，则事倘谐耶？终身为君笑，反授君隙末之柄；不谐耶，妾欲以清白身赴九泉，君无取玷妾也。君在家为佳子弟，出门为贵官，乃人世至矜贵人，亦何取以福慧之身，忍而为此？"言毕呜咽。是夕，风雪甚厉，王孙就外室宿焉。是夜，王孙诈称病，又故作呻吟，若不胜任者然。女并未尝遣杏儿一抚摩也。次日归，父母诘之，以当差夜直对。

一夕，女忽若与王孙共枕席，展转之间，似不忍峻拒者。迷离之次，颇自悔恨呜咽。杏儿呼之，悟为梦。嗣是，病益不愈。盖前此数月，已探知父母决无此意矣。两家皆将议它氏，妁之造门者日相望也。一日，王孙乘间至，杏儿云："王孙来耶？"褰帘导之入，径揭软红帐，立于床前。女方睡，张目见王孙，薄怒，召杏诘之。杏托不知。王孙云："无它，来相诀耳。"因执手泣。女云："今生今世，难答君恩。死如有知，夜夜与君相梦见。"王孙密以红巾系女祐衣，女不知也。女以次夕死。后王孙梦女辄至，执巾询曰："此君物耶？"曰："然。"每夜至，必欢好如人间儿女。然虽不推拒，而意如嫌其不洁者。尝语云："妾与君钟情，似不在此。君以此为欢，诚何所惜。所以聊支君者，庶以报君之恩耳。"一夕，女忽语云："能相从乎？"王孙以事未了对。数岁，父母相继逝，王孙丧葬咸尽礼。毕，女来云："妾本校文紫府，注籙上清，小堕人间，行将复位。但以一尘既染，又缘婚嫁不遂而死。今奉玉敕贬为绿函侍史，但仍居天界耳。君大事已毕，盍相从乎？"王孙竟于是月绝粒。杏儿闻之，缢死，盖相从于天上矣。

初，王孙梦女嘱云："吾两人事，世鲜述之者，其碧天怨史乎？"后以谂予。予欲志入说部中，而说部寥寥不成帙。爰填此纪之而序之如此，贻后之有情者览焉。①

子弟书头回《透春》，叙述佳人在小楼上，看到一位前来踏青的青年公子，他样貌上"都尔敦风格藏傲气，阿思哈发都漏机灵"。第二回《戏乐》，则点出姑娘的小丫鬟正是叫作"杏儿"："不讲佳人心暗悔，小杏儿背了他姑娘私上楼。"这两处细节，与《红禅室词》《怀人馆词选》中的序文都是完全符合的。杏儿虽然是戏曲小说作品中极为常见的丫鬟名字，但是"都尔敦风骨"和"阿思哈发都"两个词是满语的汉语音译，偶合的可能性极小。

此外，《王孙传》和《俏东风》中还有几处细节极为相似。

其一，二人定情的"红巾"。《红禅室词》本词序中写道："王孙密以红巾系女祐衣，女不知也。"子弟书中的这一情节为杏儿将公子题诗的绫帕递到佳人闺阁："佳人睡醒把身翻。弱体娇如杨柳醉，香腮红似海棠斑。睁杏眼忽见一条新素帕，血迹淋漓字未干。"

---

① 刘大白：《红禅室词中的某王孙》，载《旧诗新活》，中国书店，1983，第 179－189 页。

其二，雪夜里王孙所披的雪衣。王孙雪夜前往佳人香闺，不胜风寒，词序中写道"杏儿取女猩红雪衣代衣之，长短悉称"；子弟书的描述则是："这佳人愀问杏儿说他害冷，给他披上我的衣裳。……小杏儿捧着猩猩毡银鼠套，说公子啊这是我姑娘怕你凉。"

由此，龚自珍所做的《瑶台第一层》词序和子弟书《俏东风》之间，必然存在某种文本上的关联。当然，二者的故事情节不同之处也有不少。最显著的差异包括：首先，在子弟书中，王孙和佳人并非表亲，而是在踏青中偶然相见；其次，公子和佳人虽然通过杏儿暗通款曲，但是最终通过父母之命媒妁之言成婚，夫妻恩爱；再次，佳人身亡是因为婚后与王孙因琐事失睦，心情郁结所致，王孙虽然伤怀，但并未随之而亡。可见，龚自珍所说的《王孙传》，以及龚词词序并非子弟书《俏东风》的直接来源；或者存有另一种可能性，《俏东风》子弟书的作者对原有故事进行了极大的情节改编。

如谢章铤和郭则沄所言，龚自珍《瑶台第一层》词序"足资谈柄""使好事者演为传奇，胜于《会真记》也"。某王孙的故事，确实被编成了传奇作品。同治、光绪时期的旗人联辉在诗集《萼香楼二集》中提到了一部名为《俏东风》传奇。他有《偶读旧填〈俏东风〉传奇曲本，因集句题之》诗：

> 明珰玉枕旧香尘，红粉潜消冷绣茵。欲把新诗问遗像，玉堂花蕊为谁春？
>
> 千愁万恨过花时，为报东风且莫吹。舞蝶殷勤收落蕊，持成丸药疗相思。
>
> 纱窗日落渐黄昏，寂寂苍苔锁院门。半曲新辞写绵纸，分明怨恨曲中论。
>
> 春城雨色尚微寒，折得梅花独自看。无限春愁莫相问，玉容寂寞泪阑干。
>
> 一寸相思一寸灰，金闺寂寞罢妆台。忆君清泪如铅水，针线犹存未忍开。
>
> 绮疏岑寂似清都，心事年年问紫姑。好写娇娆与教看，一生长拜美人图。

红楼翠幕未全非，碧草侵阶粉蝶飞。背倚栏干思往事，满庭风雨送斜晖。

灯花半落衣寒生，冰簟银床梦不成。别恨转深何处写，一篇长恨风有情。

一尺红绡一首诗，欲从何处寄相思。画图省识春风面，题向花笺贴绣楣。

小楼前后捉迷藏，仿佛闻香不是香。想得当时好风月，却歌团扇寄回肠。

紫烟衣上绣春云。雪月花时最忆君。艳骨已成兰麝土，手披荒草看孤坟。

粉红清浅靓妆新，杏子花纱嫩曲尘。描得玉人眉样巧，侍儿明慧亦殊伦。①

联辉，满洲人，瓜尔佳氏，字凤翘，号亘生。目前所见，存世作品有稿本《萼香楼初集》《二集》《分钗集》《萼香楼笔记》四种，均未见著录。上引联辉诗作，作于光绪四年戊寅（1878）。虽然为集句诗，诗句均取自前人，但是从诗歌内容来看，与子弟书《俏东风》是完全匹配的。"欲把新诗问遗像"，"艳骨已成兰麝土，手披荒草看孤坟"谓佳人已逝，公子感怀；"侍儿明慧亦殊伦"，诗题为"偶读旧填《俏东风》传奇曲本"，因此这部《俏东风》传奇应该是联辉自作。联辉写作这部传奇，也许与他自己的个人情感经历有关。联辉妻子过门百日即不幸去世，他和妻子感情甚笃，在妻子逝世之后，曾作《分钗集》以纪之。他很可能在读到"某公子"这个故事之时深为所感，他的诗集中还有为"某公子"所作的诗，即《怅怀词为某公子作》四首，也是为此事而作：

温柔乡里女班头，留聘何劳命寒修。牢记金堂亲叮嘱，许教国艳抱衾裯。恨他飞语能相中，如此移花岂善谋。犹幸无瑕人似玉，不曾身入会真楼。

---

① （清）联辉：《萼香楼二集》，清稿本，首都图书馆藏。此条材料系郑志良教授拈出并赐告，谨此致谢。

重访名园故侣稀，簏前往事已全非。一坪芳草生闲院，半卷珠帘对夕晖。艳迹难忘青琐闼，余香犹染紫罗衣。看花秋水山房外，炉煞鸳鸯并翅飞。

幼小红闺共戏嬉，等闲底事忽嫌疑。渡头不许迎桃叶，园里生教学柳枝。垂袖有香迷蛱蝶，听冰无计避狐狸。水中萍叶风中絮，谁更关情解护持。

肩舆草草敢迟延，黄鸟频啼尽可怜。竟有罡风吹爱水，谁能炼石补情天。明珠合泪还公子，琼液空劳问女仙。任使重开花并蒂，此生此恨总绵绵。①

与龚自珍的词序相比，联辉的这四首《怅怀词》，与《俏东风》子弟书的内容更为相近。"犹幸无瑕人似玉，不曾身入会真楼"，写二人春游相遇之后并无逾矩之举；"等闲底事忽嫌疑"，写二人在婚后渐生嫌隙；"明珠合泪还公子，琼液空劳问女仙"，写佳人离世，公子感怀；末句"此生此恨总绵绵"，《俏东风》子弟书有别题曰《玉美人长恨》②。

联辉对"某公子"这个故事显然是十分在意的。在此后的诗作中，他再次提到自己曾为"某公子"作诗和传奇一事："昔年为某公子赋怅怀诗四首，凤冈《古学瓣香集》中既选其诗并题有'四诗大佳，我亦下泪'之语，应并赋此柬凤冈。"此诗结句："乌丝代谱伤心句，说与名流总爱听。"可见其时传奇剧本已经完成。另外需要再做说明的是，因为《俏东风》传奇今暂未见，传奇和子弟书两个文本孰先孰后，目前尚不能定论。《俏东风》子弟书这一题名，曾被编入鹤侣氏创作的子弟书《集锦书目》中，"俏东风刮来阵阵凉"，或是早期创作的子弟书文本。由此，联辉也可能由《俏东风》子弟书改编为同名传奇。

从《萼香楼初集》《二集》来看，与联辉多有文词唱和、往来的旗籍诗人宗韶、志润、文海等，都是"日下联吟社"的成员，这是一个以

---

① （清）联辉：《萼香楼二集》，清稿本，首都图书馆藏。
② 黄仕忠、李芳、关瑾华：《新编子弟书总目》，第349页。

旗人为主要成员的诗社，其中的一员果勒敏，以"洗俗斋"为名创作过多篇子弟书作品。这也让联辉创作的《俏东风》改编为子弟书成为可能。联辉诗作到"此生此恨总绵绵"女主角逝世为止，由此判断，与龚自珍词序一样，《俏东风》传奇并未涉及女主角去世后的内容，《续俏东风》当另有所本。

龚氏说此事发生在1806－1807年，词作于《无著词》《怀人馆词选》等四种词集经龚自珍在道光辛巳年（1821）摘选，首次刊于道光三年（1823），此王孙的故事若为真事，当发生在此之前。龚自珍的"王孙传"时间早于联辉的诗作约五十年，遗憾的是《王孙传》小说、《俏东风》传奇今未得见，传奇是否取材于坊间传闻，抑或取材于龚词序，尚不能确定，但龚自珍的词序，是记录这个故事的源头之一，它与联辉所作的传奇《俏东风》、无名氏所作的子弟书《俏东风》之间存在着一条故事传播与改编的文本链条是确凿无疑的。刘大白曾说："词底本事，是可传的。将来也许词以事传，所以特地把《红禅室词》中序文全录于此。"① 词的本事，确实受到了注意，并被加以改编，成为一部新的文学作品。

进入民国之后，《小说月报》第5卷第10号中登载了"墨香词客"所做的《〈赪绡恨〉传奇》，即取材于龚自珍词后所录的"某侍卫原序"。② 作者略谓："是曲本事，略取龚璱人所为词《瑶台第一层》中注某侍卫原序所云。……鄙读璱人集至此，颇爱其所谓有汉晋人小说风味者。屡欲为一传奇以润饰其事。学浅又衣食奔走，不克竟成。兹以西神残客之征，篝灯起早，一夕而就。西神固词家也。鄙不忧疵累之无正者矣。其中姓氏情事，缘情绮靡，不免杜撰增损，读者识其意而已。"③

此剧所据的"原序"，是龚自珍本人删改之后载于《怀人馆词》中的"某侍卫原序"，故情节较为简略。该剧共三出，《赏春》《雪会》《祭花》，分别选取了原序中提及的三个场景，第一出写二人于花园赏春时相识，第二出写二人雪夜中私自相会，第三出写佳人离世，公子祭奠，遁入空门。男女主角改为汉族公子郑克型与表妹徐丽华，郑克型冒雪造

---

①　刘大白：《旧诗新话》，第189页。

②　可参齐森华《中国曲学大辞典》，浙江教育出版社，1997，第540页。

③　墨香词客：《〈赪绡恨〉传奇》，刊于《小说月报》第5卷第10号"传奇"栏，1914。

访香闺并赠予赪绡巾，徐丽华的婢女名杏儿，正是选取了故事中最为醒目的两个因素。虽然人物的身份完全变了，但二人在花园相见，杏儿的念白仍是袭用了龚自珍词序中记录的满语："（贴旦）小姐不是说是都尔敦风骨阿思哈发都么？"

《赪绡恨》这一传奇的改编，重新回到了《西厢记》的传统套路，杏儿成为贯穿全剧情节、推动情节发展的主角。龚自珍序以某王孙为主角，叙述是从他的视角展开的；《俏东风》子弟书以佳人为主角，故事围绕她来展开，到了《赪绡恨》，杏儿成为了文本的中心。《赪绡恨》明显是仿照《西厢记》来进行创作的，郭则沄评《瑶台第一层》词序说："使好事者演为传奇，胜于《会真记》也。"可见汉族文人首先联想到的都是张生和崔莺莺故事。但在旗人的笔端，这一故事呈现出和汉族文人截然不同的观感：联辉在《怅怀词为某公子作》诗中对女主人公赞道："犹幸无瑕人似玉，不曾身入会真楼。"可见他对《西厢记》中崔莺莺私会张生是颇不赞同的。《俏东风》子弟书中，形容佳人是"闭门儿一心铺在《诗经》上，爱的是后妃的德行最温柔"，更是借她之口明确地表示出对《西厢记》的贬斥之意。第四回《传帕》中，杏儿将公子题诗的绫帕送到佳人床边，引发佳人怒火：

> 佳人使性子通红了粉面，说死丫头你就应该拿话拦。这样的言词还告诉我，无用的东西狠不堪。一心爱递红娘柬，满口空读烈女篇。恨莺莺一念羞成风月谱，你曾见谁说他是好丫鬟。①

虽然旗人在传奇和子弟书的文学创作中旨在塑造一名谨守礼法、知书达理的大家闺秀形象，从文本呈现的效果来看，公子、佳人因杏儿成婚，仍是完成了对《西厢记》文本的致敬。

就目前笔者所见文献推断，旗人王孙的爱情故事在清代传播的可能性如下：这是一个在嘉庆年间发生的真实故事，由于其凄恻缠绵，传播开后，当时居住在京城的龚氏听闻并有所感，写成《瑶台第一层》词及序以记其事，并收入《红禅室词》。他与顾太清的传言流播之后，为免

---

① 《子弟书全集》第8卷，第3091页。

生事端，他将词序中旗人的因素尽量删去，修订之后，收入了《怀人馆词选》。这个故事在旗人之中影响力极大，联辉的《俏东风》传奇，可能并非取材自龚自珍的词作，而是别有途径，也许就是来自旗人之间的口耳相传，也可能据早年的子弟书《俏东风》改编而成。这则故事并以传奇、子弟书的文本形式在旗人之中广泛传播，在民国中又因龚自珍的词序而被改编为汉人为主角的传奇，这一传播过程本身也足以称得上是传奇了。

第七章　子弟书的演出

　　子弟书为说唱曲艺之一种。演出，为说唱曲艺之表现方式。然与弹词、大鼓至今仍活跃舞台不同，早在民国初年，子弟书之演出即已难闻其声。自其演唱失传之后，因文本词韵之美，始受到学界重视与推崇。在子弟书近百年之研究中，与文本相关之问题，如渊源、作者、版本、体制、题材等，前辈学者已多有瞩目，并取得可观成果。然在子弟书演出方面，因其音既歇，文献亦少，故学界所涉不多。关于子弟书演出的集中、专门之探讨，当以崔蕴华博士之博士学位论文开其先河。崔蕴华在其论著中辟专章阐述子弟书之艺术活动，初步讨论了子弟书的演出场地、伴奏乐器、音乐曲调等演出层面的问题。[①]

　　以满族问鼎中原为契机，在满汉两族文化日益交融的大背景之下，创制于清中叶的子弟书，一方面延续了中原说唱文化的脉络，一方面保有独特的民族风情。汉文化的影响与满风俗的留存，此二者，既体现于其文词，亦体现在其表演之中。案头与场上，理应成为子弟书研究中等量并重的两个层面。诚如崔氏所言，子弟书的艺术活动包括演出场地、伴奏、演员的演唱、观众的参与等是流动与互动的，充满着鲜活的现场色彩。[②] 与中国曲艺史上的他种曲艺相比，正是在演出场地、演出者、观众等几大重要因素中，子弟书具有自己鲜明的特色，从中可以窥见清代曲艺流传的脉络和旗人的文化及生活。从这些方面而言，根据现有文献的记载，尚可展开更深层次的关注与讨论。

第一节　旗人家庭内部之演出

　　子弟书的演出，从乾隆年间开始趋于兴盛，当其全盛期间，京城之

---

① 崔蕴华：《书斋与书坊之间——清代子弟书研究》，第 92 – 116 页。
② 崔蕴华：《书斋与书坊之间——清代子弟书研究》，第 92 页。

大夫、俗子皆喜撮口相效。宣统末民国初年，其演出在内、外城宣告衰歇，只能在郊区偶尔听闻。单弦、大鼓等曲艺兴起之后，子弟书之文词被这些曲艺改编、演唱。当子弟书之演唱人间无闻之后，其文词得以以别种曲艺之演唱方式继续流传。从兴起至消亡，在此一百余年的时段中，子弟书的表演由内城旗人世家、高官重臣之府邸为发端，由内而外逐步蔓延，先后发散到旗人家庭喜宴聚会、内外城之茶馆戏楼及野茶馆，风靡皇都。随着其演出场地的转变，表演者也由皇族贵胄，发展至旗人中游手好闲之无事"子弟"，至票友，至专业演员，至瞽艺人；观众群，则从家族成员发展至旗人亲朋，乃至茶园客人。以戏曲曲艺演出最为关键的几大因素，演出场地、演出者和观众为标志，根据此三种因素的变化，可以将子弟书的演出大致分成四个阶段，分别为：本家凑趣、应邀出府、票友走票、卖艺谋生。这四个阶段有着时间上的先后承袭，中间亦有并行、重叠的时期。大体言之，旗人子弟和盲艺人，是子弟书演出的主要成员；前期以八旗子弟为主，后期则以盲艺人为主。

　　子弟书演出之记载存留极少，主要见诸光绪年间文人笔记，如震钧《天咫偶闻》、崇彝《道咸以来朝野杂记》等作品，以及子弟书作品本身对于演出的描写。难得的是，对于旗人子弟和盲艺人演出子弟书的情况，现存的两篇子弟书作品《子弟图》和《弦杖图》，是由旗人创作的第一手资料。现藏于天津图书馆的抄本《子弟图》，是记录子弟书从创制到表演整个过程的最为完整的作品。虽然它亦出自后人追述，但是由于出自旗人手笔，并由子弟书创作形式表现，行文间透露出作者对此种曲艺的熟知，故值得仔细玩味。《子弟图》主要记载了旗人演出子弟书的情状；《弦杖图》则主要以子弟书演出后期的瞽人表演者为描写对象。《弦杖图》之作者洗俗斋，出身贵胄，自幼生长于北京，对戏曲、曲艺颇有钻研，曾创作子弟书、牌子曲，又改造过子弟书的演唱，并且教授过盲艺人。他对于盲艺人学艺和演出的记载，是弥足珍贵的。

　　子弟书是旗人在入关之后，因不满当时流行的戏曲而自己创制的曲艺形式。《子弟图》曾记录其创制因由，道："曾听说子弟二字因书起，创自名门与巨族。题昔年凡吾们旗人多富贵，家庭内时时唱戏狠听俗。因评论昆戏南音推费解，弋腔北曲又嫌粗。故作书词分段落，所为的是既能警雅又可通俗。"① 可见，子弟书的创始缘由，即为家庭娱乐之需要。昆腔和弋阳腔不符合旗人们的审美需求，故促成了子弟书的创作。子弟书创始之初，曲文对其表演情况描写道：

> 条子板谱入三弦与人同乐，又谁知聪明子弟暗习熟。
> 每遇着家庭宴会一凑趣，借此意听者称为子弟书。
> 皆美慕别致新奇字真韵稳，悠扬顿挫气贯神足。
> 真令人耳目一新并且直捷痛快，强如听昆弋因腔混字多半的含糊。

上引文指出，子弟书被旗人创制出来之后，最初公开的演出场合是名门贵族的家庭宴会。而聪明子弟，是子弟书在家庭宴会中最主要的演出者。需要注意的是，"聪明子弟暗习熟"一句，暗中点明旗人中的"聪明子弟"是观看过"与人同乐"的子弟书演唱之后，才学成并为家人所演的。由此，最初为"与人同乐"而演唱子弟书的人，是子弟书的创制者，而并非曲文中所谓之旗人中的年轻聪明子弟。

汉人宴会，常有音乐助兴，然歌、舞者多为伶人，主、客绝少自己表演。旗人家庭宴会中自弹自唱，自我娱乐的风俗习惯，与汉族传统迥异。然而，旗人此俗由来已久。满族有着以歌舞传情达意的天性与传统。满族人无论老幼男女，皆能歌善舞。其君王贵族，亦有在重要场合随乐起舞的习惯。史载，努尔哈赤在接见朝鲜使臣之时，"自弹琵琶，耸动其身，舞罢，优人八名各呈其才"。子弟书的创制和演出，即与旗人此等习俗有着莫大的联系。

满族最为流行的舞蹈是"蟒式舞"。早在聚居于白山黑水之间之时，此舞在满族家庭宴会中常常出现。

> 满洲有大宴会，主家男女必更迭起舞。大率举一袖于额，反一袖于背，盘旋作势，曰莽势。②

---

① 《子弟书全集》第 8 卷，第 3398 页。
② （清）杨宾：《柳边记略》卷 3，《续修四库全书》第 731 册，上海古籍出版社，2000，第 439-440 页。

满族人家歌舞，名曰莽势。有男莽式，女莽式，两人相对而舞，旁人拍手而歌。每行于新岁或喜庆之时。上于太庙中，用男莽式礼。①

入关之后，其旧俗未改。蟒式舞进一步发展成为宫廷舞蹈，因用于典礼仪式，成为上至皇公大臣，下至侍卫都必须学会的舞蹈。康熙帝曰"蟒式者，乃满洲筵宴大礼，至隆重欢庆之盛典，向来诸王、大臣行之。"康熙四十九年，逢皇太后七旬大寿。五十七岁的康熙"亲舞称觞"。由蟒式舞发展而成的宫廷舞蹈，包括扬烈舞与喜起舞两种舞蹈。喜起舞，为大臣或侍卫所舞。《清史稿·乐志》载："《喜起舞》，大臣二十二人，朝服仪刀入，三叩，兴，退东位西向立。以两而进，舞毕三叩，退。次队继进如前仪。"② 又见《啸亭杂录》载：

　　凡大燕享，选侍卫之猓捷者十人，咸一品朝服，舞于庭除，歌者豹皮褂貂帽，用国语奏歌，皆敷陈国家忧勤开创之事。乐工吹箫击鼓以和，舞者应节合拍，颇有古人起舞之意，谓之《喜起舞》。③

子弟书作者鹤侣氏曾任清宫侍卫六年，他在《东华录缀言》中记载道：

　　蟒式舞即"吗克什密"，译言喜起舞。每朝会大典辄行之，俱以满蒙宗室大臣侍卫充当。无论品级，俱戴元狐冠，红宝石冠顶，服貂厢朝衣，佩嵌宝腰刀，典至重而隆也。又有演唱一人，以八旗章京及护军充当，戴玄豹冠，服玄豹褂，随舞而歌。④

鹤侣氏所作《佳梦轩丛著》一书中，全文录有侍卫表演之《喜起舞》歌词。子弟书中有《喜起舞》一篇，几乎完全袭自喜起舞的歌词，

---

① （清）吴振臣：《宁古塔记略》，《续修四库全书》第 731 册，第 610 页。
② 《清史稿·志七十六》，第 3009 – 3010 页。
③ （清）昭梿：《啸亭续录》卷 1，第 392 – 393 页。
④ （清）奕赓：《佳梦轩丛著》，第 23 页。

一字不改。我们现在所知确凿生平的两位子弟书作者鹤侣氏和洗俗斋，都曾任禁中侍卫之职。清宫侍卫热衷于子弟书之表演，又见于《拐棒楼》子弟书。其曲文描写一子弟书表演者，曰："（少年郎）作足道连日该班两夜无眠。在内廷巡更传筹精神耗尽，跟大人查城拜客手脚不闲。"①"连日该班""内廷巡更"等语，表明此人时为侍卫。由此，满族喜起舞表演之习俗，是子弟书创制的重要原因之一。而负责在宴会中起舞之清廷侍卫，如前文所述，亦极有可能正是子弟书的直接创制者和最早的表演者。

笔者在前文中已经论述过，清代担任侍卫一职者，多为宗室贵族之后。若笔者关于子弟书的创制者为清宫侍卫的推论成立，则子弟书最早的演出者，亦正是这些任职于皇宫大内的皇族贵胄。虽然目前并未发现文献记载子弟书是否曾在故宫内演出，但是故宫升平署内的子弟书曲本收藏不少，亦常有宣外学人宫演出单弦、大鼓的前例。② 加之子弟书与出入内廷的清宫侍卫关系甚为密切，且其创制初期在内城名声颇大，则内廷有所知闻，甚至曾观其演出，亦极有可能。

清宫侍卫多出自宗室。这些贵族子弟在将子弟书创制成型之后，将这种"条子板谱入三弦"的新玩意显露出来"与人同乐"。因满族有在家庭宴会中载歌载舞的习俗，可以想见，其场合一定是在熟悉的、非正式的家庭聚会或者宴乐之时。由此，子弟书演出的第一个具有普遍意义和公开意义的场合，是内城贵胄大家中的家庭聚会。演唱者是子弟书的创制者，观众则是家中的父老亲朋。因其音较流行之昆腔、弋阳腔更符合满族人之审美需求，且旗人中未袭官职、更加空闲的年轻"子弟"熟悉、学习之后，开始取代子弟书的创制者，竟一发成为日后家庭宴会不可缺少的凑趣之举。年轻子弟在家庭聚会中之曲艺演出，张次溪先生《人民首都的天桥》一书亦记载，可为佐证。

---

① 《子弟书全集》第 8 卷，第 3394 页。
② 据升平署档案，在南府时期，太监外学学生曾表演过高丽斤斗、跳狮子、学八角鼓等技艺；"其后至升平署一时期之内，太监等之表演此项玩艺者已少，咸丰晚年，曾屡传掌仪司玩艺入宫内奏技，迄光绪庚子以后，在二十九年三十年之际，西后始又选择玩艺教习二十余人入内承应"，其项目包括太平歌词、童子棍、秧歌、大鼓等（参见王芷章《清升平署志略》，商务印书馆，2006，第 55－58 页）。

相传嘉道前，每旗族家庭宴贺，父老多率子弟演奏，子弟之名，盖本于此。父老坐拨阮，子弟侍其傍，次第必立而歌。至今之专以此曲登场为业者，仍然如是。坐弦立歌，是其遗意。①

这段文字中，需要特别注意的是，"父老"和"子弟"究竟何指？与《子弟图》所言聪明子弟在家庭宴会凑趣之记载互为观照，则此处之"父老"和"子弟"，并非如汉人大家宴会时所请之戏班伶人，而是指旗族家庭中的成员。

子弟书的创制者，想必只是懂得乐理、精通此道的寥寥数人而已。则其最初的演出场合，也只是为数不多的几户世家宅邸。当其在自家宴会内部演过数次之后，因"别致新奇"、新鲜有趣，令人耳目一新，经亲朋之间口耳相传，内城各家无不好奇，争相延请前往家中演唱。对此，《子弟图》记载道：

渐渐引开喜庆争邀请，仰高明执名累递不亚如三顾茅庐。
非容易方肯临期一赏脸，必然是衣冠车马随从的奴仆。
那请客家闻得相约某老爷至，宾主们忙甩挖行忙挂珠。
那一番恭敬尊崇形容不尽，相见时拜匣贺礼来客也不俗。
减段说昔年游戏是这般体统，大端是先推其品次重其书。
由此论书以人名并非因书贵，所以然称胜当年人敬服。
可又有说呢世摄游戏难品，孰不知歌以陶情也不俗。②

内城其他旗人大户人家的邀约，使得内城旗人之府邸宅院成为子弟书从创制者的家庭聚会流传开去、最早流传而至的演出场所。"渐渐引开"，述其流传之势；"喜庆争邀"，则说明其受邀演出之情境。此种情形之下，无论是演出者，还是聆听者，身份都非同小可。据上引曲文，三顾茅庐请得演出者出门，"衣冠车马随从的奴仆"；邀请者必"忙甩挖行忙挂珠"，重视程度可见一斑。相见时"拜匣贺礼"，可见两者的身

---

① 张次溪：《人民首都的天桥》，第48页。
② 《子弟书全集》第8卷，第3398－3399页。

份、地位应该大致相当，并无高下悬殊的差别。且演出者因邀请者府中有"喜庆"之事，特备礼前往，可见其演唱只为助兴，并不为酬劳。因此，笔者以为，《子弟图》此段曲文所描述的，是出身名门巨族、身居要职的早期创制者受邀的状况。曲文说"昔年游戏的体统"，是"先推其品"，"次重其书"，"论书以人名并非因书贵"，则子弟书的流行，正是与最初演唱者的身份地位密切相关的。

　　早期创作者并非子弟书最为普遍的表演者。在"聪明子弟"熟悉这种曲艺之后，"子弟"成为子弟书前期演唱的主要表演者。以欧立德教授的观点，旗人"子弟"特指未承袭爵位、未有正式官职之人。[①] 清立国之后，宗室、觉罗均分封有爵位，然如未有实际官职，手中并无实权。这些闲散宗室领有钱米却无所事事，则转而热衷于声色耳目之娱。子弟书创制之后，他们成为这种曲艺最为主要的创作者和演出者。这些子弟为数不少，在学会、熟知演唱这种曲艺之后，常常被邀请赴外演出，然其待遇、规格，虽仍受尊重，却已不能和创制时期相比。其常常出演的场合，有旗人家族之堂会与喜庆宴会等。堂会表演源来已久，宋、金时期就不乏私家举行宴会时伴有宴乐之记载。[②] 堂会多在私人府邸举行，并不需要专门的戏台。在宋、金时期，乐舞、百戏和杂剧统称为散乐，都可在堂会演出中一同表演。清代堂会亦是如此。子弟书《鸳鸯扣》描写旗人两大家族联姻之过程。曲文述及婚礼之时，遍邀各种曲艺之名角演出之情景，其子弟书、八角鼓之演出，符合子弟为旗人喜庆之事凑趣的惯例：

> 都只为院宇不宽难以唱戏，邀下的诸般杂耍尽名流。
> 包牙子张三子弟书甚好，八角鼓邀的本是林大头。
> 徐老叔的评词《隋唐演义》，画眉杨的相声《大闹酒楼》。
> 末后是切金变了个有余吉庆，满棚中人人喝彩可是尽凝眸。[③]

---

① Mark C. Elliott: "The 'Eating Crabs' Youth Book", Susan Mann and Yu – Yin Cheng ed., *Under Confucian Eyes—Writing on Gender in Chinese History*, University of California Press, 2001.

② 周华斌《京都古戏楼》之序篇"中国早期剧场论"中专门论述堂会之渊源，可参《京都古戏楼》，第 10 – 13 页。

③ 《子弟书全集》第 8 册，第 3299 页。

旗人生子之满月，亦大肆操办：

> 如生子家张筵演剧，大办满月。先期柬约者，则男女可并往。①

　　需要特别留意的是，几乎从子弟书创制之初，子弟书的表演就不是单独进行的，一定是与八角鼓和什不闲等旗人喜爱的各种曲艺形式一起演出，这也导致了后来八角鼓演出的多样性。八角鼓原本为满族的一种民族曲艺形式，据金受申先生《老北京的生活》一书记载，后来演变成为堂会表演的总称。②

第二节　走票出内城

　　子弟书创制之始，欣赏者"先推其品"，以演出者之"品"为演唱的评判标准，而非看重书的本身，使得子弟书的文本多从流行的戏曲文本，或者是祭祀的文词直接取用。如借鉴于宫廷乐舞之《喜起舞》，如取材自流行吉庆戏之《庆寿》《天官赐福》等。因不满昆、弋之腔调推知而推陈出新，可知子弟书创制者最初着重改造的是音乐，而非文词。但是，随着这种曲艺的不断成熟，音乐体制逐渐稳定，子弟书创作者们将创作的热情转向到文词当中。

　　对于子弟书创作者的艺术创作活动，尚未见学界加以探讨。作为一种戏曲曲艺的创作，虽然作者在其曲词中多言道，创作是"长夏无聊""消永昼""中夜无眠"之所为，似均为个体的单独行为。子弟书的作者，多为旗人之文士。文人吟咏，多有结社之举。故此，笔者以为，子弟书作者之间，必然存有某种形式的联系、交流，甚至有着有组织的活动。子弟书《拐棒楼》描述众人聚集于东郊"拐棒楼"演唱、切磋之情景，笔者以为，即可视作子弟书作者们的创作交流之聚会。这种聚会，亦可看成是子弟书作者们定期的、稳定的社团活动。子弟书作者的"结

---

① （清）崇彝：《道咸以来朝野杂记》，第85页。
② 据金受申先生在《老北京的生活》一书中之记载，称为"八角鼓"的全堂演出包括岔曲、戏法、子弟书、马头调等多种曲艺形式（参见《老北京的生活》，北京出版社，1989，第283页）。

社"，据现有文献，到清末才有确凿的记载。然据《拐棒楼》之曲文和沈阳子弟书作者集会之模式，可以想见，"书会"即是集创作和表演为一体的组织；书会之活动，亦即成为第一次发布的场合。子弟书演出的场合，如拐棒楼，是子弟书作者聚会的场所。聚会的主要目的是交流。交流的方式，即为演唱。如曲文中描写到《续戏姨》的作者演唱自己作品时的情景：

> 正说着场上换了个鸦片鬼，他的那须发苍白相貌不堪。
> 说了回《后续戏姨》是他自己编的，把那男女的挑斗的私情作了个全。①

当然，《拐棒楼》创作的年代，已经是子弟书声名远播之后。但由此可以推断出，这种聚会形式的出现，必然是子弟书创制之后，由于其演出广受喜爱，习艺者日益增多的结果。这种子弟书作者的内部活动，当时称为书会、诗社，后来为各种票房所承袭。子弟书作者们在拐棒楼的聚会由来已久。嘉道间，韩小窗在京师即"尝游于京师东郊之青门别墅，所谓拐棒楼也"。② 子弟书大家韩小窗故去之后，蔼堂氏"接续大道"；书会有会首，有固定聚会日期，子弟书的表演已经初具组织与规模。此时，子弟书的演出已经不限于内城贵胄巨宦之家；韩小窗和蔼堂氏领导子弟书的作者们所进行的最主要的活动，正是扩大子弟书的演出范围。

> 教众人演鼓排书为名扬四海，也是我们祖父的德行修积非止一年。
> 每遇着亲友的喜事必要去作个脸，专能勾承欢凑趣不讨赏还不手粘。③

此时与第一阶段最大的不同点，是子弟表演的场合，已经不再是非

---

① 《子弟书全集》第 8 卷，第 3395 页。
② 《绿棠吟馆子弟书选·序》，稿本，首都图书馆藏。
③ 《子弟书全集》第 8 卷，第 3396 页。

大家、巨族不可了。旗人家庭中但凡有喜事出现，都可以请到子弟们前来表演。而子弟书演出者们，也并非需要三顾茅庐地邀请，而是比较主动地为亲友的喜事去"作脸""凑趣"。

当子弟书的作者、演出者们开始聚会、交流；从个体发展到集体，他们的演出就有了更加扩大的趋势。组成票房、定期活动，被外界邀请演出。子弟书演出的进一步公开化，以演出地点从家庭内部扩展到茶馆等公众场合为标志。这一地点的变化，是迈出子弟书公开传播的第一步。从本家聚会到受邀至别府，再到茶馆，子弟票友演出的地点又得到了进一步的扩展。子弟书面向社会大众公开演出的这初步阶段，最为主要的标志是演出都是不受酬劳的，是故，当时京城的表演，有"生意"和"子弟"之别。在子弟书成为商业演出之前，子弟的票友演出是子弟书表演最为普遍的形式。对于票友的来由，艺人的传说是来自清朝乾隆年间，为出征士兵鼓舞的义务演出。因票友是义务演出，不受酬劳，故邀请者和观众对其格外尊敬。

不受酬劳的子弟客串演出，称为"走票"。"客串排演之地，称为票房"，后亦以票房之名为子弟团体的代称。因当初参与演出的不乏王公贵人，票房最为普遍的排演场所，是在王府、贝勒府中。子弟票房，最为有名的是恭王府之赏心悦目票房。

　　同光间，恭王之子贝勒载澂，亦在邸中成赏心悦目票房。（原注：八角鼓之全堂，分鼓、溜、彩三种为完备。鼓，唱也；溜，相声之类；彩，戏法。赏心悦目社中三者皆精整，为京城第一之票，事在光绪初年。）其本人尝加入演唱，并应外约，阵容齐整，茶水自备，不取车资。然外人多不敢约，以其中拆白者甚多，调戏妇女之事，数见不鲜云。①

子弟演出者们组成票房，有着严格的规矩和形式。

　　票房之首领称"把儿头"，主任办事人称"治事底"，一应规

---

① （清）崇彝：《道咸以来朝野杂记》，第20页。

矩，颇与内行相仿佛。……凡出席者，即入为"把儿"，以后无论走局、过排，均应亲到。①

"走局"和"过排"，是子弟票房表演的两种不同形式。据《都市丛谈》的记载：

> 票房之定期排演，名曰"过排"，大数于一、四、七，二、五、八，三、六、九等日行之。被邀在外演唱，名曰"走局"。②

据子弟书"过排"和"走局"的区别，子弟的演出地点也可分为定点排演之所和外出演出之所。过排之地点，除去王公府邸，尚有拐棒楼等场所。曲文谓拐棒楼"虽设着洁净桌椅不卖座，为的是预备子弟众名贤"，类似于我们现在的文艺沙龙。与之相似的有《都市丛谈》记载的前门外第一楼之"畅怀春"、青云阁之"绿香园"。③ 过排和走局的显著区别，不仅体现在演出的时间和场地上，更明显的区别在于演出的规矩。上文所引拐棒楼的演出，无疑是子弟聚会、过排的形式。据《拐棒楼》曲文，演出之地设在后院，西边搭设的小平台上。既然并不以卖座、谋利为图，观看的人，也都是相交亲朋，故亦不需张扬其事。只是请书的规矩仍有："那求书的带笑作揖忙央告，说好兄弟赏一回罢不必闹谦。一面说亲捧香茗于桌上。""书演完亲朋拱手把劳音道。"（《拐棒楼》子弟书）

子弟们一旦赴外表演，其排场、规矩较之过排，则严密得多。子弟们受邀外出演出的地点，多为清代乾隆年之后兴起的兼及戏曲演出的茶楼。北京的戏园，是随着四大徽班进京而发展壮大的。在此之前，戏剧的演出，主要在宫廷内府、豪门贵胄和饭庄酒楼，平民无法涉足；另一种在天桥、庙会随地撂挑子演出，又不登大雅之堂。自花部兴起之后，为适应市民的观戏需求，名为茶园，实际主要为戏曲演出的戏园子如雨后春笋般出现。戏园自称茶园或茶楼，一因戏园都卖茶；二

---

① （清）逆旅过客：《都市丛谈》，第 127 页。
② （清）逆旅过客：《都市丛谈》，第 107 页。
③ （清）逆旅过客：《都市丛谈》，第 127 页。

因清廷有"斋戒忌辰之日禁止演戏"的规定，"国孝"等禁戏期间，自称茶园可继续营业，收"茶钱"，还可招伶人"说白清唱"。① 茶园所在的位置，多集中在北京的前门大栅栏、珠市口、宣武门外虎坊桥一带②；但是，与清屡次下令内城禁止开设戏园之令相悖，内城也有几处戏园见诸记载：

> 京师内城旧亦有戏园，嘉庆初以言官之请，奉旨禁止，今无知者矣。以余所及，如隆福寺之景泰园，四牌楼之泰华轩皆是。东安门外金鱼胡同，北城府学胡同皆有戏园。③

内城虽然禁止开设戏园，但允许杂耍馆营业："内城禁开设戏园，止有杂耍馆"。茶园、杂耍馆，即为子弟应邀走票之所。

茶园的风俗，多据茶座位置的不同，如官座、池座、廊座，来决定价钱高低。庚子年（1900）之前，这种戏园的经营方式，是由各班轮流演唱，唤作"活转儿"。根据戏园规模的大小，又分成两种，一种专门为戏曲演出而设，由四大徽班轮流上演，以广和楼、中和园京城七大名园等为个中翘楚；另一种地处偏僻，规模较小，徽班、秦腔等戏班不及，则以杂耍补充。

> 戏庄演剧，必徽班。戏园之大者如广德楼、广和楼、三庆园、庆乐园，亦必以徽班为主。下此则徽班、小班、西班相杂适均矣。
> 外城小戏园，徽班所不到者，分日演西班、小班。又不足，则以杂耍补之。故外城亦多杂耍馆。（原注：西城果子巷内，街西旧有戏园，曰"太和轩"。西草厂胡同有"吉阳楼"，皆杂耍馆，一年中演戏无几日。）④

规模小的茶园排不上徽班轮演的日程，一方面是戏台小不便上演，

---

① 侯希三：《北京老戏园子》，第89页。
② 周华斌：《京都古戏楼》，第159页。
③ （清）震钧：《天咫偶闻》卷7，第174－175页。
④ （清）蕊珠旧史：《梦华琐簿》，载《清代燕都梨园史料》，第349－350页。

另一方面也是本身的实力不够，无法与大戏园竞争。子弟虽然不收钱，但是茶园老板要靠卖座谋利。而其力邀子弟演出，即是借其名头吸引客人之意。《郭栋儿》曲文言作者看到郭栋儿在乐春芳开演，于是"赶着就花个茶资去听他一次"，无奈郭氏演出并不令其满意，于是"若要我再费茶资又听一次，哎呀呀阿弥陀佛我没这一段福"。这样的戏园，都是戏曲、曲艺和杂耍混合演出的，杨米人《都门竹枝词》记载嘉庆年间事，曰"某日某园演某班，红黄条子贴通阛。太平锣鼓滩黄调，更有三堂什不闲"。故而，景泰园、乐春芳等需要杂耍演出的茶馆，多为子弟书等曲艺演出的场所。类似这种小戏园，北京为数不少。震钧记载说：

> 余年髫时，如泰华轩、景华轩、地安门之乐春芳皆有杂耍，京师俗称"杂耍"。其剧多鱼龙曼衍、吐火吞刀及评话、嘌唱之类。内城士大夫皆喜观览。其优人亦间通文墨，吐属近雅，有宋明遗风。今已成广陵散矣。诸园亦废。①

这类戏园，本称"园"，然亦有称"轩"者：

> 北京从前之戏园向有定额，不准随便开设。如在额定之外，不准称为"戏园"，如泰华、景泰、天乐园，皆为"杂耍馆子"。"同乐"亦为"杂耍馆子"之一，故称"轩"，不敢称"园"。名为"杂耍儿"，有时亦能借台演戏，久而久之，将"杂耍"取消，公然就成了大戏园。所谓"杂耍儿"者，以普通说法，系合群艺为一台（如鼓曲书词、八角鼓、戏法，以及各种杂技等类者是），售价极贱（至多不过八百钱），或请各城武档子香会，名为"打中台"。在练者原是分文不取，而且车笼自备，后因各会内随带的人多，前台敢怒而不敢言，转不如用生意，倒直捷了当——既不白占座位，又免去许多应酬，岂不省却多少麻烦？是以正当额定戏园向来都不演

---

① （清）震钧：《天咫偶闻》卷7，第175页。

"杂耍儿"，因为局势太小，恐其有失戏园身分。①

　　可知，子弟出演曲艺，一般而言，不可能出现在京城七大名园这等大戏园，都只是在这种小茶园。确凿演出过子弟书的茶园，目前并未见诸文献记载。② 然子弟书的演出，多与单弦牌子、快书等曲艺形式相混杂，如北京旧时一场全堂演出，往往包括岔曲、戏法、马头调、子弟书等多种曲艺。③ 则上文所言泰华、景泰、天乐等杂耍园，很有可能即上演过子弟书。

　　关于子弟票友的演出，前人多着重论述其演出的排场和规矩，亦多有史籍记录。值得引起关注的，是请场、摆设、报子等多项规矩。子弟书演出初期的邀请规矩一直沿袭下来。茶园老板邀请子弟演出，亦要做足功夫。"必须托人以全帖相邀，至期先在某处聚齐，专候本家儿迎请。"

　　在舞台摆设中，以红毡最为重要，还有玻璃屏、围桌等，表示是"子弟"的义务演出。如子弟书《须子论》中的描绘："那哥儿点头说啊啊真来的纂，怪不得儿啊又是围桌又是红毡。"

　　　　走局时，场面桌上例置玻璃灯一对，玻璃屏若干，灯上书明票房名称，即为票房标识。票友例于屏后唱，不肯轻以色相示人，所以崇客串之身份也。桌上铺一红毡，此为"客串"与"内行"之区别要点。④

　　子弟表演的第二个重要的标志，是在招子上标明"子弟"演出。

---

① （清）逆旅过客：《都市丛谈》，第113页。

② 子弟书演出之场所，李家瑞先生谓："唱这种书的场所是拐棒楼、乐春芳等处"（《北平俗曲略》，第18页）。崔蕴华列举有景泰茶园、芳草园、中和园、乐春芳、拐棒楼等5处（崔蕴华《书斋与书坊之间——清代子弟书研究》，第94-96页）。按：芳草园、中和园，为乾隆末年的京城七大名园之一，上演多为京剧，非子弟书演出之地。崔蕴华引"过水面你吃了三十多碗，萃庆班那日听的是《翠屏山》。喝酒中间你又挑了眼，要罚我六日连台的中和园"作为子弟演出之佐证。然此处"六日连台"一语，明显是指戏曲的演出。前文萃庆班的《翠屏山》，也非子弟书《翠屏山》的演唱，而是戏曲演出。以目前之文献显示，故不能确认为子弟书演出的场所。

③ 金受申：《老北京的生活》，第283页。

④ （清）逆旅过客：《都市丛谈》，第127页。

"招子"是戏曲表演的惯俗。在宋元南戏《宦门子弟错立身》一剧中，即已出现。钱南扬先生谓："招子是彩色的，所以叫花招儿。又叫花碌碌纸榜。上面不但写着戏名，一定还有演员的名字。"在子弟表演时，招子上面要特别标志出来。一般的做法，是粘上红签：

> 细观瞧某处茶轩高贴报帖，子弟尊重又粘上红签。(《随缘乐》)
>
> 猛见了红笺报子写着个郭栋，这名号叫人辗转费踌躇。(《郭栋儿》)①

红签之外，报子上还要珍而重之，特别打出"子弟"的旗号，以凸显演出者的地位，报签儿上要冠以子弟二字。《须子论》曲文："瞧见了报子贴出子弟排演。"

子弟演出的傲气在子弟书曲文中已有充分的体现。《随缘乐》中描写众"大员子弟功勋后""老叟尊翁酒肉英贤"蜂拥听司瑞轩的演出，将茶轩挤得"蒸腾苦热难言"。然子弟却架子十足，"至日西斜方见把磁壶场上摆，这才见子弟在房中把脸洗完"。观众却对表演者十分尊重："满园中众人呆呆声息不动，一个个如聋似哑犯了陈痰。""有那些讨脸之人都举手抱拳。""也有那赶着请安连声的问好，瞧着相借些仙气趁势趋炎。"②

第三节　沦落野茶馆

以满族人为主体设立之旗制，本为加强兵力而特设，旗制的严密，是满族得以逐鹿中原的重要保障。入关之后，为避免受汉人文化影响过深，特将旗、汉分外城、内城居住，以示泾渭。然定鼎中原、平定宇内之后，八旗制度的军事作用已经不复如初。无论驻扎在京城或者外敌的旗人，都无事生产，子弟们也一改入关时候，变得游手好闲。旗人耽于酒色，沉溺享乐，戏曲作为消遣、娱乐的方式，更是日益受到追捧。清

---

① 《子弟书全集》第8卷，第3374、3371页。
② 《子弟书全集》第8卷，第3374 - 3375页。

朝虽屡次颁令禁开戏园，禁止旗人、妇女看戏，然皇宫内院中的最高统治者自己，亦是无法免除被此吸引。上行下效，旗人为戏曲一掷千金甚至不惜"私去顶帽"而"潜赴茶园戏馆"之事，屡见不鲜。《为票嗷夫》子弟书写一少年旗人因痴迷戏曲，被夫人埋怨事，有清一朝，因走票而倾家荡产之人，亦比比皆是。"内务府员外文某，学戏不成，转而学前场之撒火彩者，盖即戏中鬼神出场必有人以松香裹纸撒去，火光一瞥是也。学之数十年，技始成而巨万之家破焉。"① 喜爱子弟书的子弟，"因习染里巷歌谣不教儿自会，得钱粮后把心一畅练唱学弹就去了正途。专心在贫嘴恶舌油腔滑调，偏是那满汉文都荒废马步箭生疏。"早年子弟书演唱者们的大家风范，此时已经荡然无存。

　　尤其至清中期之后，旗人数量的日益扩大，成为清廷财政的一大负担，其生活保障也大不如前。早前的特权和气势，至此已经荡然无存。《子弟图》曲文言："这如今想见其人无觅处，到会过些护军马甲望败残的卒。看他们门户萧条从小儿就受窄，净跪街只为家贫自作奴。"家世衰落，使得生活无以为继，有时要通过演唱曲艺来谋求茶饭温饱。此一点，常被时人拿来取笑。如竹枝词说："轻敲竹板弄歌喉，腔急还将气暗偷。黄报遍粘称'特聘'，如何子弟亦包头？"更有甚者，因衣食苦无着落，竟沦落到讨好富贵之人的地步。《子弟图》以讽刺之语调写道：

　　　　常亲近吊了牙的蝗虫逾了岁的恶鬼，为跟着青草茶舍要练三伏。
　　　　凭说唱不带分文便能够醉饱，见谁阔拉拢贴近混呼。
　　　　爱高攀那些走肉行尸酒囊与饭袋，也无非铜臭熏人势利之徒。
　　　　那一般人他们乘车跨马张扬富有，在野茶舍品穿论带卖弄酸俗。
　　　　然而既逛青儿随遇而安并非是请客，现有那素闷子村酒何必又烧猪。
　　　　趁酒兴席上生风要赈济子弟，送酒菜硬点玩意儿如代江湖。
　　　　弟兄们无可报答各献一技，场面上互相争胜彼此不服。
　　　　这玩意儿百怪千奇越兴啊越巧，也练会脚步丫儿射箭嗓子里学丝竹。

---

① 夏仁虎：《旧京琐记》，北京古籍出版社，1986，第 105 页。

更新鲜爷们会蹭缸装女金斗，还有熊叠标狗蹭碓蛤蟆念书。

抄总儿说了啵江湖人所能的子弟爷们全都会，便是包头彩唱把斐三儿气死秋儿也服了毒。①

子弟书本为清雅脱俗之曲艺，子弟之演唱亦是出于自娱自乐之需求。然在生活无着之窘境下，沦落为谋生之技。此时的观众，亦一反初期之知音君子，而是"走肉行尸""酒囊饭袋""铜臭""势利"之徒。其用意不在于欣赏演艺，而在于炫耀财富，号称"赈济子弟"。子弟书的演唱者们，为投其所好，无不必须"各献一技"，则"脚步丫儿射箭"、"丝竹弹唱"、"蹭缸"、"女金斗"等，子弟书也由创制初期的阳春白雪，成为与这些曲艺形式并列的，以"百怪千奇"为彼此争斗之噱头的工具。

因演唱者、表演场地和表演的形式都已今不如昔，子弟演出的排场、规矩自然也被彻底颠覆。曲文言"这所言子弟合掺在野茶馆子里排演，再题起走事的今昔考较大悬殊。"早先走票之人，不受酬劳，不食酒饭，自备车马箱笼，如今则完全颠转：

如今盼人邀为贪管饱的荤食管醉的酒，遇喜庆也不用车马也不用衣服。

按时令夏天有衫子冬天是棉袄，靴鞋俱可刷净十足。

上场时高兴一团直忘了困苦，下场后大咬五味累苦了茶厨。

一个个恋席贪杯还不够，全不管招惹得旁人受眼毒。②

产生此种局面的原因只有一个：图谋生存。旗人贫富不均之情况，在清朝初年即已埋下隐患。进入雍乾时期，人口增长、土地集中、风气奢侈，都导致旗人生存日趋艰难。旗人的命运，随着清朝国运每况愈下。至晚期，非但无职旗人，连小官和无权之亲王宗室，亦落得家贫如洗。子弟们因不事生产而身无长物，原本用以自娱的曲艺，则成为谋生之手段。

---

① 《子弟书全集》第 8 卷，第 3399 页。
② 《子弟书全集》第 8 卷，第 3400 页。

按此说如今子弟比昔年的苦，总因家道窄爱押个大宝葬送在十胡。

再加上掌事的房衔门口的布铺，自钻入割皮肉毁人炉。

还不清牛羊车子望猪头肉，断不住乱性迷魂砸了嘴的砂壶。

一分粮轻易时完不了饥荒多款，六力弓拼了命也拉不开是水不足。

惟有这玩笑场中一条活路，是爷们解谤养命的护身符。

然而既有吃喝也给江湖留条道，就不该登台玩笑分外的贪图。

也当想那些无业贫民曾经过告示，你真奉他的饭碗子逼急了聚众要跪提督。

倘若到衙门害了自身就苦了帐主，办一个寡廉鲜耻把旗档销除。[①]

取消旗籍，是旗制中最为严重的处分。削去旗档的原因，一般而言，是行为有玷旗籍。唱戏登台之举，即使是为生活所迫，亦不被允许。据《大清律例》，"凡旗人因贫糊口，登台卖艺，有玷旗籍者，连子孙一并消除旗档。"但在走投无路之下，子弟们却不得不选择与"无业贫民"争抢饭碗的谋生之道。

演唱子弟书的场合，沦落到野茶馆，已经让回顾其历史的《子弟图》作者感慨万千。然而，笔者认为，子弟书在成为子弟用以谋生之工具之后，还存有另外一种表演方式，虽然未曾见诸确凿记载，但却是清末曲艺盛行之表演形式：撂地作场。清代曲艺撂地作场最负盛名之地，是位于外城正阳门之南，永定门之北的天桥。张次溪先生《人民首都的天桥》一书中，以"天桥演出的曲艺和杂技的演变"，阐述在天桥演出过的曲艺种类。其中即有"子弟书"一类。[②]

参与过子弟书演出之人，其姓名身世多不可考。曾被学者论及的子弟书艺人，有石玉昆、郭栋儿、任广顺、安静亭等人。

---

① 《子弟书全集》第 8 卷，第 3400 页。

② 张次溪：《人民首都的天桥》，第 46 - 70 页。按：张先生此书中以"子弟书词"指子弟书，并以《焚棉山》为例，则似仅将石印本"子弟书词"看成为子弟书。

　　唱这子弟书最有名的是郭栋儿（即醉郭，陶然亭有墓），石玉昆（称石先生，以巧腔著），水浒王（善于带腔转调），王庆文（亦称王先生）等人。①

　　这几位演员各有所长各富特色，见诸文献的记载，主要在于子弟书《郭栋儿》的曲文之中。在茶馆乐春芳表演之曲艺，有：

　　　　水浒王的歪枝儿旁岔儿生情趣，石玉昆的巧腔儿妙句儿有工夫。
　　　　近来有郭栋儿整本的毛包传，他算是顽笑中的另一途。
　　　　……
　　　　安静亭虽没嗓子批评的有味，任广顺总有腔儿文理上不足。
　　　　厉闪的汪太和一晃儿不见，或者他重上学房里又念书。
　　　　关七和尚而今安在，也不知王庆文先生有与无。②

　　如曲文所言，"乐春芳是个说书的督会处，几年来或评或唱有多少江湖"。"书"在此一时，代表着是一个曲艺的范围，而非单独某种曲艺形式。故此，在此处表演的石玉昆、郭栋儿、安静亭、任广顺之演出，并非单指子弟书。以笔者管见，确凿为演出子弟书的艺人，除上引《鸳鸯扣》曲文言及之"包牙子张三"外，尚有《江湖丛谈》中记载的刘逢元：

　　　　在早年还没兴聊斋，有说聊斋的亦是铺红毡子（原注：评书界人管说子弟书不要钱，调侃称为铺红毡子）。东城有位说子弟书的刘逢元，专说《聊斋》，颇有些人欢迎。他虽是个票友，与挣钱的评书艺人较比起来是有过之而无不及。③

────────────────

① 李家瑞：《北平俗曲略》，第18页。《中国曲艺志·北京卷》亦称："道光、咸丰年间，西调子弟书艺人石玉昆以'巧腔妙句'在北京驰誉一时"；"同治、光绪年间，子弟书艺人郭栋儿于京师独步一时"；"佚其名号、擅歌《水浒》段子、工于带腔转调的'水浒王'安静亭，及'有腔儿文理上不足'的任广顺等，均以独具特色的艺术风格产生一定影响"（第61页）。
② 《子弟书全集》第8卷，第3371页。
③ 连阔如：《江湖丛谈》，当代中国出版社，2005，第264页。

据此记载，这些表演子弟书的人，纵非旗人，也是"子弟"票友。而子弟书演出过程中，出现有以此谋生之职业艺人，现有文献的记载，是在瞽人演唱子弟书之时。

第四节　瞽人谋生之手段

八旗贵胄和盲艺人，构成子弟书"客串""生意"前后两个阶段的演唱主体，震钧《天咫偶闻》中说道："此等艺内城士夫多擅场，而瞽人其次也。然瞽人擅此者，如王心远、赵德璧之属，声价极昂，今已顿绝。"此外又有宗彝《道咸以来朝野杂记》中记载盲艺人赵德璧"在同光之际最负名望，各府第及大员之家，无不走动。非但精于西韵书及十三套，凡昆曲、杂曲、谈八字，无不能之"。①

瞽人演唱曲艺，有着久远的历史。刘向《烈女传》曾记载以瞽人道正事进行胎教的事例。然以卖唱为生，并蔚然成风，则是清中晚期的社会一景。瞽人谋生艰难，文武之道，农商之业，均无力从事。街头卖唱无疑一技伴身，是其谋求衣食之佳径。子弟书开始流行于旗人的家庭宴会，因广受欢迎，方出现子弟票友的走票演出。因曲词高雅脱俗盛行一时，传入民间之后，成为盲艺人的谋生之计。以往对盲人演出子弟书的记载，所见不多，我们对这些盲艺人的身份，学习的经过，师门的传承，演唱的地点，表演的对象，等等，都无从了解。子弟书作者"洗俗斋"，即果勒敏作有《弦杖图》，描述盲艺人演出之情状。此篇作品，为我们了解清末盲人学习、演唱子弟书的情景提供了绝好的史料，特别值得研究者注意。

《弦杖图》开首点明演唱子弟书的瞽人，来自外乡，本靠求乞谋生：

百里辞家入帝都，风流乞丐走江湖。
朝夕冷暖三弦伴，道路崎岖一杖扶。
高歌南北名公曲，雅韵东西子弟书。
谒华堂布衣也作朱门客，一生托戴贵人福。

---

① （清）震钧：《天咫偶闻》，第175页；（清）崇彝：《道咸以来朝野杂记》，第9页。

　　最可怜自幼失明双目瞽，无缘难念圣贤书。

　　……

　　自从那师旷知音传后世，无目人应学音律弄丝竹。

　　一技学成平生仰赖，半世衣食自此出。

　　再若能精于术数谈星命，遇知音何愁家业不丰足。①

　　清末来京卖唱瞽人大多为京东人氏。京东距离京城约为百里，"百里辞家"是写实之辞。曲文指出，"因此上寻师觅友学弹唱"，瞽人学唱的对象，是同为瞽人的同乡、师长。清代北京东城大佛寺有"公益堂"、乃兹府有"务本堂"、东裱褙胡同东口有"信义堂"三处瞽目艺人行会。瞽目艺人行会为瞽人授徒、习艺提供了条件，如赵德璧后将弦索技艺传与岳凤亭，而北京瞽目弹套者皆为岳凤亭所传。②

　　果勒敏自己改造子弟书，并传给瞽人徒弟，徒弟又有传人，是瞽人学艺的最好例证。学唱固好，非聪明者却不可为之。子弟书向被誉为"音调沉穆，词亦高雅""其词雅驯，其声和缓""词婉韵雅"，其曲词与音乐，都推崇清丽脱俗之风格。关于演唱子弟书的要求，乾嘉时人顾琳曾作《书词绪论》叙之甚详。震钧《天咫偶闻》作于光绪二十九年，谓盲艺人"已顿绝"，实际是子弟书已经衰落的缘故。启功先生记载洗俗斋果勒敏曾对此进行改造，正是在这个时候。

　　正如我们所知，演唱子弟书的八旗子弟，往往并非只精于此一种曲艺；街头卖唱的瞽人，也不是且不能只靠演唱"南北名公"创作的子弟书一途谋生。《道咸以来朝野杂记》记载王馨远和赵德璧：

　　音乐中丝竹合奏谓之弹套。……此技惟瞽师能之，道、咸间有王馨远者，士大夫多延之。盖与石玉昆之说书相并也。弹者凡十三套：曰海青，曰普安咒，曰将军令，曰舞鸣马，曰阳关三叠，曰合欢令，曰琴音月儿高，曰琴音串，曰平韵串，曰琴音板，曰十六板，曰松青。王瞽师于此外，最精于西韵书。西韵者，出于昆腔，多情

---

① 《子弟书全集》第 8 卷，第 3037 页。

② 张卫东：《〈弦索十三套〉的弹奏传承始末》，《八角鼓讯》2008 年第 43 期。

致缠绵之曲，如玉簪记、会真记诸折皆有之。尚有东韵书，出于高腔，多悲壮激越之音，如宁武关、蒙正赶斋、十粒金丹之类。……王君之后，有瞽人赵德璧者，号蕴山，在同光之际最负名望，各府第及大员之家，无不走动。非但精于西韵书及十三套，凡昆曲、杂曲、谈八字，无不能之。其人甚雅，衣饰甚都，善饮，能于酒间陪诸贵人说酒令，颇能独出心裁，妙绪环生。①

赵德璧精通西韵书、十三套、昆曲、杂曲、谈八字；瞽人们靠卖艺为生，唯有博雅精通兼具，才能谋取衣食，甚至家业丰足。事实上，在瞽人演唱兴盛之时，子弟书已经走向衰落，日渐为后起的牌子、岔曲、快书等俗曲形式所取代。岔曲、快书、大鼓等俗曲中，均存有移植自子弟书曲文的曲词。果勒敏自己擅长演唱子弟书、岔曲等多种俗曲，他教授给盲艺人的，也定非只有子弟书一种而已。

学艺自有高下之分，技艺高低，决定了日后境况的差异。此种情况，亦见诸笔记记载：

早年瞽者分两派，王、赵诸人皆走宅门者，外人家招之不往。凡遇府第大宅，节寿往贺，皆着应时袍褂，带红缨帽，着缎靴，出必以车，故贵家多以狎客待之。若寻常歌时调小曲、算命者流，谓之串街先生，今之瞽者是也。②

两派瞽者之分野，自然是以弹唱技艺之高下为衡量标准。《弦杖图》细致地对处于两级的艺人进行了对比描写。最为常见和普遍的，自然是等而下之，穿街走巷，沿街卖唱。卖唱生意，总有种种艰难之处。非但辛苦不堪，更无知音可言。

有一等三五成群俗呼一串，车辙内拉马弹弦道儿很熟。
沐雨栉风频年碌，□泥泡水终日仆仆。

---

① （清）崇彝：《道咸以来朝野杂记》，第8-9页。
② （清）崇彝：《道咸以来朝野杂记》，第9页。

……

好容易逛到黄昏得了个买卖，小院中一条板凳一把茶壶。

房檐下蚊聚如雷乱叮乱咬，脑门上蝇飞成阵难赶难逐。

满耳中男女嘈杂又说又笑，两傍边儿童吵闹行嚷行哭。

也不知谁是东家何人破钞，也只得你能二字用个总称呼。

到此际曲子要长书的回头儿要大，说唱毕饶了个八字还要想磕竹。①

此段曲文描写的是当时最为普遍的卖唱景象。弹唱者技艺不过是"车辙内拉马"，沿着固有的套路进行，无甚新奇出众之处，而观众，听书就是图个热闹有趣，对演唱者的技艺并无过高要求。以低廉的价钱，所要求的是曲子长、回头大，尽可能延长演唱的时间；此外，还要求无偿附送八字和磕竹。八字和磕竹均为当时流行的算命形式。此等中人，技不如人，谋生艰难，果勒敏更是极言其生活惨况："到冬来半夜三更下了买卖，小胡同崎岖背巷影儿孤。"好不容易到了家，"破屋儿比冰井儿还寒暖气儿无"。与之相比，技艺清高超群出众的那一等人，"走门子车去车来衣裳洁净，人接人送举止安舒"，则不异乎天渊之别。他们出入的场合、弹唱的对象，均与前者不同：

遇喜事叩祝华堂清歌吉曲，逢宴会叨陪末座畅饮欢呼。

若遇着求财旺喜占灵课，赌东儿十拿八稳不能输。②

由"占灵课""赌东儿"等不难看出，这等学艺精湛的出众之辈，除了弹唱出神入化、出类拔萃之外，还必须身负其他过人之处，如赵德璧"其人甚雅，衣饰甚都，善饮，能于酒间陪诸贵人说酒令，颇能独出心裁，妙绪环生"。他们的最好结局，正是被贵人赏识，车接人送，出入高堂。如前引笔记所载，此类艺人，一般请去演唱的场合，是寿宴婚庆等喜事，或朋友、家庭的聚会。前者见于子弟书《鸳鸯扣》，描述旗人

---

① 《子弟书全集》第 8 卷，第 3038 页。

② 《子弟书全集》第 8 卷，第 3039 页。

举行婚礼时邀请艺人演唱；后者则以启功先生幼时家中常请瞽人来演唱为典型。对此等艺人在府第大宅陪贵人清话，说唱之曲文与平头百姓自然不同；追求之风情，正是与子弟书风格一致的高尚清雅。对此，果勒敏描绘道：

> 称得起入幕之宾内堂的清客，也全仗着语言不粗鄙心地不糊涂。
> 学了些风花雪月时新曲，记了些唐宋元明上古书。
> 弹了些弦索筝琶声细细，吹了些笙箫笛管韵呜呜。
> 讲了些旺相生扶天造命，添了些阎然刑冲鬼画符。
> 虽然说一味胡诌也要原原本本，说唱外记问之学不可无。
> 三皇会条律森严岂容轻犯，百家门规模整肃焉敢疏忽。
> 虽不能见貌辨色瞧光景，要向那聆音察理用功夫。
> 口角中脏字儿删清还得说说笑笑，心窝内犯难堆满也要坦坦舒舒。
> 终日间画堂深处陪清话，那一番谨慎留神可也不自如。①

这些人，其至被王府专门养起来，以备府内女眷听书之需要。单弦名家曹宝禄回忆，他的祖父擅长弹唱，是个"说、弹、唱技艺俱佳的盲艺人"。因为技艺全面，得到肃亲王耆善的赏识，专门为府内女眷说书、唱曲。曹宝禄并言及这是当时的普遍现象：

> 那时候各王府都养着一些盲艺人，因为清代妇女们不准到各戏院、杂耍园子等娱乐场所里去听戏、听唱。各戏园子也不卖女座，各王府为了调剂女眷们的生活都养些盲艺人，专给女眷们说书、唱曲。祖父这样的盲艺人，在当时是盲艺人中的第一流。他们也头戴一顶红缨帽，身上穿着袍褂和王府里当差的同样打扮。②

然而，此等技艺高超之人，却并未能代代传承。《道咸以来杂记》

---

① 《子弟书全集》第8卷，第3039页。
② 曹宝禄：《曲坛沧桑》，中国社会科学出版社，2003，第3-4页。

载赵德璧之弟子有三，却不能通晓其所专精之诸般技艺：

> 其弟子三人，曰纪润，能唱二簧杂剧，俗人也。曰彭景云，弹唱能传德璧之衣钵，人极雅驯，惟不懂谈命。曰岳凤廷，手法极好，故赵之十三套皆传此人，略能歌昆曲、杂曲。①

然而，此等技艺高超之人，却并未能代代传承。到曼殊震钧写作《天咫偶闻》的光绪年间，这等瞽人已然"顿绝"。子弟书的演唱，在北京城内也是难闻其声了。虽然启功曾说，"（果勒敏）对于子弟书的腔调有许多的创造，教了几个盲艺人，我幼年所听那两位门先儿所唱的，已是果杏岑的再传"；他如何改造子弟书今已无从考察，但他的努力无法挽回子弟书日益衰落的颓势。如启功先生所言，"事实证明极不成功，所以不到三传，连整个的子弟书都全军覆没了"②。

---

① （清）崇彝：《道咸以来朝野杂记》，第 8 页。
② 启功：《创造性的新诗子弟书》，《文史》1985 年第 23 辑。

第八章　子弟书的文本流动

在对子弟书曲文进行整理校勘时，一个最为重要的问题，就是确立底本。与诗文、小说等文学形式不同，子弟书等说唱文学的文本，很难判断是否存在着一个文字恒定的最终版本。以子弟书来说，流传于世的诸版本，以抄本为主，大规模付梓的刻本、石印本出现得比较晚，数量也相对较少。子弟书校勘的难点在于，各种版本的具体抄写、刊刻时间难以断定，抄本、刻本和石印本之间的版本传承关系也难以简单地通过文字的对比、出版的信息等传统校勘学的方式来加以确定。从另一个角度考虑，在清代至民国这一子弟书演出盛行的时期，子弟书实际并不需要一个"定本"，它的版本所呈现出来的多样性，也正是它作为演出底本时"曲无定本"的一个参考形态。

在子弟书的流传过程中，在北京和沈阳都曾经出现过书坊刻本，可以视为文人的改定本。他们对原有的曲文进行文字润色，丰富了故事情节，并且对内容加以评点，体现出子弟书曲文"雅化"或版本"经典化"的特征。清末民国子弟书衰微之时，甚至有文人以时兴的题材，对子弟书文本进行戏仿创作。经由书坊抄本、刻本至文人改本的演变，可以看到子弟书在由茶馆逐渐进入书斋的过程中，版本形式借鉴了诗、文、词、曲的形态，同时曲文在修订中不断被雅化，又被文人墨客赋予道德教化的意义。

第一节　书坊抄本的文本来源与文字改易

子弟书在北京萌生，盛时是以抄本为主要形式进行流传的。清中晚期，随着戏曲、曲艺的大为兴盛，北京出现了一些专门售卖戏文、曲词抄写本的书铺，根据流传至今的曲本中的钤印可知，有百本张、百本刚、聚卷堂、老聚卷堂、别野堂等多家。

在北京运营的抄书作坊中，百本张是其中最为著名者之一，存世的时间也最为长久。百本张又称百本堂，因主事者为张姓，故多以"百本张"自称。① 百本张一开始只是在庙会售卖抄本，因庙会时间不同而辗转在隆福寺、护国寺售卖，从而兼顾了东、西两城的主顾。《逛护国寺》曲文中说"至东碑亭，见百本张摆着书戏本，他翻扯了多时，望着张大把话云"②，百本张的主人似乎是张大、张二两兄弟，具体名号不详。曲文后文称"张大不语扭着个脸，又见张二旁边摆着泥人"，兄弟二人一起经营，百本张出版的唱本，最多时有一千多种，他们自称"本堂专抄各班昆弋、二黄、梆子、西皮、子弟岔曲、赶板、代牌子、琴腔、小曲、马头调、大鼓书词、莲花落、工尺字、东西两韵子弟书、石派大鼓书词"，除当时最为流行的昆腔和弋阳腔的剧本之外，说唱曲艺类的各种小唱本就选有子弟书、单弦牌子曲、大鼓词、莲花落、马头调等多种曲种。后期经过发展，百本张似已有了固定的地址，根据印章所记，地址在北京西直门内高井胡同，也可能这是抄写、存放的场所，售卖仍是以庙会为主。百本张抄写的唱本一般是使用白棉纸，封面有红棉纸题写标题。因为经营的时间很长，从乾隆年间一直到清末，它的印章有多种形态，最为常见的是"别还价/百本张"六字印记，这种印记"四周为双线框"，是最早的出品；又有一种盖在扉页上，长寸半、宽一寸的戳记，上写"世传百本张"字样，四周环绕松、竹、梅、菊花纹图案，中间夹有"童叟无欺，言无二价"两行小字。还有一种是中间有"百本张，别还价"的戳记，四周环以花纹图案，戳记旁另有两行红字，"住西直门大街高井胡同，张姓行二"，则在后期张氏兄弟已经各立门户了。③

　　庙会中同时也有与百本张竞争的其他书坊业主，如与百本张分隔东西而处的马六经营"同乐堂"："见同乐堂在西碑亭下摆着书戏本"。因为利润微薄，这些书坊大多不专卖唱本，而同时附带有其他小玩意，如上文所引百本张的张二能捏泥人，在唱本的封面上还打上了广告"成作

---

① 　关于"百本张"书坊的研究，可参见傅惜华《百本张戏曲书籍考略》，载《傅惜华戏曲论丛》，文化艺术出版社，2007；傅雪漪：《百本张》，《从〈访贤〉谈京弋腔和百本张——对李家瑞文之我见》，《中国音乐》1993年第2期；崔蕴华：《百本张与子弟书》，《民族文学研究》2004年第4期。

② 　黄仕忠、李芳、关瑾华：《子弟书全集》第9卷，第3700页。

③ 　傅惜华、傅雪漪统计"百本张"印章共有9种，可从印章的样式考察版本的大致年代。参见《百本张戏曲书籍考略》与《从〈访贤〉谈京弋腔和百本张》二文。

虎丘顽物戏人，代塑行乐喜客"，可见为人捏泥像也是他们的拿手好戏、当家本领。此处同乐堂也有副业，"近日他新添小画想发财"。当时的书坊之间竞争激烈，纷纷在自己抄写的唱本封面上盖上各类广告用语以壮声势，有的自高身价，自认为比百本张更为雄厚的亿卷堂自称"天下驰名/京都第一"；别野堂自称"别野堂记/与众不同"；也有的从消费者服务的角度考虑，如聚卷堂的"聚卷堂李/不对管换"；百本张的各种印章比较多，总体而言宣传语中比较注重曲本的定价，有宣传自己价钱合理的"言无二价/童叟无欺"；还有标明自己历史悠久的"世传百本张"，及"从乾隆年起至今/少钱不卖/别还价"。百本张号称"永不退换"，聚卷堂的"不对管换"就是针对此的经营策略。在经营的过程中，书坊的经营者也会发生变化，由此在清后期出现了"老聚卷堂"和"聚卷堂"之别，以及"张二"独自经营的百本张等。

　　抄本这种形式胜在方便快捷，尤其是子弟书篇幅大多比较短小，抄写时间短，便于及时推出新曲。以各书坊的经营者来说，以抄写各类唱本为盈利手段，能够在竞争中脱颖而出，一是靠全，二是靠新，三是靠价廉。各书坊都有自己的子弟书目录供读者挑选，百本张出品的《子弟书目录》收入有 292 种子弟书；乐善堂出品的《子弟书目录》收入有 177 种子弟书；别野堂的《子弟书目录》则有 167 种。① 越是经营长久的书坊，所积累的曲本越多，挑选的范围越广，对购买者的吸引力也就越大。对于子弟书的受众和购买者来说，子弟书等俗曲抄本的作用，一是对于演唱者来说，不可能将子弟书的曲文全都背诵下来，抄本可作为演出的台本来使用。二是对于听众来说，可以一边手持曲本一边欣赏演唱，又可作为案头赏玩之用。

　　每一种新的子弟书曲文创作出来之后，会经过书坊的抄写、贩卖从而得到广泛的传播。同一时期的各书坊抄本，文字差别不大，但创作时间较早、一直受到欢迎，反复抄写的曲文，在传抄一段时间之后，则会出现多种版本间曲文差异极大、多有改动的情况。以《藏舟》为例，这篇子弟书改编自朱佐朝的传奇《渔家乐》，叙述的是邬飞霞与清河王刘

---

① 关于子弟书书坊目录的研究，可参崔蕴华《子弟书目录与版本综述》，《河北大学学报》2005 年第 1 期；王美雨：《清代百本张及别野堂子弟书目录研究》，《满族研究》2018 年第 4 期。

蒜在舟中相会的故事。子弟书《藏舟》全五回，目前存有抄本、刻本和石印本二十余种，百本张抄本、史语所藏抄本为早期的抄本，基本一致；车王府旧藏抄本、别野堂抄本、老聚卷堂抄本等对曲文多有改动，除将男主角名字改为"刘秀"，别野堂抄本又为每一回加上了回目。究其原因，一是修改整篇文本，使得结构、文字更为完美。百本张抄本后四回均为 80 句，但第一回只有 76 句，所以老聚卷堂本在第一回末又加上了四句："邬飞霞手提竹篮回旧路，坟头上喳喳一个冷啼鸦。叫的奴镇心浑身冷，唬的奴上牙打下牙。无奈何强咬牙根回舟去，俏胆儿秃秃乱跳遍体乏。未行数步频回首，半林残叶几缕秋霞。"① 二是将旧貌换新颜，让曲本呈现出新鲜的面貌以便出售。三是子弟书在传唱的过程中，必然因为演唱者的不同而产生曲文的修改，从而造成版本的差异。

第二节　书坊刻本的"雅化"与"俗化"

子弟书的刻本，与抄本相比，在文字上多有改删，可以视为文人的改定本，从某种意义上来说，说明了它的曲词在当时文人的眼光中已经具备了文学审美的价值。子弟书早期在北京流行，刻本主要有文萃堂刻本如《罗成托梦》《三战黄忠》；后期的刻本主要以盛京地区刊本为主。早期的子弟书刻本与抄本的差异主要体现在文本的形制上，让曲文符合当时阅读的习惯；后期的子弟书刻本，则有当地文人为其加上题词、序跋、评语等"副文本"，至少从书籍出版的层面完成了子弟书的"雅化"。

现存最早的子弟书刻本，如前文所言，是乾隆二十一年（1756）丙子刻本《庄氏降香》，此本内封已残，题作"新编全段/庄氏□□"；卷末镌"大清乾隆丙子年冬月京都"；末行刻"新编庄氏降香全段终"，尚未题有"子弟书"之名。至乾嘉时期文萃堂刻本，则"段"和"子弟书"混用，显示出这是子弟书确立、流行的一个关键时期。②

---

① 《子弟书全集》第 1 卷，第 335 页。
② 乾隆六十年（1795）文萃堂刻本《罗成托梦》，正文首行题作"新编罗成托梦全段"，末尾题"新刻罗成托梦全段"。再如乾嘉间文萃堂刻本《三战黄忠》，封面题"京都新刻子弟书/三战黄忠/文萃堂梓行"，首行题"新刻三战黄忠段儿"；经义堂刻本《伯牙摔琴》，封面题"京都新刻/伯牙摔琴段/经义堂梓行"；正文题"新刻伯牙摔琴段儿"（参见《新编子弟书总目》，第 125、86、27 页）。

在文本的体制上，子弟书的刻本也对抄本多有改动，这就涉及子弟书分"回"的概念。子弟书的分"回"体制，有一个发展变化的过程，在抄本和刻本上显示出了明显的差异。如《单刀会》，通行的抄本均作五回，而乾隆、嘉庆间的文萃堂刻本，文字内容相同，却是分作四本二十回，每回十一韵左右，如第二本封面题"六回至十回/子弟书单刀会/二本/文萃堂梓行"。又如取材自《牡丹亭》的《还魂》子弟书，抄本原作一回，今存文萃堂刻本，封面题"京都新刊/还魂子弟书/文萃堂"，内文则析作三回，卷端标"还魂第十二回"，篇末题"还魂子弟书十三、四终"。此篇《还魂》，上承《离魂》子弟书四回本，可推知此种四回本，在文萃堂刻本中被析作十一回；文萃堂刻本将这两篇子弟书相连，共分为十四回。刻本的此类处理，让子弟书中的故事更加完整、适宜阅读。比较起来，从子弟书自身的文本性质来说，清代的抄本子弟书，在分回、标落方面比刻本要规范得多。

长篇子弟书的刻本，也有分"卷"的，而且"卷"与"回"可以相通。如《三战黄忠硬书》分作六回，实为六卷，因为每卷（回）实际包含了相当于一般子弟书三回的篇幅。又如《芙蓉诔》子弟书，今存刻本，分上下册，每册三目，相当于六卷，而每目实有通常情况下三回的长度。又有作"本"的，如道光间京都合义堂、中和堂合刻本《全西厢》，分作十五本，每本皆有四字独立题名；另有抄本，则分作二十八回。子弟书刻本的这种处理方式，可能受到了当时弹词、长篇鼓词刊本的影响。其中原因，是抄本以"回"为单位，对应的是子弟书的演出，每唱至"一回"为一段落；刻本以"本"和"卷"为单位，则对应的是子弟书曲文的案头阅读，故不惮于鸿篇巨制。

刻本对抄本的改动，还涉及文词的修订、题跋、批语等，这一现象在东北大量刊刻的子弟书中尤为凸显。国家图书馆藏同乐堂本、早稻田大学藏文萃堂刻本《红叶题诗》，将四、六两回之尤侯韵改作桓欢韵，使全书统一用韵。刻本又对曲词加有评点，如《忆真妃》，除有会文山房、财盛堂的批语之外，财胜堂刻本卷首有"题词"："别琼枝，几度年，马嵬坡下草连绵。回思玉体诚稀也，转意花容更罕然。旅容观祠扼腕叹，行宫见像觉心酸。写诗怀古学人志，拈笔岂能意道全。银冈文人题。"[1] 会文山

---

① 《忆真妃》，财盛堂刻本，引自《新编子弟书总目》，第166页。

房刻本《糜氏托孤》有跋："糜氏托孤、子龙救主，字字金石，句句入骨。写夫人节义无双，表将军忠心不二，作者笔快如刀，观者眼明似镜。通篇看来，会意传真。两回编完，文心巧妙，描写如画，更如生神龙见首不见尾。甲戌上巳之吉题于静乐轩。二凌居士谨识。"① 这些当地文人撰写的"副文本"大多是抒发自己对曲词的观感，加入刻本中，推动了子弟书曲词迈向"经典化"。

会文山房、财盛堂等所处的东北，是北京之外子弟书传播的另一个中心。子弟书流传到东北之后，以沈阳为中心进行传播。出版的子弟书多在同治、光绪年间，书坊之间互相借版、订正后再版的情况十分普遍。崇林堂刊刻的《大烟叹》直接照搬会文山房的书版，仅替换了书坊名称；有时会加上"重刊"（《青楼遗恨》"光绪乙巳季春之月重刊"）"重镌"（《百年长恨》"光绪乙巳季春之月重镌"）、"新改正"（《新蓝桥》光绪丙午年桃月望日新改正），基本上文词没有修改。有时会有修订版式、曲文脱漏的情况。如《百年长恨》老会文堂后出的刻本为将原文挤入一版，末叶改小字双行排，并刊落末一韵。

会文山房又是沈阳子弟书出版的中心，相对而言较早期刻本有同治二年（1863）《忆真妃》，同治八年（1869）《绝红柳》，同治十二年（1873）《大烟叹》，同治十三年（1874）《烟花楼》。会文山房出版的子弟书对文本做过大量的增删工作，具有鲜明的特色。如光绪戊寅年（1878）刻本《孔子去齐》末注云："我是不识字的学问人删录。"与会文山房关系密切的二凌居士在子弟书的刊刻中是一个重要人物，他对子弟书极为了解，称韩小窗是他的故友②，为会文堂刊刻的多种子弟书写过题跋，《黛玉悲秋》跋文称：

> 前人韩小窗，所编各种子弟书词，颇为快炙口谈，堪称文坛捷将，乃都门名手。惟此《悲秋》一段，未注姓氏，而句中笔法，可与欧阳赋共赏。描写传神，百读不厌。故将本内错字，更正无讹，令看官入目了然，书坊主人求余跋序，仅题二句云：乃见焕乎非俗

---

① 《糜氏托孤》，会文山房刻本，引自《新编子弟书总目》，第72页。
② 《宁武关》光绪六年会文堂刻本跋："《宁武关》系故友小窗氏愤慨之作。"但似不可信，或特为假托之语。

手，不知作者是何人。二凌居士拜观。①

又称与《蝴蝶梦》的作者春树斋②也有过交往：

> 爱辛觉罗春树斋先生，都门优贡生。宦游奉省年久，与余笔墨中最为知己。所著各种书词，向蒙指示。公寿逾古稀，精神健壮。临终先时，敬呈楹联十四字云：公正廉明真学问，喜笑怒骂尽文章。夫子赏鉴，遂以此书稿相赠，梓付手民，以志不忘云尔。③

从会文山房刊刻曲文的序跋中可知，他与会文山房主人极为熟识，张政烺在《会文山房与韩小窗》一文中认为他就是会文山房主人邸文裕。根据张政烺的考证，会文山房是位于沈阳"钟楼南，路西，灰市口北"的一家南纸店，门口悬挂喜晓峰题写的匾额和嵌有"会文"二字的三副对联。④"二凌居士改定本"系列子弟书即由会文堂刊刻，对子弟书抄本进行了再次创作，包括文字的增删、修订等。如光绪五年刻本《痴梦》题跋中说：

> 岁在己卯，次庚伏日。是时阁内独居，静观文中游戏。闲尝懒游，清吟无句，借得《痴梦》残篇，补缀完成合璧。一枕初醒黄粱，半榻常天红日。灯火三更，寒窗十季。会稽太守，文运而转鸿钧；山野悍妇，房中以当幻续。著典出于老手，高歌尽乎壮志。本馆各种奇书，尽属词林笔墨，名贯东都，声华北冀。谨此特跋。二凌居士。⑤

从此篇跋文看来，二凌居士对《痴梦》的残篇做了补全的工作。《痴梦》子弟书现存有抄本数种：车王府旧藏清抄本，史语所藏抄本，

---

① 长田夏树藏。引自《新编子弟书总目》，第 463 页。
② 根据李振聚的考证，春树斋为觉罗春垚，满洲正蓝旗人（参见李振聚《子弟书〈忆真妃〉作者新考》，《文献》2012 年第 4 期）。
③ 引自《新编子弟书总目》，第 20 页。
④ 张政烺：《会文山房与韩小窗》，《社会科学战线》1982 年第 2 期。
⑤ 光绪五年刻本，早稻田大学藏。引自《子弟书全集》第 1 卷，第 286 页。

以及傅惜华旧藏曲盒抄本，三本几无异文。二凌居士"补缀"的此本，多了七韵十四句：

> 此一时芳心大有千般悔，万种忧烦带泪痕。
> 恨当初美好姻缘自离散，现而今镜破鸾分两处存。
> 兰桥有路何人渡？咫尺潇湘吴越分。
> 寂寞窨房中设想愁无限，意悬悬腹内思量恨千寻。
> 白净净粉面芙蓉抬不起，颤巍巍袅娜身才少精神。
> 软怯怯弱体腰姿娇无力，一点点小口樱桃咬朱唇。
> 水冷冷秋波顾盼坐不稳，细湾湾蛾眉紧绉话难云。①

二凌居士还与友人共同进行曲文创作。《烟花楼》是根据北京传来的新编子弟书曲文，请张松圃唱词，自己进行记录的，并对原作进行了分回和扩充。

> 《烟花楼》乃《水浒传》中第二十回事，近来都门名手编出子弟书词，有江湖清客友人张松圃贯串其辞，余笔录之，脍炙口谈。原本一段，今更为四回。观情会意，补短截长，未免画蛇添足，点金成铁，遂刊付枣梨，致贻笑方家，以公同好，非吾知也。二凌居士手跋。②

子弟书刻本，体现出了子弟书流传到东北后的变化。东北标"清音"子弟书作品中，大部分没有出现在百本张、别野堂等北京抄书坊的子弟书目录中，可知是流入东北后再进行创作的。有观点认为，这批子弟书是"俗化"的产物，认为原本古雅的唱词不断俗化而受到东北民间社会的欢迎。"俗化"看似与"清音"相悖，实际上都体现出子弟书传至东北地区之后，为适应当地审美趣味而产生的变化。这种"俗化"体现在文本上，在盛京创作的子弟书文词中做文字游戏：如《圣贤集略》，

---

① 光绪五年刻本，早稻田大学藏。引自《子弟书全集》第 1 卷，第 286 – 287 页。
② 同治十三年刻本，艺术研究院藏。引自《新编子弟书总目》，第 228 页。

又名《入字成文》，主要以八字句式，历述各代圣贤、名人事迹。《绝红柳》卷前有无名氏题藏头诗一首，各句首字组成"绝红柳子弟书一回"。文本上的插科打诨影响了对子弟书的文体判断，导致对子弟书和其他说唱文本的界限也不太清楚。《灵官庙》有光绪乙巳（1905）海城裕顺堂刻本，封面标作"清音子弟书"，实际上是马头调，因与子弟书同题而误。

同时，盛京财盛堂有一批刻本体现出了教化意义，均与人伦相关，并且形成了一个系列。《贤孙孝祖》题"上接排难解纷下接谋财显报/贤孙孝祖"；《教训子孙》题"上接《双生贵子》，下接《训女良辞》"。这批子弟书都是当地文人新编，如题"甲午年新编滕令尹鬼断家私一回"，《教训子孙》《训女良辞》《覆恩枉报》《瞒心枉说》，从书名就可以看出，编者的目的是通过忠孝节义的故事来宣讲一定的人生道理。《麟儿报》题词："善事之行志贵专，循环报应是诚然。矜孤恤寡由心地，持危扶颠本性天。无子终能得令子，大年自获享高年。古来刘某名元普，多寿多男□两全。荷月上旬题于省垣小西官车捐局南窗左侧。古银洲文人题。"①

《训女良辞》题词："盖世间最可恨的是妇女，更可怜的也是妇女。为何可恨？恨的顽梗难化，任意心脏，不顾廉耻，善言难以变化气质，不信报应，好道难以改换性情，不明妇理，难入正途。故此可恨。怎么可怜？怜的是未曾读书，愚昧无知；智识浅陋，难开聪明；不晓人情事故，无从广其见闻，并不知违理犯法等事，所以可怜耳。"②

第三节　"叹"：曲词的继承与仿作

"叹"这种创作形式，是子弟书曲词中别具特色、自成一格的文本。题名为"叹"的子弟书均是描述清代社会生活为主要内容，《老斗叹》《司官叹》《官衔叹》《长随叹》《老侍卫叹》《少侍卫叹》《女侍卫叹》，无论是为他人鸣不平，还是为自己浇块垒，无论是细致地描述以侍卫之

① 《麟儿报》，财盛堂刻本，艺术研究院藏。引自《新编子弟书总目》，第 265 页。
② 《训女良辞》，财盛堂刻本。引自《子弟书全集》第 9 卷，第 3668–3669 页。

妻、老侍卫的个体生活，还是反映司官、长随之苦等普遍的现象，在写法上，都遵循着子弟书的文体规律，在内容上，也都紧扣着旗人的生活，具有鲜明的旗人特征。

"叹"这类作品与小说戏曲的改编作品相比，具有很强烈的现实功能，也就理所当然地被用来移植到各类底层人物和身份中。《晴雪梅花录》中收录有《浪子叹》《老汉叹》《妓女叹》《心高叹》《光棍叹》《腐儒叹》《庸医叹》等多篇，正是接续了清代鹤侣氏等作者创作的"叹"子弟书的这一传统。《浪子叹》作者"梦松客"自题曰"予当兵燹之后，因见世之子弟流人，于放浪者多，虽苦口相劝，何能遍及人人。于是爰笔著小说，而词粗意浅，使阅者一目了然。虽不如宣圣书之感人深，亦可当头一棒"①。可见，作者们是有意效仿，与"闲笔墨小雪窗追写《官箴叹》，顺一顺一世窝心气不平""西园氏闲情墨谱《长随叹》，不过是守分安常醒世言""文西园窗前闲谱《先生叹》，生感慨，一顶儒巾误少年"② 有一脉相承之意。

在《晴雪梅花录》的创作时期，子弟书的文本特征已经逐渐消失，无论篇幅长短，大多不再分回。不同的作者个人创作水平的高低，以及对子弟书的理解不同，加之受到外部其他说唱形式的影响，曲词的改变尤其体现在诗篇中，受到大鼓书的影响，大多以"大清一统二百余年，想当初起义在白山。太祖爷创业辽东地，到后来一统华夷坐顺天"开场，与故事内容实际并无关系，只为例行开场而设的套词。"大清一统锦绣荣华，列位明公尊座听根芽。关里紧致且不表，再把那沈阳城夸上一夸"，这类"诗篇"在创作时以"听众"为对象，而非以"读者"为对象。同样地，结句也是以表演为目的的通行套话："言不尽烟花妓女多零落，正正鼓板喝杯茶。""列位明公想一想，不知我说全未说全。君子听见作谈笑，小人听见不耐烦。"③

到清代末期，子弟书的演唱逐渐消歇，文本创作也变成了一种纯粹的文本游戏。晚期的子弟书稿本，可以视为作者对流行曲本的一种"戏

---

① 《子弟书全集》第 9 卷，第 3526 页。
② 引自《官箴叹》《长随叹》《先生叹》，《子弟书全集》第 8 卷，第 3474、3477、3489 页。
③ 《光棍叹》《妓女叹》，《晴雪梅花录》收录，引自《子弟书全集》第 9 卷，第 3545、3535、3549 页。

仿"，其中最值得一提的就是《代数叹》。"叹"子弟书是具有代表性的反映底层现实生活的一种文本，如《老侍卫叹》《女侍卫叹》等，《代数叹》的作者以子弟书的形式来抱怨代数的难学，明显是借鉴了"叹"类子弟书的写法。

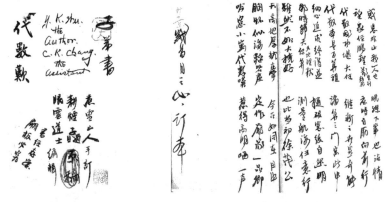

图 8 - 1　《代数叹》封面　　　　　图 8 - 2　《代数叹》末页

此书稿本封面题"代数叹/子弟书"，"煮雪山人手订/耕烟子过目（原稿）/眠云道士编辑"，"书经存案/翻板必究"等字样；又有英文"Y. K. Shu/the author"，英文字迹流畅，显然书写者英语非常熟练。卷末有"卅二年岁首月之订本"，可知是光绪三十二年（1906）创作的。书中有跋："此先翁辉山府君在北京汇文大学堂肄业时游戏之笔。句中所称陈夫子，即陈在新博士，先翁从之学。余于民国二十二年癸酉考入燕京大学时，博士犹主数学系讲席，其子陈哲、陈敏昆仲皆余中学同窗。陈哲工绘事，在校共启元伯（功）兄有一时瑜亮之誉，已逝多年。陈敏为创伤名医，死于唐山地震。此本扉页题：煮雪山人手订，耕烟子过目，眠云道士编辑。煮雪山人为先翁别署，余二人无考。"[①]

作者以旧瓶装新酒，以子弟书写新式大学堂中学习之苦，"代数"等舶来之语比比皆是，还在中文中夹杂英语，如"要是侥幸算的准，手把着小本 Copy 的凶""手拿着 Ruler 指这问，掇掇打打不知声"，与早期的满汉兼、满汉合璧的形式前后呼应，相映成趣。虽然作者在文本上采

---

① 《代数叹》，稿本，吴晓铃旧藏，今藏首都图书馆（参见《子弟书全集》第 8 卷，第 3490 - 3495 页）。

用了两句一韵，形式上采用了传统抄本双行小字的呈现方式，末一句"吟窗小写《代数叹》，惹得高明哂一声"采用了嵌入作者代称的形式。但它明显受到清末民国时期其他说唱文学的影响，和子弟书有所区别。比如开篇四句："打罢新春正月正，家家欢乐庆花灯。各处太平真富贵，满城火树放光明。"这种四句开篇和曲文内容毫不相关，就是一种常见的开场白，可以随意安插在任何一篇曲文之中，在子弟书中一般是不会出现的。晚期的这种模仿性的创作，更多的意义在于自娱自乐，不再有演唱的属性，自然也不可能流传开来。

第四节　子弟书爱好者的传抄本

在子弟书全盛时期，爱好者的传抄本很多，尤其是在清末各书坊相继关张，曲本已经难以购买，爱好者只能通过抄写的方式来获得，傅斯年图书馆藏有爱好者抄写的子弟书曲文二十六种，其中留有七种抄录者的姓名：爱新／爱新氏、迪元／爱新迪元／迪元氏／联迪元、从容主人／从容居士、痴道人、常远峰、德尧臣、镶黄汉刘氏，从署名不难看出，抄写者仍是以旗人为主。

有心人也对子弟书的文本进行专门的收集和整理。前文提及《绿棠吟馆子弟书选》的编选者金台三畏氏，就想仿照臧晋叔编选《元曲选》的方式，来对子弟书进行筛选。三畏氏仿臧晋叔《元曲选》之例选编《绿棠吟馆子弟书选》，收入子弟书篇目共一百种。收入文本的来源，为北京小莲池居士所藏和三畏氏自藏子弟书。其书之收集经过，卷首有小莲池居士、三畏氏序言各一篇，言之甚详，小莲池居士说韩小窗创作的子弟书广受欢迎，"先生者，嘉道间尝游于京师东郊之青门别墅，所谓拐棒楼也者。所制曲厂肆竟为刊版。庙市有张姓亦匀藁钞鬻之"。自己年幼之时尚能听到子弟书的演唱，曲本也易于购买，"余儿时都市犹不乏厂肆刊本，剧社亦间有歌之者"。因"此曲人间无闻久矣"，所以对三畏氏保存子弟书的努力极为敬佩，曰："金台三畏先生，饱学士也。悯古道之不存，惜前人之心血，效明臧氏元人百种曲之例，集当代子弟书百种，为书二十卷示余。余深喜先生之葆古存人，与余志有所同也。敬志数语于此。"

三畏氏的序言中，则先是对子弟书的特色，包括内容和演唱方式都做了介绍，"其书大抵摘取昔人诸小说中之一段故事编演成词。其为文也，则似诗而非诗，似词而非词，别饶风韵。其唱法则以三弦和之，或人弹己唱，或自弹自唱，能使听之者雅俗共赏，妇女咸宜。玩其笔墨，则端庄流丽，潇洒玲珑，兼而有焉。虽李笠翁二十种曲，亦未必过之。苟非名家钜手，何能成此绝妙好词。诚弹词中之别开生面者也。"然后讨论了编选的过程：本书是集合自藏和小莲士居士藏书，仿照《元曲》选的方式编成。①

据此二篇序文，《绿棠吟馆子弟书选》选辑于民国十一年（1922）。金台三畏氏和小莲池居士，二人生平，根据李振聚的考证，结论为：金台三畏氏，名蕴和，字玉甫，号竹泉，一号稚川居士、绿棠居士，堂号为绿棠吟馆，生于清同治七年，直至民国二十三年尚在世，满洲镶黄旗人富察氏。小莲池居士，即蒙古奉宽。奉宽，字仲严，号远楼，一号小莲池居士，室名汉严卯斋。②

金台，自明朝起即为北京代称。据序跋中所述，二人自幼居于北京，耳濡目染子弟书的演出，对子弟书作家的生平和文本的售卖，也都有所了解。他们对子弟书艺术的评价，小莲池重于演唱，"步武昆山""摘阮佐歌""黄钟大吕"，推崇其声韵之雅；三畏氏重于文词，"端庄流丽""潇洒玲珑"，谓李笠翁二十种曲不能过之，极言其辞采之美。当其时，清朝灭亡已有十载，八旗子弟早已零落为寻常百姓，子弟书亦已成广陵绝响。二序中"此曲人间无闻久矣""颇难物色，殊可惜也"等语，足以见其葆古存人之心意及收集编撰之困难。一代文艺在其衰落或消息之时，通常会有热心人给予总结与汇集，致力使之传存于世。三畏氏所为，也正志在于此。遗憾的是，或许出于时局动荡之因素，绿棠吟馆选本未能刊行，其收集和选辑之原本，亦已散佚，不知所终。今仅见第一卷尚存于世，内容包括小莲池居士序、自序，绿棠吟馆子弟书百种总目、凡例；正文部分仅《八仙庆寿》、《蝴蝶梦》、《天台奇遇》、《俞伯牙摔琴》、《孟姜女哭城》及《渔樵问答》等六种子弟书尚存。绿棠吟馆藏子

---

① 可参本书第一章所引序文。
② 李振聚：《〈绿棠吟馆子弟书选〉编者考》，《民族文学研究》2020 年第 2 期。

弟书在当时负有盛名，亦有爱好者前往抄写，国家图书馆藏抄本《卖画》，题"卖画子弟书"，另注"壬戌七月二十六日录绿棠吟馆存敬诒堂藏/钞本不全/癸亥二月二十七日复于东四牌楼买得后半部/并知书名乃意中缘也"；又有《春香闹学》抄本，封面题"壬戌七月廿三日录绿棠吟馆村抄本/与文华堂梓行之印版本异"，可知均是从蕴和藏本中抄录而得。

正如藏氏以己意修改元曲一样，三畏氏也对原本加以修订。第一卷所收《蝴蝶梦》末有按语云："按原书收尾尚有七言四句云：'春花秋柳君休恋/树叶梅枝草上霜/斋藏圣贤书万卷/作写奇文字几行'。余以此四句俚不成文，且与通篇口气大相轩轾，必翻刻之时续貂之作也。"三畏氏断定这四句是翻刻时所加，故为删去，这个判断大概是正确的，但他未识此为一首藏头诗，每句第一字合为"春树斋作"，暗含作者之名也。

子弟书的抄写者在抄写的过程中，往往也会根据己意对子弟书的曲文进行修改。修改者往往出于润色文字的目的，错别字改为正确的字、错简后进行纠正等情况比比皆是，还有诸如增加回目；失韵后改韵，如《渔家乐》百本张抄本中的"钗裙"二字，"此乃中东，以钗裙不合，改为花容。十七年七月八日□□山改"[1]。整句曲文的修改，如刘复旧藏《旧抄北平俗曲》中，对百本张抄本《连环记》进行了全面的修改：首句"尘世同登傀儡场，几回屈指计沧桑"，"计沧桑"三字改为"费思量"；"众多官皆唬得心惊胆战忙"，改作"众将官一时被唬得胆落神荒"；"他必然喜爱乐非常"，改作"那厮见珠冠华丽必喜悦非常"；"却之不恭受之有愧"，改作"他若是受了珠冠后"，这些修改，无论是从故事情节的合理性，还是从立意高下来说，都比原作有了改善和提高。[2]

另一种子弟书的选集《晴雪梅花录》抄本，则是仿作与抄藏本的结合体。此书为民国初年抄本，署"云深处主人辑"。书中收入有作者自创的《庸医叹》等子弟书作品，正反映出子弟书的演出走向衰微的境况。作者"婆心济世，觉彼愚蒙。每思救不古人之心，时欲挽炎凉之世态。愤发激昂，情难自止。遂于公暇之际，静坐默思，著一醒世小说，名曰《医病含冤》，自谦之曰《庸医叹》。"除了作者自撰的子弟书外，

---

① 百本张抄本，吴晓铃旧藏，今藏首都图书馆。
② 《子弟书全集》第2卷，第415－416页。

还收入了其他子弟书作者的作品。身兼作者和编者，云深处主人更为注重子弟书的道德教化意义，董玉璱为此书序言中说："并将古今小说，有关世道人心者，悉搜尽采，共成一册，总名曰《晴雪梅花录》。……故其书中之旨，多准古法，缘道德于冥冥之中，寓以矫正人心之本意，体造物之情。抑彼狡猾者，使不得再呈绝技。叫醒世人之愚梦，庶不致再历沉冤。婆心苦口，煞费神思。由其素所蓄积者，有以致之然也。"作者和作序者称为"醒世小说"，显然突出的是文本和内容，而非表演。

在一些经典的篇章中，往往和戏曲、小说作品一样，夹杂有抄写者的评语，往往就是从世道人心这一角度来进行评点的。《摔琴》讲述的是俞伯牙、钟子期高山流水的故事。车王府、史语所均藏有清代书坊抄本，吴晓铃先生藏有嘉庆二十年（1815）王锦雯抄本。[①] 抄写者在序言中提出为此书作批语的缘由，是作者对于五伦以及朋友意义的思考：

> 五伦者，君臣也，父子也，夫妇也，兄弟也，朋友也。然五伦中夹入朋友，颇觉不属。然细思之，四件总关，系是一件。且四件或有暂无，而朋友必不能无。君臣亦可为朋友，父子亦可为朋友，夫妇亦可为朋友，兄弟亦可为朋友。四件不相及之处，又皆此一伦济之。在五行论，即寄旺四时之义。故其德主信，所关甚重，夫岂容滥。番僧利玛窦以友为第二我，此深明知己之解者也。与其交而后择，易生怨；孰若择而后交，可寡尤。[②]

在王锦雯的批语中，紧扣子弟书的曲文，有对子弟书文本精妙处的阐释，对作者创作心理的体悟："家丁云：'若见老爷须叩首'。盖家丁必以老爷为贵。岂知'老爷'二字，原不在高人眼内。倾我胸襟，彼所谓老爷者，已亦敬服之至。而今而后，知老爷亦非甚贵之物。""美玉藏石者，子期之未遇知音也。始则你我呼之，继则足下称之，至此则直言先生恕弟。看他几句称呼，先是傲俗，后是敬贤。前倨后恭，皆是风流名士举动。然实系读书人习气。盖爱才如命，未有不避俗如仇者，真乃

---

① 《俞伯牙摔琴谢知音子弟书》，抄本，今藏首都图书馆。批语可参《子弟书全集》第1卷，第211页。

② 引自《子弟书全集》第1卷，第219页。下引此篇曲文、批语均同。

千古至言。""所谓情生文，文生情，即此便是。会迟别速，最苦之况。又恨相逢之晚，反欲不见。仿佛无理，然细细思之，实系情之所必有。人到情之至不得已处，往往有此异想，不知其自警处，正是其自痴处。其欲不见者，正是其不可一日暂离之意也。欲其遥送送、再谈谈，何苦留恋。作者何心，而能体贴至此。予看此两句，实有感于心，未能一时暂忘。所谓无情无理，有情有理，奇情奇理，至情至理，此二句真乃文情并妙。"以上评语，或针对曲文字词用语，或剖析作者意图，揭示、阐释了曲文内在的深意。

叙事文本评点的第二大层面，是对作品中人物的品评。俞伯牙和钟子期是高山流水的两大人物，作者自有高下之见："此时伯牙举动甚俗，亦以上大夫自重，并无风流名士之度。若非后来改容谢过，真一大俗人而已。看此时之子期，方乃是真名士自风流，潇洒自然，令人想见其貌。"作者还关注到了钟子期的母亲："贤哉钟母！见金不喜，即抱不安，并问俞公动静，其识见深远，教子有方，可得而知。"

评点中也有自己读曲文的直接感触："予既看后，忽忽如有所失。愚谓见此不落泪者，其人必不友；敦友谊者，必不以予言为谬。""此时之乐，世所难得。予看至此，掩书自想，生平几尝得有此乐？愈觉伯牙子期是所快事。殆子期死后，固足感伤，然予已于此是心恸矣。"

抄书者王锦雯其人，生平未可考，只知他批阅《摔琴》时二十七岁。[1] 但他喜爱戏曲，在批语中对《西厢记》顺手拈来：" '不如不见，免得牵连' 二句，真乃绝世妙文。记得《西厢记》有云：你也掉下半天丰韵，我也抛却万种思量。此皆一样笔法。"他必定对子弟书极为熟悉。在总评中说："《俏东风》有云'除双亲世间何事可贪图'，亦是有情之句。可惜又为哭妻所用也。"在批文中又再次引道："记得《俏东风》有云'到来世即便相逢，谁认得你'之句。"《俏东风》是子弟书中的长篇故事，根据旗人青年男女的爱情故事编写，由此可见至少在嘉庆二十年时已经流传开来。[2]

---

[1]　批语云："看此书时，予年正二十有七"（《子弟书全集》第 1 卷，第 213 页）。
[2]　可参见本书关于子弟书题材一章中对《俏东风》子弟书的相关讨论。

第九章　子弟书的流播与影响

　　乾隆年间，子弟书始盛于北京，继而传至天津，并为天津俗曲演唱者改编成"卫子弟书"，以适应津门听众之欣赏习惯。① 子弟书之风靡，向举北京、天津、沈阳三地鼎立。在北京地区，子弟书的传播多倚赖"百本张""别野堂"等书坊抄录贩售；沈阳地区流传之曲本，则以会文山房、程记书坊所出刻本为特色。书坊之抄、刻本，今所存甚伙，可反映子弟书在京、沈两地传播之状况。然而，天津的子弟书藏本，一向稀见披露。近年天津图书馆藏三种子弟书目录的发现，让我们得以窥见天津子弟书流传与收藏情况之一斑。

第一节　天津图书馆藏三种子弟书目录之关联

　　天津图书馆藏《子弟书目录》两种与《子弟书约选日记》，均为新近发现的子弟书研究材料。崔蕴华在其博士学位论文《子弟书研究》中最早对其加以介绍，并录有《子弟书目录》（一）全文。② 《子弟书目录》（一）（以下简称《目录一》，抄本，封面题"子弟书目录"，编者、抄录时间未详。此目收录子弟书篇目共 328 种，并按内容题材归为 68 类，按类依次编排。所录每一篇目，先列篇名，后举回数及所在卷数。如开篇之"喜庆子弟书目录"，录有《喜起舞》《天官赐福》《八仙庆

---

① 子弟书传入天津的时间，存有多种看法。一般认为在嘉庆年间。如《中国曲学大辞典》"子弟书"条："嘉庆年间……西韵传至天津，并与当地民间曲调、方言结合而成为卫调子弟书。"见《中国曲学大辞典》，第 71 页。薛宝琨、鲍震培认为在咸同光时期，参《中国说唱艺术史论》，第 221 页。崔蕴华认为在清晚期，比传入沈阳时间晚，参《书斋与书坊之间——清代子弟书研究》，第 140 页。

② 崔蕴华《书斋与书坊之间——清代子弟书研究》第五章"子弟书版本及其流传"第一节"子弟书目录综述"之"私抄目录"中最早对此三种目录加以介绍，并过录《子弟书目录》（一）全文。但"碧玉将军"条误录为"一回卷十五"，似因误承上条"面然示警"所致，并导致自"碧玉将军"至卷末共八十二条之回数和所在卷数存有讹误（参见《书斋与书坊之间——清代子弟书研究》，北京大学出版社，2005，第 120－129 页）。

寿》等庆贺吉祥子弟书五种；其下名"四书子弟书"，录有《孟子见梁惠王》《齐人有一妻一妾》等据经传改编之子弟书三种。

图9-1　《子弟书目录》（一）封面　　图9-2　《子弟书目录》（一）首页

　　此目所载每一篇目之下，均列有各篇所在之卷数。据卷数将此328种子弟书重新排列后，可知这批子弟书共分为48卷，题材来源相同之篇目大致列在同一卷。由此可推论，在《目录一》编撰之前，此328种子弟书已被编定成集。《目录一》正是以此"子弟书集"为对象，重新分类、编撰而成。"子弟书集"的搜集与编定，与《目录一》的编撰，或出于同一人之手。

　　《子弟书目录》（二）（以下简称《目录二》），抄本，无封面，编者未详。首页首行题"子弟书目录　共计二百另九目"，抄录时间不详。此目可分为两大部分，其一共收子弟书篇目114种，末题"以上未抄选目一百一十四"；其二共收子弟书篇目97种，末题"以上已选九十七目"。第二部分原本选择95种，后从未抄选篇目中增选《郭栋儿》《石玉昆》两种。此两种篇目并见于未抄选、已选之中，故此种目录共著录子弟书209种。

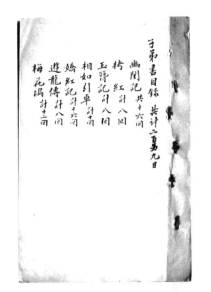 

图9－3　《子弟书目录》（二）封面　图9－4　《子弟书目录》（二）"未抄选目"

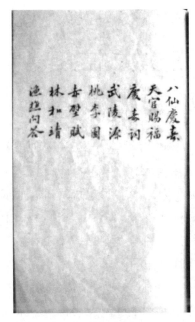 

图9－5　《子弟书目录》（二）书影　图9－6　《子弟书目录》（二）"已选目"

《子弟书约选日记》（以下简称《日记》），抄本，封面题"子弟书约选日记"，右署"萧文澄"。《日记》以时间为序，记录了自六月二十八日至十月廿二日间，萧文澄摘选、评介子弟书的情况。《日记》中每日编选之篇目数目不等，共选评子弟书128种。《日记》所载子弟书篇目均标有卷数（有时题册数）及编者之评语，部分篇目标有回数；每篇之前，又以朱笔标有一"钞"字或一"△"符号。此书虽题曰《约选日记》，但保存有大量子弟书篇目，亦可视为子弟书目录之一种。

图 9 - 7

《子弟书约选日记》封面

图 9 - 8

《子弟书约选日记》首页

　　关于子弟书篇目之记载，清代有百本张、别野堂、乐善堂等抄书作坊之贩卖目录，及子弟书创作者鹤侣氏（爱新觉罗·奕赓）以子弟书篇名连缀创作之《集锦书目》曲文。20世纪20年代，历史语言研究所成立"民间文艺组"，广为搜集民间俗曲曲本。刘复、李家瑞在此基础上编成《中国俗曲总目稿》（1933年出版），著录有子弟书370余种。其后，傅惜华编成《子弟书总目》（以下简称《总目》）①（1946年发表初稿，1954年修订后出版），收录子弟书440余种，成为当时最全面、完整之子弟书书目。② 天津图书馆所藏三种目录，中多载上述目录中未载

① 本书所引用的《总目》，均为上海文艺联合出版社1954年版。
② 《中国俗曲总目稿》和《子弟书总目》编撰的具体情况，参见黄仕忠、李芳《子弟书研究之回顾与展望》，台北《中国文哲研究通讯》2007年第1期，第120–123页。

之篇目。这些篇目中，部分目前尚未发现有曲文留存。故此三种目录，于子弟书研究极为重要。

天津藏三种子弟书目录中，均收录有子弟书稀见篇目若干种。那么，三种目录之间，是否有所关联？为揭示此三种目录之间的关系，笔者将三种目录所录篇目一一进行对比，详见表9-1①。

表 9-1

《子弟书目录》一		二	《子弟书约选日记》
卷一			
天官赐福	一回	钞	六月廿八日，第一卷，钞
八仙庆寿	一回	钞	六月廿八日，第一卷，钞
庆寿词即群仙庆寿	一回	钞	庆寿词，六月廿八日，第一卷，钞
武陵源	一回	钞	六月廿八日，第一卷，钞
桃李园	一回	钞	六月廿八日，第一卷，钞
赤壁赋	一回	钞	六月廿九日，第一卷，钞
林和靖	一回	钞	六月廿九日，第一卷，钞
渔樵问答	一回	钞	六月廿九日，第一卷，钞
寒江独钓	一回	未钞	六月廿九日，第一卷，△
刺秦即荆轲刺秦	一回	钞	荆轲刺秦，六月卅日，第一卷，钞
房得遇侠	一回	钞	六月卅日，第一卷，钞
韦娘论剑	三回	钞	六月卅日，第一卷，钞
全德报	八回	钞	全德，六月廿九日，第一卷，钞
卷二			
马跳檀溪	一回	钞	七月一日，第二卷，钞
白帝城即托孤	一回	钞	白帝城，七月一日，第二卷，钞△
叹武侯	一回	钞	七月一日，第二卷，钞
描容	一回	钞	五娘描容及行路廊会，七月二日，第二卷，钞①
挂帛	一回	无	无②

---

① 因三种目录所列篇目排序方式不同，为便于进行比较，笔者对《目录一》的顺序进行了调整。表一中，《目录一》按照篇目后所标卷数顺序排列，每卷中按照回数多寡为序排列；《目录二》所载之篇名与《子弟书约选日记》全同，为节约篇幅，不另标明篇名，只标示"无"、"钞"或"未钞"，"无"为《目录二》未著录之篇目，"钞"为《目录二》已选篇目；"未钞"为《目录二》未选抄篇目；《目录二》《日记》中所载之篇名与《目录一》有差异者，在《日记》一栏中另行标注。

续表

《子弟书目录》一		二	《子弟书约选日记》
忆子	一回	钞	七月三日，第二卷，钞
长板坡	二回	钞	七月一日，第二卷，钞△
廊会	二回	钞	五娘描容及行路廊会，七月二日，第二卷，钞
商郎回煞	二回	未钞	商林回煞，七月六日，第二卷，△
洲西坡	三回	钞	七月三日，第二卷，钞
行路	四回	钞	五娘描容及行路廊会，七月二日，第二卷，钞
降香	六回	钞	庄氏降香，七月四、五日，第二卷，钞
托梦	八回	钞	七月六日，第二卷，钞
卷三			
望乡	一回	未钞	七月七日，△
斩窦娥	一回	钞	七月七日，钞
数罗汉	一回	未钞	数罗汉哭塔出塔探塔，七月十五、十六日，△③
哭塔	一回	未钞	数罗汉哭塔出塔探塔，七月十五、十六日，△
出塔	二回	未钞	数罗汉哭塔出塔探塔，七月十五、十六日，△
探塔	二回	未钞	数罗汉哭塔出塔探塔，七月十五、十六日，△
当绢投水	二回	钞	七月九日，钞
别姬	二回	钞	七月十日，钞
英雄泪	四回	钞	七月十一日，钞
刺虎	四回	钞	七月十五、十六日，钞
刺虎	四回	无	无④
宁武关	五回	钞	七月十三、十四日，钞
卷四			
救主	一回	钞	七月廿二日，第五册，钞
盘盒	一回	无	无⑤
打御	一回	钞	七月廿二日，第五册，钞
骂女	一回	未钞	骂女代戏，七月廿二日，第五册，△
望儿楼	三回	钞	七月廿二日，第五册，钞
骂城	三回	钞	七月廿二日，第五册，钞
千钟禄	四回	钞	七月廿二日，第五册，钞
摔琴	五回	钞	伯牙摔琴，七月廿一日，第五册，钞
哭城	六回	钞	七月廿一日，第五册，钞
双官诰	六回	钞	七月廿四、五日，第五册，钞

续表

《子弟书目录》一	二		《子弟书约选日记》
卷五			
盗令	六回	钞	七月廿九日，第五册，钞
马上联姻	十四回	钞	七月廿六、七日，第五册，钞
卷六			
走岭子	一回	未钞	八月一日，第六卷，△
夜奔	一回	未钞	八月二日，第六卷，△
活捉	一回	钞	八月四日，第六卷，钞
乍冰	一回	未钞	观雪乍冰，八月五日，第六卷，△
子虚入梦	一回	未钞	花子虚入梦，八月五日，第六卷，△
卖刀试刀	二回	钞	八月三日，第六卷，钞
盗甲	三回	未钞	八月四日，第六卷，△
报喜	三回	钞	宫花报喜，七月廿九日，第六卷，钞
访普	四回	钞	访贤，八月一日，第六卷，钞
蜈蚣岭	四回	钞	八月二日，第六卷，钞
旧院池馆	四回	钞	春梅游旧院，八月五日，第六卷，钞
不垂别泪即遣春梅	五回	未钞	遣春梅，八月五日，第六卷，△
卷七			《日记》此卷均无
学堂	二回	无	
离魂	二回	无	
学堂	三回	无	
寻梦	三回	无	
琵琶行	四回	无	
藏舟	五回	无	
木兰行	六回	无	
卷八			
痴梦	一回	无	八月六日，第九册，未标⑥
魂辩	一回	未钞	八月七日，第九册，△
赏雪	一回	未钞	党太尉⑦，八月六日，第九册，△
奇逢	一回	未钞	八月七日，第九册，△
打碑	一回	无	无
拷红	一回	钞⑧	八月七日，第九册，钞
算命	一回	未钞	严大舍算命，八月七日，第九册，△

《子弟书目录》一		二	《子弟书约选日记》
阳告	一回	无	无
咤美	一回	无	无
盗牌	一回	无	无
祭姬	一回	钞	八月七日，第九册，钞
柳敬亭	一回	钞	八月七日，第九册，钞
酒楼	一回	钞	八月五日，第九册，钞
沉香亭	一回	未钞	八月六日，第九册，△
痴诉	一回	无	无
鹊桥密誓	一回	未钞	八月六日，第九册，△
鹊桥密誓	一回	无	无
奇逢	二回	无	无
梦榜	二回	钞	八月十五日，第九册，钞
长亭	三回	钞	八月十五日，第九册，钞
送荆娘	五回	钞	八月十六日，第九册，钞
卷九			《日记》此卷均无
红叶题诗	二回	无	
借芭蕉扇	二回	无	
尼姑思凡	三回	无	
风月魁	三回	无	
趁心愿	三回	无	
王杏斋	四回	无	
梅屿恨	四回	无	
下山相调	五回	无	
卷十			《日记》此卷均无
百花亭	四回	无	
百宝箱	四回	无	
青楼遗恨	五回	无	
意中缘	八回	无	
卷十一			
两宴大观园	一回	钞	八月十六，第十二卷，钞
三宣牙牌令	一回	钞	八月十六，第十二卷，钞
品茶栊翠庵	一回	钞	八月十六，第十二卷，钞

续表

《子弟书目录》一		二	《子弟书约选日记》
醉卧怡红院	一回	钞	刘姥姥醉卧怡红院，八月十六，第十二卷，钞
过继巧姐儿	一回	钞	八月十六，第十二卷，钞
凤姐儿送行	一回	钞	八月十六，第十二卷，钞⑨
湘云醉酒	一回	未钞	八月廿一，第十二卷，△
宝钗代绣	一回	未钞	八月廿一，第十二卷，△
椿龄画蔷	一回	未钞	九月十三，第十二卷，△
遣雯	一回	钞	遣晴雯，九月十三，第十二卷，钞
思玉戏环即候芳魂	一回	未钞	戏柳⑩，九月十三，第十二卷，△
追囊遣雯	二回	钞	九月十三，第十二卷，钞
探雯换袄	二回	未钞	九月十三，第十二卷，△
会玉摔玉	二回	未钞	八月廿一，第十二卷，△
双玉听琴	二回	未钞	八月廿一，第十二卷，△
二玉论心	二回	未钞	九月十三，第十二卷，△
悲秋	五回	钞	九月十三，第十二卷，钞
卷十二			
顶灯	一回	钞	九月十七日，第十三卷，钞
打面缸	二回	未钞	九月十八日，第十三卷，△
送盒子	二回	未钞	九月十八日，第十三卷，△
刘高手	二回	钞	刘高手看病，九月十四日，第十三卷，钞
背娃入府	二回	钞	九月十七日，第十三卷，钞
续花别	二回	钞	九月十八日，第十三卷，钞
查关	二回	未钞	九月十四日，第十三卷，△
花别	三回	钞	九月十八日，第十三卷，钞
打朝	三回	未钞	九月十七日，第十三卷，△
得钞嗷妻	四回	钞	九月十四日，第十三卷，钞
下河南	四回	钞	九月十四日，第十三卷，钞
卷十三			《日记》此卷均无
连升三级	二回	无	
花子拾金	三回	无	
借靴赶靴	三回	无	
打门吃醋	四回	无	
鹁儿入院	四回	无	

《子弟书目录》一		二	《子弟书约选日记》
一匹布	四回	无	
一匹布	四回	无	
打花鼓即路傍花	四回	无	
卷十四			
石玉昆即评昆论	一回	钞	石玉昆，十月十九日，第十五卷，△
郭栋儿	一回	钞⑪	十月十九日，第十五卷，△
女筋斗	一回	未钞	十月十九日，第十五卷，△
禄寿堂	一回	未钞	十月十七日，第十五卷，△
拐棒楼	一回	未钞	十月十七日，第十五卷，△
捐纳大爷	一回	未钞	十月十七日，第十五卷，△
风流子弟	一回	未钞	十月十七日，第十五卷，△
射鹄子	一回	未钞	十月十七日，第十五卷，△
篡须子	一回	未钞	十月十九日，第十五卷，△
换笋鸡	一回	钞	苇莲换笋鸡，十月十九日，第十五卷，钞
小有馀芳即饭会	二回	钞	饭会，十月十七日，第十五卷，钞
逛护国寺	二回	未钞	十月十七日，第十五卷，△
梨园馆	二回	未钞	九月十九日，第十五卷，△
拿螃蟹	三回	未钞	十月十七日，第十五卷，△
像声麻子即风流词客	三回	未钞	像声麻子，十月十九日，第十五卷，△
卷十五			
喜起舞	一回	未钞	十月廿二日，第十六卷，△
孟子见梁惠王	一回	未钞	十月廿二日，第十六卷，△
齐人有一妻一妾	一回	未钞	十月廿二日，第十六卷，△
齐陈相骂	一回	未钞	十月廿二日，第十六卷，△
面然示警	一回	未钞	十月廿二日，第十六卷，△
为赌嗽夫	一回	未钞	十月廿二日，第十六卷，△
为票嗽夫	一回	未钞	十月廿二日，第十六卷，△
叹时词	一回	未钞	十月廿二日，第十六卷，△
叹学达即诛心剑	一回	未钞	诛心剑，十月廿二日，第十六卷，△
玉儿献花	一回	未钞	十月廿二日，第十六卷，△
红旗捷报	二回	未钞	十月廿二日，第十六卷，△
叹煦斋	二回	未钞	十月廿二日，第十六卷，△

《子弟书目录》一		二	《子弟书约选日记》
连理枝	二回	无	无
连理枝	四回	未钞	十月廿二日，第十六卷，△⑫
卷十六			《日记》此卷均无
假罗汉	一回	无	
侍卫论	一回	无	
侍卫叹	一回	无	
老侍卫叹即侍卫嗷妻	一回	无	
司官叹	一回	无	
女侍卫叹即闺怨	一回	无	
灵官庙	一回	无	
灵官庙	二回	无	
銮仪卫叹	二回	无	
打拾湖	二回	无	
打围回围	二回	无	
碧玉将军	四回	无	
大战脱空	四回	无	
卷十七			
桃花岸	十三回	未钞	十月廿二日，十九册，△
卷十八			
幻中缘	二十二回	未钞	十月廿二日，二十册，△
卷十九			《日记》以下全无
俏东风	十二回	无	
续俏东风	八回	无	
卷二十			
全幽闺记	十六回	未钞	
卷二十一			
拷红	八回	未钞	
相如引卓	十回	未钞	
玉簪记	十回	未钞	
卷二十二			
娇红记	十六回	未钞	

《子弟书目录》一	二		《子弟书约选日记》
卷二十三			
游龙传即戏凤	八回	未钞	
梅花坞	十二回	未钞	
卷二十四			
升官图	一回	未钞	
葡萄架	一回	未钞	
送枕头	二回	未钞	
巧姻缘	二回	未钞	
玉润花香即宝玉试花	二回	未钞	
调春戏姨	三回	未钞	
家主戏鬟	三回	未钞	
公子戏鬟	三回	未钞	
灯草和尚	四回	未钞	
蓝家庄即滚楼	四回	未钞	
卷二十五			
王允赐环	一回	无	
东吴招亲	一回	无	
诸葛骂朗	一回	无	
孔明观鱼	一回	无	
三国事迹	一回	无	
三国事迹	一回	无	
刺梁	一回	无	
三国事迹	二回	无	
五丈原	二回	无	
相梁刺梁	七回	无	
卷二十六			
刺汤	一回	无	
刺汤	二回	无	
守楼	三回	无	
永福寺	四回	无	
全金印记	四回	无	
托梦	六回	无	

续表

《子弟书目录》一	二		《子弟书约选日记》
卷二十七			
天台缘	一回	无	
王婆说技	一回	无	
雪梅吊孝	二回	无	
桃洞仙缘	二回	无	
闻铃	二回	无	
刺虎	二回	无	
凤仪亭	四回	无	
叙阁	四回	无	
卷二十八			
寄柬	一回	无	
一顾倾城	二回	无	
梳妆跪池	二回	无	
僧尼会	三回	无	
高老庄	六回	无	
红拂私奔	七回	无	
卷二十九			
山门	一回	无	
水浒人名	一回	无	
寄信	二回	无	
李逵接母	三回	无	
罗刹鬼国	五回	无	
卷三十			
嫁妹	二回	未钞	
三难新郎	四回	未钞	
飞熊梦	五回	钞	
追信	六回	钞	
卷三十一			
议宴陈园	二回	钞	
焚稿	四回	钞	
葬花	五回	钞	
二入荣国府	十二回	钞	

续表

《子弟书目录》一	二		《子弟书约选日记》
露泪缘	十三回	钞	
卷三十二			
翠屏山	二十四回	未钞	
卷三十三			
全彩楼	三十回	钞	
卷三十四			
丁甲山	十回	未钞	
凤鸾俦	十三回	未钞	
卷三十五			
荷花记	二十回	未钞	
卷三十六			
票把儿上台	一回	未钞	
赞礼郎	一回	未钞	
官衔叹	一回	未钞	
大爷叹	一回	钞	
先生叹	一回	未钞	
厨子叹	一回	无	
穷鬼叹	一回	未钞	
烧灵改嫁	一回	未钞	
大奶奶逛二闸	一回	钞	
大奶奶出善会	一回	未钞	
武乡试	一回	未钞	
灯迷会	一回	未钞	
集书目	一回	未钞	
绣荷包	二回	未钞	
时道人	二回	未钞	
叹固山	二回	未钞	
文乡试	三回	未钞	
李白醉酒	四回	钞	
卷三十七			
赤壁鏖兵	一回	钞	
子胥救孤	一回	钞	

续表

《子弟书目录》一	二		《子弟书约选日记》
长随叹	一回	钞	
泼水	二回	钞⑬	
八郎别妻	二回	无	
薛蛟观画	二回	钞	
哭官哥儿	四回	未钞	
祭灶	五回	钞	
卷三十八			
赐珠	二回	钞	
八郎探母	八回	未钞	
卷三十九			
下书	二回	无	
访普	四回	无	
游寺	四回	无	
全西厢	十六回	未钞	
卷四十			
骨牌名	一回	无	
范蠡归湖	八回	钞	
全雷峰塔	八回	未钞	
卷四十一			
投店	十三回	未钞	
卷四十二			
何必西厢	十三回	钞	
卷四十三			
楼会	二回	未钞	
镜花缘	四回	未钞	
狐狸思春	四回	未钞	
三笑缘	五回	钞	
卷四十四			
打面缸	一回	未钞	
大姨换小姨	一回	未钞	
卖姻脂	二回	未钞	
探雯祭雯	二回	未钞	

《子弟书目录》一	二		《子弟书约选日记》
宝钗产玉	二回	无	
军妻叹	二回	未钞	
烟花叹	二回	未钞	
须子谱	三回	未钞	
训妓	四回	未钞	
一入荣国府	四回	钞	
卷四十五			
逼休	一回	未钞	
吃糠	二回	钞	
分宫	二回	钞	
盘夫	三回	钞	
蝴蝶梦	四回	未钞	
寻亲记	四回	钞	
出寨	五回	未钞	
乔公问答	六回	钞	
会缘桥	六回	未钞	
卷四十六			
淤泥河	一回	无	
十字坡	二回	无	
武松杀嫂	二回	无	
惊变埋玉	二回	无	
胭脂传	三回	无	
家园乐	四回	无	
杀惜	四回	无	
杨妃醉酒	五回	无	
卷四十七			
满床笏	一回	无	
打登州	一回	无	
谤阎	一回	无	
香闺怨	一回	无	
秦王降香	二回	无	
钓鱼	三回	无	

续表

《子弟书目录》一		二	《子弟书约选日记》
谤阁	四回	无	
单刀会	五回	无	
游武庙	六回	无	
卷四十八			
全扫秦	二十八回	无	

说明：①《描容》《廊会》《行路》三篇，均叙赵五娘之事，《目录一》视为三种，单独著录；《目录二》与《日记》则视为一种，并作"五娘描容及行路廊会"一条批注。

②《日记》《商林回煞》批语云："雪梅吊孝商林哭妻与社会教育不合。"按：《挂帛》为商林之妻雪梅上坟吊孝事，《日记》载《商林回煞》条未注回数，疑编者将《挂帛》与《商林回煞》并为一条批注。

③《数罗汉》《哭塔》《出塔》《探塔》四篇，均叙白娘子之事，《目录一》著录为单独四篇，《目录二》及《日记》并为"数罗汉哭塔出塔探塔"一条。

④《日记》中《刺虎》一条批语云："先后两段悉可选；"但《目录二》《刺虎》后注曰"前后二回"，疑编者所见仅为同题两种《刺虎》中一种。

⑤《日记》中《救主》批云："刘妃使奸，陈琳救主。究竟有无此事待查。"按：《救主》《盘盒》为陈琳以食盒将太子救出事，二篇常合刊，此处疑即被《目录二》和《日记》并为一篇。又，《目录二》中《救主》注曰"二回"，可证。

⑥《痴梦》篇为后插入于正文中，《日记》只列篇名，无标示及批语。

⑦《目录一》中《赏雪》篇归入"党太尉子弟书目录"，且此一目下仅录此一篇目；则此篇应即为《党太尉》之别名。又，《目录二》未抄录篇目及《日记》中均有《党太尉》一篇，亦可证。

⑧《目录二》"已钞选"目录部分《拷红》篇后作"计八回"，乃编者笔误。据《目录一》及《目录二》上下文，已钞选之《拷红》为一回本，八回本未钞。

⑨《凤姐儿送行》篇名后标注"以上六目已钞选"，故《凤姐儿送行》以上六篇，篇名后未单独标"钞"字，表中为笔者为便于比较所加。

⑩《戏柳》批语曰："即红楼中候芳魂五儿承错爱一段故事，无非描写宝玉痴情，不录。"可知为《候芳魂》之别题。

⑪《石玉昆》《郭栋儿》并见于"未钞""钞"二类，此处以编者朱笔所作改定为准。

⑫《日记》《连理枝》条注云："计四回"，故知所录为四本。

⑬《目录二》题《马前泼水》。

　　逐一比较三种目录著录之篇目后，上表中所显示出的几种情况值得特别注意。

　　第一，将《目录一》所收子弟书篇目，以卷数为序重新排列后，其排列顺序与《目录二》所收录，及《日记》逐日批注之子弟书篇目，在顺序编排上完全一致。①

---

①　表9-1中《目录一》每卷之中篇目的顺序是笔者以回数多寡为序排列，故与原集所排次序略有差别。《目录二》所收篇目虽被分为"钞"与"未钞"两部分，但将两部分合并观之，排列顺序与《目录一》基本相同。

　　第二，此三种目录中，《目录一》著录篇目最多。《日记》所载者，止于《目录一》第十八卷，并缺其卷七、卷九、卷十、卷十六之全部篇目；《目录二》所收录者，止于《目录一》第四十六卷，并缺其卷七、卷九、卷十、卷十六、卷十九、卷二十五、卷二十六、卷二十七、卷二十八、卷二十九、卷四十二之全部篇目，及卷三十九、卷四十的部分篇目。在《日记》所载卷一至卷十八之范围内，《日记》与《目录二》所缺失之篇目完全一致。

　　第三，对比《目录二》与《日记》所共有的篇目，《日记》朱笔标有"钞"字之篇目，均为《目录二》已选抄篇目；同标有"钞""△"两种符号的篇目，也在《目录二》已选篇目之中；朱笔标有"△"符号之篇目，则均为《目录二》未抄选之篇目。

　　由此可推导的结论有二。

　　第一，此三种子弟书目录是以同一批子弟书曲本为对象进行编撰的。《目录一》所收是此四十八卷"子弟书集"之全貌。《目录二》和《日记》所收篇目，较之《目录一》已有部分缺失；且从文献判断，《目录二》与《日记》抄本本身并无残缺。因此，编者在编撰《目录二》和《日记》时，所见之"子弟书集"已有佚失。《日记》中"卷""册"并用，对比《目录一》与《日记》，《目录一》中卷四、卷五，《日记》标"第五册"；卷八标"第九册"；卷十一标"第十二卷"；卷十二标"第十三卷"。据此，《日记》所标"卷""册"，应均为"册"之意，与《目录一》之"卷"意义不同。《日记》的编选者萧文澄见到此批子弟书曲本时，已经装订成册。一卷或独立成册，如卷一、卷二；一卷或分为若干册，如卷三；若干卷或并为一册，如卷四、卷五。此种装订，或在收藏者将所藏编选成集之时，或者在此集流传到后人之手时；今不可获知。

　　第二，《目录二》与《日记》由同一人，即萧文澄编撰而成。《日记》标"钞"之篇目，即全见于《目录二》已抄部分；《日记》标"△"符号之篇目，则全见于未抄部分。《日记》编撰者萧文澄从"子弟书集"中挑选、抄录子弟书曲文之时，从卷一起，对"子弟书集"中每一篇目逐一作批，并进行取舍。由于时间所限或者其他原因，他只完成第十八卷之前的内容，批语汇为《日记》一书。但萧文澄经眼之"子弟书集"篇目，并不止于《日记》所包括的前十八卷，而是《目录二》所涵括的所有篇目。他将所见之篇目均作了"钞"或"不钞"之取舍，并逐一进行著录，即为《目录二》之由来。

综上，由天津图书馆藏三种子弟书目录，可基本推知此批子弟书曲本的收藏、编目过程。首先，有子弟书爱好者汇藏子弟书 328 种，并编撰成集。后又以题材分门别类，作《目录一》录其篇目。其后，萧文澄得见此批书籍，此时，部分卷册已经散佚，所存有 209 种。萧氏将所见之篇目分为已选之 97 目和未选之 114 目，并用日记体的形式，对其编选过程进行记录。萧文澄既然作出"钞存"与"不钞"之选择，此批子弟书之主人实另有其人。此人之姓氏、生平，惜暂未可知。在萧文澄对此批子弟书进行点评、著录、选抄之后，如果他在《目录二》中注明"以上已选 97 目"的部分悉数抄录，则此批子弟书中已选的九十七目，存有原本与萧氏抄本两个版本。

细考《目录一》中所录篇目，此人所收藏此批子弟书，实为一批难得的藏本。《目录一》中《寒江独钓》《刺秦》《英雄泪》等数十种篇目，从未见诸他书著录，目前并无传本存世。此外，仅见于傅惜华《子弟书总目》著录，且为马彦祥藏孤本的尚有《描容》《当绢投水》等 25种。由于马氏藏书今藏处不明，这些曲本之面貌亦未能得见。让人疑惑的是，这批曲本集中了如此之多的孤本、珍本，皆未载于百本张、别野堂和乐善堂等书坊贩售目录，可见清代少有或从未在市面流传。那么，究竟藏书主人是从何处搜罗得到的呢？这批俗曲中，《王婆说计》与《寄信》二种，除《目录一》外，仅见于傅惜华《子弟书总目》著录，存傅氏旧藏本，卷首分别标"鹤侣氏作""头回鹤侣氏作"[①]；而《房得遇侠》《大爷叹》《军妻叹》等篇，在此《子目录一》之前，仅见于鹤侣氏之《集锦书目》著录，且未见流传之本。则这批藏书，似与鹤侣氏的创作或藏书有关，待考。

第二节　萧文澄与天津社会教育办事处

子弟书创制之初，旗人仅于家庭宴乐、朋友雅集时用之以消遣娱乐，

---

① 傅惜华：《子弟书总目》，第 37、103 页。傅惜华藏书今存于中国艺术研究院图书馆，此两种笔者访书时未见。

本不登大雅之堂，亦不上红氍之台。子弟书的作者往往自称其创作不过是中夜漫漫、夏日昼长、茶余酒后的消遣之举，如"驱斑管感叹闲情解昼眠"（《思玉戏环》曲文）、"酒酣戏谱云栖传"（《陈云栖》曲文）云云。因此之故，其题材多源自流行之戏曲或小说故事，庄谐并蓄，雅俗不拘。百本张《子弟书目录》曾在篇目后别之以"苦""笑""春""粉"，可见其内容之广泛。《目录二》在"子弟书集"328 种篇目中进行挑选，作出"钞"与"不钞"的选择，有着严明的标准。

《目录二》与《日记》的编撰者萧文澄，天津人，以书法闻名。生平唯见《天津书画家小记》有载："萧文澄，字寄观，善书，尤长篆隶。"① 萧文澄选抄子弟书文本的标准，首推其"事"，凡描写忠臣孝子，节妇烈女，其人其事有益社会教化，道义人心，均嘉许褒扬，径行选入。如改编自《琵琶记》之《描容》《行路》《廊会》，叙赵五娘寻夫之苦情，《日记》批曰：

> 《描容》作一段，《五娘行路》，计三（四）回，《廊会》两回。将赵五娘苦楚贤孝，描写殆尽。宜选登报，庶可借挽颓风也。

《周西坡》叙唐初罗成忠孝双全，但为人设计所害，身死泥沼事。批曰：

> 形容罗士信之忠孝，可为千古法则。按：历代群小怀谗，忠臣陨命，抚今追昔，大抵如斯，可为浩叹。

《登楼》叙罗成之妻庄翠琼孝养婆母，登楼遥祝夫君平安。批曰：

> 孝亲敬夫之意，见于言表。

次而取"意"。凡文意高雅，有益于熏陶情操，一概抄录。如《桃李园》叙李白与诸子弟饮酒作诗之情境，萧文澄批云：

---

① 陆辛农：《天津书画家小记》，《天津文史丛刊》1989 年第 10 期，第 240 页。

桃李芳园，千古雅集，作者本序语，文意既清高，而衬带亦无俗气，宜采登诸报，以供众览也。

又如据苏轼名文改编之《赤壁赋》，批曰：

通篇皆用成语，意颇佳。

次重于文词。如言《武陵源》"词句古雅可爱"；言《林和靖》"纯然一篇清谈文字"；言《渔樵问答》"文字清逸"；言《韦娘论剑》"文笔明畅"。凡文意可取而文词稍逊者，均另加注明，文字冗长处加以删改（《托梦》）[①]；平淡处加以润色（《渔樵问答》）[②]；讹误处加以删正（《武陵源》）[③]。

与上述抄选之标准相对，在《日记》标明"不选"之篇目后，部分篇目指出具体的批评意见，均与作者赞许、欣赏之意趣相悖。如"事既卑鄙，词尤猥亵"（《送盒子》批语）；"江湖流娼，伤风败俗"（《女筋斗》批语）；"琐屑之极"（《拿螃蟹》批语）。但更多的篇目，只笼统批云"无大意味"，"无甚意思"，"无味"。在看似单一化、平面化的表述下，萧文澄重视的"意味""意思"，实际上有一个明确的指向，即是否有益于世道人心。

子弟书作者在创作之时，本并未有意识地赋予曲文教化之功，常自嘲称"虽成句于世道人心毫无补益，也只好置向床头自解颐"（《老侍卫叹》曲文），但因多取材于盛行之戏曲或小说故事，原作之精义附着内容，亦在改编之后保存下来。另一方面，作者对于题材的选择，某种程度上也反映了兴趣之所在、道德之标准。在将戏文或小说原作改为说唱曲词的形式之后，不免将个人观感也倾诉在曲文之中，如"小窗氏墨痕闲写全德报，激励那千古的英雄侠烈肠"（《千金全德》曲文）；"此一回桃李芳园春宵佳会，表先生高旷清标作美谈"（《桃李园》曲文）；"叹红颜愧死须眉客，凭吊当年雪艳娘"（《刺汤》曲文）等。故此，子弟书中

① 《日记》批云："可选登报。惟文字冗长，似宜加以删改。"
② 《日记》批云："文字清逸，可钞存，惟须略为润色。"
③ 《日记》批云："惟嫌少有讹字，须加删正。"

多有赞叹高洁忠烈事迹之作品。这也是有清一朝子弟书声名日隆、广受赞誉的重要原因。早在嘉庆二年,顾琳撰写现存最早的子弟书论著《书词绪论》,第一章"辨古"为子弟书正源,开篇名义,曰:"书者,先代歌词之流派也。古歌为类甚伙,不能枚举。其大义不出劝善惩恶之两途。"李铺评曰:"提出古歌,立意正大;提出惩劝,尤与风化相关。"①文词高雅,曲韵婉转的特色,被后人一再提及,谓其"音调沉穆,词亦高雅""词婉韵雅",誉为说书四等之"最上者"。萧文澄对子弟书的赞誉,也正与此一脉相承。

萧文澄在《日记》中对子弟书之批点,也出现了鲜明的时代特色。萧文澄批文的一大着眼点,为是否与社会教育相契合。《日记》所记录之篇目中,批注中直接关涉"与社会教育不合""无关教育""与教育宗旨不合""迷信"等词句的多达 15 篇。民国初年,正值新旧更替,大动荡、大变革之时代。为开启民智,各地纷纷建立新式学堂、创办白话报纸,以教育国民。传唱于街头巷尾、脍炙人口的俗曲小调,是向民众传播新知识、新观念的绝佳手段。萧文澄显然意识到子弟书具备这一重要功用。他对子弟书篇目的割舍,正是着眼于"社会教育"而进行的。

萧文澄眼中之社会教育,首先不言怪力乱神,如《望乡》改编自目连故事,叙刘氏死后在地府登望乡台,即因"全篇说鬼,过于迷信,与社会教育宗旨不合",不录。其次不喜儿女私情,如改编自《红楼梦》的《椿龄画蔷》,批云:"描写情痴,与社会教育不合。"《探雯换袄》,批云:"亦属情痴一路,不可入选。"《幻中缘》第二十二回,叙青年男女花园定情的故事,批云:"言情文字,不录。"再次,描写清代之世态人情,凡无益于新社会风俗教化,亦不选。如《梨园馆》,批云:"描写纨袴子弟,确是北京气派,惜多夸张而无规讽,与教育宗旨不合。"《射鹁子》,批云:"射箭赌输赢,非良好风俗。"《枴棒楼》曰:"走票说书,无关教育。"均不录。新时代的历史背景下,"称颂前清功德,不合时局"的《喜起舞》和叙述"前清平回匪事"的《红旗捷报》,自然也不在入选之列。甚至《孟子见梁惠王》《齐人有一妻一妾》等篇,只因改编自经典,与当时教育导向不合,被批为"未免陈腐,不录"。在是否利于社会教育

---

① (清)顾琳撰,李铺评《书词绪论》,载关德栋、周中明编《子弟书丛钞》,第 821 页。

的先决条件下，本来足当以称许的内容、文词都可舍弃。如《湘云醉酒》，批云："虽属韵事，然与社会教育不合"，未选。此外，《遣春梅》《沉香亭》《宝钗代绣》等篇，仅批一句"与社会教育不合"，便遭弃选。

萧文澄所重视的另一点，是曲文描写之事是否符合史实，并对此表现出了前人所未有的严谨探究态度。《哭城》批云："范杞良妻孟姜哭倒长城，有无其事，待考。"《救主》批云："刘妃使奸，陈琳救主，究竟有无其事，待查。"历史上是否实有其事，隐约成为选抄与否的决定性条件之一。如《打御》批云："文颇不恶。未识有无其事。"似因"未识有无其事"，要对本"颇不恶"之文进行割舍。选抄《刺秦》，首列"确系一件事实"，次云"文句亦不俗"。反之，不选《打朝》的原因，首列"尉迟敬德打李宗道，实无其事"，"东拉西扯，无情无理"的内容和文词，反在其次。萧文澄对本事的钻研细致入微，精细到主人公的姓名。《刺虎》的批文着重于女主人公的名字："费宫人是否名贞娥两字，待考。"究其原因，仍与社会教育不脱关系。自古以来，我国民众获知历史，多来自民间卖唱者或说书人之口耳相传。笔记载宋时"涂巷中小儿薄劣，其家所厌苦，辄与钱，令聚坐听说古话。至说三国事，闻刘玄德败，颦蹙有出涕者；闻曹操败，即喜唱快"[1]。《三国演义》成为民众心中的三国正史，正是民间文艺之力量最典型的事例。萧文澄既然提出选抄的标准为与社会教育相合，曲文便具备了民众学习知识之教科书之作用。曲文所演，确有其事还是纯属捏造，成为编选者一个必须考虑的问题。

萧文澄抄选曲文之标准，与其抄录的具体目的密切相关。据其批语，他抄录子弟书曲用途有三，其一为"可选登报"，其二为"可教盲生"，其三为"可钞存"。此三者均与民国时期天津设立的社会教育办事处有关。萧文澄在日记中所选抄之《千金全德》《长板坡》《白帝城》等篇，其后注"已选登报""已载星期报"。与萧文澄所着重之"社会教育"互相呼应，此报是指天津的《社会教育星期报》，由天津社会教育办事处创刊，社长林兆翰。林兆翰（1862－1933），字墨青，以字行。天津人，著名教育家，报人，对近代天津的新式教育与社会教育，均有极

---

① 苏轼：《东坡志林》卷 1 "涂巷小儿听说三国语"条，中华书局，1981，第 7 页。

大贡献。1915 年 7 月 1 日，林墨青为改良风俗、改良戏曲，进行社会教育，在天津西北城角文昌宫东口，成立天津社会教育办事处。办事处主要针对当时社会上所习见的陋事恶习，进行改革宣传。譬如，成立"天足会"与"剪发会"，革除缠足与蓄发之旧俗。① 社会教育办事处成立之后，设立有十大机关，分别是风俗改良社、艺剧研究社、演说练习所、音乐练习所、天然戏演习所、半夜补习学校总处、露天学校总处、武士会、国货维持会。其陆续筹备成立者尚不止于此。② 为更好进行宣传工作，1915 年 8 月 1 日起，办事处编辑发行《社会教育星期报》。《星期报》每逢周日出刊，在报头醒目位置，明确其创刊宗旨为："培养旧有道德，增进普通知识，筹画国民生计，矫正不良风俗。"并声明"凡社会教育范围以外之事概不登录"。发刊词洋洋数千言，更为详尽地阐述了办报之目的。其开篇曰：

> 本报何为而作也。曰：积社会而成国家，观其俗者知其政。是社会为立国之根本，风俗为政治之泉源。天下岂有无社会而成国家，亦岂有风俗不良，而国政休美者哉。知此，可与言本报发刊之由来矣。

林墨青非常重视戏剧的教育功能，鼓励以戏剧的形式对民众进行启发教育。社会教育办事处设立之初，便成立有艺剧研究社与天然戏演戏所两大戏剧机构。林墨青本人投身戏剧创作与改编，更在办事处成立之前便已开始。《星期报》第 3 号登载《新茶花新词》中一段说白，正文后附识曰"此戏文于民国二年春兆翰同刘君渐逵草创"③。《星期报》主编为民初著名剧作家韩补庵，故在登载戏剧与剧论上更为得心应手。④

---

① 林墨青生平，可参天津文史资料委员会编《近代天津十二大教育家》，天津人民出版社，1999，第 92 – 107 页。
② 参见《社会教育星期报》第 1 号之 "报告"：社会教育办事处开幕后成立之机关。并谓："上所列者，为现时着手进行之种种，其余应设之机关，尚在筹备中，当陆续在本报发表，以资报告。至于进行方法与各项机关之说明，应俟添设完全后再为续志。"1915 年 8 月 1 日。
③ 《社会教育星期报》第 3 号 "艺剧谈" 栏，1915 年 8 月 14 日。
④ 《星期报》不仅分期连载韩补庵的剧作《双鱼佩》《荆花泪》等，"艺剧谈" 及后设之 "新剧词""观剧小乐府" 等栏目亦以韩为主笔。

自创刊之始，《星期报》即设有"艺剧谈"一栏，初始主要登载新编剧本、大鼓书词等戏曲、俗曲作品。其后，亦陆续登载剧评类文章。在民国五年（1916）9月3日出版第57号上，登出了将剧本、词曲与剧评分类登载的声明：

> 本报登载艺剧谈一栏，历经多次，惟界限稍嫌不清。今拟重行更正，凡关于戏出类，应列入剧本栏，凡大鼓书词及卫子弟书类，应列入词曲栏。凡评议戏曲类，应列入艺剧谈栏。兹从本期开始，即用此例。用特声明。①

此前，《星期报》并未登载过子弟书。从此期开始，至66号止，《星期报》之"词曲栏"用10期篇幅连载了韩小窗的子弟书名篇《千金全德》。此后，由于稿件匮乏，在同年12月31日发行第74号中，登出了向社会征集稿件的启事。

> 本办事处所设之盲生词曲传习所开学日期，业于本报第二十七号报告栏内，登载其事。该所教授材料，皆取音调和谐、词旨纯正一派，意在矫正一切不良之词曲，借以转移社会之习尚，于人心风俗，不无裨益。惟敝处所存善本无多，深恐教材缺乏，后难为继，凡收善本词曲，有合于社会教育性质者，不论篇幅长短，均希不吝教诲，寄至敝处，以备选择，其尤精粹者，拟由敝处翻印，以便推广。并酌赠原主若干部，聊尽报酬之谊。如原件仍欲索回者，俟敝处钞毕，即行奉还。如本人虽无此书，而能指示书名，及售卖处所者，并祈赐教，同荷盛情，无任企盼。天津社会教育办事处谨白。②

此份启事在次年2月4日第78号中又全文重复刊登一次，可见词曲征集之不易。启事中提到的"盲生词曲传习所"，是社会教育办

---

① 《社会教育星期报》第57号，1916年9月3日。
② 《社会教育星期报》第74号，1916年12月31日。

事处成立后创设的另一机构，始创于 1915 年 10 月 9 日。创立此传习所的目的以及教授的内容，在《星期报》登载的创设报告上亦有详细说明：

> 社会教育办事处以现时通行之时调小曲多不正当，最易惑人听闻，贻误社会匪浅，特创设盲生词曲传习所，授以京子弟卫子弟西城板等调，以期逐渐剔除旧弊，改良社会。已于本月九号，即阴历八月初一，在办事处楼上开幕。①

无论是登报还是教育盲生，子弟书已经成为社会教育办事处开展社会教育的重要载体。如上引启事与报告所言，盲生所习之词曲与《星期报》所征集之曲本，皆取音调和谐、词旨纯正一派，其意图正在于矫正不良词曲，端正社会习俗，裨益世道人心。此后，词曲栏登载的子弟书曲文共有五种，均为名家韩小窗之名作。分别为：民国六年（1917）6 月 17 日、24 日发行之 97 号、98 号两期登载子弟书《白帝城托孤》；同年 7 月 1 日、7 月 8 日、7 月 15 日发行之 99 号、100 号和 101 号三期登载子弟书《长板坡》；民国七年（1918）3 月 2 日、3 月 10 日、3 月 17 日、3 月 24 日、3 月 31 日、4 月 7 日发行的 133 - 138 号中，登载子弟书《费宫人刺虎》；同年 7 月 28 日、8 月 4 日发行之 154 号、155 号登载《徐母训子》；同年 10 月 20 日、10 月 27 日、11 月 3 日、11 月 10 日发行的 166 - 169 号登载《常峙节嗷妻》。其中，《白帝城托孤》署"北京韩小窗先生原本"；《徐母训子》署"大兴韩小窗先生原本，天津艺剧研究社润色"；余均署"北京韩小窗先生原本，天津艺剧研究社润色"。小窗所制之曲，多演忠孝节烈故事，故颇为时人、后人所重。《星期报》所载韩作，均系忠臣、节妇、明君、孝子之事，与办报之意旨相合。

萧文澄在《日记》中《白帝城》等篇后均批注已经登载于《星期报》，如 1917 年 6 月 29 日记道"全德（即《千金全德》，笔者注），已登过星期报"；7 月 1 日又记："长板坡，已选登报"；"白帝城，已载星

---

① 《社会教育星期报》第 8 号，1915 年 9 月 19 日。

期报"。但《日记》所载《刺虎》和《嗷妻》两篇，则无已登报之标注。由此，《子弟书约选日记》当作于 1917 年 6 月 28 日至 10 月 22 日之间。1916 年 12 月与 1917 年 2 月，《星期报》两次登载了征集俗曲词曲启事之后，萧文澄从 1917 年 6 月 28 日开始选抄"子弟书集"中之篇章，撰写《子弟书约选日记》。因此，这应与《星期报》登载的征集启示有莫大的关系。萧文澄在《日记》中再三强调的子弟书"社会教育"之功能，显然与《星期报》征稿启事如出一辙。萧氏本人与《星期报》之联系，目前未见于记载，但《星期报》的作者中，不乏天津教育、书画名流，作《天津书画家小记》记录萧文澄生平的陆辛农（即陆文郁），即为其中之一。①

萧文澄在部分篇目后标"可教盲生"，与社会教育办事处的盲生词曲传习所有着密切的联系。清末民国间，演唱子弟书成为盲人谋生的重要手段。清末子弟书作者洗俗斋曾作《弦杖图》曲文，描绘盲人学书卖艺之情景。在天津，时人如此描绘招瞽者唱书之情景："显宦富绅，深宅大院，每当长夏酷暑，院静无人，湘帘垂地，酒余茶罢，午睡初醒，招瞽者说子弟书三五回，于心神气三者，俱有高尚优美之扶助。"② 萧文澄挑选给盲生学习的曲目，一方面与他挑选抄录的标准相合，如《遣晴雯》与《追囊遣雯》，谓："以上两种用意尚纯正，可选教盲生。"另一方面，对教习给盲生之曲，根据盲生受教育水平不高之特点，亦不拘于自己的欣赏与审美观念。虽然萧文澄选曲之首要条件是摈弃淫邪之曲，选用高雅之作，但盲生学曲，本为谋生之用。民间喜闻乐见之作品，往往需要有惊心动魄的曲折剧情、善恶有报的团圆结局，甚至是插科打诨的无聊插曲。譬如，改编自《水浒》故事的《活捉》，叙张三郎被阎婆惜之鬼魂吓死之事，按照前述萧文澄之标准，亦为"全篇说鬼"（《望乡》批语）之作，然批云"盲生可学"。叙六月飞雪一洗冤情的《斩窦娥》虽"无甚意味"，但是剧情表达的善有善报的朴素观念，亦"可教盲生"。至于子弟书中的凑趣斗笑之作，在《日记》中更是比比皆是。

---

① 《星期报》"尤多刊载当时社会名流学者的文章，如王惺茜、梁巨川、高凌雯、章钰、刘宝慈、陈哲甫、陆文郁、张鸿来、李金藻等人的著作，经常见于报端"（《近代天津十二大教育家》，第 102 页）。
② 陈哲甫：《卫子弟书之价值》，《天津社会教育星期报》1921 年 8 月 21 日。

《两宴大观园》"趣语颇多，可选教盲生"；《刘高手探病》"诙谐讽世，可选教盲生"；《下河南》"可选教盲生。即俗传罗锅腰抢亲，可斗笑也"；《顶灯》"凑趣斗笑，可选教盲生"，不一而足。

萧文澄历时四个月所选之子弟书曲文（实际抄写的时间可能更长），未见载于《星期报》。《目录一》所载的"子弟书集"，和萧文澄所抄录的 97 种曲文，并未与这两种目录一起藏于天津图书馆，它们如今何在？是否已经不存世间？这些曾留下些许踪迹的珍本，值得我们对其流向加以追寻。

第三节　天津藏"子弟书集"之流向

《目录一》存留世间，揭示了一批珍贵的子弟书曲本的存在，但天津收藏者所搜集而成的"子弟书集"，却从未见于记载与披露，今似已不存。清末民国之间，正值时局动荡，国人流徙，书籍亦不免遭遇颠沛流离之命运。此收藏者搜集子弟书达 328 种，可见对此种子弟书有着强烈的喜好。① 这批曲本虽在萧文澄编撰《目录二》与《日记》之时便有散佚，又经过民国多年战乱，更是踪迹难寻。然而，从其他子弟书收藏家的藏书之中，似可发现此批藏本流向的蛛丝马迹。

马彦祥（1907 - 1988），戏曲研究学者。家藏子弟书多有孤本。马彦祥 1916 年起便跟随叔父马廉（1893 - 1935）在浙江旅津公学就读小学。后蔡元培创办孔德学校，聘请马廉主持校务，马彦祥遂转学孔德。② 马廉为著名的戏曲小说研究学者，其书室"不登大雅之堂"中收藏戏曲、小说甚丰。1925 年，马廉在主政孔德学校期间收购车王府旧藏曲本，无疑是中国俗曲研究史上的一次标志性事件。车王府曲本中即藏有大量子弟书抄本。马彦祥关注、收集俗曲，或即受到马廉的影响。马彦祥故世之后，他的部分藏书捐赠给了首都图书馆，但子弟书部分却并不在其中，

---

① 子弟书篇目，傅惜华《子弟书总目》录有 440 余种，据黄仕忠老师、关瑾华博士与笔者在国内外各公私图书馆之访查，现存篇目应在 500 种以上。由此可见，天津无名氏可谓目前所知私人收藏子弟书最丰富者之一。

② 季滨、刘英华编《马彦祥年表》，载《马彦祥文集》第 1 卷，文化艺术出版社，1997，第 498 - 500 页。

现藏处不明。① 马氏所藏，现唯见于傅惜华《子弟书目录》之著录。据
《总目》记载，马氏藏书中，有一批"民初抄本"，为其所独有，未见于
其他藏者之收藏。马氏所藏这批"民初抄本"子弟书，似为一批集中得
来。在这批"民初抄本"之中，即有多种孤本，只见于天津图书馆藏
《目录一》之著录。

　　傅惜华（1907－1970），戏曲收藏家、学者，毕生从事戏曲、曲艺、
小说、民俗学、民间美术的资料收集与研究。傅惜华于戏曲、曲艺目录
编撰成就尤著，在《子弟书总目》之外，尚编有《宝卷总录》《元代杂
剧总目》《明代杂剧总目》《明代传奇总目》《北京传统曲艺总录》等多
种著作。傅氏之碧蕖馆因藏书精良而驰名，所藏戏曲、俗曲珍本、孤本
琳琅满目，汗牛充栋。傅氏藏子弟书版本涵括清代书坊抄本、刻本、民
国石印本、傅氏自抄本等多种。其中，《目录一》中著录的《守楼》《寄
信》《罗刹鬼国》《满床笏》四种子弟书，根据《子弟书总目》著录，
仅见于傅惜华所藏。②

　　根据傅惜华《子弟书总目》之著录，《目录一》所载之部分孤本、
珍本，据现有资料，似仅见马彦祥和傅惜华之藏书。那么，他们收藏的
子弟书，与天津之藏本和萧文澄之过录本，究竟有何关联？笔者将《目
录一》所录条目按照卷数重新编排后，与《总目》所录马彦祥和傅惜华
藏书一一进行比对，详见表9－2③。

---

① 据马彦祥之子马思猛的回忆，马彦祥去世之后，夫人童葆苓匆匆处理了故居，"可惜父
　亲生前留下的书籍字画、照片、文献资料和录音资料，以及日记、信札今已不知所终"
　（参见《攒起历史的碎片》，北京图书馆出版社，2007，第235页）。

② 此四种子弟书，笔者在艺术研究院图书馆访查时未见。《守楼》，《子弟书珍本百种》
　据傅惜华藏"精钞本"收录；《寄信》，《子弟书选》《子弟书珍本百种》据傅藏本收
　录；《罗刹鬼国》，《子弟书丛钞》《子弟书珍本百种》据傅藏本收录（参见张寿崇主编
　《子弟书珍本百种》，民族出版社，2000；中国曲艺工作者协会辽宁分会编《子弟书
　选》，内部刊物，1979）。

③ 按：笔者最初因马氏藏书中的"民初钞本"和傅藏书中的"精钞本"多有孤本，并
　与《目录一》所载吻合，怀疑马、傅藏书与天津此批藏书有关，故列表将《目录一》
　所载篇目与马氏、傅氏藏子弟书进行对比。因篇幅关系，此表仅录《目录一》中所载
　篇目与马彦祥和傅惜华藏书相吻合者。《目录一》著录，但未见于马氏、傅氏藏书之篇
　目悉数略去；马氏、傅氏藏本中百本张等书坊抄本、刻本，与天津藏曲本无关，悉数
　略去。《目录一》篇名标粗体者，《总目》之外，今仅见其著录；马彦祥和傅惜华藏本
　中标粗体者为现存孤本。

表 9 – 2

《目录一》著录		《目录二》著录	马氏藏本	傅氏藏本
卷一				
全德报	八回	钞	民初钞本，题千金全德	
卷二				
马跳檀溪	一回	钞	民初钞本	
叹武侯	一回	钞	民初钞本	
描容	一回	钞	民初钞本	
忆子	一回	钞	民初钞本	
长板坡	二回	钞	洗俗斋钞本	
廊会	二回	钞	民初钞本	
洲西坡	三回	钞	旧钞本、民初钞本	
行路	四回	钞	民初钞本，题五娘行路	
降香	六回	钞	旧钞本、民初钞本	
托梦	八回	钞	民初钞本	
卷三				
斩窦娥	一回	钞	民初钞本	
数罗汉	一回	未	旧钞本，题入塔	
当绢投水	二回	钞	民初钞本	
刺虎	四回	钞	洗俗斋钞本	
刺虎	四回	钞	旧钞本	
宁武关	五回	钞	旧钞本	
卷四				
救主	一回	钞	民初钞本	
盘盒	一回	无	民初钞本①	
打御	一回	钞	民初钞本	
骂城	三回	钞	洗俗斋钞本，旧钞本	
千钟禄	四回	钞	洗俗斋钞本	
摔琴	五回	钞	旧钞本	
哭城	六回	钞	民初钞本②	
双官诰	六回	钞	民初钞本	

《目录一》著录		《目录二》著录	马氏藏本	傅氏藏本
卷五				
盗令	六回	钞	民初钞本③	
马上联姻	十四回	钞	旧钞本，民初钞本	
卷六				
活捉	一回	钞	民初钞本	
卖刀试刀	二回	钞	民初钞本	
访普	四回	钞	民初钞本，题访贤	
蜈蚣岭	四回	钞	民初钞本	
旧院池馆	四回	钞	民初钞本，题春梅游旧院④	
卷八				
祭姬	一回	钞	民初钞本	
柳敬亭	一回	钞	民初钞本	
酒楼	一回	钞	民初钞本	
梦榜	二回	钞	民初钞本	
长亭	三回	钞	民初钞本，旧钞本，题长亭饯别	
送荆娘	五回	钞	民初钞本	
卷十二				
顶镫	一回	钞	民初钞本	
打面缸	二回	未	钞本	
刘高手	二回	钞	民初钞本，题刘高手看病	
背娃入府	二回	钞	民初钞本	
续花别	二回	钞	民初钞本	
花别	三回	钞	民初钞本	
得钞嗷妻	四回	钞	洗俗斋钞本	
下河南	四回	钞	民初钞本	
卷十四				
石玉昆即评昆论	一回	钞	民初钞本	
郭栋儿	一回	钞	民初钞本	
禄寿堂	一回	未	旧钞本	

《目录一》著录		《目录二》著录	马氏藏本	傅氏藏本
篡须子	一回	未	旧钞本	
换笋鸡	一回	钞	民初钞本，题苇莲换笋鸡	
小有余芳即饭会	二回	钞	民初钞本	
卷二十				
全幽闺记	十六回	未	钞本	
卷二十一				
相如引卓	十回	未	钞本	
玉簪记	十回	未	钞本⑤	
卷二十三				
游龙传即戏凤	八回	未	钞本	
梅花坞	十二回	未	钞本	
卷二十四				
升官图	一回	未	钞本	
葡萄架	一回	未	旧钞本	
送枕头	二回	未	钞本	
巧姻缘	二回	未	钞本	
玉润花香即宝玉试花	二回	未	钞本	
调春戏姨	三回	未	旧钞本、钞本⑥	
家主戏鬟	三回	未	钞本	
公子戏鬟	三回	未	钞本	
蓝家庄即滚楼	四回	未	旧钞本	
卷二十五				
刺梁	一回	无	旧钞本	
相梁刺梁	七回	无	同乐堂钞本⑦	
卷二十六				
刺汤	一回	无		精钞本
刺汤	二回	无		精钞本
守楼	三回	无		精钞本

续表

《目录一》著录		《目录二》著录	马氏藏本	傅氏藏本
永福寺	四回	无		精钞本
全金印记	四回	无		精钞本
托梦	六回	无		精钞本
卷二十七				
天台缘	一回	无		精钞本
王婆说计	一回	无		精钞本
雪梅吊孝	二回	无		精钞本
桃洞仙缘	二回	无		精钞本
闻铃	二回	无		精钞本
刺虎	二回	无		精钞本
凤仪亭	四回	无		精钞本
叙阁	四回	无		精钞本
卷二十八				
红拂私奔	七回	无	旧钞本，题红拂女	
卷二十九				
山门	一回	无		精钞本
水浒人名	一回	无		精钞本
寄信	二回	无		精钞本
李逵接母	三回	无		精钞本
罗刹鬼国	五回	无		精钞本
卷三十				
嫁妹	二回	未	钞本	
三难新郎	四回	未	钞本	
飞熊梦	五回	钞	钞本	
追信	六回	钞	钞本⑧	
卷三十一				
议宴陈园	二回	钞	钞本	
焚稿	四回	钞	钞本	
葬花	五回	钞	钞本	
二入荣国府	十二回	钞	钞本，题二入荣府	
露泪缘	十三回	钞	钞本	

《目录一》著录		《目录二》著录	马氏藏本	傅氏藏本
卷三十二				
翠屏山	二十四回	未	钞本	
卷三十三				
全彩楼	三十回	钞	钞本	
卷三十四				
丁甲山	十回	未	钞本	
凤鸾俦	十三回	未	钞本	
卷三十五				
荷花记	二十回	未	钞本	
卷三十六				
票把儿上台	一回	未	钞本	
赞礼郎	一回	未	钞本	
官衔叹	一回	未	钞本	
大爷叹	一回	钞	民初钞本	
先生叹	一回	未	钞本	
穷鬼叹	一回	未	钞本	
烧灵改嫁	一回	未	钞本	
大奶奶逛二闸	一回	钞	钞本	
大奶奶出善会	一回	未	钞本	
武乡试	一回	未	钞本	
灯迷会	一回	未	钞本	
集书目	一回	未	钞本	
绣荷包	二回	未	钞本	
时道人	二回	未	无	
叹固山	二回	未	钞本	
文乡试	三回	未	钞本	
李白醉酒	四回	钞	钞本	
卷三十七				
赤壁鏖兵	一回	钞	民初钞本	
子胥救孤	一回	钞	民初钞本	
长随叹	一回	未	民初钞本	
泼水	二回	无	民初钞本	

《目录一》著录		《目录二》著录	马氏藏本	傅氏藏本
八郎别妻	二回	无	无	精钞本
薛蛟观画	二回	钞	钞本	
卷三十八				
赐珠	二回	钞	清钞本	
八郎探母	八回	未	钞本	
卷三十九				
访普	四回	无	民初钞本，题访贤	
全西厢	十六回	未	钞本	
卷四十				
范蠡归湖	八回	无	钞本	
全雷峰塔	八回	未	钞本	
卷四十一				
投店	十三回	未	钞本	
卷四十二				
何必西厢	十三回	无	钞本	
卷四十三				
楼会	二回	未	钞本	
狐狸思春	四回	未	钞本	
三笑缘	五回	钞	民初钞本	
卷四十四				
打面缸	一回	未	钞本	
大姨换小姨	一回	未	钞本⑨	
卖胭脂	二回	未	钞本	
探雯祭雯	二回	未	钞本	
宝钗产玉	二回	未	钞本	
军妻叹	二回	未	钞本	
烟花叹	二回	未	钞本	
须子谱	三回	未	钞本	
训妓	四回	未	钞本	
一入荣国府	四回	钞	民初钞本，题一入荣府	
卷四十五				
逼休	一回	未	钞本	

续表

《目录一》著录		《目录二》著录	马氏藏本	傅氏藏本
吃糠	二回	钞	民初钞本	
分宫	二回	钞	旧钞本、民初钞本	
盘夫	三回	钞	民初钞本	
蝴蝶梦	四回	未	钞本	
寻亲记	四回	钞	民初钞本	
乔公问答	六回	钞	民国六年钞本	
会缘桥	六回	未	钞本	
卷四十七				
满床笏	一回	无		旧钞本
单刀会	五回	无	民初钞本	
游武庙	六回	无		旧钞本

说明：①按：《救主》《盘盒》，傅惜华《子弟书目录》著录为一种，题《救主盘盒》，别题《盘盒救主》。马彦祥藏此种题《救主》，二回。应为《救主》《盘盒》合而为一。

②《哭城》五回本今存有多种版本，六回本唯见《目录一》之著录及马氏所藏。参《总目》，第98页。

③《盗令》五回本今存有多种版本，六回本唯见《目录一》之著录及马氏所藏。参《总目》，第121页。

④马彦祥藏《春梅游旧院》分三回，因《目录二》与《日记》均未著录回数，暂且存疑。

⑤《目录二》所载《玉簪记》分八回，马彦祥本与之相合。

⑥《目录一》所载《调春戏姨》三回本为《调春戏姨》二回与《调春戏姨》（《续戏姨》）一回合二为一，马彦祥藏《调春戏姨》二回之旧抄本，《调春戏姨》一回之抄本。参《总目》，第154页。

⑦《目录一》所载《相梁刺梁》七回本为《相梁》四回与《刺梁》三回合二为一。马彦祥均藏有同乐堂抄本。参《总目》，第67、73页。

⑧《追信》六回本仅见《目录一》著录及马氏藏本。参《总目》，第91页。

⑨《子弟书总目》第30页著录《大姨换小姨》为四回本，与《目录一》一回本相异，暂且存疑。

如表9-2，马氏、傅氏所藏孤本，皆可与《目录一》所载之孤本一一对应。由此，马彦祥藏子弟书的大宗，来自天津收藏者"子弟书集"中的藏书，应无疑义。傅氏藏书之中，也应有部分来自此批藏书。表9-2揭示了几个现象，值得进一步加以分析。

第一，马彦祥藏书中，凡为"民初钞本"者，均为萧文澄《目录二》中之已选抄之篇目。尤其是《乔公问答》一篇，明确题为"民国六年钞本"，与萧文澄 1917 年编撰《子弟书约选日记》和《子弟书目录》（二）的时间完全吻合。笔者以为，马彦祥藏本中之"民初抄本"，应即为萧文澄之抄录本。

第二，据傅惜华《子弟书总目》著录，马氏藏本中，又有"清钞本""旧钞本""钞本"等版本若干种及"洗俗斋钞本"六种，与《目录一》篇目相合。其中，《赞礼郎》《楼会》等篇，仅见于《目录一》著录，目前仅知有马彦祥藏本。且傅氏既别之以"民初钞本"，可见版本形制与之有所差别。此些曲本，笔者疑为"子弟书集"中的原抄本。其中，《赐珠》题为"清钞本"；而"洗俗斋钞本"之洗俗斋，据笔者考证，生于道光十四年（1834），卒于光绪廿六年（1900），是清末子弟书创作者（详见前文）。由此，"子弟书集"中的曲本，应多为清代钞本。《相梁刺梁》七回本，马氏藏书中分为《相梁》四回与《刺梁》三回，均题"同乐堂钞本"，这种分合现象在书坊抄本中非常常见。同乐堂为清代抄书作坊之一，天津的这批子弟书曲本，可能有一部分购置于书坊。

第三，傅惜华在《总目》中著录自藏之"精钞本"，与天津子弟书收藏者所编之"子弟书集"卷二十六、二十七和二十九之篇目完全吻合。《总目》所著录之"精钞本"，只限于傅氏自藏此数十种，可见曲本形制一致，当为同时抄录。但此"精钞本"由"子弟书集"的收藏者搜罗所得，还是萧文澄之过录本，今未见原本，难以定论。

据表 9 - 2，笔者认为，此批子弟书曲本散佚之后，部分为马彦祥所得。其中，既有原"集"之整卷，亦有零散之篇什。萧文澄所过录之子弟书，亦有一部分归马彦祥。马彦祥所收藏的萧文澄过录本，《总目》皆题之为"民初钞本"。马彦祥曾于 1932 - 1934 年在天津《益世报》任副刊主编，此批曲本，或于此时在津收集得到。[①] 此批曲本中，傅惜华所得，目前可确认者，则均为其著录的"精钞本"。但这批"精钞本"，是收藏者搜集之原本，还是萧文澄过录本，答案只能留待这批文献重现人间之时，方得以揭晓。

---

① 马彦祥：《迈进戏曲大门之前》，原载于《光明日报》，《攒起历史的碎片》全文登载，第 5 - 9 页。

第十章 余 论

中国传统说唱文学的整理与研究正在进入一个最好的历史时期，这一说法可谓毫不为过。近年来，子弟书、宝卷、弹词、鼓词的各种影印文本、目录解题陆续出版，各类线上数据库也正在紧锣密鼓建设之中。随着海内外所藏文献资料的发现、整理与公布，与之相关的研究全面展开，说唱文学的研究愈来愈显示出蓬勃之气。回望此前的研究成果，总结历史成就与研究规律，探索建立说唱文学的整理方法、研究范式与学术体系，可以说是恰逢其时。

子弟书是说唱文学中较早受到学界关注的体裁。早在 20 世纪 20 年代，刘复主持编撰《中国俗曲总目稿》时，已将三百余种子弟书收入其中。由此，子弟书正式步入了现代学术研究者的视野。近一百年间，无论是目录编撰、文献整理还是相关研究，在说唱文学中都是成果最为丰硕的。作为子弟书整理的集大成者，《新编子弟书总目》、《子弟书全集》和《子弟书集成》先后问世，存世子弟书文献至此可谓搜罗完备。有学者已经指出，作为一种"流动的文本"，说唱文学的目录、校勘与传统文献学差异很大。作为著录、整理工作已经臻于完备的说唱艺术形式，以子弟书为例回顾一百年间的成果，能够较好地探索说唱文学整理与研究的方向和规范，探寻传统说唱文学的研究如何在新的历史情境下实现发展。

子弟书的整理与研究，和其他说唱文学面对的主要困难是基本一致的。首先是文献资料收藏的分散与不易查阅。长期以来，私人收藏为主，以往学界对说唱文学的版本情况信息了解较少，郑振铎早在 20 世纪初期即说："国内的图书馆，可以屈指而数。所藏大抵以普通古书为多。如欲专门研究一种东西，反不如几个私人藏书楼之收罗宏富。小说戏曲，更是国内诸图书馆不注意的东西，所以要靠几个国内图书馆来研究中国的小说戏曲，结果只有失望。"已经成为独立学科的小说和戏曲当年尚且如此，说唱文学中的其他文类长期以来自然是被忽视的。其次，说唱文学的著录极不完善。说唱文学本不在传统目录学的范畴之内，说唱文本也较少为藏家所关注，全面了解说唱文本的存藏情况可谓奢求。再次，说唱文学多以抄本形式流传，不同抄本之间、抄本和刻本之间的差异往往极大，版本源流极难判定。说唱文学文献并不具备传统版本学的价值，一般只有薄薄数页，在图书馆的目录中，一般都是著录为"俗曲一叠"，或者"小曲一夹"，一摞叠在一起，没有细目，无法获知具体内容；或者由于纸张脆弱，残缺严重，查阅不便。

　　总体而言，说唱文学未来研究的第一步，是放眼世界，摸清家底并编撰相对全面和完善的目录。说唱文学的收藏，大致有国内公立图书馆、私人藏书和海外藏书三大部分。说唱文学的资料，早期收藏在研究者、表演者、爱好者处最多。值得欣慰的是，进入21世纪以来，私人藏书陆续入藏公立图书馆，学者查阅较以前更为便利。国内外频繁交流也让海外收藏不再遥不可及。国内外各大图书馆编目的完善和线上检索的便捷，是编撰"全目"成为可能的基础。国家图书馆、各省立图书馆等国内藏馆仍是收藏最为丰富的藏馆。各地方和大学图书馆往往藏有大量本地流行的俗曲唱本，如广州中山图书馆、香港大学图书馆的木鱼书收藏，中山大学的潮州歌册收藏；私人藏书未入图书馆的部分，仍需要收集线索探访，而且往往会有意想不到的收获。海外所藏的汉籍日益受到重视，越来越多的学者通过访问交流，将收藏于海外各图书馆如大英图书馆、荷兰莱顿大学图书馆、日本东洋文库的俗曲曲本介绍回国内学界，其中不乏孤本、珍本。可以说，在近年来说唱文学文献整理与研究的实际工作中，文献的访查与收集上收获是最大的。上穷碧落下黄泉，动手动脚找东西，对文献资料藏地一一探访，曲本一一过目，仍是编撰俗曲目录最为扎实与可靠的方法。

　　前人编撰的目录是我们了解说唱文学存藏基本状况的重要参考资料。可惜的是，传统目录学中，说唱文学一向付之阙如。说唱文学的目录一般而言是十分简陋的，多数是没有完整目录的，即便是前人已经完成的简要目录中也存在着较多的讹误。仍以子弟书为例，子弟书最早的目录，是百本张、别野堂等清代抄书作坊的贩卖目录。无论是刘复、李家瑞的《中国俗曲总目稿》还是傅惜华的《子弟书总目》，都还存有大量可补充和订正之处。

　　因此，在对藏书情况进行实际摸查之后的第二步，是编撰说唱文学目录。说唱文学种类众多，编撰综合目录目前并不现实。最好的方式是先分别编撰某一专门种类的目录，而后相近的门类可以互相参考。具体的编目中，首先是分类。分类即意味着对说唱文学的文体做一清晰的界定。文体的形态当然是第一要素。说唱文学中各类文本极易误入其他种类，譬如张寿崇先生所编《子弟书珍本百种》中，收录有《蓝桥会》一篇，因《中国俗曲总目稿》著录为子弟书，并谓出自车王府曲本，故编者特从北京大学藏车王府旧藏之杂曲内录出。据黄仕忠老师考证，此书原抄本为连排抄写，不分行，韵脚有欠统一，细观体裁，并非子弟书。实际上，诗赞系的说唱文学作品，如弹词、木鱼书、潮州歌册等，都是以七字句为主的文本，如果单从形制上看，是难以做出区分的。另一个极为常见的错误就是同一题材或者同一题名的误收。说唱文学中不少故事题材均来源于戏曲小说作品，同题现象十分普遍。以上两种情况，都需要参照出版地、编撰者、卷数等因素做一综合考察。另外，前人著录可以提供参考信息，但需要慎重对待。以《新编子弟书总目》来说，子弟书篇目之判断标准，以题名中明确含有"子弟书"字样为首要依据；百本堂、别野堂、乐善堂等书坊之《子弟书目录》与《集锦书目》《中国俗曲总目稿》《子弟书总目》等目录，亦为判断的重要依据。石印本中标为"子弟书词"的唱词，是否尽为子弟书，学界尚无定论，故均予以收录；形制与子弟书类似，而无他证者，于篇末收录，并列举收录依据。

　　其次，需要确定清晰的体例。第一为题名。俗曲同名异书、异名同书情况十分普遍，所以列明正标题、别题是十分必要的。《中国俗曲总目稿》中就"一曲而有两个或两个以上之标题者，均互见编排，惟仅于较通行之一标题下录曲首，其余只列号数与标题，注明一名某某，见某某号"。但也正因为俗文学的题名不太规范，在此书中同名异书者未互见、命名错误、重复著录等讹误还是较多的。第二为与体制相关因素的著录。《新编子弟书总目》即在每一条目下均注明回数、回目、用韵、句数，以概见其篇幅与体制，又能间接提供判断它是子弟书的根据。第三为注明以往目录之著录情况。以往之子弟书目录，主要有清人百本张、别野堂、乐善堂等书坊自编《子弟书目录》，又有民初无名氏所编《子弟书目录》，及近人傅惜华所编《子弟书总目》及《北京传统曲艺总目》，吴晓铃《绥中吴氏双栖书屋藏子弟书目录》，刘复、李家瑞所编《中国俗曲总目稿》。凡诸目曾予著录者，均予注明。第四为版本与藏地。在标明藏地时，最好附上索书号以备日后查验。在编撰《中国俗曲总目稿》时，刘复、李家瑞曾考察过故宫博物院、北平图书馆和车王府旧藏曲本相关资料，所以刘复在凡例中言道："这一本目录里所收的俗曲，共有六千多种，其中标（车）字的即车王府曲本，标（平）字的是国立北平图书馆所藏，标（宫）字的是故宫博物院所藏，不标字的是史语所所藏；有几种是我自己的旧藏，现在还不忍出让的，也已抄录副本归入史语所，不另标字。"《新编子弟书总目》的处理方式则是：详列今存及所知之版本，原则上以目验为据，并注明所藏单位及索书编号。其过录本、影印本、排印本，附于祖本之下。第五，《中国俗曲总目稿》体例的最大特点是，在每种曲目下抄录该曲本首两行文词，这种做法开创了俗曲编目的先例，对后来研究者辨明曲本极有帮助。

　　第三步，即说唱文学的校勘面对的难点有三：其一，甄别善本；其二，选择底本；其三，处理异文。已经出版的说唱文学点校成果，往往是以某一特定版本为底本，譬如傅惜华所编的《子弟书选》，即以他自藏的子弟书为底本，而未与其他版本互校。子弟书目录编撰完成之后，子弟书的校勘可以在已知的诸种版本中更为妥善地选择底本和参校本。在实际的整理工作中，在校勘上，说唱文学的点校方式也与传统诗文有着显著的不同。说唱文学往往是不固定的、流动的，尽可能体现出不同版本的变化。此外必须根据各种文体、曲体的特性，建立说唱文学校勘的标准。说唱文学不同种类差异巨大，所以，这一标准并非绝对一致的。比如子弟书的抄本、刻本往往以双行小字的方式呈现，在整理出版时最好保留这一特性；再如木鱼书、潮州歌册中大量使用方言，这些方言字最好也悉数保留。可以说，俗体字、异体字的保留，是说唱文学文本整理中最具有特色的一个部分。

　　目录的编撰和文本的整理是说唱文学研究再出发的基础。回望过去的研究成果，在现代学术体系和学科划分中，以传统说唱文学为主体的俗文学的研究一直存在两个方向，一个是如何进行"雅化"，一个是如何保持"民间性"。

　　子弟书研究的核心命题，是雅与俗的问题。文体自古有等级高卑之分。时至清朝，文体滋繁，"雅""俗"之间的相互对立尤为显著。一般而论，在中国的文学史上，雅俗文学的转换过程，大多是从俗到雅的，采风之后，三百篇响彻于庙堂；词曲本勾栏之技，后流于文人墨客之笔。子弟书从创制之初，即以"雅"为特色，论者多推崇其品格，在流传的过程之中，又以刊刻、序跋、评点的方式，在形制上对其进行了"雅化"，使其成为案头可读之文本。

与此同时，它的文本中有对清代社会生活的描绘，经由茶馆演唱、瞽人的表演广而传播。子弟书又是作为"俗文学"的代表进入学界视野之中的。在古代文学研究中，学者们致力于确立俗文学在文学史上的位置；在民间文学的研究中，则通过田野调查等方式展现它在现代生活中的形态。在未来的研究中，发掘俗文学的"文学性"，或许是有待我们致力的一个方向。

郑振铎先生在《中国俗文学史》的写作中，赋予了这些散落各地的俗曲以人民性和先进性，注重对俗文学"文学性"的提炼与概括。四卷本《中国文学史》之后，他又在题为《中国文学史的新页》的学术演讲中，重点介绍佛经文学、变文、话本、诸宫调、弹词、鼓词、民歌等俗文学形式。这些从未纳入文学史视野的文体，正是因郑振铎先生所肯定的"文学性"而被纳入文学史，郑振铎先生甚至专门为其作史以传之。他所归纳的俗文学所具备的"大众的""无名的集体的创作""口传的""新鲜的""粗鄙的""想象力奔放"等特质，今天看来不尽成熟且有互相矛盾之处，却是对俗文学之"文学性"最初的界定和探讨。另外，俗文学首先都具有表演性，将诗、词、文与音乐相结合，文本是它的保存形式。正是由于它的表演性，俗文学的文本往往是流动的、不固定的，造成表演和文本既相辅相成，又具有一定的对立关系。如何提炼它所包含的文学要素，视其为一个文学文本，是俗文学研究的首要问题。俗文学研究的另一个重要层面，是如何借鉴与看待海外汉学的研究。从研究现状来看，海外汉学家们擅长破除学科壁垒，使用各学科中的新理论来对俗文学文献进行文本解读。俗文学文献在史学、社会学、宗教学等其他学科中已经成为极受重视的材料，但它们的文学性，却仍有待更为深入的发掘。

郑振铎先生在《中国俗文学史》第一章"何谓俗文学"中指出写作

此书的重要原因是"现在对于文学的观念变更了"。在有关"文学性"的研究中，学者也已经指出，文学性绝不是独立存在的，它既有诗学的、艺术的、审美的维度，也有社会的、历史的、文化的维度。在俗文学的研究中，俗文学之所以成为"文学"，并区别于"非文学"的"文学性"，却是目前研究中较为薄弱之处。郑振铎先生在将俗文学纳入文学史的框架中，已经做出了最初的努力。而在近年来海内外的研究中，无论是把弹词、鼓词纳入近代叙事文学的范畴，还是把子弟书视为长篇叙事诗，都是在肯定其文学价值的基础上，对其文学性的深入研究。

正如郑先生所言，"文学"的观念一直处于变更之中，在现阶段重新发掘俗文学"文学性"，有益于进一步理解俗文学，并确立俗文学在现代学术体系中的位置。

附录一 《绿棠吟馆子弟书百种总目》考释

　　《绿棠吟馆藏子弟书选》，一册，原为吴晓铃先生藏书，后捐赠予首都图书馆。内容包括小莲池居士序、自序，绿棠吟馆子弟书百种总目、凡例；正文部分仅《八仙庆寿》、《蝴蝶梦》、《天台奇遇》、《俞伯牙摔琴》、《孟姜女哭城》及《渔樵问答》等六种子弟书尚存。吴晓铃先生1982年撰有《绥中吴氏双楳书屋所藏子弟书目录》一文，著录自藏子弟书共73种84部，其中并未包括《绿棠吟馆子弟书选》第一卷收入之六篇篇目在内。吴氏逝世后，旧藏书籍于2001年正式入藏首都图书馆。笔者据《绥中吴氏双楳书屋所藏子弟书目录》逐一细核吴氏旧藏子弟书，得未见目录著录之子弟书八部；而目录所收之篇目中，却有三部未见，详见后文。以此可见，先生旧藏，似有散失；或目录撰成之后，亦间有所得。《绿棠吟馆子弟书选》一册，或即为1982年吴氏《目录》撰成后之收藏。

附录 1－1	附录 1－2
《绿棠吟馆子弟书选》封面	《绿棠吟馆子弟书百种总目》首页

　　《绿棠吟馆子弟书百种总目》依二十卷卷次罗列了选辑的百篇篇目。卷次的编排以故事年代为序；改编自同一故事题材者，编排在同一册或相连数册。笔者将此二十卷之目录掇录于后，间以各篇目考订之札记。

第一卷

八仙庆寿　蝴蝶梦　天台奇遇　俞伯牙摔琴　孟姜女哭城　渔樵问答

按：此卷六篇均存。衍先秦故事。

《八仙庆寿》，抄本，一回。刘复、李家瑞《中国俗曲总目稿》第1112页、傅惜华《子弟书总目》第26页著录。首二行曲文为："王母瑶池会群仙，仙桃熟透几千年。年年岁岁增福寿，福比蓬莱寿比山。"此书别题《庆寿》。

《蝴蝶梦》，抄本，四回。《中国俗曲总目稿》第323页著录，未标曲类；《子弟书总目》未录。绿棠吟馆收入此本，曲词与《子弟书珍本百种》所收录《蝴蝶梦》（一）大同，略有差别。唯脱曲文最后四句，但末有按语云："按原书收尾尚有七言四句云：'春花秋柳君休恋/树叶梅枝草上霜/斋藏圣贤书万卷/作写奇文字几行'。余以此四句俚不成文，且与通篇口气大相轩轾，必翻刻之时续貂之作也。"然三畏氏未识此为一首藏头诗，每句第一字合为"春树斋作"，暗含作者之名也。

《天台奇遇》，石印本，不分回。与《天台传》衍同一故事，但曲词迥异，实为别本。《中国俗曲总目稿》《子弟书总目》均未著录。首二行曲文为："仙凡殊路两难逢，为人何处觅长生。岂知自有情缘在，何患难逢邂逅中。"此篇后紧接《二仙采药》，但《目录》未题"二仙采药"之名，且原本之标题被刻意画掉。二篇故事相连，编者或将此二篇作为一种篇目收录。此书今另存有光绪年间海城合顺书坊刻本，上下篇分别题为"天台奇遇"与"二仙采药"，两篇亦合而为一册刊行。

《俞伯牙摔琴》，抄本，五回。《中国俗曲总目稿》第43页著录《摔琴》；《子弟书总目》第60、146页分别著录《伯牙摔琴》及《摔琴》，与本书曲词大同。但二目均未著录此一别题。

《孟姜女哭城》，抄本，五回。《中国俗曲总目稿》第216页著录《哭长城》；《子弟书总目》第69、98页分别著录《孟姜女寻夫》和《哭城》，即为此书，但均未著录此一别题。

《渔樵问答》，抄本，一回。《中国俗曲总目稿》第620页、《子弟书总目》第142页著录。别题《渔樵对答》。

第二卷

月下追信　痴梦　藏舟　刺梁　龙凤配　长板坡　骂王朗　白帝城托孤　安五路

按：此卷均衍汉代和三国时期故事。

《月下追信》，篇名未见前人著录。《子弟书总目》第39、91页分别著录有《月下追贤》和《追信》，均衍韩信故事，此书当即为二种之一。

《龙凤配》，篇名未见前人著录。日本早稻田大学双红堂文库和傅惜华旧藏（现归艺术研究院）中均有同题石印本，衍刘备招亲故事。曲词首二句为"赤壁鏖兵战乌林，周都督汗马功劳化灰尘"。用韵为人臣辙。

《安五路》，篇名未见前人著录。北京国家图书馆藏有同题抄本，即二回本《诸葛骂朗》之头回。又藏题《骂王朗》抄本，为《诸葛骂朗》二回本之第二回。《百种总目》此卷亦收录《骂王朗》一种，单独成篇，且与《安五路》的编排并不连接，推测应为《诸葛骂朗》之一回本。

第三卷

望儿楼　狄梁公投店　薛礼诉功　樊金定骂城

第四卷

梅妃叹　沉香亭　杨妃醉酒　忆真妃　锦水祠　庄氏降香　罗成托梦

按：此二卷均衍隋唐故事。

《狄梁公投店》，篇名未见前人著录。《子弟书总目》第58页著录《投店》，十三回，叙狄仁杰上京赶考，途中投宿之事。当即此书。

《薛礼诉功》，篇名未见前人著录。北京国家图书馆藏《诉功》，钞本，四回，《子弟书珍本百种》据以收录。衍薛礼向同伴讲述自己功绩事，当即此书。

第五卷

红叶题诗　琵琶行　雪夜访贤　后赤壁

按：第五卷至第八卷衍唐、五代、宋朝故事。

《雪夜访贤》，未见前人著录。《子弟书总目》第 105 页著录《访贤》，衍赵太祖夜访赵普家商讨国家大事之事，当即此书。

《后赤壁》，未见前人著录。北京国家图书馆藏同题子弟书，抄本，一回，即《赤壁赋》。"后"赤壁之"后"，大概是相对于三国时《赤壁鏖兵》故事之前代故事而言的。

第六卷

玉簪记　梅花坞

《玉簪记》，《子弟书总目》第 42 页著录有十回本。现存有十回本和十八回本两种，皆衍潘必正陈妙常情事。百本张、别野堂等书坊之《子弟书目录》皆只录十回本，可见为流传较广之本；十八回本，今仅见艺术研究院藏抄本，《子弟书珍本百种》收入。

第七卷

滚楼　戏秀　乌龙院　活捉　春香闹学　离魂

按：此卷皆衍水浒人物和牡丹亭杜丽娘故事。

《乌龙院》，未见前人著录。李啸仓先生藏有同题抄本，即《活捉》。

《春香闹学》，《子弟书总目》第 75 页录有同题子弟书两种，一为三回本；一为不分回本。北京国家图书馆藏《春香闹学》抄本，三回本，封面题"壬戌七月廿三日录绿棠吟馆存抄本/与文华堂梓行之印版本异"。可见此卷收录之《春香闹学》，即三回本无疑。

第八卷

千金全德　拷玉　调精忠　红梅阁

第九卷

玉搔头　百花亭　下河南

第十卷

双官诰　祭姬　卖画　斩窦娥

第十一卷

草诏敲牙　秦孝梅吊孝　商郎回煞　宁武关　刺汤　刺虎

按：第九卷至第十一卷皆衍明朝故事。

《玉搔头》，未见前人著录。北京国家图书馆藏同题子弟书，抄本，一册。《子弟书珍本百种》据以收入。衍明正德帝访得双美故事，当即此书。

《卖画》，未见前人著录。国家图书馆藏同题子弟书，抄本，一册。封面题"卖画子弟书"，另注"壬戌七月二十六日录绿棠吟馆存敬诒堂藏/钞本不全/癸亥二月二十七日复于东四牌楼买得后半部/并知书名乃意中缘也"。由此可知，此书即《意中缘》前四回。

第十二卷

高老庄　盗芭蕉扇　乍冰　合钵　喽罗汉　哭塔

按：此卷皆衍西游人物和白娘娘雷峰塔故事。

第十三卷

不垂别泪　春梅游旧院　永福寺　得钞嗷妻

按：此卷皆衍金瓶梅人物故事。

第十四卷

露泪缘

第十五卷

双玉听琴　湘云醉酒　牙牌令　黛玉听琴　黛玉悲秋

第十六卷

遣晴雯　晴雯遗恨　思玉戏环　宝钗产桂

按：第十四卷至第十六卷皆衍红楼梦人物故事。

第十七卷

青楼遗恨　葛巾　续黄粱　阿绣　萧七　马介甫

第十八卷

书痴　钟生　胭脂　凤仙　菱角　嫦娥　绩女　聊斋目

按：此二卷除《青楼遗恨》之外，均衍《聊斋》故事。

《续黄粱》，未见前人著录。《聊斋》中有《续黄粱》一篇，衍曾某梦中事。此书或据此改编。

《书痴》，未见前人著录。《聊斋》中有《书痴》一篇，子弟书之《颜如玉》即衍其故事。或即此书。

《聊斋目》，未见前人著录。中研院历史语言研究所傅斯年图书馆藏子弟书《谜目奇观》一种，《俗文学丛刊》399 册收录。此书曲文中镶嵌有数百个《聊斋志异》故事篇目，或即此书。

第十九卷

俏东风　续俏东风　姑嫂拌嘴　连理枝

第二十卷

尼姑思凡　僧尼会　炎凉叹　老斗叹　厨子叹　青草园　灯迷会

按：第十九、二十卷为具体时代不明和描写当代生活的故事。

《老斗叹》，一回。现存同题子弟书两种。一本首行题"盛世升平锦绣春，家家丰阜有余银"；别本首行题"徽班老斗鬻龙阳，傅粉熏香坐客傍"。

《青草园》，未见前人著录，亦无文本传世。

附录二 程砚秋、梅兰芳、杜颖陶旧藏子弟书考辨

　　傅惜华《子弟书目录》中所收录的私人藏书，计有傅惜华、程砚秋、梅兰芳、杜颖陶、马彦祥、阿英、贾天慈和李啸仓等八家所藏。吴晓铃先生曾在叙及《忆真妃》一书之版本时，写道："此曲见存之本尚多，余所知者：亡友傅惜华君藏有清同治二年会文山房刊本，……今并不知踪迹所在。亡友杜颖陶君曾藏旧抄本，逝后遗书荡然。阿英有清光绪十一年永远堂刻本，亦于九年前被人劫去。……今唯贾天慈氏藏耕心堂抄本及李啸仓氏藏清抄本或犹在天壤间也。"① 自古藏书皆如是，聚之非朝夕之功，散佚却颇易。吴氏此番话语，道尽文人聚书之艰辛，令人不胜唏嘘。然据笔者查访，傅惜华、程砚秋、梅兰芳和杜颖陶四家之藏书，今已尽归中国艺术研究院图书馆，保存完好，可为慰藉。李啸仓先生藏书仍归其家。贾天慈、马彦祥和阿英藏子弟书，则下落不明。②

　　然上述四家藏书归入中国艺术研究院图书馆的过程，亦波澜曲折。其中尤以傅惜华藏书为最。

　　碧蕖馆因藏书精良而驰名。"文革"中，碧蕖馆的数万册图书、一些珍贵的字画以及其他物品装了满满的两卡车，被迫"归公"。钤有"惜华所藏戏曲文献""满州富察氏宝泉惜华""碧蕖馆藏""浮槎氏所藏曲""碧蕖馆傅惜华藏书印""曼殊富氏所藏""惜华读书""惜华真赏""惜华藏印""富察氏所藏善本书籍"等藏书章外，还加盖了"康生"、"康生存书"、"康生看过"、"戊戌人"（康生生于1898年）、"大公无私"、"归公"等印章，一些极品图书上还钤有康生漂亮的狗生肖章。由此，傅氏"归公"书籍之去向，昭然若揭。"文革"结束后，

---

① 吴晓铃：《绥中吴氏林楷书屋所藏子弟书目录》，《文学遗产》1982年第4期，第154－160页。

② 马彦祥藏书之戏曲部分现藏于首都图书馆，阿英藏书现藏于安徽芜湖图书馆，内中均无子弟书。

曾被康生、江青等夺去的碧蕖馆藏书终于回到了国家手中。傅惜华的图书除部分散落在外，大部分被他过去工作的单位中国戏曲研究院——现中国艺术研究院图书馆（下文简称"艺研院图书馆"）收藏。①

傅惜华《子弟书总目》，是迄今有关上述八家私人藏子弟书的唯一记载。《总目》在1954年完稿出版之后，其中傅、程、梅、杜四家藏书陆续归入艺研院图书馆。时过经年，世事变化，主人命运跌宕沉浮，藏书颠沛流离，亦是不能幸免。笔者在2005年末北上细查艺研院图书馆藏书，馆中四家所藏，与傅氏所录，间有出入。今程砚秋、梅兰芳和杜颖陶三家藏书均已重新清理上架；傅惜华所藏，则仍有待时日。现将傅惜华《子弟书总目》著录与现今程、梅、杜三家藏书之情况一一对比，细录于下。

一　程砚秋先生旧藏子弟书

程砚秋（1904－1958），著名戏曲表演艺术家。旧藏子弟书，现归入艺研院图书馆，共87部。

1.《总目》未录篇目

（1）《一入荣国府》。百本张抄本。一册。钤"别还价百本张"印。残存"探亲""赠银"两回。

（2）《三难新郎》。百本张抄本。一册。钤"别还价百本张"印。

（3）《大战脱空子弟书》。抄本。残存第三、第四回。

（4）《老斗叹》。别野堂抄本。一册。钤"别野堂宝与众不同"印。首二句："徽班老斗鬻龙阳，傅粉熏香坐客傍。"

（5）《司官叹》。汇剧堂抄本。一册。钤"汇剧堂"印。

（6）《俏东风》。百本张抄本。两册。上册钤"别还价百本张"印。

（7）《绪俏东风》。百本张抄本。两册。上册钤"别还价百本张"印。

（8）《追信》。别野堂抄本，一册。钤"别野堂记与众不同"印。

（9）《骂朗》。百本张抄本。一册。钤"别还价百本张"印。

（10）《武陵源》。别野堂抄本，一册。钤"别野堂记与众不同"印。原书误题《赤壁赋》。

---

① 戴霞：《傅惜华和他的藏书》，《传记文学》2007年第4期。

（11）《卖刀试刀》。百本张抄本。一册。钤"别还价百本张""永不退换"印。

（12）《家园乐》。别野堂抄本。一册。钤"别野堂记与众不同"印。

（13）《逛护国寺》。百本张抄本。一册。钤"别还价百本张"印。

（14）《胭脂传》。百本张抄本。一册。末页背面印有浅淡"别还价百本张"印。残存第二、第三回。

（15）《椿龄画蔷》。别野堂抄本。一册。钤"别野堂记与众不同"印。

（16）《葬花》，百本张抄本。一册。钤"别还价百本张"印章。残存第一、二、四回。

（17）《葬花》。别野堂抄本。一册。钤"别野堂记与众不同"印。残存前四回。

（18）《红梅阁》。别野堂抄本。一册。钤"别野堂记与众不同"印。

（19）《意中缘》。抄本。一册。残存第二、五、六、七、八回。

（20）《雷峰塔》。抄本。一册。残存第七回。

（21）《齐陈相骂》。百本张抄本。一册。钤"别还价百本张""永不退换"印。

2. 与《总目》著录不符之篇目

（1）《八仙》

按：《总目》第 26 页《八仙庆寿》条著录程藏百本张抄本。程藏本题《八仙子弟书》，《总目》未录此别题。

（2）《摔琴》

按：《总目》第 146 页著录程藏百本张抄本，未见。程藏有聚卷堂本，钤"聚卷堂李不对管换"印。

（3）《哭城》

按：《总目》第 98 页著录程藏百本张抄本，未见。程藏有聚卷堂本，钤"聚卷堂李不对管换"印。

（4）《别姬》

按：《总目》第 177 页《霸王别姬》条著录程藏百本张抄本。程藏本题《别姬子弟书》。

（5）《廊会》

按：《总目》页 131 著录程藏百本张抄本，未见。程藏有聚卷堂本，钤“聚卷堂李不对管换”印。

（6）《登楼》

按：《总目》第 114 页《庄氏降香》条著录程藏百本张抄本。程藏本题《登楼子弟书》，《总目》未录此别题。

（7）《骂城》

按：《总目》第 163 页著录程藏百本张抄本，未见。程藏有聚卷堂本，钤“聚卷堂李不对管换”印。

（8）《借芭蕉扇》

按：《总目》第 69 页《芭蕉扇》条著录程藏百本张抄本。程藏本题《借芭蕉扇子弟书》。

（9）《思春》

按：《总目》第 72 页《狐狸思春》条著录程藏百本张抄本。程藏本题《思春子弟书》。

（10）《全水浒人名》

按：《总目》第 39 页《水浒》条著录程藏百本张抄本。程藏本题《全水浒人名》。

（11）《露泪缘》

按：《总目》第 179 页著录程砚秋藏百本张抄本，未见。程藏有别野堂抄本，钤“别野堂宝与众不同”印。

（12）《凤仙传》

按：《总目》第 149 页《凤仙》条著录程藏别野堂抄本。程藏本题《凤仙传子弟书》，实为《凤仙》，三回。

（13）《麒麟阁》

按：《总目》第 176 页著录程藏百本张抄本。程藏本缺原封面，缺题名、印章。后补题《麒麟阁子弟书》，实即《盗令》。

3. 总目著录，今未见之篇目

《总目》著录程砚秋藏子弟书中，共有 28 种在今艺研院图书馆未见。除下列 8 种之外，其余 22 种均录为“旧钞本”，笔者疑大部分已归杜颖陶所有，详见后文。

（1）《盗甲》，三回，《总目》第 120 页著录程藏百本张抄本。

（2）《老侍卫叹》，一回，《总目》第 50 页著录程藏百本张抄本。

（3）《票把儿上台》，一回，《总目》第 109 页著录程藏百本张抄本。

（4）《平谜论》，一回，《总目》第 41 页著录程藏抄本。

（5）《送盒子》，二回，《总目》第 90 页著录程藏百本张抄本。

（6）《月下追贤》，二回，《总目》第 39 页著录程藏别野堂抄本。

（7）《陈云栖》，一回，《总目》第 113 页著录程藏旧抄本。

（8）《葛巾传》，一回，《总目》第 137 页著录程藏旧抄本。

二 梅兰芳先生旧藏子弟书

梅兰芳（1894 – 1961），著名戏曲表演艺术家。旧藏子弟书现归入艺研院图书馆，共 32 部。

1. 总目未录篇目

（1）《百花亭》。别野堂抄本，两册。第一册钤"别野堂宝与众不同"印。

（2）《千金全德》。抄本，两册。

（3）《打门吃醋》。百本张抄本。一册。钤"世传百本张/言无二价/童叟无欺""住西直门大街高井胡同张姓行二"印。

（4）《吃醋》。抄本。一册。残存第四回。脱最后四句。

（5）《白帝城托孤》。抄本。一册。钤"别野堂宝与众不同"印。

（6）《罗成托梦》。抄本。一册。残存前二回。

（7）《托梦》。抄本，两册。残存前二回。

（8）《青楼遗恨》。抄本。一册。残存一回。

（9）《长板坡》。抄本，两册。第一册钤"世传百本张言无二价童叟无欺""自乾隆年起至今少钱不卖别还价"印。

（10）《长板坡》。抄本，一册。钤"别野堂宝与众不同"印。

（11）《刺虎》。抄本。三册。残存后三回。

（12）《票板上台》。聚卷堂抄本。一册。钤"聚卷堂李不对管换""言无二价"印。

（13）《春梅游旧家池馆》。文萃堂刻本，一册。残存中、下二本。

（14）《姜女寻夫》。光绪甲申同文山房刻本。一册。

（15）《蝴蝶梦》。抄本。两册。

（16）《徐母训子》。别野堂抄本，一册。钤"别野堂宝与众不同"。

（17）《叹武侯》。抄本。一册。失题名，后人补作"哭诸葛"。

（18）《寻梦》。百本张抄本。一册。钤"别还价百本张"印。

（19）《俏东风》。百本张抄本。四册。第一回钤"别还价百本张"印。

（20）《草诏敲牙》。抄本。一册。残存第二回"落发"。后附《刺虎》，一页八句，自"醉醺醺恶贼斜卧牙床上"至"竟奔恶贼人轻挪玉体慢款金莲。"

（21）《宁武关》。抄本。两册。钤有"世传百本张/言无二价/童叟无欺"印和"住西直门大街高井胡同张姓行二"印。

（22）《窦公训女》。抄本，一册。无题名，后人补题作"窦公训女"。按：即《千金全德》第五回开头至"真成了儿女情偏短英雄气自豪"句。末两句互倒。

（23）《凤仙传》。百本张抄本，一册。钤"别还价百本张"印章。按：实为《凤仙》。残存前两回。

（24）《樊金定骂城》。线装抄本，一册。

（25）《双玉听琴》。文萃堂刻本。一册。

（26）《离魂》。别野堂抄本。一册。钤"别野堂宝与众不同"印。

（27）《露泪缘》。百本张抄本，四册。钤"本堂书戏岔曲当日挑看明白言明隔期不退换"印。

（28）《续俏东风》。别野堂抄本。四册。钤"别野堂宝与众不同"印。

2. 《总目》著录不符篇目

《八郎别妻》。

《总目》第17页《八郎别妻》五回本条著录梅藏百本张抄本。梅藏本题《八郎别妻子弟书》，实为《八郎探母》八回本。

三　杜颖陶先生旧藏子弟书

杜颖陶（1908－1963），戏曲研究学者。旧藏子弟书现归入艺研院图书馆，共117部。

1. 《总目》未录之篇目

（1）《三难新郎》。抄本，一册。末回脱两行曲文。

（2）《文乡试》。别野堂抄本。一册。钤"别野堂宝与众不同"印。第二回脱一页八句曲文。

（3）《公子戏环》。聚卷堂抄本。两册。钤"聚卷堂李不对管换""言无二价"印。

（4）《逛碧云寺》。别野堂抄本，两册。钤"别野堂宝与众不同"印。

（5）《齐陈相骂》。百本张抄本。一册。钤"别还价百本张"印。

（6）《春梅迟馆》。别野堂抄本。四册。第一册钤"别野堂宝与众不同"印。

（7）《集锦书目》。抄本。一册。钤"别野堂宝与众不同"印。

（8）《红梅阁》。百本张抄本。三册。第一册钤"世传百本张/言无二价/童叟无欺"印和"住西直门外大街高井胡同张姓行二"印。

在杜颖陶藏子弟书中，自八集编号147－168，有一批抄本，除154号《意中缘》和163号《渔家乐》之外，其余22个编号之下的38种子弟书，皆为《总目》著录之程砚秋藏书，却未见于现艺研院图书馆目前之程藏本。计有：

（1、2、3）《集锦书目》《烧灵改嫁》《宝玉探病》（曲319.651/0.582/8.147）

按：《宝玉探病》，实乃《伤春葬花》第四回。

（4）《柳敬亭》一回（曲319.651/0.582/8.148）

（5）《春梅游旧家池馆》（曲319.651/0.582/8.149）

（6、7）《得钞嗷妻》、《票把儿上台》（曲319.651/0.582/8.150）

（8）《借靴三回》（曲319.651/0.582/8.151）

（9）《灯谜会》（曲319.651/0.582/8.152）

（10）《哭官哥》（曲319.651/0.582/8.153）

（11）《查关》（曲319.651/0.582/8.155）

（12、13、14）《赤壁鏖兵》《东吴招亲》《孟子见梁惠王》（曲319.651/0.582/8.156）

（15）《长板坡》（曲319.651/0.582/8.157）

（16、17、18）《拷红》《芭蕉扇》《买臣休妻》（曲319.651/0.582/

8.158）

（19）《齐陈相骂》《篡须子》（曲 319.651/0.582/8.159）

（20、21、22）《疯和尚治病》《顶灯》《祭姬》（曲 319.651/0.582/
8.160）

（23）《刺虎》（曲 319.651/0.582/8.161）

（24）《连理枝》（曲 319.651/0.582/8.162）

（25）《渔家乐》（曲 319.651/0.582/8.163）

（26）《送盒子》（曲 319.651/0.582/8.164）

（27、28、29）《齐陈相骂》《苇莲换笋鸡》《鹤侣自叹》（曲 319.651/0.582/8.165）

（30、31、32、33、34、35）《苇莲换笋鸡》《合钵》《入塔》《林和靖》《党太尉》《赶二闸》（曲 319.651/0.582./8.166）

按：《入塔》篇实为《祭塔》。

（36）《拷红》（曲 319.651/0.582/8.167）

（37）《长亭饯行》（曲 319.651/0.582/8.168）

（38）《大力将军》（曲 319.651/0.582/8.169）

此批抄本版本形制类似，抄写草草，非书坊抄本。封面多题有每本内含子弟书篇名；正文首页右上角亦题有篇名。此批子弟书且全为《子弟书总目》所录程砚秋"旧抄本"。或程砚秋生前与杜颖陶交换？或为艺研院图书馆归架时混淆所致？存疑。

2. 与《总目》著录不符之篇目

（1）《骂王朗》

按：《总目》第164页《骂朗》条著录。杜藏本题《骂王朗子弟书》，钤"别野堂宝与众不同"印。

（2）《淤泥河》

按：《总目》第104页《淤泥河》条著录杜藏百本张抄本，存前三回。杜藏本实为《周西坡》之第二、第三回。

（3）《续阁》

按：《总目》第128页《絮阁》条著录杜藏别野堂抄本。杜藏本题《续阁子弟书》。

（4）《祭皂》

按：《总目》第 115 页《祭灶》条著录杜藏别野堂抄本。杜藏本题《祭皂子弟书》。

（5）《凤仙传》

按：《总目》第 149 页《凤仙》条著录杜藏别野堂抄本。杜藏本题《凤仙传子弟书》，但内容实为《凤仙》，三回。

3.《总目》著录今未见之篇目

（1）《叹武侯》，《总目》第 147 页著录杜藏别野堂抄本，今未见。

（2）《忆真妃》，《总目》第 164 页著录杜藏民国石印本，今未见。

（3）《锦水祠》，《总目》第 166 页著录杜藏民国石印本，今未见。

（4）《千金全德》，《总目》第 32 页著录著录杜藏百本张抄本，今未见。

（5）《升官图》，《总目》第 96 页著录杜藏百本张抄本，今未见。

（6）《焚宫》，《总目》第 123 页著录杜藏别野堂抄本，今未见。

（7）《刺汤》，《总目》第 67 页著录杜藏文萃堂刻本，今未见。

（8）《富春院》，《总目》第 129 页著录杜藏民国石印本，今未见。

附录三　吴晓铃先生旧藏子弟书考辨

吴晓铃（1914－1995），古典小说、戏曲和曲艺研究名家。吴氏藏戏曲小说版本甚精，吴书荫先生撰有《吴晓铃和"双棔书屋"藏曲》一文介绍甚详。所藏子弟书，据自撰《绥中吴氏双棔书屋所藏子弟书目录》，共计73种84部。均未载于傅惜华《子弟书目录》。先生于《目录》小序有言："至于曲艺之属，虽心焉好之，然未暇广为罗掘；以子弟之书而言，五十年来亦不过此目载记之数，寒伧可见。"① 则吴氏藏子弟书，约为1930－1980年所聚集。吴氏藏书于2001年入藏首都图书馆。据笔者考察，今首图所藏与先生著录有些微差异。据《目录》记载，吴先生与启功、侯宝林等先生之间常有交换、赠送藏书之举，则先生藏书与所录有所出入，亦不足为奇。

今首图吴晓铃先生藏子弟书，共计77种89部。《牙牌令》《马上联姻》《票把儿上台》《得钞嗷妻》《葡萄架》《凤仪亭》《鸳鸯扣》《续俏东风》《摔琴》《蝴蝶梦》各有两种版本；《百花亭》则有3种版本。其目录中有3部未见：《宝钗产玉》（百本张抄本）、《忆真妃》（吴氏手抄本）和《随缘乐》（吴氏手抄本）。于其目录之外，则又得8部。其中《绿棠吟馆子弟书选》第1卷共6部：《蝴蝶梦》、《俞伯牙摔琴》、《孟女哭城》、《八仙庆寿》、《天台奇遇》和《渔樵问答》；及《双美奇缘》和《风月魁》残本②各一种。

据首图现藏本的情况，于吴氏所录可略为修正者，有：《一入荣府》，首图现藏题《一入荣国府》（百本张抄本，己467）；《红拂私奔》，首图现藏题《红拂女私奔》（百本张抄本，己524）。又，吴氏谓其藏《凤仙》（百本张抄本，己448），"与煦园所撰作三回者名同实异"。此本实为一回本《凤仙传》，傅惜华《子弟书总目》第149页著录。

---

① 吴晓铃：《绥中吴氏双棔书屋所藏子弟书目录》，《文学遗产》1982年第4期。
② 此本封面题《走岭子》，百本张抄本，索书号"己511"。实为《风月魁》第三回残本。

　　吴晓铃先生又谓其收藏百本张抄本"未见诸家入庋者则有二十六种",分别是:《一入荣府》《三宣牙牌令》《女侍卫叹》《少侍卫叹》《玉儿献花》《打门吃醋》《走岭子》《李逵接母》《长板坡》《侍卫论》《拷御》《风月魁》《借芭蕉扇》《连升三级》《逛二闸》《渔家乐》《禄寿堂》《闻铃》《凤仙》(实为《凤仙传》)《穷鬼叹》《厨子叹》《戏姨》《宝钗产玉》《续戏姨》《须子谱》(目录中仅列有 25 种)。但此 25 种百本张抄本实仅未见于傅惜华《总目》著录,据笔者考察,于各公私藏处仍有其他藏本。

　　吴氏藏子弟书中,以孤本《代数叹》和《三皇会》最为珍贵。前者为吴氏祖父吴玉昆光绪三十二年(1906)年撰,稿本,一册。叙学习代数之苦况,为其"在北京汇文大学堂肄业时游戏之笔"。《三皇会》,抄本,一册。未见前人著录。吴氏谓"书衍皇会祭祀科仪,当是津门故实,可以考见旧日习俗"。又,《俞伯牙摔琴谢知音》,嘉庆二十年带批点抄本,是今存最早之抄本。此本有总批、回评、眉评,亦弥足可珍。

　　吴氏藏书主体为京津两地书坊之抄、刻本。

　　1. 百本张抄本

　　吴氏《目录》序言曰:"(所藏子弟书)以百本张钞本为最多,计五十八种,六十四部。"除《宝钗产玉》外,均存,共计 63 部。

　　此 58 种中,有 30 种为清纳哈塔氏裕寿原藏。裕寿,据启功先生介绍,别号松亭。"其婶母为先继祖母之胞妹。松亭平生盖一纨绔子,稍知藏书;但不知吟秋山馆是其斋名否?此公好听鼓曲,藏此等书或有其故。其家上代有将军穆者,因以穆为汉姓。原籍黑龙江某地,居京师未几世也。"裕寿藏书于丙辰年散出,为中国书店所得。吴氏当即此时从中国书店购得其旧藏百本张子弟书。

　　裕寿旧藏百本张子弟书,二函,共计 6 册(已 448)。每册订子弟书若干部。函套外题"百本张子弟书",内题该函篇目目录。上函又题"大清光绪二十六年五月初五日纳哈塔氏存阅";下函题"大清光绪二十六年六月初六日装订/纳哈塔氏收藏"。各册篇目如下。

　　上函:第一册《凤仪亭》《狐狸思春》《官箴叹》《穷鬼叹》《三宣牙牌令》;第二册《女侍卫叹》《逛二闸》《篡须子论》《厨子叹》《长随叹》《须子谱》《葡萄架》;第三册《打门吃醋》《得钞嗷妻》《续得钞借

银》《玉儿献花》《李逵接母》；第四册《入塔数罗汉》《长板坡》《马介甫》《侍卫论》《凤仙》《随缘乐》《少侍卫叹》《老侍卫叹》《胭脂传》。

下函：第五册《千金全德》（八回）、《鸳鸯扣》；第六册《俏东风》（十二回）、《续俏东风》（八回）。

裕寿旧藏百本张子弟书之外，吴氏所藏百本张抄本子弟书，另有 33 部，篇目如下。

有"百本张"各式印章者共 28 种：《望乡》（己 495）、《飞熊梦》（己 503）、《凤仪亭》（己 457）、《风月魁》（己 504）、《红拂私奔》（己 524）、《马上联姻》（己 513）、《借芭蕉扇》（己 494）、《盘丝洞》（己 514）、《鹊桥密誓》（己 525、526）、《闻铃》（己 458）、《拷御》（己 502）、《葡萄架》又一种（己 462）、《盗甲》（己 505）、《鸳鸯扣》（己 527）、《戏姨》（己 516）、《续戏姨》（己 517）、《烟花叹》（己 523）、《禄寿堂》（己 464）、《票把儿上场》（己 497）、《票把儿上台》（己 498）、《集锦书目》（己 460）、《一入荣府》（己 467）、《晴雯撕扇》（己 466）、《两宴大观园》（己 501）（吴目误题为《雨宴大观园》）、《探雯换袄》（己 500）、《探病》（己 518）、《续俏东风》（己 512）、《金鸳鸯三宣牙牌令》（己 472）。

吴氏《目录》题为百本张抄本，但今首图藏本印章已失者共 5 种：《渔家乐》（己 463）、《走岭子》（己 519）、《出塔》（己 469）、《连升三级》（己 496）、《意中缘》（己 461）。

2. 聚卷堂抄本

吴氏藏 4 种，分别为：《白帝城》（己 470）、《百花亭》（己 521）、《巧姻缘》（己 468）、《桃花岸》（己 481）。

3. 别野堂抄本

吴氏藏 1 种：《齐陈相骂》（己 499）

4. 亿本刚抄本

吴氏藏 1 种：《玉簪记》残存三、四回。吴氏并谓："亿本刚抄本显系后于百本张而与之争锋者所为，犹刀剪店肆王麻子、汪麻子及旺麻子之若，然其抄本传世至尠，号称博雅如傅惜华氏者竟无所知，余之藏本虽为残帙，亦可宝矣。"

今考吴氏谓"亿本刚"抄本者，钤有"亿卷堂百本刚天下驰名京都

第一"印。此种抄本，车王府旧藏子弟书中亦存数种，黄仕忠老师谓之
"百本刚"抄本。其印有三种：一为无边框之红色木记"百本刚记"；一
为朱色圆形印记，外圈饰以短线条三组，内依上下左右之序为篆体"百
本刚记"四字；一为上述"亿卷堂百本刚天下驰名京都第一"印。黄老
师以为，亿卷堂、百本刚与百本张原为一家。或许百本张是承百本刚而
来的，后来以百本张著称，而百本刚反不显了。① 俟考。

　　5. 抄本

　　吴氏藏无书坊标记抄本 5 种：《玉簪记》十八回（己 476）、《百花
亭》二种（己 507、己 520）、《马上联姻》又一种（己 522）、《骂朗》
（己 514）。

　　6. 刻本

　　4 种：《露泪缘》、《蝴蝶梦》（会文山房）、《得钞嗷妻》（裕文斋）、
《分宫》（三盛堂）。

---

① 黄仕忠：《车王府曲本考》，载《海内外中国戏剧史家自选集·黄仕忠卷》，第 272 -
273 页。

附录四　故宫博物院藏子弟书考辨

　　故宫藏书，无疑是我国书籍最精华之所在。2001 年海南出版社影印出版之《故宫珍本丛刊》（下文简称《丛刊》），采撷故宫博物院经史子集四部之孤本、珍本，琳琅满目，蔚为大观。《丛刊》第 697 - 699 分册为《岔曲大鼓莲花落秧歌快书子弟书》，卷首目录共收子弟书 89 种 95 部。其中 698 册收入之《女儿经》，699 册收入之《门神灶君诉功》、《百花名》三种非子弟书。后二篇更是原书封面即已分别注明"大鼓书""大鼓书莲花落均可"；《清宫藏书》中归入"大鼓书"类①，当为《丛刊》编者疏忽混入。又有《救主盘盒》一种，因分题"救主子弟书/头回""盘盒子弟书/二回"，《丛刊》目录误录为两种。② 故《丛刊》实收 86 种 91 部，其中《八仙庆寿》共收四种版本，《廊会》、《白帝城》和《疯僧扫秦》各收两种版本。③

　　《丛刊》所收子弟书，目录于篇名后均题"升平署"，可知皆原藏于升平署。升平署为掌管清宫戏曲创作与演出之机构，王芷章先生叙其成立之渊源曰：

　　　　（京师演戏之盛）施用于内者，则成立南府，专供演戏。又以其他杂技百乐附之。历选苏扬皖鄂各地伶工进内教演。自乾隆初岁创设至道光七年改名升平署，迄宣统三年止，计有近二百年之历史。所自编与所尝演之戏，又不下数千余种，开旷代未有之局，创千古罕睹之事。④

　　升平署藏有大量戏曲抄本，尤以清宫创作的承应戏至为珍贵。所藏

---

① 齐秀梅、杨玉良：《清宫藏书》，紫禁城出版社，2005，第 431 - 432 页。
② 按：《救主盘盒》子弟书在其他版本中确有分别独立成篇的情况。
③ 《廊会》一篇，五回本残存第二回至第五回，但与四回本文词迥异，实为一别本。
④ 王芷章：《清升平署志略》，第 2 页。

曲艺曲本，相较之下数量并不算多，《清宫藏书》曾记载道：

> 清宫升平署还遗存有多种曲艺本，和剧本存放一处，届时也由升平署人员承应于宫廷范围，供帝后欣赏，所以这些曲艺本也应属于清宫剧本范畴之内。升平署曲艺本的种类有：大鼓、莲花落、秧歌、牌子曲、快书、石韵书、鼓词、子弟书和岔曲，其中以子弟书和岔曲篇目最多。……每本均不撰姓氏，一般先在社会流传，而后传入宫廷。
> 　　子弟书有《刺虎》、《咤美》、《阳告》等80余部。①

由此观之，《丛刊》所收子弟书92部，应即为升平署所藏全貌。《丛刊》影印之快书、牌子曲和子弟书等俗曲曲本，大多仍保留有书坊印章，可知为坊间所抄，为宫廷采购入藏。在92部子弟书中，部分保留有"百本张"书坊印，可确证为百本张抄本；部分虽已佚失印章，但可由字迹和题签等线索判断为百本张抄本；另一部分抄本，行款版式统一，亦当为某家书坊统一抄写。书坊之具体情况俟考。

一　百本张抄本

明确钤有百本张书坊印章，如"世传百本张/言无二价/童叟无欺""住西直门大街高井胡同张姓行二""别还价百本张"等印，有《刺虎》等共20部。

百本张书坊抄本的一个重要特征为，在某段时间内，正文抄手虽各不相同，封面题签却均由专人题写。因此，有些曲本虽已失掉印章，但是可以根据封面题签笔迹的特点来加以对比，做出判断。② 在升平署藏子弟书中，《廊会》（四回）、《五娘行路》、《状元祭塔》、《东吴记》、《单刀会》、《桃花岸》、《五娘哭墓》、《三宣牙牌令》、《醉卧怡红院》、《两宴大观园》、《秦雪梅吊孝》、《孟姜女哭城》、《孟子见梁惠王》、《红娘寄柬》、《慧娘鬼辩》、《薛蛟观画》、《杨妃醉酒》、《子胥救孤》、《钟馗嫁妹》、《雪艳刺汤》、《叙阁》、《雀桥密誓》、《双玉听琴》、《挂帛上

---

① 《清宫藏书》，第431-432页。
② 黄仕忠：《车王府藏曲本考》，第274页。

坟》、《五娘吃糠》、《老侍卫叹》、《少侍卫叹》、《侍卫论》、《时迁盗甲》、《商郎回煞》、《沉百宝箱》、《徐母训子》、《春香闹学》、《伤春葬花》、《黛玉悲秋》、《晴雯撕扇》、《探雯换袄》、《宝钗代绣》等38部，题签均极有百本张特色，可确定为百本张抄本无疑。

附录 4－1
百本张抄本《刺虎子弟书》书影

附录 4－2
故宫藏《廊会子弟书》书影

附录 4－3
百本张抄本《救主子弟书》书影

附录 4－4
故宫藏《秦氏忆子子弟书》书影

　　另外部分佚失书坊印章的子弟书中，封面题签亦是百本张抄本的标准样式，笔者疑为负责题写封面题签的另一抄手所统一题写，内文笔迹亦极为相似，亦可确定为百本张抄本，有《过继巧姐儿》、《凤姐儿送行》、《品茶栊翠庵》、《晴雯贵恨》、《遣晴雯》、《沉香亭》、《秦氏忆子》、《斩窦娥》、《疯僧扫秦》、《一顾倾城》、《八仙庆寿》、《游园寻梦》、《齐人有一妻一妾》等 13 部。

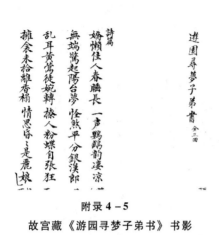

附录 4 - 5
故宫藏《游园寻梦子弟书》书影

附录 4 - 6
故宫藏《一顾倾城子弟书》书影

二　不知名书坊抄本

《丛刊》所收之《谤阁》、《长亭》、《八仙庆寿》（三种）、《宁武关》、《蝴蝶梦》、《木兰从军》、《千金全德》、《二入荣府》、《八郎探母》、《醉打山门》、《马上联姻》等 11 种共 13 部子弟书，封面均只题篇名，不注"子弟书"三字；篇名后不注"回"，多注"卷"，如"卷上""卷下"（《谤阁》、《蝴蝶梦》、《八郎探母》）或"卷首""卷二"（《千金全德》），偶注"元""亨""利""贞"（《二入荣府》），可断定为同一书坊所抄。

《珍本丛刊》所收之篇目，亦偶有残篇脱文的情况，下逐一考之。

1. 《廊会》，397 册，第 364 - 376 页

按：残存第二回至第五回。《子弟书总目》第 131 页著录：廊会，四回。今有车王府抄本等存世。以车王府抄本与此本对比观之，则此书末二回敷衍五娘与伯喈在相府相认事，为四回本所无。实为一别本。

2. 《露泪缘》，398 册，第 1 - 58 页

按：卷末目录题收"元""亨""利""贞"四册，实"利"册重收。

3. 《蝴蝶梦》，398 册，第 175 - 179 页

按：残存下卷，即第二回末二句及第三、四回文词。现存以《蝴蝶

梦》为题之子弟书三种，此书即《总目》第160页所著录者。

4.《马上联姻》，399册，第135－139页

按：全书共十四回，残存第一、二回。

附录4-7

故宫藏《宁武关》抄本书影

附录4-8

故宫藏《千金全德》抄本书影

附录五 《中国俗曲总目稿》与傅斯年
图书馆藏子弟书考辨

第一节 傅斯年图书馆藏子弟书来源

台北中研院傅斯年图书馆，是"目前世界上收藏中国俗文学资料最丰富的地方"①，所藏俗曲，被认为是"保存于台湾的中国文化宝藏"②、一直为俗文学研究者们所向往。此批俗曲，为20世纪20年代刘复等先生为编撰《中国俗曲总目稿》"一边编目，一边采访搜集"而得。在此过程中，历史语言研究（下文简称"史语所"）所购得不少俗曲曲本，又复抄了一部分车王府旧藏曲本，其中包括子弟书约330种近1000部。以此批曲本为基本材料，刘复等先生历时三年编成《中国俗曲总目稿》（下文简称《总目稿》），共收录11省俗曲共6000多种。《总目稿》成书以后，史语所于俗曲收集，仍陆续有所得。

刘复先生主持"民间文艺组"工作期间，领导收集的俗曲资料来源，据目前所知的记载，仅有民间文艺组工作计划书中提及的"常惠近十年所搜集之现行俗曲七百余种"，以及民国十八年工作报告中提到的"本年内收得抄本俗曲约二千种，刻本印本约三千种"，应均采购自北京的各书店。其中收集的子弟书资料，现可考来源的书坊抄、刻本，大部分为百本张抄本，仅有少数聚卷堂、别野堂、乐善堂、同乐堂抄本和三盛堂、文萃堂、崇林堂刻本。当然，由于历经多次整理，原有的版本信息可能已经缺失，故目前数量最多的是未存任何版本信息的抄本。有关刘复先生收购百本张抄本的经过，傅惜华先生曾记载道：

---

① 曾永义：《中研院所藏俗文学资料的分类整理和编目》，载《说俗文学》，台北联经出版事业公司，1980，第1页。

② 俞大纲：《发掘中研院所保存的戏曲宝藏》，载《戏剧纵横谈》，传记文学出版社，1979，第69页。

当一九二九年（民国十八年）时，亡友刘半农曾从北京琉璃厂一家书店里，发现了百本张的抄本戏曲八十余包，种类与数量，皆极丰富。计有：昆弋剧本四百六十种，二簧剧本五百七十种，子弟书三百十四种，马头调二百五十种，岔曲一百二十二种，赶板一百二十五种，琴腔八种，群曲一种，牌子曲八十五种，快书二十八种，大鼓书九十六种，莲花落三十一种，西江月三种，湖广调十二种，边关调二种，福建调二种，济南调二种，乐亭调一种，鲜花调一种，十朵花二种，太平年二种，荡湖船二种，大四景二种，十杯酒一种，纱窗外一种，绣九洲一种，共二千一百二十四种。①

据傅先生所记录，这批百本张抄本全部都由史语所购藏了，因此，这正是民国十八年工作报告中提到的所收购得约2000种俗曲抄本。这批百本张书坊抄本中的314种子弟书，也应悉数藏于傅斯年图书馆。但是，目前傅图藏子弟书，明确钤有"百本张"印章的，仅有88部。今傅图所藏子弟书共约300种，故笔者以为，傅氏所记录的"三百十四种"，应为314"部"，内中存有同书多部的状况，而非有300余种篇目。但是，这314部百本张抄本所钤印的"百本张"印，显然也是在历次的整理的过程当中，不可避免地缺失了。

在傅图藏的非书坊抄本当中，笔者以为，亦有一批当是集中搜购得来的，值得引起特别的注意。其显著的标志，是抄本封面和封底还保留有的抄录者题名。这批子弟书共有26种，留有抄录者的姓名7种。

一　爱新/爱新氏

《骂朗》（T11－139②，抄本），封面题"诸葛骂朗/丙午菊月初二日初次抄/爱新氏抹"。

《闻铃》（T10－126，抄本），封底题"昆高戏名/丙午九月前七日灯下出次抄/爱新氏涂"。

《蜈蚣岭》（T35－420，抄本），封面阴题"光绪丙午榴月十七日写

---

① 傅惜华：《百本张戏曲书籍考略》，载《傅惜华戏曲论丛》，文化艺术出版社，2007，第354页。

② 傅图馆藏索书号，下同。

于西单牌楼十八半截路北初次抄/爱新别墅主人题"、"民国十八年十二
月十五日为三一周纪念日抄过"(与上句笔迹不同)。

《望乡》(T7-085,抄本),封面阴题"丙午桃月念四日初次抄/爱
新氏"。

《双官诰》(T43-493,抄本),封面阳题"双官/光绪十七年六月初
十吉具";阴题"光绪丙午杏月念日初次抄写/爱新氏涂"。

《咤美》(T4-036,抄本),封面阴题"丙午桃月念八日抄/爱新氏
涂"。

《刺虎》(T3-032,抄本),封面阴题"癸丑即五年小阳月念一日灯
下抄写/爱新缮记/宫门口五条胡同写";封底阴题"三拾三年四月初九
德尧臣抄"。

《黔之驴》(T42-485,抄本),封底阳题"光绪丙午年桃月念日灯
下抄//爱新氏涂"。

《侠女传》(T24-295,抄本),封面阴题"三二年又四月初一日付
抄录/爱新氏涂/菊月念二日抄/爱新迪元"。

《碧云寺》(T39-450,抄本),封面阴题"丙午桃月清明前二日初
次抄";封底题"从容主人爱新氏丙午桃月清明前三日抹"。

二　迪元/爱新迪元/迪元氏/联迪元

《叙阁》(T5-053,抄本),封底题"戊申菊月廿五日抹/爱新氏迪
元写"。

《僧尼会》(T36-430,抄本),封面题"僧尼会",封底题"宣统
元年清和十六日付抄/长白迪元涂"。

《送盒子》(T28-347,抄本),封面题"送盒子/拾/五月十九日常
远峰抄";封底题"宣统元年四月初五日抄/联迪元涂"。

《晴雯撕扇》(T-655,抄本),封底题"晴雯撕扇五篇/光绪/戊申
清和月初八日付涂/迪元氏抹"。

《打门吃醋》(T-559,抄本),封面阴题"庚戌巧月望二日午草于
南窗下/己酉巧月十日旱涂/迪元抹"。

《侠女传》(T24-295,抄本),封面阴题"三二年又四月初一日付
抄录/爱新氏涂/菊月念二日抄/爱新迪元"。

三　从容主人/从容居士

《凤仪亭》（T40-455，抄本），封底阳题"光绪三十三年荷月五日下午完/从容主人题"。

《两宴大观园》（T-724，抄本），封面阴题"丙午菊月初二日抄//从容居士挥写"。

《碧云寺》（T39-450，抄本），封面阴题"丙午桃月清明前二日初次抄"；封底题"从容主人爱新氏丙午桃月清明前三日抹"。

四　痴道人

《嫁妹》（T8-106，抄本），封面阴题"丙午重阳初七日付抄/痴道人涂/丙午清和念七日抹/痴道人涂"。

五　常远峰

《送盒子》（T28-347，抄本），封面题"送盒子/拾/五月十九日常远峰抄"；封底题"宣统元年四月初五日抄/联迪元涂"

六　德尧臣

《刺虎》（T3-032，抄本），封面阴题"癸丑即五年小阳月念一日灯下抄写/爱新缮记/宫门口五条胡同写"；封底阴题"三拾三年四月初九德尧臣抄"。

《出善会》（T15-204，抄本），封面阴题"卅三年六月十九日抄德记"。

七　镶黄汉刘氏

《三宣牙牌令》（T-716，抄本），封面阴题"元年六月末日常远峰抄抹"；封底阳题"卅三年四月廿六日镶黄汉刘氏涂抹"。

八　未署

《思玉戏环》（T-583，抄本），封面阴题"丙午菊月初二日付抄"。

《军营报喜》（T-609，抄本），封面阴题"丙午桃月念二日抄"。

《拿螃蟹》（T29 - 358，抄本），封底题"拿螃蟹""己酉巧月念日付抄/宣统三年杏月念一日又再书/蒲月念七日又付抄"。

《探雯换袄》（T - 646 - 1，抄本），封面阳题"光绪十六年闰二月廿五日普□□写于卧月草堂之南牖下"。

据陈锦钊先生在《子弟书之题材来源及其综合研究》中之记载，在他20世纪70年代参与傅图俗曲整理工作时，另外四篇子弟书中也有类似的题记，分别是：《痴梦》，封底阳题"宣统建元菊月念九日涂/迪元写"；《醉打山门》，封底阳题"丙午菊月初二涂抹/从容居士题"；《升官图》，封底阳题"三十一年六月二日再抄/清贤主人"；阴题"丁未冬至念四日晚又抄升官联迪元"及"宣统己酉清和十六日联迪元付又再抄"；《三笑姻缘》，封底题"光绪十七年六月伏日写于乐善堂书室之南窗下"，后有一满文题名①，今均未见，或已在历次整理当中失去。

从《碧云寺》篇的"从容主人爱新氏"、《叙阁》篇的"爱新氏迪元"很明显可以判断，爱新氏、迪元、从容主人为同一人之别署。署"爱新氏"的篇目，多集中在光绪丙午年（光绪三十二年，1906）抄录，综合版本的各项特征，笔者断定，题"丙午重阳初七日付抄/痴道人涂/丙午清和念七日抹/痴道人涂"的《嫁妹》，和未署抄者的《思玉戏环》（题"丙午菊月初二日付抄"）、《军营报喜》（题"丙午桃月念二日钞"），当亦为爱新氏迪元所抄。故此，所谓"痴道人"者，也即爱新氏的别署。从《蜈蚣岭》封面所题"光绪丙午榴月十七日写于西单牌楼十八半截路北初次抄/爱新别墅主人题"和"民国十八年十二月十五日为三一周纪念日抄过"来看，这批子弟书文本，存在一本书抄有多次的情况。而《刺虎》一篇封面所题"癸丑即五年小阳月念一日灯下抄写/爱新缮记/宫门口五条胡同写"和封底题"三拾三年四月初九德尧臣抄"，又说明存有多人抄录的情景。

傅斯年图书馆藏子弟书原本难以为大陆学人所见，故《中国俗曲总目稿》的著录一直是了解傅图藏本的唯一途径。陈锦钊先生在《六十年来子弟书的整理与研究》一文中，论及《总目稿》时认为："这是我国最早著录现存子弟书的典籍。六十年来，本书已成为中外学者研究我国

① 陈锦钊：《子弟书之题材来源及其综合研究》，第17、21、85、86页。

俗文学必参考之书，但因它成书匆促，又事属草创，其中疏漏颇多。"陈氏之文将《总目稿》之疏漏总结为同名异书者未互见、命名错误、因书分装两册误以为是两书、实是子弟书而本书未能辨认者等四类，并各举实例证明。并在文末总结曰"类此种种疏漏颇多，实无法一一详辨"①。2004 年，历史语言研究所和台湾新文丰出版公司合作出版的《俗文学丛刊》中，自 384 册至 400 册共十七册影印收录子弟书三百二十六种，使得傅图藏俗曲易于得见，颇为嘉惠学人，但其并非傅图所藏全貌，所收篇目，亦间有错简之现象。笔者将根据目验之得，在下文将《总目稿》和《俗文学丛刊》之疏漏之处一一拈出。

第二节 《总目稿》体例与著录问题

《中国俗曲总目稿》其书凡例曰：

这一本目录里所收的俗曲，共有六千多种，其中标（车）字的即车王府曲本，标（平）字的是国立北平图书馆所藏，标（宫）字的是故宫博物院所藏，不标字的是史语所所藏；有几种是我自己的旧藏，现在还不忍出让的，也已抄录副本归入史语所，不另标字。

编目的方法如下：

1. 以汉字示标题的字数（无标题者取第一句），标题字数相同者归在一起。

2. 以阿剌伯码示标题中首三字的笔数；笔数少者排在前，多者排在后。

3. 每曲抄录开首二行，以见内容之一斑。

4. 一曲而有两个或两个以上之标题者，均互见编排，惟仅于较通行之一标题下录曲首，其余只列号数与标题，注明一名某某，见某某号。

5. 抄，木，石，铅，为抄本，木刻，石印，铅印之省。

① 详见陈锦钊《六十年来子弟书的整理与研究》，载《汉学研究之回顾与前瞻》，中华书局，1993，第 313–314 页。

6. 印本有出版处者均标明。

7. 一曲在一本以上者记本数，仅一本者记页数，不满一页者记行数。

8. 同一标题而内容不同者并录。如所录曲首两行已可示内容之不同，即不再标注，否则于标题下注明"与前种略异"或"与前种不同"。

9. 所录曲首原本断句者从之，不断句者以己意断之；原本断句或字体显然错误者改正之。①

《中国俗曲总目稿》体例的最大特点是，在每种曲目下抄录该曲本首两行文词，这种做法开创了俗曲编目的先例，为后来研究者辨明曲本极有帮助。且其在每种篇目下标明所属曲类，必有足够的依据。以子弟书为例，凡归入子弟书之篇目，必为原本标有"某某子弟书"之字样；凡石印本中没有任何曲类提示的篇目，均不轻易下结论，未归入任何曲类。但由于《总目稿》所收曲本达 6000 余种，仅北平一地就多达 4103种；且如陈锦钊先生所言"事属草创，成书仓促"，实难做到一一检视，故体例和著录方面尚有不足及疏漏之处。

一　资料来源

在编撰《总目稿》时，刘复、李家瑞先生曾考察过故宫博物院、北平图书馆和车王府旧藏曲本相关资料。举凡史语所未曾入藏之篇目，即一一收录，并标明"车"、"平"和"宫"字样；但就子弟书部分而言，编者对当时故宫博物院、北平图书馆和车王府旧藏曲本之材料，似既未睹全貌，亦未详加检阅。

如《总目稿》所录"子弟书"中，标有"车"字样的有《得书》（第 32 页）、《梅花坞》（第 241 页）、《蓝桥会》（第 349 页）、《续骂城》（第 362 页）、《十问十答》（第 385 页）、《天下景致》（第 413 页）、《玉香花语》（第 441 页）、《佛旨度魔》（第 474 页）、《马上联姻》（第 538页）、《海棠结社》（第 554 页）、《会玉摔玉》（第 596 页）、《议宴陈园》

---

① 《中国俗曲总目稿》，第 2 – 3 页。

（第 661 页）和《梅妃自叹》（第 1175 页）等 13 种。

车王府旧藏曲本中的子弟书部分，除上述《总目稿》已著录之十三种外，尚有《老斗叹》①、《叹武侯》、《赤壁鏖兵》（一回本）、《扇坟》、《埋红》、《凤仪亭》、《十面埋伏》、《琵琶记》、《千金一笑》、《荷花记》、《三战黄忠》、《追信》、《何必西厢》、《八郎别妻》（三回本）和《八郎探母》② 等 15 种，为傅图所未藏，且未见于《总目稿》之著录。据"民间文艺组"的工作计划书，刘复等先生往孔德学校抄写车王府曲本，应从 1928 年始。此时，顾颉刚先生编撰的《北京孔德学校图书馆藏蒙古车王府曲本分类目录》，已于 1926 年 12 月 15 日和 1927 年 1 月 15 日分别刊于《孔德月刊》第 3 期和第 4 期。《总目稿》未录此 15 种，不知原因为何。

故宫博物院和北平图书馆藏资料，因 20 世纪 30 年代至今，其藏书情况发生了很大改变，实难以考察《总目稿》编撰时的收藏情况。如国家图书馆今藏之孤本子弟书《菱角》《萧七》《绩女》等，《总目稿》未录，究其原因，或为《总目稿》成书之后，或为 1949 年之后方才入馆。但是，以《总目稿》中标有"平"字的《一匹布》（第 57 页）、《幻中缘》（第 87 页）、《长板坡》（第 163 页）、《红梅阁》（第 198 页）、《桃花岸》（第 215 页）、《马上连姻》（第 538 页）和《蒙正赶斋》（第 610页）等北平图书馆独有之 7 种子弟书，对比北京国家图书馆藏书，亦可发现，《总目稿》编者在国家图书馆所见，仅为题为《子弟书》的抄本二册，共收子弟书 49 种。此书抄者不可考，抄写甚精。但其所抄长篇子弟书，往往只选择其中某几回抄录，《总目稿》未加详考，皆加以"平"字，谓为北平图书馆独有之子弟书。详见下文。

二　著录问题

就子弟书部分的著录而言，《总目稿》还存在如下几个问题。其一，

① 按：《中国俗曲总目稿》第 130 页著录《老斗叹》，首句为"徽班老板鬻龙阳"；车王府旧藏子弟书之《老斗叹》首句为"圣世昇平锦绣春"，与前者实为同名异书。

② 按：《中国俗曲总目稿》第 384 页著录《八郎别妻》和《八郎探母》各一种。车王府旧藏子弟书中，存《八郎别妻》二种，一为三回，一为八回，又有《八郎探母》八回本一种。《总目稿》所录之《八郎别妻》，即为车王府之《八郎探母》，《八郎别妻》为车王府所无。车王府之《八郎别妻》（八回本），亦未见于《总目稿》之著录。

子弟书多为抄本，抄本体例一致，皆为半页四行，行两句，小字双行。故《总目稿》与篇名下抄录的，非其凡例中所言"开首二行"，而多为前四行半内容；其二，其凡例中说"一曲而有两个或两个以上之标题者，均互见编排"，然子弟书之同书异名情况，绝大多数并未标明；其三，已著录为子弟书的篇目中，有其他曲类混入的情况；其四，已著录的曲本中，亦有未辨之子弟书曲本；其五，存在同一书重复著录的情况。下文就此五类问题一一详细说明。

《中国俗曲总目稿》一书，于曲本标题下明确标示为"子弟书"的，共有 379 条。这 379 条中，因存在同书异名重复著录、非子弟书著录为子弟书和同一书误为二书著录等问题，实际著录子弟书篇目，非 379 种。

1. 同书异名

（1）《如玉》（第 10 页）与《颜如玉》（第 342 页）。

（2）《别姬》（第 15 页）与《霸王别姬》（第 663 页）。

（3）《思凡》（第 19 页）与《尼姑思凡》（第 437 页）。

（4）《军营》（第 23 页）与《军营报喜》（第 535 页）。

（5）《埋玉》（第 24 页）与《马嵬坡》（第 228 页）。

（6）《借厢》（第 26 页）与《张君瑞游寺》（第 788 页）。

（7）《探亲》（第 34 页）与《乡城骂》（第 278 页）。

（8）《雀桥》（第 35 页）与《长生殿》（第 159 页）。[①]

（9）《寄柬》（第 36 页）与《红娘下书》（第 524 页）。

（10）《卖刀》（第 45 页）与《卖刀试刀》（第 621 页）。

（11）《庆寿》（第 48 页）与《八仙庆寿》（第 379 页）。

（12）《藏舟》（第 51 页）与《太子藏舟》（第 413 页）。

（13）《千钟禄》（第 97 页）与《草诏敲牙》（第 555 页）。

（14）《全西厢》（第 132 页）与《西厢书词六种》（第 859 页）。

（15）《全彩楼》（第 138 页）与《吕蒙正全事》（第 740 页）。

（16）《全德报》（第 141 页）与《千金全德》（第 397 页）。

（17）《花鼓子》（第 173 页）与《路旁花》（第 279 页）。

（18）《烟花院》（第 218 页）与《烟花叹》（第 219 页）。

---

① 此条陈锦钊已拈出（《六十年来子弟书的整理与研究》，第 313 页）。

（19）《郭子仪》（第 233 页）与《郭子仪上寿》（第 783 页）。

（20）《趁心愿》（第 258 页）与《称心愿》（第 272 页）。

（21）《葡萄架》（第 283 页）与《戏金莲》（第 338 页）。

（22）《游龙传》（第 286 页）与《游龙戏凤》（第 606 页）。

（23）《护国寺》（第 361 页）与《逛护国寺》（第 582 页）。

（24）《露泪缘》（第 362 页）与《红楼梦》（第 1063 页）。

（25）《红拂私奔》（第 519 页）与《红拂女私奔》（第 761 页）。

（26）《马上连姻》（第 538 页）与《马上联姻》（第 538 页）。

（27）《群仙庆寿》（第 596 页）与《八仙庆寿》（第 1112 页）

（28）《旧院池馆》（第 650 页）与《春梅游旧院》（第 765 页）。

（29）《天缘巧合》（第 1124 页）与《红叶题诗》（第 1164 页）。

上述 29 组子弟书，《总目稿》所抄录之前四行文字相同，全篇页码亦同。据傅惜华《子弟书总目》著录及笔者查阅原书，可确定为同书异名之子弟书篇目。其中，除《花鼓子》和《路旁花》、《烟花院》和《烟花叹》、《趁心愿》和《称心愿》、《葡萄架》和《戏金莲》及《露泪缘》和《红楼梦》四组以外，其余均未采用凡例所言互见之法。此外，部分篇目虽在正题下录有同书异名的情况，别题却并未与上述 29 组一样，作为单独一条著录。如第 49 页著录："赐福（一作天官赐福）"，查访全书，却并未著录《天官赐福》一书。但车王府旧藏子弟书中即存有《天官赐福》，显系失录。又，第 111 页《石玉昆》条、第 125 页《巧团圆》条、第 227 页《时道人》条均是如此。其别题《评昆论》、《下河南》）和《假老斗》，《总目稿》虽在正题下标出，却均未另作著录。

2. 著录为子弟书而非

（1）《后婚》

《总目稿》第 22 页著录：后婚/子弟书/北平/木/东泰山。

按：则此条所据，为东泰山堂木刻本。查傅斯年图书馆藏《后婚好狠心》一种，东泰山堂刊本，封面题《后婚好狠心》，版心题"后晕"，前四行与《总目稿》所录全同。傅图现将其归入"大鼓书"类。傅图又藏《后婚放刁》一种，史语所抄本，文字脱胎于《后婚好狠心》一书，傅图归入"竹板书"类。

（2）《华容道》

《总目稿》第 263 页著录：华容道／子弟书／北平／抄。

按：此种与同页所录下条，石印本《华容道》子弟书词并非同一种曲本。今傅图归入"快书"类。《文明大鼓书词》十七册收录，题《华容道挡曹》，亦归为快书。

又，《总目稿》将石印本中标为"子弟书词"者，如《西厢记书词六种》，均著录为子弟书。但如《万寿山》（第 284 页）、《天下景致》（第 413 页）、《何氏卖身》（第 472 页，两种）、《吃洋烟叹十声》（第 859 页）、《沈阳景致》（第 650 页）、《王天宝讨饭》（第 703 页，两种）、《怕老婆滚灯》（第 748 页）等篇，观其形制文词，均不类子弟书。故"子弟书词"是否均能归入"子弟书"一类，要逐一再做深入考察。

3. 同一书重复著录

（1）《全德报》

《总目稿》第 141 页著录：全德报／（上本）／子弟书／北平／抄／四十页；第 142 页著录：全德报／（下本）／子弟书／北平／抄／三十九页。

按：《全德报》，即《千金全德》，根据子弟书抄本的规律，半页四行，行两句，全本应为四十页。查傅图藏《全德报》两部，其中一部脱首页，第二页首句即为《总目稿》第 142 页中抄录之"忽一日怀德在街前看见了招贤的榜"，故《总目稿》误以为别本，重复著录。

（2）《玉簪记》

《总目稿》第 128 页著录：玉簪记／（后本）／子弟书／抄／六十九页半；第 185 页著录：前玉簪／子弟书／北平／抄／二十八页。

按：傅图共藏《玉簪记》三部，其中两部分为上下两册。第 185 页著录者，即为其中一部之上册，现缺封面，原书或题为《前玉簪》，《总目稿》误以为别本，重复著录。

（3）《玉簪记》

《总目稿》第 128 页著录：玉簪记／（平）／子弟书／北平／抄／十一页半。

（4）《长板坡》

《总目稿》第 163 页著录：长板坡／子弟书／北平／抄；同页下条著录：长板坡／（平）／子弟书／北平／抄。

（5）《红梅阁》

《总目稿》第 198 页著录：红梅阁/子弟书/北平/抄；同页下条著录：红梅阁/（平）/子弟书/北平/抄。

（6）《桃花岸》

《总目稿》第 215 页著录：桃花岸/子弟书/北平/抄；同页下条著录：桃花岸/（平）/子弟书/北平/抄。

按：以上四书重复著录，均由于《总目稿》之编者未详考北平图书馆藏《子弟书》的情况。北平图书馆藏《子弟书》二函共十二册，今藏北京国家图书馆北海分馆，共抄录子弟书 49 种，当为民国间抄本。其中抄录之子弟书，或择选全本中部分章节，或对原本略有增删改动；当与原本视为同种。但《总目稿》均标为"平"字，视为北平图书馆所独有之子弟书。如其中《玉簪记》三回，即为后条著录十回本之第二、第三和第四回；《长板坡》仅诗篇略有差别；《红梅阁》与车王府旧藏抄本全同；《桃花岸》即全本《桃花岸》之前两回。但《子弟书》中又收有《马上联姻》二回，系十四回本之头、二回，却并未著录为北平图书馆之独有子弟书。

（7）《灵官庙》

《总目稿》第 365 页著录：灵官庙/子弟书/北平/抄/六页半；第 665 页著录：续灵官庙/子弟书/北平/抄/六页半。

按：《灵官庙》子弟书实只有一种，即《总目稿》第 365 页著录之六页《灵官庙》。另有十二页之《续灵官庙》。《总目稿》第 365 页既著录有《灵官庙》，又将《续灵官庙》之头回作为别本《灵官庙》，与二回分二条著录。[①]

（8）《全西厢》和《西厢子弟书词》

按：《全西厢》（第 132 页）和《西厢子弟书词》（第 859 页）是同一书之不同题名，均含《红娘寄柬》、《莺莺降香》、《红娘下书》、《花谏会》、《双美奇缘》和《拆西厢》等子弟书词六种。《总目稿》将此六种子弟书词均一一逐条著录，又重复著录其全称。

综上，《总目稿》标为子弟书的有 379 条，其中实际包括子弟书

---

① 此条陈锦钊已拈出（《六十年来子弟书的整理与研究》，第 313 页）。

（含子弟书词）共有 340 种。

4. 未标明是子弟书但实际是子弟书的

子弟书在北京，主要以抄本形式流传。清以抄写戏曲曲本和俗曲唱本为业的书坊，有百本张、别野堂、乐善堂等。此类书坊抄本，封面均题"某某子弟书"，采取半页四行，行两句，小字双行的格式。据目前查阅过的情况来看，民间子弟书爱好者之抄本，亦习惯使用此种形式。子弟书的刻本多出自沈阳会文山房、文萃堂、财胜堂等，亦多于封面标明"某某子弟书"或"某某清音子弟书"。石印本则通常标有"子弟书词"字样。子弟书创作体制非常有规律。一般说来，开头有四行"诗篇"，或概括全书大意，或引起故事发展；正文部分以七字为一句，衬字不限。用韵多为十三辙。这些都似辨别子弟书的先决条件。《总目稿》著录之俗曲，未辨明曲类之篇目中，间或存有子弟书篇目，我们可以根据他种子弟书目录、现存别本和排印本收录的情况来加以判断。

（1）《大实话》

《总目稿》第 94 页著录：大实话/北平/木/四页。

按：傅图藏《大实话》刻本，首行题"子弟书"，显系子弟书；《俗文学丛刊》397 册收录。

（2）《别善恶》

《总目稿》第 150 页著录：别善恶/北平/石/一页。

按：《总目》第 58 页著录；《子弟书珍本百种》第 504－506 页收录久敬斋石印本。

（3）《宁武关》

《总目稿》第 293 页著录：宁武关/北平/石/三页。

按：此种首句为"大厦将倾数莫移，伤心一木怎支持"。与《总目稿》第 242 页著录之《宁武关》为同名异书的情况。《子弟书总目》第 140 页著录。

（4）《凤仪亭》

《总目稿》第 301 页著录：凤仪亭/北平/抄/十二页。

按：《凤仪亭》子弟书实有两种，其一为《总目稿》第 300 页著录，四回，首行"天运循环亡汉国，群奸结党动干戈。"《俗文学丛刊》385 册收录。其二即为此种，三回，首行"献帝为君在西都，王纲不整佞臣出"。车王府旧藏子弟书中此篇共十六页，则《总目稿》著录的似为残本。今傅图未见此本。

（5）《蝴蝶梦》

《总目稿》第 323 页著录：蝴蝶梦/北平/石/一页。

按：此种首句为"贵贱同归土一丘，劝君何必苦追求"。另有会文山房刻本、清光绪十九年盛京文盛堂刻本，可证。民国十年署"金台三畏氏"者所编《绿棠吟馆子弟书选》、波多野太郎《子弟书集》和《子弟书珍本百种》均收录。

（6）《锦水祠》

《总目稿》第 326 页著录：锦水祠/上海/石/茂记书庄/一页。

按：《子弟书总目》第 166 页著录；《子弟书珍本百种》第 165 – 166 页收入。

（7）《忆真妃》

《总目稿》第 329 页著录：忆真妃/上海/石/茂记书庄/一页。

按：《子弟书总目》第 164 页著录；《子弟书珍本百种》第 163 – 164 页收入。①

（8）《子路追孔》

《总目稿》第 407 页著录：子路追孔/北平/石/六页。

按：《子弟书总目》第 32 页著录，另有清光绪二十八年（1902）格致书坊刻本，阿英旧藏；又有清抄本，李啸仓旧藏，可证确为子弟书。

（9）《孔子去齐》

《总目稿》第 412 页著录：孔子去齐/北平/木/二页。

按：《子弟书总目》第 37 页著录，另有贾天慈藏石印本及傅惜华藏上海炼石书局石印本，可证。

（10）《天台奇遇》

《总目稿》第 429 页著录：天台奇遇/北平/石/一页。

按：此种另有海城和顺书坊光绪辛巳年（1881）刻本，中国艺术研究院图书馆藏。又，《绿棠吟馆子弟书选》亦收录此种。

---

① 《大实话》《别善恶》《锦水祠》《忆真妃》四种，陈锦钊已拈出（《六十年来子弟书的整理与研究》，第 314 页）。

（11）《雷峰宝塔》

《总目稿》第 602 页著录：雷峰宝塔/北平/石/二页。

按：《子弟书总目》第 134 页著录，另有光绪三十一年（1905）老会文堂刻本，傅惜华旧藏，可证。

（12）《谋财显报》

《总目稿》第 638 页著录：谋财显报/北平/铅/二页。

按：中国艺术研究院藏盛京财盛堂刻本《贤孙孝祖》子弟书，题"上接排难解纷下接谋财显报"，可证。

（13）《阔大烟叹》

《总目稿》第 642 页著录：阔大烟叹/北平/石/二页。

按：《子弟书珍本百种》收录李啸仓藏民初石印本。

（14）《双生贵子》

《总目稿》第 648 页著录：双生贵子/北平/铅/三页。

按：《子弟书总目》第 173 页著录，另有清抄本，李啸仓旧藏。又，中国艺术研究院藏盛京财胜堂刻本《教训子孙》子弟书，题"上接双生贵子下接训女良辞"，均可证。

（15）《鞭打芦花》

《总目稿》第 649 页著录：鞭打芦花/北平/石/二页。

按：中国艺术研究院藏盛京财胜堂刻本，可证。《子弟书珍本百种》据以收录。

（16）《关公盘道》

《总目稿》第 651 页著录：关公盘道/北平/铅/五页。

按：此篇为《三国子弟书词》之一。《三国子弟书词》八种均作为子弟书著录，此种未标明"子弟书"，为编者疏漏所致。

（17）《悄（俏）佳人离情》

《总目稿》第 772 页著录：悄（俏）佳人离情/北平/石/二页。

按：《子弟书总目》第 175 页著录，《子弟书珍本百种》收录李啸仓藏清光绪二十九年（1903）辽阳三文堂刻本。

（18）《三国子弟书词》

《总目稿》第 845 页著录：三国子弟书词/北平/石/二十页。

按：《总目稿》将石印本中标有"子弟书词"者均归为子弟书，唯此书例外，但《三国子弟书词》所收八种均著录为"子弟书"，故应为编者一时疏漏所致。

（19）《滕大尹鬼断家私》

《总目稿》第950页著录：滕大尹鬼断家私/北平/石/二页。

按：此篇又名《巧断家私》，中国艺术研究院藏盛京会文堂刻本，可证。《子弟书珍本百种》据以收录。

（20）《乔太守乱点鸳鸯谱》

按：《总目稿》第973页著录：乔太守乱点鸳鸯谱/北平/石/一页半。

按：据《总目稿》所录曲文，与《巧姻缘》全同，故此书为《巧姻缘》之别题，亦为子弟书。

此外，如《白门楼》（第114页）、《妓女叹》（第146页）、《空城计》（第166页）等篇目，今虽暂未能有他本证明其为子弟书，但观其形制，颇类子弟书，姑暂列与此，以待深入考证。

陈锦钊先生又指出，《总目稿》第287页著录的《游旧院》与第650页《旧院池馆》、第765页《春梅游旧院》三种曲本文字完全相同，但本书仅认定后两种为"子弟书"。① 《总目稿》中此类现象并不少见。子弟书发展到后期，大鼓沿用子弟书文词情况非常普遍，石印本中，往往不加任何曲类标示，故难以辨别。但据《总目稿》所录曲文，可断定该文词即使不是子弟书，亦明显脱胎于子弟书。兹将其篇目择出如下。

（1）《刺虎》

《总目稿》第16页著录：刺虎/北平/铅/一页。所录文词与同页下条《刺虎》子弟书一致。

（2）《滚楼》

《总目稿》第44页著录：滚楼/北平/石/三页。所录文词与同页上条《滚楼》子弟书一致。

（3）《甘露寺》

《总目稿》第129页著录：甘露寺/北平/铅/二页。所录文词与同页上条《甘露寺》子弟书一致。

---

①　参见陈锦钊《六十年来子弟书的整理与研究》，第314页。

（4）《游旧院》

《总目稿》第 287 页著录：游旧院/上海/石/槐荫山房/二页半。所录文词与第 650 页著录之《旧院池馆》和第 765 页著录之《春梅游旧院》一致。

（5）《天仙痴梦》和《玉天仙痴梦》

《总目稿》第 417 页著录：天仙痴梦/北平/石/一页。又，第 714 页著录：玉天仙痴梦/北平/石/一页。所录文词均与第 41 页著录之《痴梦》子弟书一致。

（6）《青楼遗恨》

《总目稿》第 509 页著录：青楼遗恨/北平/石/三页。所录文词与同页下条《青楼遗恨》子弟书一致。

（7）《白帝城托孤》

《总目稿》第 718 页著录：白帝城托孤/北平/铅/二页。所录文词与第 116 页著录之《白帝城》子弟书一致。

（8）《费宫人刺虎》

《总目稿》第 799 页著录：费宫人刺虎/北平/铅/七页。所录文词与第 16 页著录之《刺虎》子弟书一致。

（9）《樊金定骂城》

《总目稿》页 818 著录：樊金定骂城/北平/石/二页。所录文词与页 46 著录之《骂城》子弟书一致。

5. 页数著录有误

（1）《活捉》，《总目稿》第 21 页著录为"八页"，《俗文学丛刊》390 册收录，实为九页。傅图藏两部同。

（2）《祭姬》，《总目稿》第 30 页著录为"四页"，《俗文学丛刊》394 册收录，实为五页。傅图藏两部同。

（3）《寻梦》，《总目稿》第 38 页著录为"十七页"，《俗文学丛刊》393 册收录，实为十八页。傅图藏两部同。

（4）《全彩楼》，《总目稿》第 138 页著录为"四十页"，《俗文学丛刊》389 册收录，实为一百五十页。傅图藏《全彩楼》共四册，此误著录第一册页数。

（5）《炎天雪》，《总目稿》第 155 页著录为"五页半"，《俗文学丛刊》393 册收录，实为七页。傅图藏两部同。

（6）《红梅阁》，《总目稿》第 198 页著录为"二十三页"，《俗文学丛刊》393 册收录，实为二十四。傅图藏三部同。

（7）《升官图》，《总目稿》第 219 页著录为"八页"，《俗文学丛刊》390 册收录，实为五页。傅图藏三部同。

（8）《葛巾传》，《总目稿》第 271 页著录为"八页"，《俗文学丛刊》399 册收录，实为五页。傅图藏两部同。

（9）《葡萄架》，《总目稿》第 283 页著录为"六页"，《俗文学丛刊》390 册收录，实为七页。傅图藏两部同。

（10）《绿衣女》，《总目稿》第 291 页著录为"七页"，《俗文学丛刊》399 册收录，实为十四页。傅图藏两部同。

（11）《渔家乐》，《总目稿》第 293 页著录为"四十页"，《俗文学丛刊》385 册收录，实为四十二页。傅图藏两部同。

（12）《翠屏山》，《总目稿》第 294 页著录为"五十页"，《俗文学丛刊》390 册收录，实为一百零九页。傅图藏两部同。

（13）《叹旗词》，《总目稿》第 300 页著录为"七页"，《俗文学丛刊》398 册收录，实为八页。傅图藏两部，其一缺首页，《总目稿》或据此本致误。

（14）《刘高手》，《总目稿》第 316 页著录为"九页"，《俗文学丛刊》392 册收录，实为十页。傅图藏两部同。

（15）《难新郎》，《总目稿》第 352 页著录为"二十七页"，《俗文学丛刊》390 册收录，实为二十八页。傅图藏两部同。

（16）《须子谱》，《总目稿》第 363 页著录为"七页"，《俗文学丛刊》397 册收录，实为十五页。傅图藏两部同。此条似误录《须子论》之页数。

（17）《二玉论心》，《总目稿》第 380 页著录为"二十页"，《俗文学丛刊》395 册收录，实为十二页。傅图藏两部同。

（18）《八郎别妻》，《总目稿》第 384 页著录为"三十三页"，《俗文学丛刊》389 册收录，实为三十二页。

（19）《八郎探母》，《总目稿》第 384 页著录为"三十九页"，《俗文学丛刊》389 册收录，实为三十八页。

（20）《公子戏环》，《总目稿》第 413 页著录为"十一页"，《俗文学丛刊》398 册收录，实为十二页。傅图藏三部同。

（21）《五娘行路》，《总目稿》第 423 页著录为"十五页"，《俗文学丛刊》385 册收录，实为二十页。傅图藏两部同。

（22）《借芭蕉扇》，《总目稿》第 547 页著录为"九页"，《俗文学丛刊》387 册收录，实为十页。傅图藏三部同。

（23）《鸨儿训妓》，《总目稿》第 626 页著录为"十八页半"，《俗文学丛刊》400 册收录，实为二十页。傅图藏两部，其一残首页，《总目稿》或据此本误。

（24）《薛蛟观画》，《总目稿》第 647 页著录为"七页"，《俗文学丛刊》387 册收录，实为十页。傅图藏两部，其一残末三页，《总目稿》应据此本而误。

（25）《续花别妻》，《总目稿》第 664 页著录为"九页"，《俗文学丛刊》395 册收录，实为十页。

第三节 《俗文学丛刊》所收子弟书相关问题

刘复、李家瑞先生收罗之俗曲唱本，今均归台北中研院傅斯年图书馆。傅图藏俗曲共分六属，子弟书归于"说唱"之属。2004 年，史语所与台湾新文丰出版公司合作出版《俗文学丛刊》共 400 册，其中第 384－400 册所收录之子弟书，是从史语所珍藏子弟书中，删汰重复，精选版本，每种篇目各收录一部。

《俗文学丛刊》384 册子弟书部分目录共著录子弟书篇目 309 条。其中"三国子弟书词八种"条，含《关公盘道》、《古城相会》、《孔明借箭》、《借东风》、《火烧战船》、《华容道》、《甘露寺》和《子龙赶船》等子弟书词八种；"全西厢"条，即《西厢记子弟书词六种》，含《红娘寄柬》、《莺莺降香》、《红娘下书》、《花谏会》、《双美奇缘》和《拆西厢》等子弟书词六种；"珍珠衫·烟花楼·玉天仙痴梦"条实含子弟书词三种；"沈阳景致"条实含《沈阳景致》、《何氏卖身》、《怕老婆滚灯》、《王天宝讨饭》、《吃洋烟叹十声》、《打秋千》和《富公子拜年》等子弟书词八种。又，其目将"投店""投店三不从"分两条著录，此二种实为"投店三不从"之前七回与后六回，故实为一种。又，其399册收录之《八仙庆寿》与《群仙庆寿》实为同一种，文词略有差异。综上，《俗文学丛刊》共收录子弟书326种。

此集的出版，于研究者大有裨益。但因限于丛书篇幅，珍藏之本未能尽数收录，故此辑尚非傅斯年图书馆藏子弟书之全貌；且傅斯年图书馆藏架归类时，子弟书中亦偶尔混有其他曲类；历经多次整理之后，书页间或有错简的情况。如：

1. 384 册《子胥救孤》，第 68－69 页应移至第 75 页后。

2. 385 册《吃糠》，第 161－162 页应置于第 158 页后。

3. 387 册《天缘巧合》，第 190－191 页应置于第 193 页后。

4. 389 册《卖胭脂》，第 594－595 页应置于第 597 页后。

5. 395 册《送盒子》，第 211－212 页应置于第 208 页之后。

6. 399 册《苦海茫茫》，第 142－143 页应与第 146－147 页互易。

7. 400 册《打十湖》，第 448－449 页应置于第 451 页之后。

8. 400 册《烟花叹》，第 571－572 页应置于第 586 页之后。

此外，傅图所藏，《俗文学丛刊》中收录之《苦海茫茫》、《拷红》（四回本）、《得钞嗷妻》（二回本）、《大烟叹》和《子龙赶船》五种，未见于《总目稿》著录，末种当为编者疏漏，前四种或为《总目稿》撰成之后，史语所收罗之曲本。

《中国俗曲总目稿》是迄今为止唯一一部民间俗曲目录。其著录中虽存有疏漏讹误之处，但瑕不掩瑜，对中国俗曲的著录和研究都具有开创性的意义。

附录六　傅惜华《子弟书总目》条辨

在《新编子弟书总目》（2012）出版之前，傅惜华先生编撰之《子弟书总目》一直是唯一一部子弟书的专门目录，也是著录子弟书篇目最为全面的目录。傅惜华（1907－1970），著名戏曲、曲艺研究学者，于戏曲、曲艺目录编撰成就尤著，《子弟书总目》之外，尚编有《宝卷总录》（巴黎大学北京汉学研究所，1951）、《元代杂剧总目》（作家出版社，1957）、《明代杂剧总目》（人民文学出版社，1958）、《明代传奇总目》（人民文学出版社，1959）、《北京传统曲艺总录》（中华书局，1962）、《清代杂剧总目》（人民文学出版社，1981）等多种。

《子弟书总目》最早于1946年发表在《中法汉学研究所图书馆馆刊》，当时著录之子弟书，主要来源有孔德学校收藏的车王府旧藏本、中研院历史语言研究所藏本、北京故宫博物院藏本、北平图书馆藏本和傅氏碧蕖馆自藏本。其中，中研院藏本、故宫博物院藏本和北平图书馆藏本皆移录自刘复、李家瑞所编《中国俗曲总目稿》，先生并未目验原书。其后数年，傅惜华先生于子弟书曲本积累愈富，马彦祥、梅兰芳、杜颖陶、贾天慈、阿英等先生私藏之本中，孤本、珍本亦多；且又因新获别野堂《子弟书目录》等研究材料，对子弟书版本、作者等问题较前亦多有考订，遂对原稿加以增补修订，于1954年由上海文艺联合出版社出版，1958年上海古典文艺出版社再版。

傅氏编撰之《子弟书目录》（下文简称《总目》），特色在于资料翔实，体例完备，考述精当；其不足之处，则因未暇一一目验原书，不免造成了一些错误。今考其失误之处，主要有二：其一，子弟书同书异名、同名异书的现象极其复杂，或因未暇检视曲文，又因谣传中研院藏曲本毁于战火，故存在所录题名与版本不相符合的情况；其二，子弟书之作者，多由曲文中所嵌名号加以推断，"芸窗""竹轩"等文词，当时并未视为是作者留记，故均作"作者无考"。

近些年来，海内外学者对子弟书研究日益深入，对已出版的研究资料亦已不乏讨论和纠误。① 作为子弟书研究的必用参考资料，《子弟书总目》则尚未有全面订正之文。笔者不揣鄙陋，今将所见其著录失察之处一一拈出，以便于研究者利用。

一匹布　四回

《总目》第 24 页著录，谓作者无考。

黄仕忠据卷末曲文"蔼堂氏偶谱戏文滋兴趣，故将谑语载歌传"，考为蔼堂所作②。按：今考蔼堂氏所作子弟书，另有《背娃入府》一种，结句云："蔼堂氏消闲摹拟温凉盏，信笔写莫笑不文请正高明。"《总目》第 80 页已著录。此篇题作者未考，不知为何。

一匹布　□回

《总目》第 24 页著录。

按：傅氏实据《总目稿》著录，未见原书，故回目缺录。此本现藏台北傅斯年图书馆，抄本，五回，《俗文学丛刊》③ 399 册据以影印收录。

又，《总目》谓此书"作者无考"。陈锦钊据诗篇"闲窗敷衍一匹布，欲消除天下贪夫货利情"，考为闲窗所作④。陈氏所考之为"闲窗"的作品，还有《女筋斗》（《总目》第 33 页著录，"闲窗无事拈毫也，端只为政简民闲享太平"）、《全彩楼》（《总目》第 54 页著录，"闲窗编就彩楼记，佳话千秋万古传"）、《宫花报喜》（《总目》第 89 页著录，"倚闲窗偶因小传添新墨，写一回宫花报喜夫贵妻荣"）和《灯草和尚》（《总目》未录，"都只为闲窗无物消长夜，剪灯花把墨磨研把笔捉"）等共五种。黄仕忠又据"小院闲窗泼墨迟"和"都只为闲窗爱看长生殿"句，认为如果"闲窗"确是子弟书作者自嵌名号，则《宁武关》和《梅妃自叹》也都是其作品。但是，正如黄仕忠指出，《一匹布》等五部作品都为鹤侣氏《集锦书目》子弟书纳入曲文，却并未在其《逛护国寺》

---

① 以陈锦钊的研究最为全面。
② 参见黄仕忠《子弟书作者考》，载《戏曲文献研究丛稿》，"国家出版社"，2006，第 500 页。
③ 《俗文学丛刊》，新文丰出版公司，2004。
④ 陈锦钊：《子弟书之题材来源及其综合研究》，第 93 页。

列举的子弟书作家中提及"闲窗"之名。且"闲来""闲笔墨""消闲""闲情"等俱为子弟书中常见之语。故此，"闲窗"是否亦如"小窗""松窗"一样，指代特定的子弟书作者，暂无旁证可证实。①

一顾倾城　二回

《总目》第 24 页著录，谓作者无考。

此书卷末曲文云："伯庄氏小窗无事闲中笔，这就是一顾联姻子弟文。"陈锦钊、《俗文学丛刊》384 册据以题"伯庄氏"作。黄仕忠认为"伯庄氏"或为韩小窗之名或字，小窗系其号。②

按：子弟书作家惯用"某某氏"的句法嵌入自己名号，就韩小窗而言，即有"小窗氏闲来偶演丹青笔"（《下河南》）、"小窗氏墨痕闲写全德报"（《千金全德》）语；而"窗前""闲窗"亦是子弟书作家勾勒写作情景的常见用语，如"西园氏窗前草笔联金印"（《金印记》）、"文西园窗前闲谱先生叹"（《先生叹》）等；且子弟书作家嵌入名号时，名与号连用仅此一例，故此处"小窗"与"韩小窗"偶合的可能性似更大些。

二入荣府　十二回

《总目》第 24 页著录，谓作者无考。

陈锦钊据《百本张目录》著录韩小窗作《一入荣府》子弟书时，注云"接二入荣府"，故疑此书亦为韩小窗所作③。又，黄仕忠认为，百本张《子弟书目录》有注谓二篇前后相"连"或"接"者，当出同一作者之手。

按：《百本张目录》中，有"连"或"接"字者，计有：《调春戏姨》后注"接绪戏姨"，《吃糠》后注"接行路廊会"，《惊变埋玉》后注"接闻铃"，《百宝箱》后注"接青楼遗恨"，《游园惊梦》后注"接离魂"，《花别妻》后注"接绪别妻"，《红梅阁》后注"连魂辨共四

---

① 详可参见黄仕忠《子弟书作者考》，第 503–506 页。

② 陈锦钊：《子弟书之题材来源及其综合研究》，第 137 页；黄仕忠：《子弟书作者考》，第 489 页。

③ 陈锦钊：《子弟书之作家及其作品》，《书目季刊》1978 年 9 月，第 33 页。

回",《五娘行路》后注"接廊会",《得钞嗷妻》后注"接续钞借银",
《一入荣府》后注"接二入荣府",《庄氏降香》后注"连登楼",《俏东
风》后注"接绪俏东风"等共十二种。黄仕忠据此情况将《吃糠》此书
及故事衔接之《五娘行路》(第 36 页著录)及《廊会》(第 131 页著
录),皆疑为文西园作①。子弟书中此类续作的情况,目前所知《骂城》
与《续骂城》即非同一作者,而子弟书作者接续前人所作而作新书的情
况亦不罕见,如韩小窗即自称"闲笔墨小窗窃拟松窗意,降香后写罗成
乱箭一段缺文。"故"连""接"之书是否均为同一作者所著,尚不能
肯定。

二玉论心　二回

《总目》第 25 页著录,因未见原本,谓中研院藏"两本字句间,略
有不同之处",误作同一书收录。

按:此两本文词迥异,实为别本,《中国俗曲总目稿》第 380 页即作
两种著录,《俗文学丛刊》395 册亦作两种分别收录。

八仙庆寿　一回

《总目》第 26 页著录,未录中研院藏本,未考此书与下文第 136 页
著录之《群仙庆寿》为同一书。

按:此书实即下文第 136 页著录之《群仙庆寿》,唯诗篇首行两句不
同。《八仙庆寿》之诗篇首行为"氤氲缭绕降众仙,仙人各献九还丹";
《群仙庆寿》之诗篇首行为"筵列屏开降众仙,仙人各献九还丹";余文
皆同。《中国俗曲总目稿》亦于第 1112 页、第 596 页误作两条著录,《俗
文学丛刊》399 册复作两本收录。

八郎别妻　五回

《总目》第 27 页著录《八郎别妻》二种,一为五回本,所录版本有
车王府抄本、百本张抄本、中研院藏抄本三种;一为二回本,所录版本
只傅氏自藏精抄本一种。

---

① 黄仕忠:《子弟书作者考》,第 495 页。

按：车王府旧藏抄本中，实有同题《八郎别妻》子弟书二种，其一为五回本，首行曲文"八娘九妹辞兄长，将军忍泪到秀英前"；其二为三回本，首行曲文"塞雁初归素影寒，天涯羁客意凄然"。《总目》未录三回本，傅氏自藏二回本今未见，疑其与三回本即为同一书。

又，《总目》于《八郎别妻》五回本下注"《中国俗曲总目稿》页384 著录"，实则《总目稿》第 384 页所著录之《八郎别妻》与此五回本文词全异，并非同种，中研院傅斯年图书馆亦未藏此种五回本《八郎别妻》，详见下条。

八郎探母　八回

《总目》第 27 页著录版本有车王府抄本、百本张抄本、抄本三种。

按：车王府抄本曲文首行为"太祖英明今古传，雄心创业治中原"，与《中国俗曲总目稿》第 384 页所录《八郎别妻》曲文实同。

又，《总目》第 27 页著录之《八郎别妻》《八郎探母》两条下均录有"百本张钞本"，均为梅兰芳旧藏。今考梅兰芳旧藏子弟书中，题为《八郎别妻》与《八郎探母》之百本张抄本，曲文全然一致，实为同一曲本。

故傅氏之误有二：其一未考车王府旧藏曲本中，实含《八郎别妻》曲本二种；其二未考车王府旧藏《八郎探母》亦别题《八郎别妻》。

又，《总目稿》第 384 页又录有《八郎探母》一种，首行曲文为"烛影摇红翰墨传，太宗即位坐金銮"，今仅见台北傅斯年图书馆藏抄本一种，《俗文学丛刊》389 册据以收录。

综上，今题《八郎别妻》之子弟书有四种：车王府藏三回本；车王府藏五回本；傅氏藏二回本；车王府藏八回本《八郎探母》，傅斯年图书馆藏抄本、梅兰芳旧藏百本张抄本别题《八郎别妻》。今题《八郎探母》者有二种：车王府藏本与傅斯年图书馆藏抄本。

入塔　一回

《总目》第 28 页著录，据郑振铎所编《世界文库》之《东调选》①

---

①　郑振铎编《东调选》，载《世界文库》第 4 册，第 1569－1571 页。

题韩小窗作。

　　按：郑振铎所编之《东调选》，收入子弟书《白帝城托孤》、《千钟禄》、《宁武关》、《周西坡》和《数罗汉》（即《入塔》别题）等五种，均题为韩小窗所作。此书曲文内实未含"小窗"二字，亦无旁证可证为韩小窗所作，疑非。①

三宣牙牌令　一回

　　《总目》第 29 页著录，谓作者无考。

　　黄仕忠以符斋作《议宴陈园》一书，与《三宣牙牌令》、《两宴大观园》（第 67 页著录）、《过继巧姐》（第 138 页著录）、《凤姐送行》（第 150 页著录）及《醉卧怡红院》（第 157 页著录）等五篇，故事情节均出自《红楼梦》第四十、四十一和四十二回相关情节，故疑皆为符斋作品。② 又以《祭姬》与《刺汤》（二回本）故事取材相同，故疑同为芸窗作。又以《拷御》（第 78 页著录），故事情节与《救主盘盒》相接，故疑同为竹轩作。又，《逛二闸》（第 117 页著录），此书与《出善会》似为姐妹篇，故疑同为文西园作。又，《送盒子》（第 90 页著录）与《打面缸》故事情节相接，故疑同为竹轩作。又，《遣春梅》（第 148 页著录），与《永福寺》（第 41 页著录）、《旧院池馆》（第 172 页著录），及《哭官哥》（第 60 页著录）均取材于《金瓶梅》故事，故黄仕忠谓疑同为韩小窗作。③

　　按：子弟书作品中，据同一戏曲或者小说作品改编的作品很多，是否同为同一作者所作，存疑。

上任　一回

　　《总目》第 29 页著录。题罗松窗作。

　　按：此书即为《玉簪记》十回本第二回。郑振铎编《西调选》④ 选

---

①　此条学者已有讨论，参见陈锦钊《子弟书之作家及其作品》，第 34 页；黄仕忠《子弟书作者考》，第 483 页。

②　参见黄仕忠《子弟书作者考》，第 500 页。

③　参见黄仕忠《子弟书作者考》，第 491、499、495、499、488 页。

④　郑振铎编《西调选》，载《世界文库》第 5 册，第 1995－1998 页。

录，题罗松窗作，《总目》从之。此书曲文内既未嵌"松窗"二字，亦无旁证证之，学者今均认为非松窗所作。《西调选》所收《大瘦腰肢》、《鹊桥》、《昭君出塞》、《上任》、《藏舟》和《百花亭》六种子弟书，均题罗松窗作。除《大瘦腰肢》非子弟书外，其余五种皆未镶嵌"松窗"二字，故疑均非罗氏作品。[①]

又，此篇除见于《西调选》外，未见另有传本，疑郑氏所据，原为残本，或仅录《玉簪记》中的一回。

才子风流　一回

《总目》第 30 页著录。

按：《总目》实据《总目稿》第 391 页所移录，故未考此即页 83 著录之《风流公子》别题。今存抄本一种，傅斯年图书馆藏。

大烟叹　一回

《总目》第 31 页著录，录有傅惜华藏清同治十二年（1873）会文山房刻本、李啸仓藏清抄本。

按：未录崇林堂刻本，傅斯年图书馆藏，《俗文学丛刊》398 册据以收录。傅氏所录中研院藏子弟书，均自《总目稿》移录。此书《总目稿》亦未著录，应为《总目稿》撰成之后才归中研院藏。

子路追孔　一回

《总目》第 32 页著录，谓此书未见著录。

按：此本实则《中国俗曲总目稿》第 407 页业已著录，唯未辨曲类，傅斯年图书馆藏有多种石印本。

文乡试　三回

《总目》第 34 页著录。

按：《中国俗曲总目稿》第 107 页亦著录此书，《总目》失注。

---

① 此问题学者多有讨论，参见陈锦钊《子弟书之作家及其作品》，第 24 页；黄仕忠《子弟书作者考》，第 474 页。

火焰山　□回

《总目》第 35 页著录，未考此书即上文著录之《火云洞》。

按：此条据《中国俗曲总目稿》第 108 页所录移录，延《总目稿》之误，与《火云洞》析为二书。抄本，五回。《火焰山》题名之误，陈锦钏已有详考①。今傅斯年图书馆所藏，已改为正题，《俗文学丛刊》387 册据以收录。

天楼阁　二十八回

《总目》第 35 页著录。

按：《总目》谓此篇即第 54 页著录《全扫秦》之别题，现唯存傅氏自藏清同治十一年（1872）静一斋抄本。今考傅氏所藏《天楼阁》，实与《全扫秦》文词全异，实为一别本。

又，北京大学图书馆藏《天阁楼》抄本一种，则文词全同车王府旧藏之《全扫秦》。

天缘巧合（天缘巧配）　六回

《总目》第 36 页著录，谓作者无考。

陈锦钏、黄仕忠据诗篇"幽静梅窗题才女，写成函红叶传诗巧姻缘"考为梅窗作②。按，子弟书作家镶嵌名号的惯例，为"某某氏"云云。在子弟书作家"三窗"中，虽罗松窗有"寂静松窗闲遣性"（《红拂私奔》）；芸窗有"半启芸窗翰墨香"之语，与上引"梅窗"语结构类似，但仍有旁证证明其为子弟书作家。今所见子弟书文本中，题"梅窗"者仅此一种，故存疑。

王婆说计　一回

《总目》第 37 页著录，录有傅氏自藏精抄本。

按：傅藏本今未见。黄仕忠据百本张《子弟书目录》之《挑帘定

---

① 陈锦钏：《六十年来子弟书的整理与研究》，第 313 页。
② 陈锦钏：《子弟书题材来源及其综合研究》，第 69 - 70 页；黄仕忠：《子弟书作者考》，第 508 页。

计》条："挑帘定计/王婆说妓（计）/一回/四佰"，认为此篇即《挑帘定计》之别题。《总目》谓傅氏藏精抄本卷首标"鹤侣氏作"，则可证《挑帘定计》为鹤侣氏之作品。①

又，今傅氏所藏子弟书中有题为《挑帘裁衣》一种，曲文全同《挑帘定计》，亦为此篇一别题。

孔子去齐　一回

《总目》第 37 页著录，谓此书未见著录。

按：此书实则《中国俗曲总目稿》第 412 页业已著录，唯未辨曲类。傅斯年图书馆藏石印本多种。别题《齐景公待孔子》，《总目》第 143 页著录。

太子藏舟　一回

《总目》第 38 页著录，题为"一回"。

按：《总目》第 171 页录有题为《藏舟》者两种，五回本为本书之别题。据此，此处"一回"实为"五回"之误。所录民国上海槐荫山房石印本不分回。

又，三回本《藏舟》实为五回本之第二、四、五回，情节并不连贯，且郑氏《西调选》之外未见传本，故疑为五回本之残本，非一别本。

月下追舟　一回

《总目》第 39 页著录，谓此书即《玉簪记》第十回《秋江》。

按：此回似并非原文，系后人所加。据百本张《子弟书目录》，其十回回目分别为"赴考""上任""琴调""偷诗""闹禅""诈荤""来迟""佳期""买药""送别"。据《玉簪记》十回本之曲文，第九回末句作"这也是梅雨连天无个事，云何子闲将小传慢为题"，以子弟书创作的惯例来看，此二句似为全篇结句。第十回作"叙秋江"，且有一单独诗篇，末两句谓"闲妆新声翻旧曲，把秋江聊谱作闲谈"。据此，存在两种情况：其一，原另有一回"送别"，今已佚失；其二，"送别"即

---

① 黄仕忠：《子弟书作者考》，第 498 页。

"叙秋江"，为后人续作。

巧姻缘　二回

《总目》第 43 页著录。

按：《总目》未考此篇别题《乔太守乱点鸳鸯谱》，现存多种石印本。又，第 127 页著录《乔太守乱点鸳鸯》一种，李啸仓藏清抄本，今未见。疑即为此书。

打登州　二回

《总目》第 45 页著录。

按：此书与《舌战群儒》（第 53 页著录）、《血带诏》（第 53 页著录）、《赤壁鏖兵》（第 57 页著录）、《削道冠儿》（第 80 页著录）、《草船借箭》（第 97 页著录）及《淤泥河》（第 106 页著录）共七种实为快书，《总目》误收。陈锦钊已有详考。[①]

打面缸　二回

《总目》第 46 页著录，谓作者无考。

按：据曲文结句"竹轩无事写来一笑，既无戏理莫论书文"可考为竹轩所作。竹轩所作子弟书，尚有《炎天雪》（第 61 页，"长夏竹轩苦睡魔，闲情翻检旧书阁"）、《芭蕉扇》（第 69 页，"写一段有情的节目做竹轩趣谈"）、《查关》（第 78 页，"人静竹轩闲弄笔，且把梭罗宴查关演一场"）、《厨子叹》（第 154 页，"竹轩无事听庖人闲话"）等四种，《总目》均录，唯未考此篇亦为竹轩所作，不知何故。

又，黄仕忠据《绿衣女》《二玉论心》曲文所嵌的"竹窗"和《僧尼会》曲文所嵌的"竹儿"考疑为竹轩作，暂无旁证，存疑。[②]

西厢　十五回

《总目》第 51 页著录，谓《总目稿》第 859 页著录此书。

---

① 陈锦钊：《论〈清蒙古车王府藏曲本〉及近年大陆所出版有关子弟书的资料》，《曲艺讲坛》1998 年第 4 期，第 40 页。

② 参见黄仕忠《子弟书作者考》，第 499 页。

按：《总目稿》第 859 页之《西厢书词六种》，实为同书第 132 页著录之《全西厢》别题，内含取材于《西厢记》故事之子弟书词七种，分别为《红娘寄柬》、《莺莺降香》、《莺莺听琴》、《红娘下书》、《花谏会》、《双美奇缘》和《拆西厢》，实非《全西厢》十五回本。

《全西厢》十五回，清抄本，《西厢记说唱集》[①] 收录，题《西厢记子弟书全本》。另收入题为《西厢记》子弟书一种，全八回。《总目稿》《总目》均未著录。

百花亭　四回

《总目》第 51 页著录，据郑振铎《西调选》题罗松窗作。

此书曲文不含"松窗"二字，且无旁证，疑非。胡光平、关德栋据"几点姣云闲水墨，一轮丽月小纱窗"考为韩小窗作。[②] 按：目前可考之韩小窗作品中，镶嵌"小窗"二字，可归为三种："小窗人（氏）闲来偶演丹青笔，画一个樱桃树下的气蛤蟆"（《下河南》）；"小窗酲醉欲狂吟，忽见新籍仵案存"（《一入荣府》）、"闲笔墨小窗泪洒托孤事，写将来千古须眉愧玉容"（《长板坡》）。似未见用这种方法镶嵌"小窗"二字，"小纱窗"或仅为偶合。

百宝箱　三回

《总目》第 52 页著录，谓《总目稿》第 134 页著录。

按：第 134 页为 143 页之误。

走岭子　一回

《总目》第 57 页著录，谓作者无考。

按：陈锦钊据诗篇"琐窗人静转清幽，翻阅残篇小案头"题为琐窗作[③]。"琐窗"之名，仅见此一篇，亦暂无旁证可证确指特定的子弟书作者，存疑。

---

① 傅惜华编《西厢记说唱集》，上海古籍出版社，1987。
② 关德栋：《现存罗松窗、韩小窗子弟书目》，载《曲艺论集》，上海古籍出版社，1983，第 132 页。
③ 陈锦钊：《子弟书题材来源及其综合研究》，第 18 页。

投店　十三回

《总目》第 58 页著录。

按：未考此书别题《投店三不从》，傅斯年图书馆藏百本张抄本，二册，分别题"投店子弟书/前七回""三不从子弟书/后六回"，《俗文学丛刊》387 册据以收录。

别姬　二回

《总目》第 58 页著录，谓作者无考。

按：据结句"代喉舌青园挥洒千行墨，惨别离今古同怀寂寞情"可知为青园作。据"代喉舌青园"，可知"青园"实为子弟书作者之代名。《总目》未考。

别善恶　一回

《总目》第 59 页著录，谓此书未见著录。

按：实则《总目稿》第 150 页业已著录，唯未辨曲类，傅斯年图书馆藏石印本多种。

吕蒙正全事　三十二回

《总目》第 59 页著录，录中研院藏抄本。

按：《总目》据此书之别题《全彩楼》，谓本书有三十二回，中研院藏抄本实残存前十五回。

佛旨度魔　□回

《总目》第 60 页著录，未录回数。

按：此书现唯存车王府旧藏抄本一种，两回。《子弟书珍本百种》据以收录，题作者为正修道人，不知所凭何据。①

官衔叹（官箴叹）　一回

《总目》第 60 页著录，谓作者无考。

———————

① 张寿崇编《子弟书珍本百种》，第 493－497 页。

按：陈锦钊据"闲笔墨小雪窗追写官箴叹，顺一顺一世窝心气不平"题为小雪窗作。小雪窗之名，尚有《射鸪子》（《总目》第101页著录，"寒夜雪窗哈冻笔，闲评射艺品媸妍"）。黄仕忠谓此书疑为韩小窗作。①存疑。

房得遇侠　□回

《总目》第61页著录，未录回数。

按：此书唯录马彦祥旧藏抄本，马氏藏书今不知去向。但据天津图书馆藏《子弟书目录》②，可知此书全书共一回，今未见传本。

武陵源　一回

《总目》第62页著录，谓作者无考。

按：《总目》未考"芸窗"为子弟书作者名称。据曲文"小几摊书评往事，芸窗握管注新编"及"只因为日长睡起无情思，拈微辞芸窗偶遣一时闲"，可考为芸窗所作。现存署"芸窗"之子弟书作品，尚有《刺汤》（二回本，《总目》第67页著录，曲文首行"半启芸窗翰墨香，萧萧风雨助凄凉"）、《林和靖》（《总目》第68页著录，结句"只因为乘闲偶寄芸窗兴，感知音笔下传奇衍妙文"）、《渭水河》（又名《飞熊梦》《飞熊兆》，《总目》第120页，结句"笑痴人芸窗把闲笔成段，留与诗人解闷题"）、《渔樵问答》（《总目》第142页著录，结句"度炎暄乘兴偶弄芸窗笔，谱新词为与知音作品评"）等共五篇。③

武乡试　一回

《总目》第63页著录，谓作者无考。

此书篇末云"消愁闷窗前草写添吟句，略表那武场英雄辅圣明"，与《金印记》篇末"西园氏窗前草笔联金印，激烈那十载寒毡坐破人"

---

① 陈锦钊：《子弟书题材来源及其综合研究》，第104页；黄仕忠：《子弟书作者考》，第486页。
② 《子弟书目录》，抄本，天津图书馆藏。
③ 黄仕忠《子弟书作者考》，第489－494页。

句法相似，故黄仕忠谓疑同为文西园作①。

又以《活捉》（第74页著录，谓作者无考）卷首曲文与《翠屏山》曲文句式相类，疑同为罗松窗作，并谓罗松窗应有《水浒》故事系列作品②。又以《思玉戏环》（第82页著录，谓作者无考）诗篇与结句与《卖刀试刀》曲文相类，疑同为芸窗作③。

长生殿　□回

《总目》第63页著录。

按：实据《总目稿》第159页移录，故未考此书即下文第176页所著录之《鹊桥密誓》别题④，全书共二回。今傅斯年图书馆藏抄本二种，均已改题《雀桥》。

刺汤　二回

《总目》第67页著录，谓"此书别题《雪艳刺汤》，又题《审头刺汤》，并见下文"。

按：下文实未著录此二别题，今均未见题此二别题之传本。《总目》并谓作者无考。此书为芸窗作，已见上文。

奇逢　一回

《总目》第68页著录，谓此书别题《新奇逢》或《旧奇逢》。又于第130页及第172页分别著录《新奇逢》与《旧奇逢》，并谓《旧奇逢》"此三回本，与上文所著录之一回本，内容文字全同"，误⑤。

按：《新奇逢》（一回），与《旧奇逢》（三回）实为二书，且即据后者第三回改编而成。

军营报喜　一回

《总目》第75页著录，谓作者无考。

---

① 黄仕忠：《子弟书作者考》，第495页。
② 黄仕忠：《子弟书作者考》，第479页。
③ 黄仕忠：《子弟书作者考》，第493页。
④ 此条陈锦钊先生已于《六十年来子弟书的整理与研究》一文拈出（第313页）。
⑤ 此条陈锦钊先生已于《六十年来子弟书的整理与研究》一文拈出（第317页）。

黄仕忠据卷首曲文"一山春树显青松"，谓疑镶嵌"春树斋"之名，或为其所作[1]。按，春树斋作品中，有《蝴蝶梦》一种，篇末以藏头诗"春花秋柳君休恋，树叶梅枝草上霜。斋藏圣贤书万卷，著写奇文字几行"镶嵌作者名字。

拷红　五回

《总目》第 77 页著录《拷红》子弟书二回本、五回本各一种。

按：现存题《拷红》子弟书共四种，二回本、四回本、五回、八回本。其曲词之间的关系，陈锦钊已有详考。[2]

昭君出塞　二回

《总目》第 81 页著录，谓未见流传之本。

按：实则本书别题《新昭君》，《总目稿》第 278 页著录，《总目》第 130 页亦著录，傅斯年图书馆藏抄本二种，《俗文学丛刊》384 册据以收录。

风流词客　三回

《总目》第 84 页著录，谓作者无考。

陈锦钊据诗篇"闲破闷明窗慢运支离笔，写成了惯解人愁的书数行"，题为明窗作[3]。镶嵌有"明窗"二字的子弟书文本，尚有《双官诰》（《总目》第 173 页著录，题"闲斋"作。"闲笔墨明窗敷衍双官诰，激励那苦节坚贞贤孝娘"）。按："闲破闷""闲笔墨"后接子弟书作者名，为子弟书作家常用的镶嵌名号的做法，如韩小窗一人就有"闲笔墨小窗哭吊刘先生"（《白帝城》）、"闲笔墨小窗泪洒托孤事"（《长板坡》），"闲笔墨小窗窃拟松窗意"（《周西坡》）、"闲笔墨小窗追补冯商叹"（《得钞嗷妻》）等句。"明窗"之名，或为仰慕小窗之作者所镶嵌之名号，存疑。

---

① 黄仕忠：《子弟书作者考》，第 503 页。

② 陈锦钊：《论现存取材相同且彼此关系密切的子弟书》，《中国文哲研究通讯》第 10 卷第 2 期，2000 年 6 月，第 219－220 页。

③ 陈锦钊：《子弟书题材来源及其综合研究》，第 100 页。

红娘下书　一回

《总目》第 86 页著录。

按：本书为《西厢子弟书书词六种》之一，与《红娘寄柬》（第 86 页著录）、《寄柬》（第 103 页）实为同一书，唯卷末文词略有不同。

另有《红娘寄柬》一种，亦为《西厢子弟书词六种》之一。《中国俗曲总目稿》第 526 页著录，未辨曲类，傅斯年图书馆藏石印本，《俗文学丛刊》388 册收录。《总目》未著录。

红梅阁　三回

《总目》第 86 页著录，谓作者无考。

按：关德栋据诗篇"细雨轻阴过小窗，闲将笔墨寄疏狂"，考为韩小窗作[1]，学者多从之。

宫花报喜　三回

按：《总目》第 89 页著录，谓作者无考。陈锦钊据诗篇"倚闲窗偶因小传添新墨，写一回宫花报喜夫贵妻荣"，考为闲窗作；黄仕忠疑为韩小窗作。[2]

烟花叹　二回

《总目》第 91 页著录。

按：据《总目稿》第 218 页著录，此篇别题《烟花院》。《总目》未录此别题。

马嵬坡

《总目》第 94 页著录。

按：未考此篇即下文著录《埋玉》之别题，抄本，二回，傅斯年图书馆藏，《俗文学丛刊》388 册据以收录。《总目》并谓此书为下文之

---

[1]　关德栋：《现存罗松窗、韩小窗子弟书目》，第 136 页。
[2]　陈锦钊：《子弟书之题材来源及其综合研究》，第 71 页；黄仕忠：《子弟书作者考》，第 487 页。

《马嵬驿》之别题，非。《马嵬驿》，一回，中国艺术研究院藏清抄本，《子弟书珍本百种》收录，与《马嵬坡》文字迥异，实为别本。

桃李园　一回

《总目》第 95 页著录。

按：《总目稿》第 214 页有著录，《总目》未注。

时打朝　二回

《总目》第 97 页著录。

按：未考此书即上文第 73 页著录之《窃打朝》之别题，傅斯年藏抄本二种，三回，《俗文学丛刊》387 册据以收录。《总目》录为二回，非。

时道人　二回

《总目》第 97 页著录，谓作者无考。

按：黄仕忠据《逛护国寺》子弟书曲文"这是鹤侣氏新编的两回时道人逛护国寺"，考为鹤侣氏作①。

哭塔　二回

《总目》第 98 页著录。

按：未考此即第 110 页著录《探塔》之别题。

借东风　一回

《总目》第 100 页著录。

按：此书与《关公盘道》、《古城相会》、《孔明借箭》、《借东风》、《火烧战船》、《华容道》、《甘露寺》与《子龙赶船》八种，即为《三国子弟书词八种》。《总目》仅著录《借东风》、《华容道》和《甘露寺》三种，不知何故导致疏漏。傅斯年图书馆藏石印本，《俗文学丛刊》386 册收录。大陆各图书馆亦存有多种石印本。

---

① 黄仕忠：《子弟书作者考》，第 496 页。

借厢 二回

《总目》第 101 页著录。

按：此条因据《总目稿》移录，故未考此书即第 112 页《张生游寺》、《张君瑞游寺》及第 131 页《游寺》之别题。抄本，傅斯年图书馆藏，《俗文学丛刊》388 册收录。

访贤 四回

《总目》第 105 页著录，谓作者无考。

按：关德栋据结句"无事小窗闲笔墨，描写先臣定鼎方"，考为韩小窗作[1]，学者多从之。

郭子仪 一回

《总目》第 105 页著录。

按：此条因据《总目稿》移录，故未考此书即下文著录《郭子仪上寿》之别题。抄本，傅斯年图书馆藏，《俗文学丛刊》388 册收录。

梅花梦 □回

《总目》第 111 页著录。

按：此条因据《总目稿》移录，故未考此书即第 59 页著录《何必西厢》之别题。抄本，十三回，傅斯年图书馆藏，《俗文学丛刊》394 册收录。

梅屿恨 四回

《总目》第 112 页著录，据结句"夏日长小窗偶阅西湖志，吊佳人小传题成遣素怀"题韩小窗作。

按：傅斯年图书馆藏钞本"小窗"作"芸窗"，或为芸窗所作。

又，因不同版本之曲文差异，造成作者难以辨识的篇目，尚有《绿衣女》（《总目》第 151 页著录，谓作者无考）。陈锦钊据傅斯年图书馆

---

[1] 关德栋：《现存罗松窗、韩小窗子弟书目》，第 134 页。

藏抄本曲文"这些时竹窗春暖无一事，写一段聊斋故事儿遣遣闲情"题为竹轩作；关德栋据聚卷堂抄本"竹窗"作"小窗"，考为韩小窗作。①又，《卖刀试刀》，《总目》第 156 页著录，据诗篇"闲笔连朝题粉黛，小窗今日写英雄"题为韩小窗作。黄仕忠据车王府藏本此行曲文作"古砚淋漓题侠烈，芸窗今又写英雄"，考为芸窗作②。

庄氏降香　六回

《总目》第 114 页著录，谓作者无考。

按：据《周西坡》诗篇"闲笔墨小窗窃拟松窗意，降香后写罗成乱箭一段缺文"，可知为罗松窗作。《总目》以为此"降香"是指《秦王降香》，于第 92 页《秦王降香》下题作者为罗松窗，误③。

逛护国寺　二回

《总目》第 117 页著录，谓作者无考。

按：黄仕忠据《逛护国寺》子弟书曲文"这是鹤侣氏新编的两回时道人逛护国寺"，考为鹤侣氏作④。

紫艳托梦　一回

《总目》第 119 页著录，实据《总目稿》第 1191 页移录。

按：据《总目稿》所录前四行曲文，此书即现存《张紫艳盗令》子弟书末回之单行本。今傅斯年图书馆未见此书，亦未见同题子弟书传本存世。

渭水河　五回

《总目》第 120 页著录。

按：未考此即上文第 79 页之《飞熊兆》及第 80 页之《飞熊梦》之

---

① 陈锦钊：《子弟书题材来源及其综合研究》第 43 页；关德栋：《现存罗松窗、韩小窗子弟书目》，第 137 页。

② 黄仕忠：《子弟书作者考》，第 490 页。

③ 此条陈锦钊先生于《六十年来子弟书的整理与研究》一文已拈出（第 316 页）。

④ 黄仕忠：《子弟书作者考》，第 496 页。

别题。《总目》并谓作者无考。此书作者为芸窗，已见上文。

报喜　三回

《总目》第 122 页著录，谓《总目稿》第 38 页著录，非。

按：《总目》第 38 页著录之《报喜》，曲文首行为"秋色平分景物阑，人家玩月庆团圆"，与此书（即《宫花报喜》，三回）文字迥异，非同一书。《报喜》，一回，仅见傅斯年图书馆藏抄本，《俗文学丛刊》397 册收入。

焚宫　二回

《总目》第 123 页著录。

按：此书即《草诏敲牙》之《焚宫》单行本。

游亭入馆　一回

《总目》第 132 页著录。

按：未考此书即《议宴陈园》之别题。作者"符斋"，误题"符齐"。①

游园惊梦　三回

《总目》第 132 页著录，谓仅见车王府旧藏抄本，误。

按：车王府旧藏抄本中，唯见《游园寻梦》（三回）一种，与上文所著录之《游园寻梦》、第 60 页著录之《杜丽娘寻梦》及第 124 页之《寻梦》实为同一书。据结句"要知小姐离魂事，松窗自有妙文章"，可知为罗松窗所作。

雷峰塔　八回

《总目》第 134 页著录，谓别题《雷峰宝塔》。

按：下文《雷峰宝塔》条仅录光绪三十一年（1905）老会文堂刻本一种，傅氏旧藏，今未见。《雷峰宝塔》，今存有多种石印本，文词较《雷峰塔》颇多差异之处，当录为别本。

---

① 黄仕忠：《子弟书作者考》，第 500 页。

苇莲换笋鸡　一回

《总目》第 136 页著录，谓作者无考。

按：陈锦钊据诗篇"闲笔描来消永昼，晴窗呵冻且陶情"题为晴窗作①。晴窗之名，亦未见其他佐证，存疑。

禄寿堂　一回

《总目》第 143 页著录。

按：《总目稿》第 285 页已著录，《总目》未注。

遣晴雯　二回

《总目》第 148 页著录，谓作者无考。

按：陈锦钊、黄仕忠据"芸窗下医余兀坐无穷恨，闲消遣楮撒凄凉冷落文"题为芸窗作；黄仕忠又据"蕉窗人剔缸闲看情僧录，清秋夜笔端挥尽遣晴雯"疑或为蕉窗作，又或蕉窗即芸窗。②

凤仪亭　四回

《总目》第 150 页著录。

按：此书实有同题子弟书两种，其一，三回本，车王府旧藏，首行曲文为："献帝为君在西都，王纲不振佞臣出"；其二，四回本，傅斯年图书馆藏抄本，《俗文学丛刊》385 册据以收录；车王府旧藏本题《新凤仪亭》，析为五回，首行曲文为："天运循环亡汉国，群奸结党动干戈"。

醉打山门　一回

《总目》第 156 页著录，谓作者无考。

按：据会文堂本《忆真妃》序文谓"澍斋诗文，固久矣脍炙人口，而尤善著书。如《忆真妃》、《蝴蝶梦》、《齐人叹》、《骂阿瞒》及《醉打山门》诸作，都中争传，已非朝夕"。黄仕忠考为春树

---

① 陈锦钊：《子弟书题材来源及其综合研究》，第 125 页。
② 黄仕忠：《子弟书作者考》，第 490 页。

斋作①。

醉卧芍药阴 一回

《总目》第 157 页著录。仅录傅惜华旧藏别野堂抄本。

按：今中国艺术研究院藏钞本别野堂《子弟书目录》未著录此书，亦未见于傅惜华旧藏子弟书中。疑此书即为第 120 页著录之《湘云醉卧》。

刘姥姥探亲 十二回

《总目》第 161 页著录。

按：此书仅见李啸仓旧藏抄本，今未见。疑此书即第 24 页著录之《二入荣府》。

骂女 一回

《总目》第 162 页著录。

按：未考此书即下文之《骂女代戏》，抄本，傅斯年图书馆藏，《俗文学丛刊》388 册收录。

忆子 一回

《总目》第 164 页著录。

按：《总目稿》第 539 页著录，《总目》失注。

戏秀 不分回

《总目》第 168 页著录。

按：此书即从《翠屏山》第三、四、五回析出单独成书。

蓝桥会 □回

《总目》第 171 页著录，谓"遍检北大图书馆所藏车王府曲本中，未见此书，疑有错误"。按：此书实藏于车王府曲本中"杂曲"类，不

---

① 黄仕忠：《子弟书作者考》，第 501 页。

分回,《子弟书珍本百种》据以收录。

灵官庙　一回

《总目》第 186 页著录。

按：实据《总目稿》页移录，故未考《总目稿》误将《灵官庙》（二回本）一书析作两条于第 365 页、第 665 页（题《续灵官庙》）分别著录①。此书首行曲文为"大乘妙法向凡尘，白马驮来贝叶文"；另有同题子弟书一种，首行曲文为"那是冤家那是恩，三生石畔注前因"。

麒麟阁　五回

《总目》第 176 页著录，谓程砚秋藏百本张抄本。

按：查程砚秋旧藏子弟书中，题为《麒麟阁》者，即为《盗令》。原书封面缺失，后人补题《麒麟阁子弟书》，百本张印记亦缺。

罗成托梦　八回

按：《总目》第 176 页著录，谓作者无考。

陈锦钊据《庄氏降香》曲文结句"因陶情庄氏降香权暂演，闲来时再纂罗成托梦文"谓罗松窗作②。黄仕忠考罗松窗所作为六回本③。

宝钗代绣

《总目》第 178 页著录，谓作者无考。

按：关德栋、陈锦钊据结句"自喜小窗依枕绣，应期隔户有人知"，考为韩小窗所作。黄仕忠则以"小窗"一词是叙述中的特定情景的事件，认为与"韩小窗"之小窗实系偶合。④

党太尉　一回

《总目》第 180 页著录，谓作者无考。

---

① 此条陈锦钊先生已于《六十年来子弟书的整理与研究》一文拈出（第 313 页）。
② 陈锦钊：《子弟书之题材来源及其综合研究》，第 63 页。
③ 黄仕忠：《子弟书作者考》，第 476 页。
④ 黄仕忠：《子弟书作者考》，第 484 页。

按：据诗篇"忆古人有许多赏雪吟诗的趣，鹤侣氏今写段党尉围炉酸的肉麻"句，可知此篇为鹤侣氏（爱新觉罗·奕赓）作。《总目》失考，不知何故。

参考文献

一 子弟书曲文文本及研究论著书目

原始文本

北京大学图书馆藏子弟书曲文文本（以车王府旧藏子弟书为主）

国家图书馆藏子弟书曲文文本（《子弟书》等爱好者抄藏本）

首都图书馆藏子弟书曲文文本（以车王府旧藏、吴晓铃先生旧藏子弟书
　　为主）

中国艺术研究院图书馆藏子弟书曲文文本（以傅惜华、程砚秋、梅兰芳、
　　杜颖陶等先生旧藏子弟书为主）

北京师范大学图书馆藏子弟书曲文文本（《卖油郎独占花魁》子弟书等
　　孤本）

民族图书馆藏子弟书曲文文本（以刘复先生旧藏子弟书为主）

天津图书馆藏子弟书曲文文本（《子弟图》子弟书等孤本）

傅斯年图书馆藏子弟书曲文文本（以史语所 20 世纪 20 年代收集之子弟
　　书为主）

日本双红堂文库藏子弟书曲文文本（以长泽规矩也旧藏子弟书为主）

影印文本

〔日〕波多野太郎：《子弟书集》（第 1 辑），《横滨市立大学纪要》人文
　　科学第 6 篇，中国文学第 6 号，1975；《中国语文资料汇刊》第 4 篇
　　第 1 卷收录，东京：不二出版社，1994。

〔日〕波多野太郎：《红楼梦弟子书》，国立北京大学中国民俗学会民俗
　　丛书之 173；台北东方文化书局，1977。

首都图书馆：《清车王府藏曲本》，石印本，1991。

首都图书馆：《清车王府藏曲本》，缩印本，学苑出版社，2001。

故宫博物院：《故宫珍本丛刊》之《岔曲大鼓莲花落秧歌快书子弟书》

第1－3册，海南出版社，2001。

中研院历史语言研究所：《俗文学丛刊》第384－400册，新文丰出版公司，2004。

标点整理

《辽宁子弟书选》，辽宁人民出版社，1957。

中国曲艺工作者协会辽宁分会编《子弟书选》，内部刊物，1979。

胡文彬编《红楼梦子弟书》，春风文艺出版社，1983。

关德栋、李万鹏编《聊斋志异说唱集》，上海古籍出版社，1983。

关德栋、周中明编《子弟书丛钞》，上海古籍出版社，1984。

傅惜华编《西厢记说唱集》，上海古籍出版社，1986。

傅惜华编《白蛇传集》，上海古籍出版社，1987。

刘烈茂、郭精锐编《清车王府钞藏曲本·子弟书集》，江苏古籍出版社，1993。

北京市民族古籍整理规划小组辑校：《清蒙古车王府藏子弟书》，北京国际文化出版公司，1994。

张寿崇主编《子弟书珍本百种》，北京民族出版社，2000。

黄仕忠、李芳、关瑾华编《子弟书全集》，社会科学文献出版社，2012。

陈锦钊编《子弟书集成》，中华书局，2020。

目录类

（清）百本张《子弟书目录》（四部：傅惜华旧藏清抄本，吴晓铃旧藏清抄本二部，傅斯年图书馆藏清抄本）

（清）别野堂《子弟书目录》（二部：傅惜华旧藏清抄本，吴晓铃旧藏清抄本）

（清）乐善堂《子弟书目录》（傅斯年图书馆藏清抄本）

刘复、李家瑞：《中国俗曲总目稿》，中研院历史语言研究所，1933年版；文海出版社，1973年再版；中研院历史语言研究所，1993年再版。

傅惜华：《子弟书总目》，原刊《中法汉学研究所图书馆馆刊》第2号，1946；上海文艺联合出版社，1954年修订版；上海古典文学出版社，1957年再版。

吴晓铃：《绥中吴氏双棓书屋藏子弟书目录》，《文学遗产》1982 年第
　　4 期。

郭精锐、陈伟武、麦耘、仇江编撰《车王府曲本提要》，中山大学出版
　　社，1989。

黄仕忠、李芳、关瑾华编《新编子弟书总目》，广西师范大学出版
　　社，2012。

学位论文：

陈锦钊：《子弟书之题材来源及综合研究》，台湾政治大学博士学位论
　　文，1977。

藤田香：《论子弟书的再创作》，北京大学硕士学位论文，1995。

徐亮：《清中叶至民国北京地区俗曲研究》，北京大学学士学位论
　　文，1997。

姚颖：《论子弟书对小说〈红楼梦〉的通俗化改编》，北京师范大学硕士
　　学位论文，2003。

贾静波：《〈聊斋志异〉子弟书研究》，北京大学硕士学位论文，2005。

崔蕴华：《子弟书研究》，北京师范大学博士学位论文，2003；后以《书
　　斋与书坊之间——清代子弟书研究》为题出版，北京大学出版
　　社，2005。

林均珈：《〈红楼梦〉子弟书研究》，台湾政治大学硕士学位论文，2004。

简意娟：《清代子弟书四种研究》，台湾中国文化大学硕士学位论
　　文，2007。

李芳：《子弟书研究》，中山大学博士学位论文，2008。

王晓宁：《红楼梦子弟书研究》，中国艺术研究院博士学位论文，2009。

周丽琴：《红楼梦子弟书研究》，扬州大学硕士学位论文，2009。

潘霞：《清代子弟书研究》，四川师范大学硕士学位论文，2009。

郭晓婷：《子弟书与清代八旗子弟关系研究》，首都师范大学博士学位论
　　文，2010。

王美雨：《车王府藏子弟书方言词语及满语词研究》，山东大学博士学位
　　论文，2012。

张晓阳：《清抄本子弟书工尺谱研究》，中央民族大学硕士学位论
　　文，2012。

刘芳芳：《子弟书对小说名著的改编》，大连大学硕士学位论文，2015。

刘秋丽：《清代子弟书中的英雄侠义故事研究》，北京外国语大学硕士学位论文，2015。

袁路兮：《鼓词入辽——子弟书的传播与清代东北孝治》，沈阳师范大学硕士学位论文，2015。

孙越：《〈金瓶梅〉子弟书研究》，河北师范大学硕士学位论文，2016。

曲燕然：《〈子弟书珍本百种〉词语研究》，华中师范大学硕士学位论文，2016。

程广昌：《三国子弟书研究》，辽宁大学硕士学位论文，2017。

岳宸：《子弟书女性形象管窥》，内蒙古师范大学硕士学位论文，2018。

刘红：《韩小窗及其子弟书研究》，四川师范大学硕士学位论文，2018。

孟慧华：《子弟书对明清传奇的改编研究》，贵州大学硕士学位论文，2019。

学术论文

何海鸣：《韩小窗之鼓词》，《小说世界》附刊《民众文学》1926年第14卷第1期。

徐心吾：《子弟书有东城调西城调之分》，《小说世界》附刊《民众文学》1926年第14卷第18期。

清逸：《百本张之子弟书》，《北京画报》1932年第5卷第237期。

赵景深：《说大鼓（上）》，《人间世》1935年第21期。

李家瑞：《子弟书〈鸳鸯扣〉唱本》，《大公报》第132期，1936；《李家瑞先生通俗文学论文集》收录，学生书局1982年版。

赵景深：《说大鼓（下）：四、韩小窗及其创作》，《人间世》1935年第22期。

化甀：《梨园一雅人——韩小窗及其创作评》，《民德》1936年第1-2期。

张次溪：《嘉咸间以说子弟书著名之石玉昆》，《实报半月刊》1936年第6期，第52页。

王梅庄：《八角鼓子弟书之渊源》，《朔风（北京1938）》1939年第7期。

魏如晦：《弹词与子弟书》，《宇宙风乙刊》1940年第29期。

黄叙伦：《从"通俗文学"谈到"百本张的子弟书"》，《三六九画报》1941年4月29日，第8卷第18期。

雁声：《小曲零简·子弟书》，《三六九画报》1942 年第 13 卷第 4 期。

阿英：《〈刺虎〉子弟书两种》，《中国俗文学研究》，中国联合出版公司
　　1944 年版；《阿英全集》第 7 卷收录，安徽教育出版社 2003 年版。

阿英：《关于石玉昆》，《小说二谈》，《阿英全集》第 7 卷收录，安徽教
　　育出版社 2003 年版。

关德栋：《记满汉语混合的子弟书〈螃蟹段儿〉》，《文史杂志》第 6 卷第
　　1 期《俗文学专号》，1947；《曲艺论集》收录，上海古籍出版社
　　1958 初版，1983 年再版。

傅惜华：《"子弟书"考》，《朔风（北京 1938）》1939 年第 5 期。

傅惜华：《太真故事之子弟书（上）》，《逸文》1945 年第 2 期。

傅惜华：《子弟书总目（附图）》，《中法汉学研究所图书馆馆刊》1946
　　年第 2 期。

斯文（贾天慈）：《北平俗曲叙录》，《冀光半月刊》1946 年第 10 期。

周贻白：《大鼓书与子弟书》，《世界半月刊》1947 年第 1 卷第 5 期。

关德栋：《记满汉语混合的子弟书"螃蟹段儿"》，《文史杂志》1948 年
　　第 6 卷第 1 期。

季灵：《由收听花小宝拷红说到西厢子弟书（附照片）》，《新天津画报》
　　1943 年第 12 卷第 4 期。

傅惜华：《明代戏曲与子弟书》，《华北日报·俗文学周刊》第 1－4 期连
　　载，1947；《曲艺论丛》收录，上海文艺出版社 1958 年版。

傅惜华：《明代小说与子弟书》，《曲艺论丛》收录。

傅惜华：《清代传奇与子弟书》，《曲艺论丛》收录。

傅惜华：《聊斋志异与子弟书》，《曲艺论丛》收录。

关德栋：《"满汉兼"的子弟书》，《华北日报·俗文学周刊》1947 年第
　　10 期。

郑振铎（署名"二西"）：《"螃蟹段"满汉兼子弟书跋》，《华北日报·
　　俗文学周刊》1947 年第 13 期。

贾天慈：《子弟书作者鹤侣氏姓氏考》，《华北日报·俗文学周刊》1947
　　年第 17 期。

赵景深：《韩小窗的"滚楼"》，《华北日报·俗文学周刊》1948 年第 42
　　期；《曲艺丛谈》收录，北京中国曲艺出版社，1982。

傅惜华：《〈聊斋志异〉与子弟书》，《华北日报·俗文学周刊》1948年第48、49、51三期连载。

关德栋：《〈升官图〉——记满汉兼子弟书之一》，《华北日报·俗文学周刊》1948年第59期。

休休：《子弟书作家鹤侣》，《华北日报·俗文学周刊》1948年第66期。

高季安：《子弟书的源流》，《文学遗产》增刊第1辑，作家出版社，1955。

关德栋：《现存罗松窗、韩小窗子弟书目》，《曲艺论集》收录，上海古籍出版社，1958，1983年再版。

胡光平：《韩小窗生平及其作品考察记》，《文学遗产》增刊12辑，中华书局，1963。

〔日〕波多野太郎：《子弟书研究——景印子弟书满汉兼螃蟹段儿附解题识语校释》，《横滨市立大学纪要》1967年第164号；《中国语文资料汇编》第三卷第一篇收录，东京：不二出版社，1993。

〔日〕波多野太郎：《子弟书研究——景印子弟书满汉兼螃蟹段儿附识语校释再补提要补遗》，《横滨市立大学纪要》1968年第178号；《中国语文资料汇编》第3卷第1篇收录，东京：不二出版社，1993。

〔日〕波多野太郎：《子弟书研究——螃蟹段儿校释三补提要再补》，《中国语文资料汇编》第3卷第1篇收录，东京：不二出版社，1993。

〔日〕波多野太郎：《满汉合璧子弟书寻夫曲校正》，《横滨市立大学纪要》人文科学第4篇，中国文学第4号，1973；《中国语文资料汇编》第3篇第2卷收录，东京：不二出版社，1993。

陈锦钊：《子弟书之作家及其作品》，台北：《书目季刊》第12卷，1978年9月。

张政烺：《会文山房与韩小窗》，《东北历史与文化》1982年第2期。

陈锦钊：《子弟书名家韩小窗及其作品之研究》，《台北商专学报》1982年12月。

任光伟：《子弟书的产生及其在东北的发展》，《满族文学研究》1983年第1辑。

启功：《创造性的新诗子弟书》，《文史》1984年第23辑。

陈锦钊：《子弟书名家鹤侣氏及其作品之研究》，《台北商专学报》第25期，1986年1月。

周贻白：《韩小窗与罗松窗》，《周贻白小说戏曲论集》收录，齐鲁书社，1986。

周贻白：《大鼓书与子弟书》，《周贻白小说戏曲论集》收录，齐鲁书社，1986。

李爱东：《诗的情韵，文的包容，一代新声——〈子弟书作品选析〉前言》，《内蒙古师范大学学报》（哲学社会科学版）1994 年第 2 期。

陈锦钊：《六十年来子弟书的整理与研究》，收录于林徐典编《汉学研究之回顾与前瞻》，中华书局，1995。

多涛：《论"子弟书"与"八角鼓"的演变》，《辽宁师范大学学报》（社会科学版）1996 年第 3 期。

陈锦钊：《论〈清车王府钞藏曲本·子弟书集〉》，《王梦鸥教授九秩寿庆论文集》，1996 年 10 月。

鲁渝生：《略论子弟书》，《满族研究》1997 年第 3 期。

陈锦钊：《论〈清蒙古车王府藏曲本〉及近年大陆出版有关子弟书的资料》，《曲艺讲坛》1998 年第 4 期，亦载于《民族艺术》1998 年第 4 期。

皮光裕：《"子弟书"寻踪》，《民族文学研究》1998 年第 4 期。

刘烈茂：《论车王府抄藏曲本子弟书的文学价值》，"1998 海峡两岸古籍学术研讨会论文"，《车王府曲本研究》收录，广东人民出版社，2000。

康保成：《"滨文库"读曲札记（三则）》，《艺术百家》1999 年第 1 期。

孙富元、王先锋：《略述韩小窗的〈红楼梦〉子弟书创作》，《渭南师专学报》（社会科学版）1999 年第 4 期。

陈锦钊：《论现存取材相同且彼此关系密切的子弟书》，《中国文哲研究通讯》第 10 卷第 2 期，2000 年 6 月。

张克济：《子弟书的艳曲》，《车王府曲本研究》，广东人民出版社，2000。

黄仕忠：《车王府钞藏子弟书作者考》，《车王府曲本研究》，广东人民出版社，2000。

康保成：《子弟书作者"鹤侣氏"生平、家世考略》，《车王府曲本研究》，广东人民出版社，2000。

陈祖荫、郑更新：《读〈清蒙古车王府藏子弟书〉》，《北京工业大学学报》（社会科学版）2001 年第 3 期。

全弘哲：《子弟书的主题和艺术》，《固原师专学报》（社会科学版）2002 年第 1 期。

黄仕忠：《东洋文化研究所收藏之子弟书考察》，《创大中国论集》第 5 号，创价大学文学部，2002。

陈祖荫：《子弟书与岔曲——北京地区的两种韵文》，《北京联合大学学报》2002 年第 2 期。

崔蕴华：《遗失的民族艺术精品——〈卖油郎独占花魁〉等子弟书的发现及其文学价值》，《民族文学研究》2002 年第 4 期。

崔蕴华：《子弟书中的"八旗子弟"形象论》，《辽宁大学学报》（哲学社会科学版）2002 年第 5 期。

张建坤：《从〈五方元音〉到子弟书韵母系统的演变》，《广东广播电视大学学报》2002 年第 4 期。

张迪：《八旗子弟书的内容与成就》，《满族研究》2003 年第 1 期。

崔蕴华：《红楼梦子弟书：经典的诗化重构》，《北京师范大学学报》（社会科学版）2003 年第 3 期。

陈锦钊：《现存清钞本子弟书目录研究》，台北：台湾艺术大学中国音乐学系，《2003 年两岸说唱艺术学术研讨会论文集》，2003。

陈锦钊：《子弟书的整理与研究世纪回顾》，《汉学研究通讯》第 86 期，2003 年 5 月；亦载于《满族研究》2003 年第 4 期；《中国古代近代文学研究》2004 年第 3 期；《中国诗学》第 9 辑，人民文学出版社，2004 年第 6 期；《现代学术史上的俗文学》，湖北教育出版社，2004。

姚颖：《论〈红楼梦〉子弟书对俗语的运用》，《满族研究》2004 年第 2 期。

姚颖：《子弟书的研究历史、现状及意义》，《民族文学研究》2004 年第 2 期。

张建坤：《对子弟书中一些例外的分析》，《广东广播电视大学学报》2004 年第 3 期。

贾静波：《〈聊斋志异〉子弟书初探》，《蒲松龄研究》2008 年第 4 期。

李芳：《子弟书作者"洗俗斋"生平略考》，《文学遗产》2009 年第 5 期。

郭晓婷：《清代子弟书与鼓词关系考》，《学术论坛》2010 年第 1 期。

郭晓婷：《清代子弟书兴衰时间考》，《东方论坛》2010 年第 1 期。

许秋华：《从子弟书看早期东北方言满语词》，《满族研究》2012 年第 2 期。

李振聚：《子弟书〈忆真妃〉作者新考》，《文献》2012 年第 4 期。

盛志梅：《清代子弟书的传播特色及其俗化过程》，《满族研究》2012 年第 4 期。

王美雨：《车王府藏子弟书满语词语研究》，《东方论坛》2013 年第 1 期。

李芳：《子弟书演出考论》，《民族文学研究》2014 年第 6 期。

李芳：《民国年间天津的子弟书教育》，《中国社会科学院研究生院学报》2015 年第 2 期。

昝红宇：《清代子弟书稀见序跋考略》，《晋阳学刊》2015 年第 2 期。

王美雨：《语言文化视域下的子弟书俗语研究》，《满族研究》2015 年第 4 期。

赵雪莹：《论清朝侍卫的众生相——奕赓在子弟书中的反思》，《铜仁学院学报》2016 年第 1 期。

昝红宇：《清末民初子弟书的传播记录》，《中北大学学报》2017 年第 6 期。

尹变英：《子弟书文本兴盛考论》，《满族研究》2017 年第 4 期。

李芳：《旗人子弟的文学创作与文体创新——以子弟书为中心》，《民族文学研究》2018 年第 1 期。

尹变英：《子弟书演唱流变考论》，《太原理工大学学报》2018 年第 1 期。

王美雨：《清代百本张及别野堂子弟书目录研究》，《满族研究》2018 年第 4 期。

王士春：《从至情到至孝——论〈牡丹亭〉与子弟书〈离魂〉和〈还魂〉的主题关系》，《民族文学研究》2018 年第 5 期。

王美雨：《聊斋子弟书诗篇研究》，《蒲松龄研究》2020 年第 3 期。

崔蕴华：《寺观内外：清代子弟书中的北京寺庙与文化记忆》，《励耘学刊》2020 年第 1 期。

李振聚：《〈绿棠吟馆子弟书选〉编者考》，《民族文学研究》2020 年第 2 期。

王诏：《子弟书对戏曲题材的接受研究——以〈子弟书珍本百本〉为例》，《满族研究》2020 年第 3 期。

朱泽宝：《〈聊斋志异〉子弟书的改编特色与清代八旗社会的文化趣尚》，《民族文学研究》2021 年第 6 期。

二　其他主要参考文献

中文著作

辞书类

《中国戏曲曲艺辞典》，上海辞书出版社，1981。

《中国曲学大辞典》，浙江教育出版社，1997。

《中国曲艺志·北京卷》，北京中国 ISBN 中心，1999。

《中国大百科全书·曲艺卷》，中国大百科全书出版社，1999。

《北京志·文化艺术卷·曲艺志》，北京出版社，2000。

目录类

谭正璧、谭寻编《弹词叙录》，上海古籍出版社，1981。

谭正璧、谭寻编《木鱼歌、潮州歌叙录》，书目文献出版社 1982 年版。

车锡伦编《中国宝卷总目》，中研院文哲所，1998；北京燕山出版社，2002 年增订再版。

王清源、牟仁隆、韩锡铎编《小说书坊录》，北京图书馆出版社，2002。

李豫、李雪梅、孙英芳、李巍编《中国鼓词总目》，山西古籍出版社，2006。

恩华纂辑，关纪新整理点校《八旗艺文编目》，辽宁民族出版社，2006。

笔记类

（宋）孟元老著，邓之诚注《东京梦华录注》，中华书局，1982。

（清）昭梿：《啸亭杂录》，中华书局，1980。

（清）震钧：《天咫偶闻》，北京古籍出版社，1982。

（清）崇彝：《道咸以来朝野杂记》，北京古籍出版社，1982。

（清）福格：《听雨丛谈》，中华书局，1984。

（清）屈大均：《广东新语》，中华书局，1985。

（清）奕赓：《佳梦轩丛著》，北京古籍出版社，1994。

（清）逆旅过客：《都市丛谈》，北京古籍出版社，1995。

（清）李虹若：《朝市丛载》，北京古籍出版社，1995。

（清）方濬师：《蕉轩随录　续录》，中华书局，1995。

云游客（连阔如）：《江湖丛谈》，上海文艺出版社，1991，据北平时言
　　报社 1936 年初版影印。

　　学术著作类

阿英：《阿英全集》，安徽教育出版社，2003。

鲍震培：《清代女作家弹词小说论稿》，天津社会科学院出版社，2002。

曹宝禄：《曲坛沧桑》，中国社会科学出版社，2003。

陈锦钊：《快书研究》，明文书局，1982。

陈汝衡：《宋代说书史》，上海文艺出版社，1979。

陈汝衡：《说书史话》，人民文学出版社，1987。

关德栋：《曲艺论集》，上海古籍出版社，1958；中华书局，1983 年
　　再版。

侯宝林、汪景寿、薛宝琨：《曲艺概论》，北京大学出版社，1980。

侯希三：《北京老戏园子》，中国城市出版社，1996。

胡晓真：《才女彻夜未眠》，麦田出版社，2003。

黄仕忠：《戏曲文献研究丛稿》，国家出版社，2006。

霍松林编《西厢汇编》，山东文艺出版社，1987。

季永海、赵志忠：《满族民间文学概论》，中央民族学院出版社，1991。

金受申：《老北京的生活》，北京出版社，1989。

李家瑞，王秋桂编：《李家瑞通俗文学论文集》，学生书局，1982。

林宗毅：《西厢记二论》，文史哲出版社，1998。

刘光民编著《古代说唱辨体析篇》，首都师范大学出版社，1996。

刘小萌：《八旗子弟》，福建人民出版社，1996。

娄子匡、朱介凡：《五十年来的俗文学》，正中书局，1967。

陆萼庭：《昆剧演出史稿》，上海教育出版社，2006。

孟森：《清史讲义》，中华书局，2006。

欧阳光：《宋元诗社研究丛稿》，广州人民出版社，1996。

潘江东：《白蛇故事研究》，学生书局，1980。

齐秀梅、杨玉良：《清宫藏书》，紫禁城出版社，2005。

任光伟：《艺野知见录》，春风文艺出版社，1989。

滕绍箴：《清代八旗子弟》，华侨出版社，1989。

王利器辑录《元明清三代禁毁小说戏曲史料》，上海古籍出版社，1981。

汪景寿：《中国曲艺艺术论》，北京大学出版社，1994。

吴承学、李光摩编《晚明文学思潮研究》，湖北教育出版社，2002。

吴同瑞、王文宝、段宝林编《中国俗文学概论》，北京大学出版社，
　　1997。

徐朔方：《小说考信编》，上海古籍出版社，1997。

薛宝琨、鲍震培：《中国说唱艺术史论》，花山文艺出版社，1990。

杨学琛、周远廉：《清代八旗王公贵族兴衰史》，辽宁人民出版社，1986。

杨英杰：《清代满族风俗史》，辽宁人民出版社，1991。

叶德均：《宋元明讲唱文学》，上海古典文学出版社，1957。

么书仪：《晚清戏曲的变革》，人民文学出版社，2006。

赵景深：《曲艺丛谈》，中国曲艺出版社，1982。

赵春宁：《西厢记传播研究》，厦门大学出版社，2005。

郑振铎：《中国俗文学史》，商务印书馆，2005。

郑振铎：《郑振铎全集》，花山文艺出版社，1998。

张次溪：《人民首都的天桥》，中国曲艺出版社，1988。

张次溪编《清代燕都梨园史料》，中国戏剧出版社，1988。

张佳生：《独入佳境：满族宗室文学》，辽宁人民出版社，1997。

张菊玲：《清代满族作家文学概论》，中央民族学院出版社，1990。

张人和：《西厢记论证》，东北师范大学出版社，1995。

章学楷：《联珠快书》，中国新闻出版社，2005。

曾永义：《说俗文学》，联经出版事业公司，1981。

曾永义：《俗文学概论》，三民书局，2003。

赵景深：《曲艺丛谈》，中国曲艺出版社，1982。

朱一玄校点《明成化说唱词话丛刊》，中州古籍出版社，1997。

周华斌：《京都古戏楼》，海洋出版社，1993。

周良编《苏州评弹旧闻钞》，江苏人民出版社，1983。

周玉波：《明代民歌研究》，凤凰出版社，2005。

支运亭编《八旗制度与满族文化》，辽宁民族出版社，2002。

中国艺术研究院曲艺研究所编《说唱艺术简史》，文化艺术出版社，1988。

英文著作

Mark C. Elliott, *The Manchu Way*, *The Eight Banners and Ethnic Identity in Late Imperial China*. Stanford University Press, 2001.

Mark C. Elliott, "The 'Eating Crabs' Youth Book", Susan Mann and Yu - Yin Cheng ed., *Under Confucian Eyes—Writing on Gender in Chinese History*, University of California Press, 2001.

日文著作

太田辰夫编《八旗文人传记综合索引稿》, 汲古书院, 1975。

太田辰夫:《满洲文学考》, 神户市外国语大学研究所, 1976。

泽田瑞穂:《中国庶民之文艺》, 东京: 东方书店, 1986。

后 记

这本小书是由我的博士学位论文《子弟书研究》（中山大学，2008）以及近年来撰写的一些单篇文章整合、修订而成，约略能够反映出我从博士论文选题到毕业十年间的成长痕迹。

2004年春夏之交，在中大文科楼四楼系办公室，我第一次见到刚刚从日本访问归来的黄仕忠老师。他说，你就和我一起来做子弟书吧！从此，黄老师引领我走入了戏曲文献学研究的大门。在老师门下问学近20年，从论文选题、资料访查，到思路观点、措辞表述，甚至是注释、排版、字体、标点，事无巨细，耳提面命，自不必多言；对我而言尤为重要的是，在为人处世、待人接物上，无不口传心授，润物细无声。老师常言，有一分文献说一分话：如何做学术是人生态度的观照，学术研究从而得以构成人生历程的一部分。毕业之后，每有心结时，无数次翻开《琵琶记研究》重温这段文字："盖学问固然可作一生功业待之，但本应属于兴趣。当深入某一作家心灵，便是得到一个永生不渝的知己，静夜之时，每可作心灵的对话；虽或偶尔相别，也必时时挂念，留意其最新消息，关心别人之议论与评价，以至于历数十载而不变，不亦宜乎！"鸳鸯绣罢，金针度人，惑可自解矣。

2005~2007年，我先后得到中山大学凯思海外研究奖学金和中研院史语所访问学人项目的资助，赴文哲所和史语所访学，求教于华玮教授和陈鸿森教授。又由此机缘，得以在台湾大学修习曾永义教授的戏曲史课程。2008年，我在蒋寅老师的肯定、鼓励之下，有幸进入中国社会科学院文学研究所古代室工作。2011年，我进入南京大学文学院，追随张宏生老师进行博士后项目研究工作。这些经历，让我拥有了足可称为最好的切磋砥砺的研究环境。望之俨然，即之也温，听其言也厉，我从诸位老师的治学态度与生活志趣中看到了学术研究和人生道路更为宽阔的可能性。在求学、访书和工作期间，无论是在广州、台北、南京还是在北京，一路遇到了太多太多关心、爱护、指导、提携我的师友，深情厚谊，伴我勉力前行。点滴都存在心间，时时忆起，未尝或忘。

2012年，在黄仕忠老师的指导下，黄老师、关瑾华博士和我整合了三人十余年的访书成果，合作编撰成《子弟书全集》和《新编子弟书总目》，分别由社会科学文献出版社和广西师范大学出版社出版。此后，我在有意无意间和子弟书保持了一定距离，只是默默关注相关研究的最新进展。2017年，张剑老师督促、提点我申请国家社科基金后期资助项目，并有幸获批，使得这本小书的问世成为可能。借此出版之机，我又将这些年来子弟书的丰硕研究成果梳理一过并重新审视自己尚显粗糙的论文，其中虽然有诸多不尽如人意之处，但是所谓得失寸心知，子弟书早已不仅仅是我的研究对象，它与我的人生息息相关，具有极为重要的意义。书中吸收了部分最新的成果，也保留了当初稚嫩的思考。姑且就此作为一个阶段的小结，恳请方家、师友不吝赐正。

本书的出版得到了社会科学文献出版社的大力支持。社会科学文献出版社人文分社社长宋月华老师是《子弟书全集》的责编；人文分社总编辑李建廷老师与我们长期合作，多年来一直鼎力支持俗文学研究的出版工作；责编范迎老师细致地审读了全书内容，提出不少建设性意见并修正了许多错讹之处。本书中的部分章节内容，曾分别发表于《文学遗产》《民族文学研究》《中国文哲研究通讯》《满语研究》《中正大学学报》《中国社会科学院文学研究所集刊》《中国社会科学院研究生院学报》《戏曲与俗文学研究》等刊物。谨此向提供了宝贵意见、付出了辛勤劳动的编辑老师和外审专家致以深深的谢意。

写作博士学位论文之初，曾获赠黑泽明自传《蛤蟆的油》。书名取自日本民间故事：深山里有一种特别丑陋的蛤蟆，人们抓到它后，将其放在镜子前，蛤蟆一看到自己不堪的外表，不禁吓出一身油。写作的过程犹如不断揽镜自照，虽说蛤蟆的油实际是一种珍贵的药材，但从囊中取出示人，总归是需要时间来做好一番心理建设的。

李　芳

二〇二一年冬月谨记于崇文门花儿市

图书在版编目（CIP）数据

清代说唱文学子弟书研究／李芳著. —— 北京：社
会科学文献出版社，2022.7
国家社科基金后期资助项目
ISBN 978 - 7 - 5228 - 0275 - 6

Ⅰ.①清… Ⅱ.①李… Ⅲ.①子弟书 - 文学研究 - 中
国 - 清代 Ⅳ.①I207.39

中国版本图书馆 CIP 数据核字（2022）第 103878 号

国家社科基金后期资助项目
清代说唱文学子弟书研究

著　　者／李　芳

出 版 人／王利民
责任编辑／李建廷　范　迎
责任印制／王京美

出　　版／社会科学文献出版社·人文分社 （010）59367215
　　　　　　地址：北京市北三环中路甲29号院华龙大厦　邮编：100029
　　　　　　网址：www. ssap. com. cn
发　　行／社会科学文献出版社 （010）59367028
印　　装／三河市龙林印务有限公司

规　　格／开　本：787mm × 1092mm　1/16
　　　　　　印　张：23.25　字　数：366 千字
版　　次／2022 年 7 月第 1 版　2022 年 7 月第 1 次印刷
书　　号／ISBN 978 - 7 - 5228 - 0275 - 6
定　　价／168.00 元

读者服务电话：4008918866